DANIEL MERMET

Daniel Mermet est né en 1942. Ancien élève des Beaux-Arts, il s'est spécialisé dans les Arts appliqués avant de faire ses débuts à la radio, en 1976, sur France Culture, avec des contes pour enfants et des émissions de reportages. Il a rejoint l'équipe de "L'oreille en coin" à France Inter en 1977, où il a conçu plusieurs émissions, comme "La ville de Paramaribo, il y a une rue qui monte et qui ne descend jamais", "Charlie, piano-bar", "La coulée douce" ou "Bienvenue à bord du *Titanic*".
Grande voix radiophonique, écrivain, reporter, il est producteur délégué à France Inter où il a crée, en 1989, l'émission quotidienne "Là-bas si j'y suis", couronnée par les prix Ondas (1992), SCAM (1993), Goretta (1995) et par le Conseil français de l'audiovisuel (1998).

LÀ-BAS SI J'Y SUIS

DANIEL MERMET

LÀ-BAS SI J'Y SUIS

CARNETS DE ROUTES

LA DÉCOUVERTE

FRANCE INTER

ISBN : 2-266-10424-1

à Mathieu, Colas, Benjamin

Reconnaissance de dette à Anne Weinfeld qui m'a accompagné tout au long de la mise en ordre et en forme de ces carnets de routes.

Reconnaissance de dette à tous ceux qui à travers le monde nous ont confié leur parole et souvent des parts précieuses d'eux-mêmes.

Reconnaissance de dette aux auditeurs qui chaque jour embarquent pour *Là-bas*.

Reconnaissance de dette à tous ceux qui font et qui ont fait *Là-bas* : Michèle Soulier, Gaëlle Beyssière, Paula Jacques, Christine Lamazière, Leila Djitli, Ludovic Dunod, Joseph Moreno, Christian Rose, Brigitte Charoy, Thierry Scharf, Sylvie Coma, Carole Pfeiffer, Zoé Varier, Jérôme Bastion, Philippe Labrousse, Anne Riou, Laetitia Cherel, Christophe Gallot, Michèle Bedos, Lauranne Thomas, Chantal Lemontagner, Sophie Simonot, Hervé Pauchon, Sonia Kronlund, Sylvie Deroche, Christelle Loigerot, Benoît Califano, Giv Anquetil, Serge de Sampigny, Bruno Carpentier, Violaine Ballet, Raïssa Blankoff, Zoé Choupaut, Isabelle Magos-Grenetier… À ceux que j'oublie, aux copains techniciens, aux gros bras et petites mains de notre modeste radio géniale.

À Frédérique Carvajal, Isabelle Astigarraga, Claire Hauter.

Reconnaissance de dette à tous ceux qui à travers le monde nous aident dans nos reportages, traducteurs, chauffeurs, chercheurs, connaisseurs, militants, journalistes…

Reconnaissance de dette à ceux, nombreux, auxquels j'ai éhontément piqué paroles, idées, savoir, regard. Une seule chose pourrait m'excuser, c'est qu'à nouveau tout ce qui suit soit dévoré et dispersé avec la même jubilation que j'ai mise à le vivre, à le faire entendre et à l'écrire…

Quand il dit bleu, je vois rouge.

Un autre voit jaune, ma sœur voit vert, mon voisin voit violet, mon chien voit tout en noir et ma mère tout en rose. Certains voient autre chose que des couleurs : des chansons, des saveurs, des gares, des lendemains, des moineaux, des citernes. Est-ce à dire que personne ne voit bleu quand il dit bleu ? Cela signifie que chacun voit son bleu à sa porte. Que le regard est plus important que la chose regardée, l'écoute plus importante que la chose écoutée, la lecture plus importante que le livre, le souffle plus important que le poumon. Que personne n'a jamais pu imposer son bleu à personne. Que les parleurs de bleu le veuillent ou non. Est-ce que toute parole est ainsi condamnée au malentendu ? Toute parole s'expose aux rires des dieux et à la liberté des hommes. Toute parole n'est qu'échange, commerce et grain à moudre. Mais toute parole est existence. Fais que ce grain soit le meilleur possible. Le plus plein, le plus odorant, le plus doré. Si tu es celui qui dit bleu, que ce bleu soit la poignante légèreté du ciel et le bleu ombrageux des flots, que ce bleu soit le bleu des rails et de l'encre, et de l'Orient et des volets et des lessives, et le bleu des yeux de ta mère, alors je verrai rouge, mais ce rouge, mon rouge, sera pivoine, désir, foulard, carmin, prénom, serment, fanal, que sais-je ? Le vert de ma sœur sera tout aussi imprévu pour elle. De son violet, mon voisin fera une douce consolation ; de son noir, mon chien fera un nouveau départ dans la vie. Et ainsi de suite. Plus profond sera ton bleu, plus fervent et plus vrai, plus tu éveilleras, plus tu révéleras en chacun sa couleur, sa vibration d'une couleur unique et qui jusque-là manquait à l'histoire des hommes.

Ainsi le monde semblera meilleur et peut-être même le sera-t-il vraiment.

Alors, soigne ton bleu, mon frère, creuse ton bleu, danse ton bleu, affûte ton bleu et parle-moi.

La prochaine fois, je te dirai rouge.

Belle-Île, juillet 1999

1

PORTE D'EMBARQUEMENT

On n'est pas libre de ne pas être libre.
Albert Jacquard

Hegel soutenait que le devoir du savant consistait non seulement à communiquer son savoir, mais à le rendre attrayant et même poétique, puisque seule la poésie, ajoutait-il, pouvait être l'éducatrice de l'Humanité [1].
Jean-Claude Guillebaud

En le collant fort contre votre oreille, vous entendrez la mer, mais c'est tout. Ce livre n'est pas de la radio. Il y manque la peau des voix, le temps qui mange, le rire qui doute, le glaviot du marabout, le sanglot de la cerise, il y manque la mouche qui flâne entre deux bombes. Il y manque la radio.

Et voici pourquoi.

---

1. Jean-Claude GUILLEBAUD, *La Refondation du monde*, Seuil, Paris, 1999.

À Berlin, fin 1989, on s'offrait des morceaux de mur. *Mauer muß weg !* On dansait au bras de l'Histoire, on était sur la photo. Le rock était aussi barbelé que le cognac. Toute la nuit, dans un squat de Prenzlauerberg, les têtes chauffaient joyeusement.

La chouette émission-de-voyage-pour-faire-rêver que je venais à peine de commencer s'effondrait comme ce mur. L'implosion du communisme libérait de nouvelles énergies. Il m'a semblé soudain indécent de raconter le monde avec les œillères indigentes de l'exotisme touristique.

Dix ans après, 2 200 émissions après, des milliers de kilomètres après, des milliers de visages et de paysages et de vies et de morts et d'espoirs et de révoltes et de questions après, voici quelques traces écrites de ces années sonores.

texte à l'appui

Prenez-les comme des croquis, des esquisses, aquarelle ou mine de plomb, encre ou sanguine. Des notes prises en route. Dans l'avion de nuit pour Djakarta, à la gare d'Irkoutsk, dans un hôtel de Saint-Étienne, par un après-midi de chien ou une nuit aimantée, ou encore, durant les infos avant l'émission, une jambe dans le plâtre. Parfois travaillé comme une pochade. Parfois tout cru. Parfois longuement mijoté. Parfois tel que, hop ! un dessin sur une nappe.

La radio est l'art des sons en un certain ordre assemblés. Les mots, les paroles ne sont que sons parmi d'autres, aussi une transposition parfois s'imposait.

La radio impose son tempo. Le lecteur prend son temps. Prolonger la radio par une trace écrite n'est pas trahir la TSF, assignée à l'éphémère. C'est répondre à l'envie toute simple de retenir les mots et les vies racontées, revenir sur les idées à oreille reposée, proposer, comme faisait François Maspero, un « texte à l'appui ». C'est enfreindre l'ordre du jetable, du consommable, l'ordre du déchet pour lequel tout se vaut tout est vu tout est vain.

tremblement de siècle

Tout commençait donc dans le bruit rageur de milliers de marteaux tapant sur un mur. Quelqu'un disait : « C'est beau, mais qui maintenant pour faire peur aux riches ? »

On ne l'écoutait pas.

On courait à Prague.

Havel parlait au balcon.

Dans les caves de jazz, d'autres nuits à écouter les dissidents raconter le plomb, la prison, la torture. Des intellos, des amoureux, des clarinettistes, une fille pâle, des chauffagistes aux poches élimées. Chaque tramway sur les pavés au-dessus faisait trembler les verres de vin blanc sur les guéridons fendus.

Trois ans après, passant par Prague, je les appelai.

Plutôt aigres, les amis. Prague repeinte, clinquante, fluo, pur style Eurodisney, était en proie à la fièvre touristique. Les dissidents étaient relégués dans des périphéries de béton staliniennes.

J'ai voulu qu'on se retrouve dans le même bistrot. Mais le cœur n'y était plus. Ni le cœur de Prague, ni le cœur de ses vieux amants. Jaroslav était amer. Pendant les années noires, au prix de sa vie, déjouant la répression, il avait réussi à maintenir en vie un petit théâtre. Et là, il venait tout juste d'apprendre qu'une chaîne allemande de restauration rapide rachetait son théâtre pour ouvrir une « sandwicherie ».

Les nouvelles utopies avaient un goût de Big Mac.

Je l'accompagnai au dernier tramway. « Moi, je suis trop fatigué, mais il faudra bien un jour se lancer dans une nouvelle dissidence. »

la bourse ou la vie

Les statues en tombant entraînaient le siècle tout entier.

Gigantesque cadavre pourrissant sur lequel et *dans* lequel nous errons, depuis, de débâcle en renoncement, dépourvus d'espérance, remâchant, tâtonnant, appliqués à nous conformer au cynisme ambiant, rendus à l'évidence comme on s'est rendus à l'ennemi, le désenchantement en guise de lucidité. Chacun reclus dans son cocon d'inquiétude. Chacun soumis au modèle unique : un individu sans lien, sans fil, se gérant comme une entreprise. Chacun soumis à la guerre économique, à la guerre de tous contre tous, à la guerre de chacun contre soi-même. Chacun soumis à la peur du chômage. Peur des exclus, peur d'être exclus. Évoquant Spinoza, Gilles Deleuze parle de ces angoisses modernes : « La tristesse, les affects tristes sont tous ceux qui diminuent notre puissance d'agir. Les pouvoirs ont moins besoin de nous réprimer que de nous angoisser. »

C'est que, dans l'immense nuage de poussière du grand effondrement, la révolution conservatrice néocapitaliste déjà en marche s'est imposée au monde et aux esprits, abolissant toute espérance, confisquant toutes richesses, toutes innovations, tout progrès, en se faisant passer pour l'ordre naturel, alors que « théologie financière et dogme du profit [1] » ne sont rien d'autre qu'une vision tout aussi totalitaire du monde, qui élimine l'homme au profit du profit.

Gigantesque cadavre, où depuis dix ans, micro en main, nous cavalons à l'affût des brasiers comme des petits dimanches. De Craonne à Djakarta, de Kigali à Vitrolles. Avec la plus totale liberté [2]. Guettant le moindre contre-feu, à l'affût de ces nouvelles dissidences auxquelles songeait Jaroslav. Et toujours en mouvement, les pieds dans le tapis ou dans le plat, nous rattrapant aux branches, sachant que si nous faisons le chemin, c'est le chemin qui nous fait. Et si c'est bien le réel qu'il s'agit de vivre, je n'oublie pas que l'homme descend du songe. Et que dans songe, il y a son.

reporter

À la radio, le reportage est le parent pauvre d'un média lui-même parent pauvre. On se contente de mettre « un son » ici ou là. La radio est un piano dont on n'utilise qu'une seule touche. Le reporter (même « grand ») reste un fantassin. L'élite éditoriale qui chaque jour vous éclaire de son prêt-à-penser ne connaît du monde que la partie de trottoir comprise entre bureau et restau. Et retour.

Dans cette friche, le reportage constituait une petite niche de liberté délaissée. Un maquis ingrat, mais un

---

1. Raoul VANEIGEM.

2. Seul le service public pouvait rendre possible une telle expérience.

maquis à prendre. D'autres avant moi avaient réussi à créer des petites Radio-Londres à la radio [1]. J'avais déjà fait quelques parcours hors piste qui m'avaient valu placard et mauvaise réputation. L'occasion se présentait. Fuir les studios sans fenêtres, fuir le fiel des couloirs, fuir la fuite dans les idées, fuir le « journalisme assis » (ou journalisme de bureau, ou journalisme d'ordinateur), bref, oser se frotter au vaste monde, Jack London à Londres, Bruce Chatwin en Patagonie, Guillebaud en Asie, John Reed dans les Balkans et Albert Londres partout. Et n'importe quelle photo de Capa et n'importe quelle photo de Doisneau, et tituber. Tituber entre l'indignation et l'enchantement, les bombes et les myrtilles, et rapporter des blocs de bruits encore vivants, les jeter sur la table, et tout chauds, les tailler en sons et leur donner un sens avec une bande d'*ingénieux du son* tous aussi fadas.

Au mur, écrit à la main : *Se mêler de ce qui ne nous regarde pas alors que personne ne nous demande rien.*

temps rare

Ringardise, pesanteur, comique pédant, arbitraire, gestion féodale, passé chargé, Radio France a tous les défauts, sauf, encore, au fond, une belle ambition – un alibi, diront les cyniques – qui à mes yeux rachète tout : le service public. Même si je sais bien tout le flou commode qui s'attache à cette notion et le grand usage qu'en fait la langue de bois directoriale.

Pour les radios commerciales, le but est clair : attraper des auditeurs par les oreilles pour les vendre à des annonceurs. Même si notre radio fait trop souvent

1. Michel Lancelot, Pierre Bouteiller, Claude Villers, Claude Dominique, Yann Paranthoën, Bertrand Jérôme et d'autres. Sans parler des radios « libres » avant qu'elles ne deviennent privées (de talent) : Carbone 14, Nova, etc.

entendre la voix de son maître et de ses intérêts, même si des nostalgiques de la Voix de la France peuvent tenter d'en reprendre parfois le contrôle [1], Radio France représente une idée citoyenne, une valeur civique et toujours perçue par les auditeurs aujourd'hui comme un Bien Commun. Pour un môme de banlieue pauvre qui doit tout au TNP de Jean Vilar, ce bien commun-là, ce « temps rare » est une patrie à défendre [2].

journalisme de rupture ?

Vrai que nous avons un faible pour les faibles, vrai que nous sommes plus proches des jetables que des notables, vrai que nous préférons la parole au discours, vrai que nous préférons les *Malgré tout*, aux *Malgré nous*. « La presse n'est libre qu'envers les faibles et les gens isolés », disait Balzac. Journalisme engagé ? Ces deux mots devraient faire pléonasme, mais si engagement il y a, il n'est rien à côté de celui des Albert Londres du CAC 40 et des Camus du vingt heures. Et bien loin de l'engagement d'une personne comme Mme Claire Chazal, qui n'hésita pas à mettre en jeu son prestige pour soutenir avec ferveur la candidature d'un Édouard Balladur.

Et la radio dans tout ça ?

La radio respire…

1. ORTF-Canal historique, selon *Le Canard enchaîné*.
2. « Ne pas remplir ce temps rare avec du vide » : Pierre BOURDIEU, *Sur la télévision*, Liber, Paris, 1996.

radio la belle respire

L'homme est comme le lapin, il s'attrape par les oreilles.
Mirabeau

La radio fait penser à autre chose. Elle a ce pouvoir. Et le pouvoir n'aime pas ça. Surtout lorsque la radio fut à la portée des oreilles de l'homme du commun. Pouvoir économique et politique s'emparèrent de la belle. Son énorme pouvoir d'influence fut aussitôt mis sous contrôle. Mais la radio est libre, naturellement libre. Rien à faire. Enfermez-la dans une maison ronde en forme de château fort située le plus loin possible du cœur de la ville, de la vie, dans un quartier morne, loin du peuple et du bruit. Confinez-la dans des studios sans ouverture, que tout soit sous contrôle, à la virgule près. Rien à faire, la radio respire. Derrière les bavardages et les musiquettes, derrière les pauvres calembours, derrière le sérieux des « haut-parleurs », malgré la réclame, malgré tout cet appareil qui veut nous mettre son « ça » dans la tête, soudain, *inouï*, on entend le ministre qui renifle, le petit chien qui aboie dans la rue de l'assassin, la petite cuillère dans le café du matin. Des bruits libres, dont on n'a pas toujours conscience, mais qui feront dire qu'« on a l'impression d'y être » et qui s'échappent du transistor et viennent se mêler aux bruits de la cuisine, la circulation, le jardin, dans le paysage sonore public ou intime de chacun. Je veux dire que dans le taxi, l'atelier, la salle de bain, le son suggéré redevient bruit parmi les autres, un matériau pour les rêveries, un éclat pour des émois, un truc qui dégoupille… Le souffle, l'âme, l'air libre…

Lorsque je serai calife, j'instaurerai chaque jour une minute de son. Nous nous privons trop de célébrer notre inouï de chaque jour. La radio est, avant tout, cette jubilante ode à l'ouïe.

Le pouvoir a donc toujours et partout confisqué la radio. Contenir ces bruits intempestifs, censurer par l'intermédiaire de comités d'écoute, réduire à une voix unique (la voix de son maître) ou, à l'inverse, laisser tout entendre pour qu'on n'entende rien. Nouvelle forme de désinformation : trop informer. Trop d'info tue l'info.

La télévision a relégué la radio à la portion congrue. En haut lieu, on a assigné à la radio la fonction d'un « média d'accompagnement ». Du papier peint sonore, un genre mineur pour les mineurs. Oubliant la puissance de cet outil.

C'est que la radio peut tuer, au Rwanda, elle fut l'outil du génocide ; au contraire, Radio-Londres portait l'insoumission. Pourtant, la radio reste un genre mineur. Les animateurs en sont les premiers persuadés : *C'est dommage, nous sommes à la radio ; vous ne voyez pas l'image.* Alors qu'elle n'est qu'image. Une image que chacun produit. On pourrait dire une « vision ». La radio est l'art le plus visuel qui soit. Et le plus sensitif. Et le plus intime, et le plus mobile. La TSF était statique, mais le transistor met le son en mouvement, puis l'autoradio, le baladeur. La radio suit le corps, la radio est mouvement, voyage dans le voyage.

La radio est nomade.

la nuit au poste

Quand j'étais petit, on regardait la TSF. On regardait les vingt-quatre heures du Mans toute la nuit, dans la petite salle à manger avec une cafetière et des couvertures et, dans le noir, le cadran éclairé et l'œil vert sous le cadre antiparasite avec la photo de Geneviève dans sa robe de communion.

Enfant, j'attendais que les petits monsieurs avec des chapeaux sortent par-derrière le poste après y avoir causé. Avec l'Église et le Parti, c'était notre seul grain à moudre.

On regardait *La Famille Duraton*, *Dans les mailles de l'Inspecteur Vitos*, *Cent francs par seconde* ou *Reine d'un jour* avec Maman Cat et le géant Atlas. Le dimanche, le disque des auditeurs, *Le Lampiste Le Guignon* avec Yves Deniaud offert par la Boldoflorine, *la-bonne-tisane-pour-le-foie* ! À chaque soir son émission. À chaque dîner son plat. Ainsi, les pois-cassés-saucisses du mercredi, c'était Zappy Max et son *Quitte ou double*. L'abbé Pierre, candidat plusieurs semaines, fit un triomphe. La France était là, le petit peuple, la broutille nombreuse, la « masse laborieuse », comme nous appelaient les salauds d'en face. Nous, nous étions ce qu'à la mairie et à l'école on qualifiait d'« économiquement faibles ». En classe, on nous distribuait des chaussures et des bons de charbon. Mais – sans qu'il le sache – nous emmerdions le monde : nous avions la TSF. Et la TSF, c'était le Grand Monde. Nous en faisions partie. C'était écrit sur le cadran, des villes mystérieuses, des *pays du bout des ondes*... J'avais envie d'y partir en passant par la TSF. J'ai fini par le faire, bien plus tard, pour de vrai. Ce livre en apporte la preuve, c'est sa seule raison d'être. Mais déjà, alors, c'était de la France qui entrait dans le petit pavillon de banlieue, des horizons, des ailleurs, alors que nos vies s'arrêtaient au bout de la rue. Allumer la radio c'est ouvrir une fenêtre. Le matin c'est être au monde. Quoi de neuf ? C'est aussi rejoindre la communauté des auditeurs, la compagnie du monde. Écoutons *voir*. Voyons ce qu'ils écoutent. Voyons ce qu'on nous donne à écouter. La radio fait du « nous ». La radio intègre. La radio contribue à « faire France ».

Et les soirs de *Quitte ou double* elle était là, tout entière, retenant son souffle autour de la toile cirée entre le boudin-purée, le petit jardin avec le poulailler, la famille de banlieue qui rêvait de son premier chauffe-eau pour se laver les cheveux dans l'évier en chantant : « *Allez donc vous faire laver la tête, avec Dop c'est toujours un plaisir, Dop, Dop, Dop !* » Je ne sais plus m'arrêter avec ces nostalgies. Je ne veux pas dire qu'en ce temps-là nous savions mieux nous aimer. Mais je vois encore comme le saint sacrement le poste, un soir, attaché sur le vélo de Papa et la famille silencieuse qui suit à pied en procession jusque chez le réparateur dans l'espoir qu'il soit sauvé…

Ainsi se mêlaient nos vies à la TSF : la vaisselle, les confidences, la sonnette du jardin. Ainsi, grâce à l'usage que nous faisions à notre insu des sons, ces radios aux intentions populistes devenaient populaires. Écouter c'est inventer. Opérant comme un gracieux acide, le rire de mes sœurs rongeait la Voix de la France.

Voix de la France, page-de-publicité, réducteurs de têtes, c'est surtout par le choix délibéré de la médiocrité et de la niaiserie que le pouvoir fait passer sa voix unique. « Les maintenir dans l'ignorance ? Mais le peuple ne demande que ça ! », me disait, sans rire, un de nos directeurs. Cette confiscation par l'indigence a fait de la radio une harpe dont on n'utilise qu'une seule corde. Il y a un orchestre symphonique mais on entend toujours le même type qui joue le même air avec le même clairon.

Pourquoi n'a-t-on pas alors réussi à la tuer tout à fait ?

À cause, je crois, de cette respiration.

Il y a vingt ans, la première fois que j'ai enregistré, en sortant du studio, un type armé de ciseaux coupait déjà mes respirations sur la bande. Avec le temps, il s'est lassé. D'autres souffles d'air s'étaient déjà immiscés. Des petits malins avaient vu là un superbe espace de liberté, rusés, ils se sont battus, patients braconniers. Pesanteurs, ringardises, rigidités corporatistes, studios murés, ils ont réussi à faire entrer un peu d'air. Des airs, pas seulement des musiques nouvelles ou des voix non autorisées mais aussi des bruits dissidents, les bruits de la vie, tout simplement.

La radio, c'est la Belle Respire avec un long manteau qui efface ses pas derrière elle sur la neige. Son forfait accompli, elle ne laisse pas d'empreinte… Alors vous pensez, imprimer ça… si j'ai hésité ! Trahir pour le plomb du livre, le papier mâché, clouer le papillon sur le bouchon, le regarder palpiter encore un peu et refermer la porte sur ces années. Ce serait moche. Sauf si vous prenez ça pour une partition transitoire qui attend les voix hautes, les soupirs, les alizés, les faridons, la Misère du trente septembre, l'amour qui sauve et le sable sous les roues de nos vélos avec Ben à Donnant.

Sauf si en appuyant votre oreille sur la mer, vous entendez ce livre.

7 février 1997

LE MONDE C'EST TOUT LE MONDE

Ne retrancher personne de l'humanité.
Robert Antelme

Dans un millénaire on parlera encore de ce millénaire. On ne sait jamais ce que le passé nous réserve mais l'avenir n'en reviendra pas. Et dans ce millénaire, c'est ce siècle-ci qui fera date. Et qui fera tache. Un siècle de turpitudes. Nous en sortons exténués, inhibés, esquintés, la queue entre les jambes de l'histoire de l'humanité. Je ne dis pas que c'est le cas de chacun. Le navire monde n'est pas le même *Titanic* pour tous. Je connais des gens qui ont un futur. Quelques Inuit, trois Chinois et un couple vers Bar-le-Duc. Mais pour le reste, le futur se fait rare. Pierre Dac expliquait que le futur n'est rien d'autre que du passé en préparation. Or, nous, du passé, on en a trop en stock. Donc, pas besoin de futur, au contraire, qu'est-ce qu'on en ferait ? Et pourquoi ce passé ne veut-il pas passer ? Parce que notre passé est un passif. Un passif qui nous a conduits à la passivité. Comment s'en débarrasser, sous quel tapis ?

Il faut bien constater que nous n'avons pas encore l'estomac pour digérer ce siècle monstre. Ni la force d'âme, ni l'inconsciente jeunesse, ni quoi encore ? La foi ?

Cette nuit, c'est la fête pour le passage de la ligne 2000. Mais sous les masques, on le sent, la mort pèse plus lourd que le gâteau. Nuits et goulags, charniers et brouillards. Dans la nuit, les feux d'artifice projettent les ombres de la Kolyma, d'Hiroshima et des trains pour Auschwitz plutôt que le premier pas d'un homme sur la Lune, Einstein tirant la langue ou la beauté d'Ava Gardner.

Mais l'une des ruses de l'Histoire veut que les siècles commencent et finissent là où ils veulent. Ainsi, de Sarajevo à Sarajevo, notre siècle a pris fin dans les débris de la chute du mur de Berlin. Fini le siècle des grandes impuissances, voici venu le siècle de l'évidence. Fin de l'Histoire, Pensée unique, Nouvel ordre mondial. *Plus rien à voir, circulez.* Nous avons obtempéré. Nous circulons sans rien voir. Désormais, toute dissidence relève de la pathologie. Ou d'un folklore désuet. Ou des inoffensives diatribes d'« intellectuels » pour émission tardive.

Avec l'eau rougie du bain communiste nous avons jeté le bébé de la révolte. Tous les bébés de toutes les révoltes. Une bonne fois pour toutes. Et faut-il appeler « révolte » ces acquis patients des Lumières et des luttes populaires dont l'âme et le sang de l'Histoire nous ont faits héritiers : le bien public, l'égalité, la justice, l'espérance, la solidarité… ? Non, désormais tout se vaut, tout est vu, tout est vain. Lâchons prise. Aucun autre monde n'est possible, la cause est entendue, n'en parlons plus Karl, vous allez vous faire du mal et nous gâcher encore cette gentille soirée.

Et d'ailleurs, le combat continue. Les bonnes causes ne manquent pas pour nos jeunes. Des accommodements nécessaires, des adaptations indispensables, d'urgentes réformes sur des critères de convergence. Les plus motivés peuvent rejoindre le maquis en lutte pour l'aménagement concerté des ronds-points. Les plus farouches combattent pour le droit inaliénable de fumer son pétard en écoutant Jean-Pierre Gaillard. Et il y a bien d'autres fronts. L'humanitaire par exemple. Le consommateur a le choix entre l'humanitaire cache-misère, l'humanitaire cache-guerre, l'humanitaire cache-politique : « Le moyen de la lâcheté et du renoncement », dit Rony Brauman, longtemps président de MSF.

Parfois aussi, la mauvaise conscience qui fermente – telle la mauvaise graisse –, accumulée en silence durant des années, vous pousse à soutenir aveuglément une guerre comme celle faite en notre nom par l'OTAN en ex-Yougoslavie au motif qu'« on ne pouvait pas ne rien faire ».

Mais quel est le coût du coup de l'émotion ?

vive la crise !

Pour le reste, nous nous sommes soumis. Nous nous sommes rendus à l'évidence, c'est-à-dire au « marché » sans même le savoir le plus souvent. *S'enrichir et ne penser qu'à soi ! La mondialisation c'est le seul dynamisme possible ! L'État, voilà l'ennemi, à bas l'État ! Vive la lutte de tous contre tous !* De tels slogans n'ont nullement besoin de figurer en haut des avenues comme au temps du grand Staline. Ils sont dans tous les esprits, dans tous les cœurs, dans l'air qu'on respire, dans le Coca qu'on boit, dans le poulet qu'on mange, dans le média diffusant docilement la voix de l'insignifiance.

Certes, il y a bien quelques petites bavures. Parfois, une « crise », comme récemment en Asie. Aussitôt, avec l'argent des États (c'est-à-dire l'argent des contribuables), le FMI renfloue la faillite financière. On ne discute pas. Tout ça va de soi. Ces choix nous sont imposés de l'extérieur, par le monde entier. C'est le bon sens et voilà tout. Quand une idéologie devient l'idéologie dominante elle n'est plus une idéologie, elle devient une évidence. Plus besoin d'alibi ni de paravent. Néocapitalisme, ultralibéralisme ou économie financiarisée, peu importe le mot de la chose, plus rien ni personne ne s'oppose à la loi du profit. La collaboration est totale. La gauche ? *Indicate left and turn right* [1]. Chez nous aussi la devise du néotravailliste Tony Blair sert de principe de gouvernement. Qui s'opposerait à une loi aussi naturelle ? Écologique pourrait-on dire. Quel illuminé remettrait en cause Newton ou Galilée ? Ou Jean-Marc Sylvestre ? Si l'on trouve de l'idéologie dans le fait de donner les cours de la Bourse, alors on en trouve aussi dans le bulletin météo. Bourse et météo sont comparables. Fait-on des grèves contre la pluie ?

---

1. « Mets ta flèche à gauche et tourne à droite. »

Non. La pluie vous rend morose. La crise, c'est pareil. Mais le soleil revient toujours. Amis exclus, courage, que diable !

riche, mon amour

Aujourd'hui, l'unanimité s'est donc faite sur la loi du profit, sur la loi du plus fort, surtout si l'on est du bon côté. Mais si l'on est du mauvais côté aussi. Pourquoi ? Margaret Thatcher avait une explication qui eut un grand retentissement et qu'on peut ramener au principe suivant : « Quand le gros maigrit, le maigre meurt. » Aussi faut-il que le riche s'enrichisse – c'est là son rôle et son mérite – afin que le pauvre ne meure point, mais au contraire qu'il trouve dans l'os qu'on lui tend un peu plus de viande et d'amour. Voilà pourquoi le pauvre aime le riche et surtout le riche gros. Car sinon, à part ça, de nos jours, les riches n'ont plus besoin des pauvres. Ce lien est rompu. Jadis, les pauvres vendaient leur sueur. Leurs corps et leur force de travail étaient indispensables à qui voulait s'enrichir, faire la guerre ou bâtir des cités idéales. Le riche devait ménager ses pauvres comme l'on doit ménager son mulet ou son chameau. Le pauvre pouvait mordre. Il pouvait même avoir la rage. Le riche était astreint à se montrer « social ». Du coup, ces salauds de pauvres ont abusé de leur pouvoir pour extorquer des avantages prohibitifs, ce qui a conduit à la crise, au chômage, à ces mentalités d'assistés, à la drogue, au fascisme, à la violence et donc à toutes ces restructurations parfois si *douloureuses*.

Le riche n'a plus besoin du pauvre sauf encore pour le faire consommer. Je parle du pauvre d'ici. Le pauvre d'ailleurs, moins arrogant, moins perverti, est encore utilisable. Mais pauvre d'ici et pauvre d'ailleurs communient dans la même aspiration à la consommation. Et l'on connaît le conseil d'Alphonse Allais : « Il faut prendre l'argent là où il est : chez les pauvres. » En faisant consommer le pauvre – en dehors du bonheur et du rêve qu'on lui procure – on transforme le citoyen en consommateur. C'est autrement plus fun ! Et ça permet d'oublier cette pourriture qu'est la politique et à laquelle le pauvre ne comprend rien, le pauvre. Le terne animal politique est devenu le dynamique animal économique réconcilié avec l'argent, le libre-échange, la chance, le rêve de succès. Chacun peut s'enrichir désormais, la compétition est ouverte, que le meilleur gagne !

Et que le perdant perde.

Jamais nos pays n'ont été aussi riches, jamais les inégalités n'ont été aussi grandes. Pour le PNUD [1], depuis 1975 la plupart des pays avancent sur la voie du développement humain. Cependant, l'augmentation des inégalités est foudroyante. La fortune des deux cents personnes les plus riches du monde équivaut aux revenus de 41 % de la population mondiale, soit 2,3 milliards d'hommes. Entre les 5 % les plus riches et les 5 % les plus pauvres, l'écart des revenus atteint 74 pour 1, contre 30 pour 1 en 1960. Sans parler des inégalités dans l'accès aux données et au savoir. 1,3 milliard d'individus vivent avec moins de 1 $ par jour et un tiers des 4,5 milliards d'habitants des pays en voie de développement ne dispose pas d'eau potable. Dans nombre de pays africains, le revenu par habitant est plus bas qu'en 1970. Selon le Comité d'aide au développement de l'OCDE, le volume de l'aide étrangère n'a jamais été aussi bas par rapport à leur revenu national. L'aide est passée de 0,25 % en 1996 à 0,22 % en 1997. Depuis 1992, le montant a chuté d'environ 20 % (source : *Financial Times*).

Ces chiffres ne constituent pas une révélation. L'accroissement des inégalités et des souffrances d'une

1. Programme des Nations unies pour le développement, Rapport 1999.

importante partie de l'humanité est connu. « Retour à un "libéralisme" brutal et aveugle, dit Cornelius Castoriadis, on assiste au triomphe non mitigé de l'imaginaire capitaliste sous ses formes les plus grossières. » Criminalisation et débilisation de la misère. Désintégration des peuples en autant d'îlots barbelés, autant de communautés repliées en camps retranchés, ghettos de riches, ghettos de pauvres, ou selon des critères ethniquement purs, sexuellement purs, religieusement purs, autistes au reste de la planète. Chacun excluant et s'excluant dans un grand mouvement de régression historique allant vers la guerre de chacun contre chacun et enfin contre soi-même. Nous nous sommes peu à peu soumis à cette balkanisation du monde, à cette désintégration de notre communauté de destin. Tout comme aux graves atteintes à l'environnement. Injustice, mafia, corruption aux niveaux les plus élevés des États sont décrits, analysés, dénoncés, mis en scène.

En dix ans de *Là-bas si j'y suis*, nous y avons contribué à notre minuscule, dérisoire, modeste et géniale façon.

Et ça voudrait être quoi, « notre façon » ?

LÀ-BAS SI J'Y SUIS EXPLIQUÉ À MES FILS [1]

Éprouver avant de la ramener. Aller voir là-bas si vous y êtes avec des convictions mais sans certitudes. Voir avec les yeux de l'autre. Partager. « Interpréter le réel avec intelligence et émotion [2]. » Préférer toujours la parole au discours. Chercher les lignes de force et les brèches dans l'inaperçu, dans l'inattendu, dans le terrain toujours vague de l'immédiat, dans une voix, dans un regard, dans un doute, dans un événement minuscule ou dans le panneau où tout le monde fonce en même temps.

Et tant pis si c'était un leurre. Tant pis si ce n'était que le « clinquant de l'instantané [3] ». Tant pis si nous n'avons fait que partager l'ébriété du présent. Tant pis si l'humanité n'était que ça. « Mais à cet endroit, en ce moment, l'humanité c'est nous, que ça nous plaise ou non [4]. » Sur le répondeur, un auditeur dit : « Le monde m'a déçu et c'est dommage. » Le monde s'en fout, Gérard. Il rôde une odeur de hargne impuissante qui refuse le monde, qui se soumet, qui collabore. Refuser le monde c'est s'en retrancher. Nous avons pris le parti de faire partie. Partir pour échapper aux pluies acides de l'insignifiance. Et revenir. Et partager en frères les bénéfices du doute.

Ne pas surplomber, ne pas regarder les autres de haut dans le confort douillet de mon petit mirador. Accomplir ce cheminement sans chemin. Au risque d'être parfois « comme un messager porteur d'une lettre sans

---

1. Maison de confiance depuis 1989. Grille de lecture, lunettes longue-vue. Boîte à outils, Import-export…
2. Jean HATZFELD.
3. Jean-Noël JEANNENEY.
4. Samuel BECKETT, *En attendant Godot*, Minuit, Paris, 1952.

adresse [1] ». Nous aurons cavalé partout sans savoir que nous ne recherchions que la fraîcheur du possible.

Et ne pas gâcher une seconde de cette liberté conquise, grain de sable par grain de sable, vous et nous, et les nôtres d'aujourd'hui et d'avant qui ont donné quelquefois jusqu'à la fleur de leur vie. Nous aurons consommé, ils se seront consumés. De barricades en résistances, leurs luttes patientes, ardentes, joyeuses souvent, le souffle de Miles Davis ou de Castoriadis, de ceux des Brigades ou du Chiapas, nourrissent notre jubilation.

Penser nous condamne à être libre. C'est pourquoi le pouvoir fait toujours tout pour réduire la pensée et ce qui la nourrit. Pas seulement la connaissance ou l'information. Mais d'autres champs qui ne relèvent pas exclusivement de ce qu'on appelle la « culture », apanage de l'élite dominante et label pour une catégorie des loisirs de masse. Nous sommes obligés d'être libres parce que nous pouvons être libres. Nous le savons bien. La liberté est une nécessité qui découle de notre faculté de penser. Si le journalisme est un contre-pouvoir, s'il est une transgression, sa cause, son éthique c'est de défendre et de nourrir et de permettre la pensée. De tous.

Être digne de ce qui arrive, ne pas être inférieur à l'événement, le prendre comme une question, et donc une pensée, penser l'événement, tant qu'on peut, avec son âme et ses tripes d'homme. Et ses pieds. Très importants les pieds. On oppose la pensée et l'émotion. Dans cette *interprétation* de la réalité qu'est le journalisme on oppose ces deux notions : émotion, réflexion. Le chaud, le froid. La tripe, la tête. Comme s'il n'y avait pas de pensée folle et d'émotion sage. On confond la pensée et l'enfermement théorique. Ne pas repousser l'émotion

1. Georges PEREC.

tout simplement parce que c'est impossible. Face à l'émotionnel, ce qui le plus souvent s'oppose n'est pas le rationnel, c'est l'insensibilité. Faire, c'est faire avec. Nous sommes bel et bien la foule sentimentale que chante Alain Souchon : *On a soif d'idéal... On nous fait croire/ Que le bonheur c'est d'avoir...*

Être là « où ça se passe », et se dire : « Si j'y suis, ça se passera pas comme ça. » Et se demander : qu'est-ce qui se passe ? Et où ? Où est l'événement ? Quand l'arbre pousse, ou quand il tombe ?

Et que pouvons-nous sur le chaos du monde et sur le destin ? Si peu. Nous avançons à tâtons. Et d'ailleurs, est-ce que nous avançons ? « Nous ne savons pas ce qui se passe et c'est justement cela qui se passe [1]. »

Nous avons du mal à penser en mouvement, du mal à dire le mouvement. De la femme aimée nous dirons les yeux, la chevelure, la délicate cheville, le parfum, la cambrure, mais rarement le mouvement. Et pourtant, c'est par le mouvement qu'elle existe. Nous sommes perdus quand ça bouge. Nous sommes des sédentaires. Des arrêtés. Peuple des monuments, des cathédrales, des statues de bronze, des livres immobiles sur des étagères et des papillons épinglés dans la poussière.

Parfois, au contraire, revenir bien après l'« événement », quand l'herbe a repoussé. Voir comment la plaie se referme, mesurer le bel oubli ou, à l'inverse, deviner les forces de renouvellement au travail. Se colleter avec la part démente de l'animal humain, avec

1. José ORTEGA Y GASSET, cité par Edgar MORIN, *Mes démons*, Stock, « Au vif », Paris, 1994 : « No sabemos lo que pasa y eso es lo que pasa. »

sa propension à la soumission, avec sa part religieuse aussi, avec l'énigme du mal inscrite en chacun.

Vivre la transgression. Tout ce qui dérange, tout ce qui nous change, toute insurrection de beauté, toute lumière fraternelle, toute découverte, toute vérité naît de la transgression à l'ordre établi. La vie est désordre. Une vie qui ne veut rien déranger ne mérite pas d'être une vie. Mais cette désobéissance n'exclut pas une éthique. Penser les limites. De l'acte de vivre, faire ce qu'Henry Miller disait de l'acte d'écrire : « Voir disparaître les verrières qui me séparent du monde. »

Et alors ?

Ce « et alors ? » vous prend sans prévenir. Pas seulement quand vous ratez l'avion et que le prochain est dans huit jours, pas seulement quand la boîte vocale vous dit : « Vous n'avez pas de nouveau message. »

Appelons ça le blues de Sisyphe.

Vous avez beau répéter partout et vous persuader qu'il ne faut pas exagérer la portée de vos histoires, faire le modeste en citant Diderot : « On ne permet de dire qu'à celui qui ne peut rien », ce blues vous agrippe quand même. Elle est partout cette pente douce amère qui va de la mélancolie à la soumission. Je ne dis pas qu'on ne s'indigne plus, on s'indigne même beaucoup, on ne fait que cela. Et que peut-on faire ? On ne peut rien faire. De l'indignation à l'impuissance, de l'impuissance au ressentiment, voilà le terrain propice à toutes les infamies. À toutes les peurs. À notre goût immodéré pour la servitude volontaire. La Boétie ou Montaigne posent la seule question qui vaut aujourd'hui : pourquoi se laisser asservir alors que nous sommes nés pour être libres ?

Les habits neufs dont la tyrannie s'était affublée deviennent transparents. On ne voit que le néant au travers. Du rien. Un univers virtuel où l'humain est surnuméraire. L'homme est un détail qu'il faudra éliminer, qu'on le veuille ou non. Jusqu'à l'ultime et toujours *douloureux* plan social final.

« Les peuples n'ont jamais que le degré de liberté que leur audace conquiert sur la peur », disait Stendhal.

Trouvons le plus grand mur possible pour y inscrire ce proverbe dogon :

FAUT-IL ATTENDRE D'ÊTRE VAINCU POUR CHANGER ?

Belle-Île, juillet 1999

2

« On est con, mais pas au point de voyager[1] »

Il y a des idées qui vous traversent l'esprit comme les hérissons traversent la route. Sans raison. Le plus souvent écrabouillées par le gros camion du comme-il-faut. Pas toutes. Certaines survivent, persistent et saignent. Et dansent. La dissidence danse.

Bien sûr, à *Là-bas si j'y suis*, depuis dix ans nous sommes les meilleurs journalistes du monde. Partout où il fallait, toujours sur la photo, tout ce qui arrive on vous l'avait bien dit, le carnet dans la ceinture, le micro entre les dents, même éclaté sur le lit d'hôpital, ça tourne toujours. Tout ça au service du Grand reportage et de la Vérité !

Eh non, bien sûr. Ce qui est important n'arrive pas en klaxonnant. « Tout ce qui est important arrive sur des

1. Samuel Beckett.

pattes de colombe », disait Nietzsche. Guetteur d'inaperçu, en plus de s'attendre à l'inattendu, il ne faut pas écraser le renversant saugrenu, ni les fruits des Fendues, ni les clameurs de l'inouï, ni la douce beauté de l'insu…

Paris, novembre 1997

voir ce que tout le monde voit, penser ce que personne ne pense

Toute ma vie j'aurai voulu être un homme du monde.

Un homme du monde entier au sens où Baudelaire l'entendait. Homme qui connaît du monde tous les rouages, tous les usages, tous les savoirs.
À condition d'en faire des ailes, pas du plomb.
Pas comme ces vieux baroudeurs de bar et leur gilet multipoches comme autant de tiroirs pleins d'anecdotes rasoirs et qui ont tout vu, tout vécu, tout ressentu, tout pensu.
Ces missionnaires de l'impuissance ont répandu le « cynisme-média ». Cette fausse lucidité qui est revenue de tout sans être allée nulle part.
Certains savent transmettre leur expérience comme un noyau de cerise. Pas si difficile de les rencontrer. Tendre un peu l'oreille et s'arrêter. On les reconnaît à ce qu'ils

ont l'air de s'excuser du peu : « J'ai mangé le fruit de la vie et je suis arrivé à ce noyau. La suite de l'aventure est dedans. »
Mais le plus souvent, ceux qui ont des kilomètres au compteur vous jouent l'air du découragement : « Nous n'avons pas réussi, vous ne réussirez pas non plus. »

Comment échapper à cette contagieuse inhibition d'un monde flapi, sûr d'être condamné à demeurer ce qu'il est ?

Comment concilier saveur et savoir ?

Comment éviter que la réflexion n'inhibe l'action ?

Sur le répondeur, une auditrice dit : « *Le savoir augmente le chagrin.* » Comment lui donner tort ? Comment combattre les « affects tristes » dont le Pouvoir aime à nous voir affligés ? Comment savoir mais croire que l'on ignore ?

Ah ! Qui célébrera la grâce de l'ignorance, la beauté du trou de mémoire, cette chance qu'est l'oubli ? Ce goût de matin d'île quand un môme demande : *Pourquoi la nuit est bleue, pourquoi les vaches n'ont pas d'écailles, pourquoi mon cul n'est pas du poulet ?*

« *Pourquoi la terre est-elle plate ?* » demande un jour l'enfant Galilée.

« *Pourquoi les pommes tombent-elles ?* » se demande un autre gosse qui s'appelle Newton.

Bizut, nouveau, novice, en route, nous partons ! En route les bleus ! Sur le tableau noir de cette page blanche écrivons ceci : *Il ne s'agit pas de voir ce qu'on ne voit pas mais de savoir voir ce qu'on voit.*

L'artiste, le savant, le poète, le penseur, la femme amoureuse, le mystique, l'idiot, l'enfant, les vrais voyants voient ce que tout le monde voit et pensent ce que personne ne pense. Sans la lumière de leur œil, la vie fane en quelques minutes, vidée de sa substance même, son sang, son sens, son son. Nul n'a le monopole de ce regard, il abonde chez le tout-venant.

Sauf chez certains professionnels. Voyageurs, écrivains, ethnologues, chercheurs, envoyés spéciaux, diplomates, missionnaires…

Ces marioles partent voir ce que personne ne voit mais ils pensent ce que tout le monde pense. Et leurs trouvailles sont conformes, soumises, aplaties. Dépourvues de la valeur ajoutée et subversive du regard singulier.

Enfant amoureux de cartes et d'estampes, en route !

Ici commence le premier jour du reste de nos vies.

2 septembre 1998

Les deux malédictions du voyageur sont l'enchantement et l'indignation. Les deux aveuglements. Les deux façons de passer à côté. Je n'ai jamais rencontré un voyageur assez sage pour se prémunir contre ces deux malédictions. J'en conclus que voyager, c'est passer à côté.

partir pour la ramener

C'est la phrase invisible tatouée sur l'arbre du voyageur.

C'est la devise secrète de quiconque prend la route.

De Christophe Colomb à Jeannot le sextouriste, du jésuite avec sa Mission au reporter avec ses frais de mission, du réfugié-sans-papiers au touriste-terre-de-contraste, du passeur de came au camé du Caméscope, tous nous partons pour la ramener.

Ramener quoi ? Des Nouveaux Mondes, des boules neigeuses de La Havane, des bons sauvages dans des cages, des diapositives de Trouville, des Tombeaux du Christ ou des pacotilles de duty-free. Ramener de l'encens et de la myrrhe. Des fables surtout, des sacs de fables. Des mensonges et des songes. Des songes creux de clichés attendus, de reportages comme prévu, d'émotions conformes et convenues. Mais aussi, parfois, des rêveries pas ordinaires qui prennent leur temps à se développer en vous, comme une photo ou une maladie. Le voyage, c'est des choses qui existent mais qu'on invente. Des « là-bas » qui n'existent que si j'y suis. On ne voyage pas si on ne rêve pas le voyage qu'on fait. Je ne parle pas du rêve qui endort, mais de celui qui réveille, en nage, à la gorge, l'hirsute, le traviole, le pas racontable, le si beau qu'on arrête de vieillir. Imaginaire, non pas au sens d'image, mais au sens de rupture, d'invention, de résistance. De ligne Imaginot. De première ligne. S'acharner ensuite à mettre ces rêves en chair, en mot, les mettre en forme, en son, en soi, en tous, voilà une aventure périlleuse et désespérée. En passant la lumière, tout peut s'effriter ; le plus souvent, tout tombe en poussière. Le plus souvent, on évente au lieu d'inventer.

Il n'y a plus qu'à repartir.

Pour la ramener.

Juillet 1998

aux tsiganes

> Feuilletant le poème du monde, je voyage.
>
> Jacques Meunier

Quelles raisons avions-nous de partir ?

Quel vent, rappelez-moi, nous poussait ?

On n'arrive pas pour les raisons qu'on avait de partir.

On ne revient pas pour les raisons qu'on avait de s'en aller.

Quelle mouche nous piquait ?
À quelle étoile avions-nous accroché nos verdines ?
Le premier virage tourné, on oublie tout ça.
Passée la première dune, agrippés les premiers barbelés, écopés
les premiers tirs, investie la première grange,

franchis les premiers jupons, dormi dans la paille du premier juillet. On oublie.

Quelle détresse avons-nous fuie ?

Quel horizon nous allumait ?

Même si c'est en tribu qu'on voyage,
un enfant à l'épaule. Voilà une pluie, voilà une guerre,
voilà un anneau d'or, voilà une épidémie,
voilà une terre sacrée, voilà un amour.
Et l'on sait que l'on n'arrivera jamais pour les raisons qu'on avait de partir.

Hasard, nécessité, pente fatale, irréductible destinée,
voilà la vérité du parcours.

Mais nous ne sommes pas seulement ces fétus irrésolus.
L'amour est enfant de bohème et même les enfants de bohème ont des lois.
Quelque chose penche, quelque chose pense, quelque chose prie, quelque chose ne veut pas plier.
Sans mot le plus souvent, sans parti, sans patrie.
L'homme descend du songe et ce songe dit le chemin.
Et le chemin penche et pense et rêve.

Non, nous ne sommes pas seulement ces bouchons résignés,
pas seulement soumis au vent, uniquement gouvernés par la tyrannie, les fléaux, les vertes collines et les bordels aux seins fleuris.

Le chemin nous fait et nous faisons le chemin.

Jamais, au fond, ne s'interrompt le secret conciliabule
entre la destinée et la liberté. Chacun, chaque jour,
sauve sa cohérence. Voilà ce que nous rappellent,
voilà ce que nous apprennent les Tsiganes.

On n'arrive pas pour les raisons qu'on avait de partir.

On ne revient pas pour les raisons qu'on avait de s'en aller.

16 décembre 1997

3

TSIGANES

> Les nomades n'ont pas d'histoire, ils ont seulement de la géographie.
>
> Gilles Deleuze

> On sait très bien que l'on se damne
> Mais l'espoir d'aimer en chemin
> Nous fait penser main dans la main
> À ce qu'a prédit la tzigane
>
> Guillaume Apollinaire

Montreuil-Bellay, Stockholm, Kosice, Timisoara, Perpignan, Sofia, Strasbourg, Tirana, Nanterre, Irkoutsk, Séville, Bucarest, ces lieux n'ont rien à voir, hormis que partout, depuis dix ans, nous y avons rencontré des Tsiganes.

Passagers de nos enfances et ambassadeurs des chemins, ils sont la « métaphore ambulante de la liberté », ils sont le devenir, ils sont la métaphore même du devenir. Les rencontrer, à chaque fois, nous remet en route et nous redit à l'oreille : « Dans les chemins que nul n'a foulés, risque tes pas. Dans les pensées que nul n'a pensées, risque ta tête [1]. »

toute la vie dans chaque seconde de la vie

Si vous n'êtes pas sages le romanichel va venir pour vous prendre. Jusqu'au jour où notre mère s'est aperçue que ça nous aurait plu. Partir dans la roulotte avec les marchands de paniers d'osier et de fausses dentelles, rempailler des chaises au long des buissons, manger des hérissons sur des feux de nuit.

Elle a dû changer sa menace.

Si vous n'êtes pas sages le gendarme va venir.

Ça, c'était beaucoup plus effrayant.

Pour se rassurer, on se disait, mon frère et moi, qu'il y avait peut-être des gendarmes gitans.

J'ai appris par la suite – et j'en fus bien content – qu'il n'y a jamais eu le moindre gendarme gitan. Le mot « chouraver » par exemple, est un mot tsigane. Tout comme rupin ou surin. Chouraver, rupin, surin. Pourquoi des gendarmes auraient-ils inventé des mots pareils ?

20 mai 1993

---

1. Odéon, 1968.

vie de bohème

De nos lignes de vie à nos lignes de métro,
entre vie de bohème et vie de chien.
ils ne font que passer
comme si passer n'était rien.
Quelquefois vénéré, torero,
enfant de la balle, musicien,
mais souvent bouc émissaire.
On lui jette alors des pierres
jusqu'au camp de la mort.
Supplément d'âme ou supplément d'emmerdement,
tel est le rôle assigné au gitan.

Vie crue, vie hirsute,
à fond la caisse ou rien,
virtuose de l'émoi,
j'aime leur infaillible instinct de l'instant.

Leur rendre ce qui leur appartient.
c'est-à-dire rien
du vent, des airs.
L'image de Django qui crame dans sa roulotte à Saint-Ouen.
Leur rendre grâce de nous avoir appris
qu'en bougeant, on acquiert le sentiment

de peser moins lourdement sur cette terre

que la plupart des vivants.

21 mai 1993

ramasse-miettes

À la fin du marché, dans le soleil du dimanche, le Noir qui conduit le camion vert freine pour laisser passer trois femmes multicolores. Des femmes tsiganes qui glanent dans nos poubelles prospères.

Quand je t'entends parler d'« économie de marché », c'est ça que tu veux dire ? – me demande ma mère. *C'est ceux qui ramassent les restes à la fin du marché ?*

Hardes colorées, enfant sur la hanche, plus besoin d'aller loin pour photographier les pauvres exotiques. La misère aussi se délocalise.

Elles emmerdent le monde avec l'arrogance des putes en majesté. Les putes, c'est : « Je te vends mon cul, mais pas le reste. » Les Tsiganes roumaines, c'est : « Je te vends mon malheur, mais pas le reste. » Comment voulez-vous ne pas rejeter des pauvres comme ça ?

Arnaqueuses avisées, elles plument le bon cœur du gadjo gogo, mais pas trop, pas cœur brûlé, elles en laissent un peu, pour que ça repousse. Ne pas épuiser la ressource, c'est la règle du métier.

Au bout de la rue Montorgueil, elles rentrent vers Nanterre en grugeant le RER, habiles à piger le moindre clivage, les mille petites failles. Elles savent le bien qu'elles font à celui qui leur en fait.

J'aime ces virtuoses des interstices et des moindres plis de la ville, ramasse-miettes avides, comme la pie voleuse, d'une pièce de monnaie, d'une cigarette, d'une queue de cerise.

Rue Montorgueil, 23 mai 1993

d'où viens-tu peuple de fantaisie ?

Libres comme le vent, fiers, fervents, nomades sans attache, jouissant sans entrave dans les marges où la société les rejette. Telle est la figure du Rom romanesque.

Il nous en faut des comme ça dans nos imaginaires, des rebelles modèles, des artistes de la vie, des violents du violon et du chant profond, évidemment maudits.

Mais on aimerait aussi qu'ils foutent le camp faire leurs dégueulasseries ailleurs avec leurs gosses estropiés par leur propre père à coups de pierre pour les vendre au marché de la mendicité.

Que de fantasmes assassins, que de clichetons curetons, que de dangereuses gourances au sujet des Roms. C'est vrai que chaque peuple se fait des idées fausses sur ses voisins. Et les entretient. Comme une poire pour la haine. Pas toujours, mais souvent. Pour nous, les Roms font partie de ces « peuples de fantaisie » que nous avons inventés. « Réduire les autres à ce qu'ils offrent de bizarre à nos regards », dit Paul Valéry. Les sédentaires, que les biens entassés rendent pesants et vulnérables, redoutent les nomades.

Les « fils du vent » n'ont rien de ce qui constitue un peuple. Ni territoire, ni pouvoir, ni État, ni religion en propre. S'ils ont une langue, l'usage en est bien cabossé. Et pourtant, ils sont un peuple. Huit millions en Europe. Le plus européen des peuples d'Europe. D'ailleurs, il n'y a pas qu'une sorte de Tsiganes, mais autant de groupes différents dans le monde. Bigarrés, en mouvement, en devenir. La pauvreté et l'exclusion ne suffisent pas à les définir. La plupart se préservent en ne donnant pas prise aux sociétés qu'ils côtoient souvent depuis des siècles.

Les Tsiganes furent exterminés en masse par les nazis [1]. Parias de l'Europe. En Roumanie, jusqu'en plein XIXe siècle, ils avaient le statut d'esclave. « Bétail, immeuble et tsiganes » : au siècle dernier, la loi en Roumanie ne faisait pas de différence. Des monarchies éclairées aux démocraties modernes en passant par le stalinisme, beaucoup de régimes ont pratiqué l'assimilation forcée des Roms. D'Espagne en URSS, les pouvoirs ont tout fait pour les sédentariser. Assimilation, « romantisation », folklorisation. Ils sont toujours là. Comment expliquer cette civilisation de la survie ?

L'air toujours en décombres, ils s'inventent et se métissent à chaque instant. Toujours à l'envers, toujours en lisière, rebut des sociétés dominantes, quelle que soit la domination. Insaisissables mais révélateurs de ces sociétés comme autant de petits miroirs d'une intarissable vitalité.

Certains Roms parlent de leur Nation, une nation en devenir, qui serait faite de tout ce qu'ils n'ont pas.

---

1. Les Tsiganes furent, sous le IIIe Reich, internés dans tous les camps de concentration et aussi dans les ghettos. À Birkenau fut ouvert, en 1942, le « camp des familles » : trente-deux baraques où furent regroupées, en famille, à peu près 20 000 personnes. Dans la nuit du 1er au 2 août 1944, tous, hommes, femmes, enfants, furent envoyés à la chambre à gaz. Voir Annette WIEVIORKA, *Auschwitz expliqué à ma fille*, Seuil, Paris, 1999.
Voir aussi Henriette ASSEO, *Les Tsiganes, une destinée européenne*, Gallimard, « Découvertes Gallimard », Paris, 1994.

Risible ? Et si, dans l'Europe en cours où nul ne sait ce que deviendront les nations, cette risible « nation en devenir » avait un avenir et même un grand avenir ?

Nanterre, 24 mai 1993

4

DANS LA VIE HIRSUTE DES ROMS DE SLOVAQUIE

Ne jetez pas vos vieux, nous, on vous les achète.

Nora

Le 5 octobre 1999, le gouvernement belge a fait violemment expulser vers la Slovaquie des familles tsiganes « en situation irrégulière », en tout, soixante-quatorze personnes. Une partie d'entre elles avaient été convoquées par la police sous le prétexte de « compléter leur dossier » de demande d'asile. Détenus dans un « centre fermé » (prison pour sans-papiers) en attendant leur expulsion, certains de ces Tsiganes ont ensuite été marqués aux bras à des fins d'identification par les forces de l'ordre [1]. Le journal belge

1. Des fonctionnaires de l'Office des étrangers (l'administration dépendant du ministère de l'Intérieur, chargée des expulsions) ont en

Le Matin titrait : « Au revoir les enfants. »

En mai 1993, avec Sylvie Coma, nous avons fait quelques pas dans la vie hirsute des Roms de Slovaquie.

kosice, poprad

Tatras. Grosses voitures noires de la nomenklatura dans le cinéma de la guerre froide. Mais c'est d'abord une chaîne montagneuse entre le sud de la Pologne et la Slovaquie. Ici, certaines petites villes et villages « désertés » par les Allemands ont été, après la Seconde Guerre mondiale, peuplés par des Tsiganes. Ainsi, ces Roms hirsutes, ces Tsiganes à roulettes, ces bâtards du vent se sont retrouvés dans de grosses vieilles maisons de pierre, apanage du bonheur sédentaire et germanique !

kezmarok

Des pavés ronds, des maisons peintes, des palissades de bois, un château fort, un char de l'Armée rouge comme monument dans un jardin dépeigné qui sent le tilleul. Des grands-mères et des enfants et des tourterelles blanches qui se posent sur le canon du char…

Ici, les Tsiganes constituent 10 % de la population. Un niveau de vie nettement plus bas que la moyenne. Ils

---

effet inscrit, sur les bras de certains de ces Tsiganes et au marqueur indélébile, leur numéro de siège dans l'avion.

sont là depuis très longtemps, depuis le début du XVe siècle. Et, déception, pas de roulottes, pas de robes à fleurs, non, en Slovaquie, les Tsiganes ont été sédentarisés.

gypsie

Une famille tsigane a récemment ouvert un restaurant dans une de ces maisons de pierre cossues des Allemands d'avant. De 1634, comme l'indique la date gravée dans un pilier. On est très loin des roulottes ! Un restau avec violon, accordéon, chansons pour les touristes. Les touristes, c'est surtout les Allemands, ces Allemands d'avant (ou leurs descendants) et qui se déplacent… en camping-car ! Et quel est le nom, la marque du camping-car arrêté sous les tilleuls ? *Gypsie* ! La boucle est bouclée, les rôles sont inversés. Les gypsies installés dans le sédentaire. Les sédentaires jouant au nomade.

Slovaquie, 26 mai 1993

lomnica

à Sylvie

Entre Poprad et les Tatras on rencontre des petites villes et des villages du temps des Allemands. Non pas les Allemands croix gammée, mais les Allemands d'avant. Jadis, ces Allemands ont immigré pour l'exploitation des mines alors que la région était sous domination hongroise. Pendant la dernière guerre, les Allemands croix gammée ont occupé le pays. À la fin de la guerre, ils ont été chassés en même temps que les Allemands d'avant. Puis, les communistes ont collectivisé les propriétés. Depuis fin 1989, on procède à la restitution des biens collectivisés. Les Allemands d'antan font valoir leurs droits. Aussi en croise-t-on pas mal qui se baladent sur les traces de leur passé. Par ici, avec des marks ou des francs français on est très riche. Mais lesquels s'aventureraient jusqu'à Lomnica ?

Lomnica est l'un de ces villages « allemands » où ne vivent que des Roms. 1 000 habitants. Aucun touriste, aucun visiteur. Les fières maisons allemandes ont triste figure. Rafistolage de tôle, toitures effondrées, des ordures, un chien maigre, des gosses qui se lancent un rat mort.

Une femme s'effondre devant la voiture, un homme est affalé dans la boue du fossé. Tout le village est ivre mort… Chacun, sa bouteille de vodka à la main, dans la rue, à la fenêtre, à plein goulot, titube, débloque, les fringues boueuses déchirées, même si c'est les beaux habits qu'on avait mis hier pour la communion de la petite… Dans toute cette biture en loques, il y a des anges immaculés qui passent, petites vierges comme des petites mariées, des fillettes aux cheveux noirs, aux yeux noirs, aux ongles noirs, avec de longues robes blanches à falbalas, à chichis de dentelle blanc virginal éclatant avec des couronnes de petites fleurs cueillies sur les talus du paradis sous ce ciel de naufrage… On chiale ou on se marre, c'est comme on peut. Ne soyez pas fâchés de ce que je raconte sur vous, amis tsiganes, n'ayez pas honte amis slovaques et, en général, nous les humains, vous savez bien qu'on n'est pas mieux, vous le savez, n'importe qui le sait, le désespoir est contagieux.

Lomnica ressemble à certaines réserves d'Indiens que j'ai vues, paumées au Québec. Un quart monde. Assimilation forcée au temps des communistes, aujourd'hui, ghetto, sous-développement, acculturation, pourrissement. Dans la presse en Europe centrale, dans des partis politiques, existe un violent courant anti-Tsiganes. Les organisations tsiganes auront bien du mérite pour faire valoir leurs droits même si elles tentent de se faire entendre au Parlement européen.

Pour rencontrer les gens du village, il faut s'adresser à la mairie. Quelques pochtrons braillent sans motif apparent à l'entrée d'une bâtisse, d'autres dans l'escalier sont tout à fait écroulés. Un cerbère massif et avenant nous précède. On entre dans une première pièce où tout est à peu près détruit, les étagères, les chaises, le gars qui est là, la tête dans les mains devant une machine à écrire de commissariat couverte de poussière depuis 1953, et qui nous fait signe que c'est la porte à côté. Derrière la porte, on entend des cris comme si on faisait griller un porc vivant… Quand on comprend qu'il y a des visiteurs, ça s'arrête immédiatement. Sans excès de protocole, nous sommes conviés à entrer et là, dans un nuage de fumée de bitume, autour d'une table, le conseil municipal de la ville de Lomnica. Le décor est à peine plus pompeux, simplement, en plus, il y a des livres, quatre, sur une étagère, sur l'étagère qui tient encore. Sur la table, une dame gît écroulée, la tête dans les mains… Un des conseillers lui gueule dessus…

Elle se relève. C'est une dame âgée, elle sourit et, non sans grâce (je comprends que c'est elle qui gueulait comme ça), elle nous salue avec majesté, puis, à la demande générale, accepte de sortir. Nous prenons place. Je sens que ma chaise peut s'écrouler d'une seconde à l'autre et ça m'inquiète. Je me dis qu'après m'être fait héroïquement éclater un pied à Sarajevo je ne vais tout de même pas mourir en tombant de ma chaise à Lomnica ! Attention, donc, à la chaise, et surtout, attention à ne pas respirer : l'air de la pièce est tellement saturé de vapeurs de vodka qu'en respirant une seule fois vous tombez raide, ivre mort…

Slovaquie, 27 mai 1993

le tsigane ouvrier modèle

Des maisons tsiganes en vrac le soir à la sortie d'un village au fond d'un cul-de-sac. C'est après un ruisseau frais, c'est après des bosquets de frênes, c'est après quelques jeunots rougeauds habillés beaux qui draguent à la guitare des poulettes sur un mur. C'est après des matrones en jupe courte à fleurs et châle noir avec un liséré multicolore et des sacs à main en plastique, des vieilles poupées folkloriques qui auraient eu une vie. Elles parlent à la sortie d'une église grise. Grise de quoi ? Du chômage ? 20 % dans le secteur (90 % chez ces feignants de Tsiganes !), et c'est pas fini, on dit que les allocations, les pensions ne seront bientôt plus versées. Ah, où est le bon vieux temps des communistes ? C'était dur, mais on se débrouillait et il y avait du travail pour chacun, on faisait semblant de travailler, ils faisaient semblant de nous payer. Mais sans doute qu'elles ne parlent pas de tout ça, les bonnes femmes slovaques. Elles parlent de leurs bonshommes, ces bons à rien tous morts de la vodka, elles parlent du feuilleton télé, elles parlent de leurs petits-enfants… Elles sont là, devant des sureaux en fleur dont elles font, quand vient juillet, d'épouvantables confitures…

Un chien aboie mais aucune caravane tsigane ne passe. Les Tsiganes du coin (il faudra bien s'y faire) ne sont plus nomades depuis longtemps. Pas de roulotte, pas d'opérette. Aucun signe extérieur. Mais si leur intention dans le coin est de ne pas se faire remarquer, c'est raté. Rien à faire, cheveux noirs, peau foncée, ça suffit largement pour stigmatiser les parias.

Les Tsiganes constituent une communauté avec des hauts et des bas. Depuis une intello comme Anka Koptova, députée au parlement à Bratislava, jusqu'aux familles entières en train de pourrir dans des bidonvilles, en passant par l'homme d'affaires qui a réussi mais qui se fait passer pour Italien (ne dites pas que je suis tsigane), et d'abord par tous ceux qui – comme ils peuvent – tentent de s'en tirer sans se faire tirer dessus... Mais, dans leur majorité (500 000 en Slovaquie), les Roms, c'est le bas de gamme social, la branche pourrie. Et la chute finale n'est pas terminée. Face aux changements que subit leur pays ils sont les plus menacés.

Yanko, soixante-huit ans, n'a jamais caché son drapeau rouge dans sa poche trouée. Yanko est tsigane. Tsigane, oui.

On prend place dans une pièce au vieux parquet lavé. Aussitôt, venue de partout, la famille nous entoure, petits, grands, bébés, yeux noirs. On se scrute à l'improviste, sous l'ampoule qui pend au plafond noirci. Un buffet déglingué, un gros poêle de faïence, un feu de bûches, des photos de famille, icônes-chromos, pas de télé, pas de radio, mais des histoires, des histoires à soi, des regards intenses, comprendre, comprendre quoi ?

Toute la vie dans toutes les secondes de la vie. L'intensité des hirsutes. Comme si être un être humain méritait une telle effusion. Ils ont sans doute raison !

Vodka !

Petits verres plus chic pour les hôtes. Si l'hôte ne boit pas personne ne boit. Et on voit bien que tout le monde n'attend que ça. Alors on boit. À quoi ? Aux étrangers, à l'enfant qui va bientôt sortir du ventre de la petite Marita, et enfin, solennellement, avec des larmes en travers de la gorge, on boit en l'honneur du Parti communiste !

Eh oui, le vieux Yanko ne s'en cache pas, c'était le bon temps. Les Tsiganes doivent tout aux communistes, d'après Yanko. Avant, lui, sa mère et les siens étaient les esclaves des Allemands, avant, le Tsigane c'était moins que chien. Il se souvient des épluchures gelées pour bouffer et de la neige qui entrait par le toit. Et maintenant regardez ça : il a sa maison et toute cette belle marmaille vivante, ses grands fils qui se construisent leur maison, oui, leur propre maison, de leurs propres mains, des maisons de dix pièces et plus ! Et pourquoi de dix pièces, ils ont tant d'enfants que ça ? Non, mais comme ça, on a de la place. Ah bon.

Encore une vodka. Ou deux. Yanko est allé chercher son lard. Son lard, sa couenne de lard qu'il fume lui-même, il veut la partager avec nous. Bon lard gras fumé, galette de blé dur, gros cornichon malosol un peu sucré et vodka.

C'est la mère qui parle. Elle nous aurait bien chanté quelque chose mais elle est en deuil, sa tante est partie la semaine passée, alors, dans ces cas-là, on ne chante pas. Le vieux Yanko tout fier, tout ému comme si c'était hier, nous apporte ses diplômes. Des cadres avec des drapeaux rouges, des faucilles, des marteaux et son nom sous la poussière. Ouvrier modèle, médaillé, récompensé pour son travail fait avec ses mains. Les communistes étaient bons, ils aimaient le peuple, ils aimaient les Tsiganes, un Tsigane pouvait montrer ce qu'il savait faire comme vous là-bas en France, comme vous avez fait. Comme vous êtes des bons ouvriers vous aussi, vous avez été récompensés par votre grand pays et vous voilà en voyage dans notre pays, notre pays frère des travailleurs de France et des prolétaires du monde entier, unissons-nous !

VODKA !

Yanko pleure. Sa famille en silence le regarde.

C'est le moment de partir.

On monte dans la voiture. Sur le seuil de sa porte Yanko se découpe sur la lumière jaune de l'intérieur avec ses diplômes encadrés dans ses bras et sa famille autour de lui. Le vieux Tsigane, ouvrier modèle, nous fait signe, adieu.

28 mai 1993

visite chez les flics

En Hongrie, la population carcérale est à 70 % constituée de Tsiganes. En Slovaquie, ça doit être le même taux. Voleurs, violeurs, buveurs, bagarreurs. Pas tous, pas tous, bien sûr, on nous dit, mais c'est vrai que, si on ne veut pas tomber dans l'angélisme, ces Tsiganes ne sont pas précisément caressants.

À Poprad où nous sommes, les Tsiganes doivent donner aux flics du boulot à retordre. Alors, allons voir nos amis les flics.

Les bottes sur le bureau, le sergent gavé de séries policières amerloques nous détrompe. Pour ce jeunot débonnaire, à part les soûleries et les castagnes des jours d'allocations, à part les petits délinquants qu'ils connaissent bien, c'est la routine. Et le racisme des habitants, les risques de dérapage, genre maisons brûlées, skinheads, pogroms ? Alors là, c'est très simple, le sergent ne voit pas du tout, mais alors pas du tout de quoi je veux parler, non, désolé, il ne voit pas. Et maintenant il s'excuse mais il a son entraînement de body-building…

Poprad, 29 mai 1993

chez les parias des parias

On ne voit rien depuis la route, un chemin paumé d'ordures, de verres cassés dans le soleil, en contrebas d'une forêt de pins noirs. Des mômes pieds nus nous cavalent autour, en s'agrippant ferme. Au troisième sac de bonbons (on a prévu !) ils en veulent encore. Nos amis tsiganes les chassent comme des mouches.

On arrive dans le bidonville des parias des parias.

Les deux amis tsiganes qui nous guident habitent dans les HLM à la sortie de la ville. Hideux, mastoc, ces HLM plantés là sans scrupule excessif pour le paysage, mais ici c'est déjà beaucoup mieux que rien, surtout avec le rien qui arrive. Habiter là, c'est déjà presque *middle class*. L'un des deux compères nous fait demander si on ne serait pas un genre de Belge par hasard. Notre réponse l'a bien soulagé. Mais ils sont quand même forts perplexes nos amis tsiganes, le gros comme le maigre. Le maigre (avec son beau tatouage sur le bras) est tout ému de nous emmener voir ce trou du cul du monde où il est né, où il a grandi et dont il est sorti.

Mais tout dépités ils sont, tous les deux dans cette verdure verte et verdoyante avec en fond les montagnes, les Tatras et les neiges éternelles. Une bonne grosse vache à lait touristique ces montagnes, si seulement ces bœufs d'Allemands ramenaient leur gros fric par ici… Là, on aurait du boulot. On leur en ferait du violon aux touristes, déguisés comme des vrais Tsiganes, comme ils aiment. Joue pour moi… Et crois-moi, on les ferait chialer et picoler à mort, tu m'entends. Mettons, t'as un client à la table, là, avec la Mercedes, les bougies et tout, un Belge dis donc ! Ahlalala mon ami, quand ce gros sac est saoul, toi tu lui piques son pognon et moi je lui baise sa femme ! Ahlalalala !

En attendant les violons et les touristes, ils travaillent dans une grosse usine qui fabrique des wagons pas très compétitifs, et même plus compétitifs du tout ! Alors, 1 200 licenciements !… Eux sont restés, nos deux potes dépités. Dépités par les Belges, figurez-vous. Les Belges ont commandé un nouveau modèle de wagon. L'espoir pour les rescapés du passage à l'économie de marché. Mais les Belges ont refusé le modèle présenté pour une sombre et bête histoire de grosseur de roues. Les roues étaient trop grosses et les commandes sont à l'eau. À quoi ça tient !

Celui qui est un peu enveloppé montre, tout triste, le bidonville où on arrive. Il pense qu'il va devenir comme eux.

L'autre se dit qu'il va redevenir comme eux.

le village des parias

Une dizaine de baraques en rondins déglinguées sur une pente, des toitures en tôles rouillées, rapiécées, effondrées. Une humanité qui s'entête à survivre.

Le porte-parole, un jeune type mince, précise tout de suite que lui, ne boit pas. Les autres, c'est différent. Voilà pourquoi il est le responsable. Au pays des pochtrons, les sobres sont rois.

Comment ce bidonville, comme beaucoup d'autres, a pu si longtemps résister au nivellement égalitaire ? Ghetto ? Parias tenus à l'écart comme au temps de la peste, ou comme en Inde aujourd'hui ? Tsiganes réfractaires à toute intégration ?

Un type gueule aussi fort qu'il peut. Il est saoul, il est fou. Pas un instant il n'a imaginé que vous alliez l'entendre. D'où on est, ici, et par les temps de générosité et de solidarité qui courent, au moins remet-il en cause sa condition d'existence. Étonnant, ce petit homme. Tout seul, entouré d'une bande de bras cassés, de vieillards, d'alcoolos et de mômes-Gremlins, il proteste.

Le pire de tout, c'est lorsque les gens ne remettent plus en cause les conditions qui leur sont faites. Lorsqu'on ignore tout bonnement qu'on a droit à une vie meilleure, lorsqu'on ignore qu'une autre existence existe. Au moins la moitié de l'humanité vit dans cette absence *totale* de conscience. L'espoir, c'est quand les offensés ne rêvent pas de copier les maîtres. C'est rare, mais il arrive que les dominés s'inventent un autre devenir que de devenir dominant.

Dans la plupart des cas, ces hommes sont maintenus dans cette obscurité par d'autres hommes. La gueule sous l'eau. Est-ce que nous l'imaginons ? Est-ce qu'ils l'imaginent ? La moitié du monde vit dans un présent *inimaginé*.

30 mai 1993

un après-midi à kezmarok

Rues assoupies dans le parfum des tilleuls, maisons en bois peint, enfants le long des pavés ronds, bureau de poste, pompe à essence. Une lenteur.

Le vieil Ivanov est l'un des plus grands violonistes slovaques, il a voyagé dans le vaste monde, les musiciens parlent de lui avec amour. Non, il ne jouera pas pour nous. Il ne peut plus, un genre d'arthrite, c'est une misère, c'était sa vie, il aurait bien voulu. Ses frères jouent, eux, ils jouent encore, ils joueront pour vous mais pour moi, c'est fini.

Jamais seul quand on est tsigane. Une cour en longueur, une palissade, une corde à linge et de la famille, on sent bien qu'avec les Tsiganes on ne peut jamais dire *toute* la famille.

On s'assoit dans une haute pièce de guingois. Vieux sièges en velours vert fatigué. Le soleil a une façon d'entrer dans cette pièce qui fait éclater le vermillon du tapis. Des enfants jouent sous le porche ou dans un jardin et font une rumeur fraîche avec ces tilleuls qui s'abandonnent. Il faudrait un alcool sucré ou que passent des dames à parfum lourd. On nous apporte un café turc.

Salon soleil, fauteuil fané. Dans la salle, au-dessous, les musiciens s'accordent.

Le rouge du tapis s'éclabousse en reflets sur les choses, sur les lunettes de Rojita, sur la grosse bague de Stanko, sur les chromos au mur avec la vie des saints, sur l'œil mort d'une grosse télé style 1960 à droite de la fenêtre ouverte, avec de l'autre côté une monumentale TSF en bois vernis. Mais la fierté de la maison c'est la pendule sur cette TSF.

Le vieil Ivanov, soixante-dix-huit ans, superbe, classieux, avec son pyjama et son fume-cigarette. Salutations. Gestes raffinés. Sourires. Pâtisseries turques. Tapis rouge sang.

La pendule ? Aaaah, la pendule ! Toute une histoire… Rapportée d'Amérique… violon là-bas, tsigane, succès, violon…

C'est écrit sur la pendule : USA. Le vieil Ivanov ouvre la pendule pour nous montrer. C'est un ressort sommaire, une pendule en sapin ciré avec un cadran peint comme on en vendait sans doute dans les bazars du Far West au début de ce siècle. Beaucoup de Slovaques ont émigré vers les États-Unis chassés par la misère en

Europe centrale. Le plus fameux de ces émigrants fut Andy Warhol. La grande fierté de tous les Slovaques.

Et voilà que se produit l'incroyable.

La pendule s'arrête.

Silence.

Un silence éclatant comme le rouge du tapis.

Sourire gêné. On s'empresse. Un gendre précautionneux remonte soigneusement la vieille mécanique fragile bricolée.

Ça repart, comme un cœur.

Soupirs soulagés. Sourire. Pas besoin de comprendre ce que dit le vieil Ivanov. Que c'est une bonne mécanique, que c'était solide en ce temps-là, qu'on savait travailler.

Et à nouveau la pendule s'arrête.

Le gendre s'apprête à intervenir mais il sait bien que le vieux va le faire lui-même, c'est sa pendule, j'aurais pu dire : c'est sa vie.

Le vieux se lève difficilement et fait trois pas sur la lumière rouge du tapis.

Il ouvre la pendule, fait jouer la clé, appuie là ou là, colle son oreille sur le bois, l'ausculte comme un cœur, la soulève, l'incline en tournant comme une valse au ralenti, comme s'il dansait avec sa pendule, très lentement, il la repose, il attend…

Mais la pendule n'est pas repartie.

Le vieil Ivanov est retourné s'asseoir derrière un sourire ; il est resté immobile, il n'a plus parlé.

En bas, dans la salle du restaurant, ses frères commençaient à jouer.

1er juin 1993

5

JAFAIM S'ILVO UPLAI

N'entre pas dans mon âme avec tes chaussures.

Proverbe rom

D'où vient la fillette tsigane qui fait la manche dans le RER ?

En novembre 1997, avec Sonia Kronlund, nous partons rencontrer les Roms de Roumanie. Merci à Niki Popescu qui m'a fait connaître Nora, qui m'a fait connaître les siens.

Aujourd'hui, après avoir jeté un œillet dans la Seine du pont Saint-Michel, à l'occasion d'une petite manifestation à la mémoire des Algériens assassinés il y a trente-huit ans par la police de Maurice Papon, je tombe sur ces lignes dans le *Journal du Dimanche* : « *Tchéquie : le mur de la hontes anti-Tsiganes.* Les habitants d'Usti-nad-Labem, au nord de la

République tchèque, ont construit un mur pour isoler le quartier tsigane. Devant la vague de protestations relayée par le président Havel, le maire a fait ouvrir une porte dans ce mur. »

17 octobre 1999

« c'est leur façon de vivre »

Nanterre. RER. Une voix à l'arraché, une gitane qui fait la manche. Regard en loques, foulard fichu, un carton autour du cou. « Jafaim s'ilvo uplai. »

Toujours les mêmes qui donnent. Mémère à feuilleton, pépère à toutou, catho bon cœur, mamie berbère.

Mais pas moi, se dit la dame derrière son *Libé* au bout du wagon, *elle ne m'aura pas. Une fois la manche finie, elle enlève son plâtre et rentre en galopant, béquille sur l'épaule, comme on rentre du boulot, jusqu'à la caravane pourrie où son père attend l'argent. Affreux, sales et méchants. J'ai vu le reportage. Ils se louent les béquilles entre eux, les faux plâtres aussi et même les bébés se louent selon des tarifs à la journée. Même le bout de carton où elle a recopié « Jafaim s'ilvo uplai », ça se paie aussi !*

Et alors, il vous faudrait quoi ? Que la jambe soit vraiment cassée, que ce soit vraiment son père qui lui ait pétée à coups de tabouret pour l'envoyer mendier ?

Il faut leur éviter de développer une mentalité d'assisté. Un mauvais service à leur rendre. Je refuse ce racket à la mauvaise conscience. Et puis, les Tsiganes ne sont pas les plus pauvres en Roumanie. C'est leur façon de vivre. Ils ont l'habitude d'émouvoir, c'est leur génie, bon ou mauvais. Et puis, beaucoup ont collaboré avec Ceausescu...

Et qu'est-ce qu'il y a dans *Libé* aujourd'hui ? L'affaire du Crédit Lyonnais. Cent milliards de francs détournés. À défaut de pouvoir arrêter les grands racketteurs on se rattrape sur les petits.

La misère dans les reportages à la télé, d'accord, mais pas dans la rue, pas dans le métro, pas EN VRAI. La télé à la fois banalise, déréalise et nous protège.

C'est notre société écran.

gomme

Est-ce que tu ne crois pas que ça fait le lit du Front national ? Le directeur me dit ça comme ça, juste histoire de... En ce moment, tous les sujets qui fâchent inspirent la même observation courageuse : est-ce que tu ne crois pas que... ?

La machine à lepéniser les esprits tourne bien. La machine à exclure ne tourne pas mal non plus : cinquante millions de pauvres en Europe. Alors, comment contenir ces nouvelles populations dangereuses ?

Comme toujours : stigmatiser la victime, *criminaliser la misère*. Pour ça, la violence doit être suscitée et entretenue. Que, de lui-même, l'exclu ajoute sa culpabilité à son exclusion. Qu'il écrive sur son carton : « J'ai faim et c'est de ma faute. »

Une exclusion vraiment réussie, c'est lorsque l'exclu s'exclut de lui-même. Une dernière fois il fait la manche pour s'offrir une gomme. Et il se gomme. Il s'efface, il s'élimine. Peu après, un huissier présente à ses enfants la facture pour le balayage des miettes, miettes d'homme, miettes de gomme.

danilo

Pourquoi s'intéresser au sort de ces gitans qui viennent jusque dans nos bras voler les poules de nos Arabes et en prendre les plumes pour faire l'édredon du lit du Front national ?

C'est à cause de Danilo, un ami rom de Tirana.

« Les Roms sont comme le rat d'Istanbul », dit Danilo. À Istanbul, place Taksim, l'une des places les plus polluées au monde, les services publics avaient eu la lumineuse idée d'installer une cage contenant un rat. Lorsque le rat crève, on arrête la circulation.

« Et voilà, dit Danilo, si le Gitan meurt le monde s'arrête. »

2 novembre 1997

où rencontrer la gitane du rer ?

Dans un de ces discrets petits camps-poubelles aux lisières de Paris, vers le nord. Pas facile à suivre, la police les fait souvent déguerpir. (« Du sale boulot », nous glisse un flic antillais.) En catimini, de camp en camp, de bouillasse en gadoue, les municipalités de banlieue se refilent ce « bâton merdeux » (selon le même flic). Quelques braves âmes les aident et tâchent de faire valoir leurs droits.

Vers Le Bourget, après un immense centre commercial, dans un tas de caravanes pourries et de chiens mouillés, voici Wandana.

Peuple brouilleur de certitudes et tellement fascinant, comme on dit dans *Géo*. Bof ! Wandana, c'est un nom piqué dans une de ces sitcoms télé dont on se gave en Roumanie.

Une volée de gosses, des visages fermés, des aboiements, moustachus gueulards, marmaille hilare. Mais ça s'arrange.

Wandana est d'accord pour nous confier une petite valise avec quelques affaires et un peu d'argent que nous porterons à sa famille, là-bas, près d'Arad, à la frontière avec la Hongrie.

Une occasion de parcourir la Roumanie à la rencontre des Roms.

3 novembre 1997

victime pas correcte

D'où viens-tu gitane ? Retourne dans ton pays ! Mais quel pays ? Aujourd'hui, les Roms sont menacés et persécutés en Europe centrale comme le furent les Juifs. Ils sont les intouchables de l'Europe de Maastricht et de la Bundesbank.

Chez nous, en France, ils ont appris à se faire à peu près oublier et nous avons appris à les oublier à peu près [1]. En Europe, l'effondrement du communisme a fait ressortir le Tsigane paria, bouc émissaire « naturel ». Chez nous, ces Tsiganes *étrangers* sans papiers seraient environ 6 000.

Terrible menace pour la quatrième puissance mondiale !

Parmi nous depuis cinq siècles, ils sont sept à huit millions en Europe. Vous le saviez ? Leur nom, Rom,

---

1. Patrick WILLIAMS, *Nous, on n'en parle pas*, Éditions de la Maison des sciences de l'homme, Paris, 1993.

vous le connaissiez ? L'Euro oui, pas le Rom. Voilà cette Europe. D'abord la monnaie et ensuite les hommes, s'il en reste. Et après les hommes, les Roms.

En partant pour la Roumanie, nous emportons aussi des messages que Wandana a enregistrés pour ses grands-mères. Les Roms sont des sujets pour nos apitoiements, des modèles (gratuits) pour des photos « style humanitaire » noir et blanc. Mais ils ne sont pas « victimement corrects », ils pourraient bien mordre la main qui leur tend à manger.

En plus de tout ça, ils ont aussi une vie.

Les gitanes du RER ont aussi des mamies.

4 novembre 1997

timisoara, syndrome de timisoara

On doit au moins à la Roumanie d'avoir donné un nom à l'horreur médiatique. Sept ans déjà. Enterrés les 1 000 morts de la « Révolution volée ». Après le coup du mirage néolibéral, la Roumanie est retombée, enlisée. Déjà le « passé d'une illusion ». Quelques petits nouveaux riches tapageurs et une masse exténuée sans force. Je connais peu de villes au monde plus désespérantes que Bucarest.

La porte du camp est ouverte mais rien n'a changé. Les Roumains n'ont qu'une seule idée : fuir la Roumanie. Un tiers monde blanc, un quart monde européen qui n'intéresse personne. Sauf les ONG. Une chose qui prospère, c'est l'humanitaire. Mille ONG humanitaires en Roumanie ! Avec le malheur comme matière première. Les bonnes œuvres de la World Company. Le regard bouleversant du petit orphelin roumain est la seule image de la Roumanie depuis l'exécution des Ceausescu.

Vous me trouvez injuste et cynique ? Dans le RER de Nanterre, Wandana est une ONG à elle toute seule. Elle joue sur la corde sensible et sur la corde raide à la fois, elle gratte la mauvaise conscience et elle vous soulage pour quelques francs.

Vieille coutume éprouvée, mais au moins n'a-t-elle pas d'intermédiaire, pas de logistique, pas de plan média, pas de French doctor. Son droit d'ingérence, elle l'exerce. Mais elle au moins, c'est chez les riches qu'elle s'ingère. À bout portant le regard plâtreux de la gitane. Et plus efficace. Dans une journée, elle va se faire de trois cents à cinq cents francs, soit le salaire mensuel d'un professeur en Roumanie (quand il le perçoit). Sans parler de l'argent qu'elle envoie à la famille là-bas. Et l'espoir de rentrer ouvrir un commerce, faire un petit business, raconter le vaste monde. Wandana est comme n'importe quel sans-papiers.

Sauf qu'elle, son créneau, c'est la pitié.

Bucarest, 5 novembre 1997

« n'allez pas à l'étranger, c'est un endroit horrible »

Ce n'est pas une recommandation à M. Chevènement, c'est un conseil d'un certain Lord Cadogan [1]. Et c'est vrai, amis français, que l'étranger est peuplé de suspects malfaisants aux yeux brillants de convoitise, munis de

1. Cité par François Maspero, *Balkans-Transit*, Seuil, « Fiction & Cie », Paris, 1997.

pattes griffues, prêts à s'abattre sur la douce France, prêts à faire chavirer le frêle esquif de la République.

Par les mouettes et les corbeaux roumains, nous sommes moins menacés.

En Roumanie, on les mange.

Dans les années cinquante, des romans de science-fiction racontaient la fin de l'ère industrielle, le grand chaos, la nature qui reprenait ses droits, fendant le béton, envahissant tout. On y pense devant ces pylônes en ruine, ces usines en friche, ces canaux qui ne vont nulle part, ces grues rouillées, ces chantiers enlisés, ces centrales thermiques qui lâchent des vapeurs jaunes. Des gens se mettent à labourer dans les ruines, un bœuf attelé à un chariot de bois, des petites meules de paille ou de maïs séché jusque dans la ville même.

Glina, c'est la grande décharge d'ordures de Bucarest. Ce que fuient les Tsiganes du RER, nous y voilà. Un paysage de la fin des fins. Sac de plastique, crochet, dans la fumée âcre tout un peuple des ordures s'agite pour gratter quelques miettes à revendre ou à manger tout de suite. Ce sont les Roms du village d'à côté. À coups de crochets ils disputent aux chiens un peu de bectance avariée. Parfois, c'est entre eux que ça saigne. Des bandes s'affrontent pour des territoires d'ordures. Les plus forts et les plus rusés survivent. Les jeunes femmes se laissent courtiser par les chauffeurs de bennes à ordures qui apportent « du frais ». Les vieux et les enfants ont les restes des restes, les ordures des ordures.

Notre visite est une surprise renversante. Incroyable, nous venons d'une autre planète. Et en plus, des Français ! Et qu'est-ce que nous avons de si extraordinaire, nous, Français ? Nos ordures. Les ordures françaises sont les plus attendues ! Les restes des réceptions à l'ambassade de France, c'est ce qu'il y a de meilleur.

Alors que les autres mettent des détergents, comme ces salauds de la Tarom (Compagnie aérienne roumaine). Mais les Français, non.

Ils rigolent. On rigole tous.

« C'est parce que les Français sont plus romantiques », dit Nora.

Glina, 6 novembre 1997

nora

Pourquoi les Roms sont-ils nomades ?

Doucement, dans le noir, Nora me raconte.

Les Roms, eux aussi, avaient une écriture. C'est un oiseau qui l'avait inventée. Un oiseau migrateur qui n'avait pas migré cette année-là. Il avait une idée en tête. Quand la neige est venue, il s'est mis à danser sur la neige. Et la trace de ses pattes formait des signes, des mots, des phrases. C'était notre histoire, notre Livre. Nos vieux s'en souviennent. Et les beaux jours sont venus, la neige a fondu, l'oiseau est parti, et les Roms se sont mis en route espérant retrouver quelque part sur la terre l'oiseau du Livre.

7 novembre 1997

inviter nora

Inviter Nora quelques jours en France. Quelle galère ! Démarche, conditions, papiers, formulaire pour obtenir un certificat d'hébergement que nous n'aurons plus qu'à envoyer à Bucarest où Nora n'aura plus qu'à attendre en faisant interminablement la queue à l'ambassade de France.

C'est sûr, Nora la gitane menace notre identité.

Et mademoiselle Toyota ? Avec quel empressement, quel faste, quel sens de l'hospitalité notre gouvernement accueille ces jours-ci l'implantation d'une usine Toyota en France. Or, s'il y a quelque chose pour humilier notre grandeur nationale c'est bien la bagnole ! Peugeot, Citroën, Renault, la voilà la France, la vraie. Souvenons-nous de nos pères, les repas du dimanche, ces duels passionnés entre peugeotistes et citroënistes, et Renault, la Régie nationale !

16 novembre 1997

retour

Retour au camp départ, au Bourget, où Wandana nous attend.

Nous lui avons rapporté un message enregistré pour elle par sa grand-mère. Nous l'écoutons avec elle dans sa caravane sans chauffage près de l'autoroute du Nord. La voix sort du lecteur de cassette :

« Nous voulons te revoir, Wandana. S'il te plaît, reviens en Roumanie et prends soin de tes enfants et prends soin de toi et surtout Wandana, ne vole pas. »

Message confié par une mamie tsigane au fond de la Roumanie, adressé à sa petite-fille au fond du métro à Paris.

Le Bourget, 17 novembre 1997

6

UN SI GENTIL NAZI

« Votre Louis II s'est inspiré de notre Walt Disney ! » Les touristes américains ne sont pas dépaysés. Ah, visiter la Bavière et ses romantiques châteaux !

Étiquette pour chocolat au lait et berceau des mythes héroïques qui ont nourri le pangermanisme et les délires hitlériens, c'est dans cette terre de référence qu'avec Giv et Lew nous venons rencontrer Hans Münch, un si gentil nazi.

Auparavant, près de Munich, nous avons visité le camp de Dachau en compagnie d'un survivant, Max Mannheimer.

Jusqu'au bout il faut recueillir les mots de ceux qui sont revenus de cet au-delà. Survivants, victimes, témoins.

Mais quel est le sens de ce « devoir de mémoire » qui voudrait à la fois expier et conjurer ? Le petit moulin à paroles des témoins est vite recouvert par les rires des jeunesses oublieuses. David Rousset l'avait prévu : « Les gens ordinaires ne savent pas que tout est possible. »

Comment penser ce qu'on ne peut imaginer ? Comment imaginer un avenir sans penser ce passé ? Et comment penser ce passé sans le banaliser ?

Pour éviter ce risque, on a enfermé la Shoah dans une épouvante sacrée, un néant mystique qui par avance épuise toute réflexion. À jamais indéchiffrable. À rien comparable.

Est-ce trop blasphématoire de faire un rapprochement avec ce que pense Hans Münch ? À savoir qu'il ne pense rien, qu'il n'y avait rien à penser. Pas plus en ce temps-là qu'aujourd'hui.

Hans Münch n'exprime aucun remords.

« On ne pouvait pas faire autrement, répète-t-il. Il faut se replacer à l'époque. C'est l'époque qui voulait ça. Il n'y avait pas de question à se poser. »

« Hier ist kein warum. » Ici il n'y a pas de pourquoi. Primo Levi rapporte cette réponse d'un SS. Une réponse emblématique. Pas de pourquoi, c'est pas de pensée. Pas de pensée, c'est pas de critique. Pas de critique, c'est la soumission à l'autorité.

Nous voulons comprendre ce « rien à comprendre ».

Nous voulons demander pourquoi.

« les conditions de travail étaient idéales[1] »

> La mort lente de millions d'enfants du tiers monde nous apprend qu'il est très possible de se conduire tout aussi férocement que les bourreaux nazis, sans qu'il soit nécessaire pour cela d'ouvrir des camps d'extermination, ni même de tenir des discours racistes ou xénophobes.
>
> Maurice Rajsfus

Hans Münch, quatre-vingt-sept ans, fut, durant dix-neuf mois, de l'été 1943 à janvier 1945, chercheur à l'« Institut de recherche sur l'hygiène » au camp d'Auschwitz. Médecin Waffen SS, aux côtés d'autres médecins comme Clauberg ou Mengele, avec qui il fut lié d'une amitié qu'il ne renie pas aujourd'hui, il fit des expériences sur ce qu'ils appelaient du « matériel humain », les *Versuchpersonen*, littéralement des « personnes d'essai ».

Après avoir étudié la médecine à Tübingen et à Munich, Hans Münch a été, dans sa jeunesse, membre de l'ordre des Jeunes Allemands et des SA ; il s'est spécialisé en bactériologie. Il a été responsable politique dans le Mouvement des étudiants du Reich. Le 1er mai 1937, il est devenu membre du NSDAP, le Parti nazi.

Il arrive à Auschwitz en 1943, à trente-deux ans. Il vient d'un milieu cultivé. L'avant-guerre était hantée par la science. En Allemagne, les sciences basées sur la

---

1. Extrait des propos de Hans Münch diffusés dans notre émission sur France Inter : « Les conditions de travail étaient idéales, un laboratoire avec un équipement excellent et une sélection de scientifiques de renommée internationale. »

biologie prévalaient sur tout. Pour le pouvoir nazi, les médecins et « chercheurs » constituaient une « biocratie » privilégiée.

Après la guerre, en 1946, il fut jugé par un tribunal à Cracovie. Des témoins lui furent favorables et, seul sur quarante médecins SS, il fut acquitté : « Un sur quarante. »

Depuis cette époque, il vit à Roßhaupten, dans une cette région cossue au sud de la Bavière. Sans états d'âme, sans remords, bon médecin aimé et respecté alentour, acceptant de témoigner à l'occasion comme un ancien combattant qui, malgré lui, n'avait pas le choix.

À la fin des années soixante-dix, à la suite de la série *Holocaust*, puis de la projection du film documentaire de Claude Lanzmann, *Shoah*, les Allemands de cette génération s'interrogent. Des journalistes s'intéressent au docteur Münch. Un reportage réalisé par un reporter américain, *Un sur quarante*, montre Münch comme une sorte de Schindler.

Certains ont voulu voir en Münch celui par lequel un peu d'humanité passait tout de même. Cette volonté qui s'appuie sur une foi en l'homme « malgré tout » oublie que Münch n'exprime *aucun* remords. Il est d'ailleurs un gage et une référence pour les néonazis. « *Vivre tranquillement à un endroit où des centaines de milliers d'êtres humains sont gazés, on s'y fait très vite. Ça ne m'a pas pesé*[1]. »

Roßhaupten, 11 octobre 1998

1. *Ibid.*

un bonheur crémeux

Plume au chapeau, culotte de peau. Un bonheur crémeux. Voilà la Bavière qu'on voit par la fenêtre de la maison du bon docteur Hans Münch qui nous sourit.

Quatre-vingt-sept ans. Le dernier médecin nazi d'Auschwitz. Les propos qu'il a tenus à Bruno Schirra dans *Der Spiegel* ont frappé suffisamment de consciences à travers le monde pour qu'une action en justice soit entreprise contre lui. Nous avons, pour notre part, tenu à attirer l'attention du MRAP qui à son tour a lancé une action contre le docteur Hans Münch pour apologie de crimes contre l'humanité et incitation à la haine raciale. Le centre Simon Wiesenthal a porté plainte notamment auprès du chef de l'exécutif de Bavière, Edmund Stoiber, qui a entamé des poursuites contre Hans Münch pour complicité de crimes contre l'humanité et violation des lois allemandes qui interdisent la banalisation du génocide.

s'en remettre au juge

Faut-il s'en tenir là ? Laisser les associations faire leur travail, laisser la justice suivre son cours, s'en remettre aux experts, au nom de notre ignorance, et s'en laver les mains et les oreilles ? Pour l'historien Henry Rousso, l'inquiétant, avec Vichy, n'est pas tant les crimes d'une minorité que l'indifférence de la grande majorité. « Vichy, dit-il, nous a montré à quelle vitesse la République peut être balayée. »

15 % de nos compatriotes votent pour le Front national. Un pourcentage plus élevé encore approuve les idées de ce parti qui considère comme un « détail » l'existence des chambres à gaz.

Il y a la justice des tribunaux et le jugement des hommes. Le nazisme voulait nier la pensée, donc le jugement. Or nous pouvons choisir, nous sommes obligés de choisir. Non pas comme quelque chose qui pourrait ne pas être, mais comme une nécessité. Faut-il le rappeler, à la différence des autres animaux, nous pouvons intervenir sur notre devenir.

Ce qui est frappant avec le docteur Münch, c'est son absence totale de remords ; pas le moindre repentir.

À Jérusalem en 1961, Hannah Arendt assiste au procès de Eichmann. « L'ennui, avec Eichmann, c'est précisément qu'il y en avait beaucoup qui lui ressemblaient et qui n'étaient ni pervers ni sadiques, qui étaient, et sont encore, effroyablement normaux [1]. » Pour Raul Hilberg : « Le génocide, ce n'est pas la banalité du mal mais sa quotidienneté routinière. Chacun, à son échelon, appliqua les procédures normales à une situation exceptionnelle, déployant, machinalement ou par amour du travail bien fait, des trésors d'ingéniosité pour définir, classer, transporter. Comme si rien, malgré la volonté de camouflage par le vocabulaire, ne distinguait la Solution finale des affaires courantes. Le génocide demeure, en fin de compte, un fait éminemment humain, terrible manifestation de ce que, à l'extrême, la société des hommes peut commettre et de ce que l'homme peut accepter [2]. »

« L'histoire ne fait rien », dit Hegel. L'histoire n'a pas plus d'existence, de sens que le réel. L'histoire ne peut être qu'interprétée selon les nécessités du présent.

Ainsi, en Allemagne, est-on passé de la responsabilité d'un seul à la responsabilité collective. C'est d'abord la figure d'Hitler, diable, démon, incarnation du Mal, qui a servi d'explication. Le Mal était ainsi circonscrit. Il

---

1. Hannah ARENDT, *Eichmann à Jérusalem*, Gallimard, Paris, 1963.
2. Raul HILBERG, *La Destruction des Juifs d'Europe*, Gallimard, « Folio Histoire », Paris, 1992.

fallait préserver l'élite de l'État, de la finance et de l'industrie et assurer le fonctionnement des institutions pour reconstruire l'Allemagne. Et préserver le peuple allemand, victime lui aussi.

L'Allemagne reconstruite et prospère a vu prospérer et se reconstruire les remises en cause du processus de la « Solution finale ». Une récente exposition sur les crimes commis par les soldats de la Wehrmacht a à nouveau ébranlé la conscience allemande. Et le livre, *Les Bourreaux volontaires de Hitler*, de l'historien américain Daniel Goldhagen mettant en cause la totalité du peuple allemand a ouvert de violentes polémiques.

L'histoire de l'Histoire en dit plus long que l'Histoire elle-même.

Les Allemands veulent savoir le Bien et le Mal. Qui était bon ? Qui était mauvais ? Qui a mal agi ? Qui a bien agi ? Il faut une réponse mais il faut surtout *vouloir* une réponse. Primo Levi l'avait dit : il y a une zone grise, une zone où des hommes ont été un peu salauds et, par ailleurs, ont fait des gestes humains. D'autres qui, parfois, ont été humains et se sont conduits ensuite d'une manière inhumaine. Pour autant, faut-il se dire que tout se vaut, que tout est vain ? Non. Notre tâche est de définir cette limite. Et cette limite n'est pas définitive. Elle est mouvante et elle bouge devant nous. L'événement surgit et questionne.

12 octobre 1998

ruli est inquiète

Ruli est inquiète. Ruli se pose des questions. Ruli Münch est la fille de Hans Münch. Née en 1940, elle avait trois ans lorsque son père et sa mère arrivèrent à Auschwitz. Elle-même n'y a jamais séjourné.

Elle vit au Canada, travaille dans l'enseignement pour les jeunes enfants. Elle est depuis longtemps, dit-elle, ravagée, harcelée par le passé de son père. Entre autres à cause de « détails » qui ont été publiés par des historiens.

Au laboratoire, de la viande de bœuf était utilisée pour les bouillons de culture. Non loin, le fameux *mur noir* devant lequel se déroulaient les *exécutions spéciales*. Selon des témoignages, dont celui de Imre Gönzy, la chair des victimes abattues était prélevée sur les cadavres et utilisée au laboratoire à la place de la viande de bœuf qui se retrouvait ainsi dans les assiettes des officiers.

Je me demande soudain si ceux qui ont acquitté Hans Münch n'avaient pas, inconsciemment, l'intention de nous permettre de voir en vie un homme normal, courtois, et représentant l'inhumanité nazie la plus accomplie, un homme pour qui il n'y avait plus aucune différence entre la viande d'un bœuf et la chair humaine, et qui ne le regrette pas, qui n'en pense rien aujourd'hui ?

Pour Münch, l'autre n'est pas un ennemi, un être nuisible ou inférieur, un être qu'il faut exterminer. Il est un non-être, non pas un sous-homme mais un non-homme. Une substance, une matière, une ressource qu'on peut utiliser ou non, ou qu'on fait disparaître.

Ce n'est pas seulement par des propos qui tombent sous le coup des lois que Hans Münch est condamnable, c'est en ce qu'il incarne toujours, intact, le dogme nazi. Le plus accablant, c'est que personne ou presque, en Allemagne et ailleurs, ne prend la mesure de ce qu'il représente.

« Morts à nous-mêmes avant de mourir à la vie, anonymement, écrit Primo Levi dans *Si c'est un homme*, publié en 1947, nous ne reviendrons pas. Personne ne sortira d'ici qui pourrait porter au monde, avec le signe imprimé dans sa chair, la sinistre nouvelle de ce que l'homme, à Auschwitz, a pu faire d'un autre homme. »

13 octobre 1998

« tuer des gens, c'était aussi normal que de faire autre chose[1] »

« La vie normale est arrêtée », dit Münch pour signifier la fin d'Auschwitz. Nous avons soigneusement vérifié avec notre traducteur, Lew Bogdan. Oui, c'est bien ce qu'il a dit. La « vie normale », c'était treize ans de nazisme, c'étaient ces dix-neuf mois qu'il venait de passer à l'« Institut d'hygiène » à Auschwitz. Auschwitz, où il est venu volontairement, avec son épouse, pour faire des recherches dans de « bonnes conditions ». Une occasion exceptionnelle de travailler sur du « matériel humain » aimablement prêté par le centre de mise à mort. Mise à mort par le gaz, mise à mort par le travail, mise à mort par les expériences médicales. Les plus fameuses furent celles du docteur Clauberg sur la stérilité ou celles du docteur Mengele sur les enfants jumeaux. « D'ordinaire, ces expériences se faisaient sur des lapins ; là, on pouvait travailler », nous dit le docteur Münch. Aujourd'hui. Sereinement.

Comment comprendre ? Comment faire comprendre ? On le sait, l'horreur n'apprend rien. Mais pire

1. Hans MÜNCH.

encore, je tombe sur cette phrase terrible : « [On peut se demander si] toute pédagogie de l'horreur [ne] semble [pas] pousser à en reproduire la jouissance [1]. » Il se pourrait bien que l'une des formes du mal soit de s'adresser à un noyau très enfoui, très profondément enfoui en nous, où les frontières n'existent plus. Un noyau infracassable de jouissance.

14 octobre 1998

petite montagne de chaussures…

> Le Bien n'est pas le contraire du Mal.
> Le contraire du Mal c'est la pensée [2].

Lors de l'entretien avec le docteur Münch, son épouse, Ilse, est venue nous proposer de prendre le thé. Elle aussi est venue à Auschwitz rendre visite à son mari. Elle fut frappée, nous dit-elle, par les fumées sortant des

1. Anne-Lise Stern, citée par Annette WIEVIORKA, *L'Ère du témoin*, Plon, Paris, 1998.
2. Rony BRAUMAN, Eyal SIVAN, *Éloge de la désobéissance : à propos d'un spécialiste*, *Adolf Eichmann*, Éd. Le Pommier, Paris, 1999.

cheminées et par l'odeur détestable. Et par cette montagne de chaussures.

« Il y a une chose qui m'a absolument bouleversée. J'ai traversé le camp et je me suis trouvée devant une montagne, et de quoi cette montagne était-elle faite ? C'était des chaussures d'enfants. Et j'ai réfléchi : mais où sont les enfants à qui ces chaussures appartiennent ? *Je ne savais absolument pas ce que je devais penser.* »

Cette phrase m'a fait comprendre que nous faisions fausse route. Tout comme avant nous notre confrère Bruno Schirra du *Spiegel*, nous avons recueilli les propos de Hans Münch passibles de poursuites pour apologie de crime contre l'humanité. À la fin d'une vie, comme si d'obscurs sphincters psychiques se relâchaient enfin, il arrive souvent qu'une vieille personne parachève sa propre cohérence en éclairant son existence par la fin. Le plus éclatant chez Münch, c'est l'absence totale de remords, le refus de toute conscience et de toute pensée.

Ainsi, le nazisme est absolument intact en lui. Tout comme pour son épouse qui, devant cette montagne de chaussures d'enfants gazés, ne sait pas ce qu'elle *doit* penser.

aux enfants qui attendaient leur tour dans les petits jardinets

« Devant le bâtiment, se trouvent de petits jardinets. Les enfants s'y amusent en attendant leur tour [1]. »

Comment ne pas rapprocher ce que dit Ilse Münch de ces lignes du journal d'Adelaïde Hautval, écrites *au même moment* et qui, en tant que médecin, fut détenue au bloc 10 à Auschwitz où les nazis pratiquaient ces « expériences médicales ».

Adelaïde Hautval fut arrêtée et internée pour avoir, lors d'une rafle, en France, défendu une famille juive. Face à « l'effroyable banalité du mal », il y eut aussi la banalité du bien.

Les petits jardins en question, où *les enfants s'amusent en attendant leur tour*, se trouvent près de la chambre à gaz d'Auschwitz où il est écrit « Désinfection ».

« Au début on donnait à chacun une serviette en lui recommandant de bien suspendre ses affaires aux crochets *ad hoc*, afin d'être sûr de les retrouver en sortant. La porte fermée hermétiquement, c'est par le toit qu'on fait pénétrer le gaz [2]. »

---

1. Adelaïde HAUTVAL, *Médecine et crimes contre l'humanité*, Actes Sud, Paris, 1991.
2. *Ibid.*

Adelaïde Hautval a noté ceci dans son journal.

Elle a refusé de collaborer avec les autres médecins.

Pourquoi faut-il intenter une action en justice contre le docteur Münch ? Pour ces enfants qui attendaient leur tour devant le bâtiment où se trouvaient les petits jardinets. Mais nous n'aurons pas pour autant compris ni fait comprendre que l'épouvantable banalité du mal réside dans la soumission à l'autorité qui dispense du fatigant « devoir penser ».

16 octobre 1998

« c'était la seule solution »

À notre initiative, le MRAP et des associations d'anciens déportés [1] ont entrepris une action en justice contre Hans Münch pour apologie de crime contre l'humanité et provocation à la haine raciale.

Cinquante-quatre ans plus tard, fidèle aux discours du SS qu'il n'a jamais cessé d'être, Hans Münch, au sujet des Tsiganes, déclarait dans le reportage :

« On a toujours pu constater que d'un point de vue moral c'était des misérables minables. [...] Ils ont été liquidés parce qu'on n'est pas arrivé à bout d'eux, on n'est pas arrivé à les amener à la raison. [...] À Auschwitz, c'était tout simplement de haut en bas, on les a tous envoyés au gaz, c'était la seule solution, tous sont allés au gaz sans exception.

---

1. Amicale des anciens déportés de Buna-Monowitz-Auschwitz III et ses Kommandos, Fédération nationale des déportés et internés résistants et patriotes, auxquels se sont joints la LICRA, la Ligue des droits de l'homme, l'Union Romani Internationale et la Romani Baxt.

Il faut que vous compreniez que la destruction des personnes était aussi naturelle que n'importe quel acte de vie. À Auschwitz, on n'avait plus de sentiments. Du point de vue de l'individu, c'était terrible, mais du point de vue de la communauté, le gazage était la seule solution pour venir à bout de cette porcherie [1]. »

Le procès s'est ouvert le 7 septembre 1999 devant la 17e chambre correctionnelle du tribunal de grande instance de Paris. Pour sa défense, Hans Münch a choisi maître Varaut, avocat de Maurice Papon.

15 octobre 1999

---

1. Propos tenus par Hans Münch sur France Inter au cours de notre série d'émissions diffusées du 26 octobre 1998 au 3 novembre 1998.

7

Mémoires déchirées

Oui, j'ai tenté de la tuer, de la gommer, de la teindre en blonde, de la négationner, de la révisionner, de lui interdire l'accès à mes archives, de l'enterrer sous une belle dalle commémorative, un tas de médailles, sous un tas d'érudits historiens à ma dévotion et d'intellectuels à mes bottes, toujours empressés à prévoir le passé.

J'ai essayé de la noyer dans la Seine qui fut en 1961 le linceul du père de Malika. J'ai essayé de la gazer comme 112 324, la mère de Maurice.

Rien à faire.

Je me sentais lourd, plombé.

J'ai dansé, léger, insouciant. J'ai essayé.

Comment font les autres ?

Comme moi. Je m'aperçois qu'ils font comme moi, qu'ils déjouent, qu'ils composent, mais nul n'oublie tout à fait tout. La mémoire chemine, buissonnière, incongrue, souterraine, lourde et lente, mais elle est là, gangrène ou regrets jolis.

La mémoire n'est pas un devoir, c'est la vie.

L'oubli ne se décrète pas, M. le président. Vous pourrez dire : « Vos gueules, les veaux ! » Vous pourrez décréter l'amnistie, il y a quelque chose qui résiste même chez le plus nigaud ; même chez le plus petit, il reste un pli.

Trop longtemps on nous a dit : « Circulez, y'a rien mémoire. » À trop longtemps refuser notre passé, il est revenu nous hanter ces dernières années jusqu'à la nausée. Devoir de mémoire, concurrence des victimes, tribunaux anachroniques, engagement dans le maquis cinquante ans après la bataille, on peut poser la question : Qu'est-ce que j'aurais fait à leur place ? À condition de se demander d'abord : qu'est-ce que je fais à ma place ?

Saloperie de mémoire qui n'a jamais voulu m'accorder sa collaboration.

22 octobre 1997

carmen de sarajevo

à Marguerite

1917. C'est la guerre, c'est en Italie, dans le nord.

La neige est tellement gelée qu'on ne peut plus enterrer les morts. Congelés, entassés comme un tas de bois, les cadavres attendent le printemps.

C'est sur le mont Tomba, *monte Tomba*.

Les bidasses n'en peuvent plus, oubliés, malades d'attente, de vermine, d'épidémies, dans la glace et la merde et la nuit des tranchées. 357e régiment d'infanterie. Il n'y a plus de gnôle depuis longtemps. Pour se distraire, on regarde crever des rats. On en trouve un, on le plante et on regarde ça des heures. La baïonnette à travers le corps, un rat gigote encore longtemps. Il se retourne même pour mordre le fer mortel. Ça passe le temps. Rat et troufion, on se ressemble.

Le courrier n'arrive plus. Quelqu'un parle de l'arrière, d'un bordel derrière les buttes, du cul d'une bonne salope. Les dents jaunes, un autre parle d'une cuite, de ses vaches, de sa mère. Ta gueule ! Des types deviennent fous, d'autres se tirent une balle dans la bouche. On rêve de la bonne blessure, celle qui fait qu'on vous renvoie dans vos foyers. Un index coupé, et alors on ne peut plus tirer. Les dents de devant arrachées, et on ne peut plus dégoupiller. Un pied en moins, une main, et vous voilà libéré. Pas d'autres moyens. Il faut crever de toute façon, ce n'est qu'un petit suicide partiel.

Au bout du rouleau, Georges décide d'y aller. Il faut être très décidé. Avoir bien réfléchi. Pas question, après, de venir pleurnicher. C'est pour vendredi. Ça se prépare. En secret, bien sûr. On vous fusille pour moins que ça. Une loterie. On peut y laisser sa peau. Le vendredi arrive. En silence, derrière le bois de sapins, les gars font un cercle dans la neige. Ils font la ronde, exactement comme les enfants. On se serre les mains et les avant-bras très fort. Certains ont un rire qui résonne. D'autres prient. La neige crisse sous les croquenots ferrés. Il faut en finir. Vite, celui qui a été désigné au sort balance la grenade bien au milieu du cercle de la galette des rois. Chacun prend des éclats. Plus ou moins grave. Des fois presque rien, des fois c'est couic ! Vous tombez sur la mort, comme sur la fève dans la galette.

Georges sent une chose molle et chaude au milieu de son ventre. Des machins rouges sortent de sa capote entre ses doigts. Il s'est vu – comme dans quelle chanson ? – portant ses tripes dans ses mains. Il a juste pensé à ça en voyant son sang fumant pisser dans la neige. Et là-dessus, il est mort.

Pas complètement.

Il se réveille à l'hôpital, dans de beaux draps. Des bonnes sœurs en cornette.

Il est vivant.

Il est à Milan. Milano.

On lui a remis tous les boyaux en vrac dans la panse, on a recousu et voilà. Si ça pourrit pas, tu t'en sortiras. Il faut attendre. Georges attend. Il s'économise. Il veut durer. Revoir le 60 de la rue de la Villette. La fièvre continue. Des jours. Des nuits. Et il n'en peut plus. Il ne peut pas dormir. Il veut bouger, partir. Si vous dormez, on vous croit mort. On vous met un masque d'éther et le lendemain, juste avant le jour, arrive la civière et ça fait un lit de libre pour les blessés entassés, allongés dans les couloirs, geignant, hurlant nuit et jour dans leurs bandages ensanglantés.

Ce soir, dans le dortoir, il a de la fièvre plus que jamais. S'il s'endort, il va y avoir droit. Il voit déjà passer le major, les bonnes sœurs, et couic ! la fève.

Alors il se lève, dans le noir, avec juste les veilleuses vertes au gaz à travers les rideaux de drap. Vacillant sur ses guiboles, il chope une capote, ficelle ses godillots, s'agrippe, longe les couloirs tournoyants, les escaliers énormes en marbre, les flambeaux, la cour, les chevaux, les ambulances militaires, les gros pavés, les braseros, le poste de garde, le froid et le voilà dehors qui trotte dans les rues, si bête, si têtu, si malade, petit bonhomme, mais vivant. Encore vivant.

Le voilà qui court dans Milan, il ne sait pas où.

Des lumières, des attelages, des cafés, des parfums, des femmes, de la viande, du vin dans du cristal. Il voit, il court, la tête lui tourne. C'est l'autre monde, le monde d'avant, le monde des vivants. Il perd le souffle, un tisonnier rouge dans le bide. Et là-bas, encore plus de lumière, plus de monde. Du beau monde, du linge, des dorures, des statues, un théâtre. Ça va commencer. Les toilettes, les hauts-de-forme, les beaux officiers, les épaules des femmes, leurs gros seins chauds dans le velours. C'est gratuit pour les militaires, des bidasses comme lui. Il a vingt ans. Il rit. Ici, c'est gratuit. Une sueur brûlante coule de son front. Il y en a quelques-uns qui y vont. « Viens donc, eh l'Parigot ! » Un de Paris. Il le suit jusqu'en haut du théâtre, au poulailler, au paradis.

La fièvre l'accable, mais il s'appuie contre une colonne, la joue pas rasée contre le marbre. Et puis ça commence. Ça cogne dans ses tempes. Il va mourir. Ça va être bon. C'est bon.

C'est *Carmen*.

Et voilà ce petit soldat entre la vie et la mort, entre le poulailler et le paradis, qui s'écarquille de toutes ses oreilles, de toute sa douleur, de toute sa peau. Il frémit. Il vibre, lui, le petit claque-merde, le petit apprenti orfèvre de la rue des Gravilliers, à Paris. Il ne connaît rien. Il ne connaît que ce que connaît le petit Parigot populo peigne-cul des fortifs, des apaches et des putes de barrière. Et là, c'est la révélation, c'est l'apparition. C'est son Lourdes à lui, son chemin de Damas, son bréviaire, son livre de recettes et sa carte routière, l'amour de sa vie, l'amour de la vie. Carmen, c'est lui.

Jamais plus il n'est allé à l'opéra, surtout pas ! Carmen et rien d'autre, toute sa vie, il l'a fredonné. Chaque air, chaque vers, par cœur.

Et ma mère est brune.

Au mois d'août dernier, j'ai pensé à lui et à sa vie, la nuit, quand je me suis retrouvé à l'hôpital de Sarajevo sous les bombes, avec une cheville éclatée, les côtes pétées, un début d'embolie pulmonaire. Dans la fièvre, bourré de morphine, j'ai pensé à Carmen et à Georges.

Il s'appelle Georges Mermet, il a quatre-vingt-quinze ans. C'est mon père.

Aujourd'hui, sur le buffet, dans son pavillon de banlieue, en disques, en cassettes, en CD, il peut s'écouter une des versions qu'il possède, cadeaux des enfants, des petits-enfants, des arrière-petits-enfants.

Mais je le soupçonne de préférer la version qu'il se fredonne à lui-même en promenant son chien le long du canal.

2 novembre 1992

la chanson de craonne

à Geneviève

Collante et saoulante, mélodie mélancolique et jolie comme la guerre, selon Apollinaire qui fut blessé au front et au front sous les frondaisons du bois des buttes. « Une étoile de sang me couronne à jamais », écrivait Guillaume. Prémonition des poètes. Cinquante ans avant il songeait, c'est sûr, au Che.

Le même rouge au front étoilé, Guillaume et Ernesto voisinent sur l'étagère de nos panthéons imaginaires.

Collante, la valse lente de terre, d'acier, de merde et de sang.

Dans la pente, j'ai eu la joie de parler là avec Yves Gibeau, à vif, toujours, marchant au bord des larmes et des labours, tâchant d'arracher quelque chose à la guerre et murmurant cette chanson pour danseurs de sanglots sur le Chemin des Dames. La chanson de Craonne, qu'il faut prononcer *Crâne*, comme les crânes qui remontent encore, toujours et toujours, à la surface. Crânes de Craonne. On est pris de tendresse, soudain, pour la chair des disparus, chair de ces hommes si jeunes et si hommes, une barbe à peine, un duvet, une peau rose de gamin qui recouvrait les crânes de Craonne. C'est le visage de Georges, mon père, enfant. C'est la France qu'on évite, la punie. Celle des cimetières militaires. Pourquoi revenir encore, encore ici, alors que je sais d'avance, au retour, le goût presque louche d'amour et de dégoût dans la bouche ?

Aisne, Somme, Marne, morne paysage d'un néant tenace, le désespoir exactement. Morne, oui. Morne plaine pleine, toujours, de bombes à retardement, d'obus, de grenades à gaz depuis quatre-vingts ans. Fragments de mâchoires, boutons de capotes, chaussures, tibias, gamelles que la terre rejette toujours, que la terre se refuse à avaler.

Yves Gibeau m'avait montré un petit encrier et j'imaginais Georges, mon père, écrivant à son frère François, 60, rue de la Villette, à Paris : « Tout va bien ici, je te salue et te charge d'embrasser nos chers parents. »

François mourut, Georges vécut et fit, contre tout monument de mort, un monument de vie : huit enfants, dont je suis, fragment d'une mémoire fantôme.

Dans cette terre maudite, presque un quart de notre France ravagée, terre des tranchées toujours visibles aujourd'hui, on peut passer le doigt sur le bord de la plaie. Mais, marchant comme nous le faisons, ne sommes-nous pas là des voleurs de détresse nous habillant des lumières des supplices de nos pères, visant la première place sur le podium des victimes ? Ne faudrait-il pas laisser la place à l'oubli, c'est-à-dire à l'innocence ? Laisser la place aux vivants, les bleus ignorants, sans les charger de ces rances romances, ressentiments pesants et dire : « Basta, mémoire » ? Comment faire avec, dans la plaie, le fer de ces puissances de recommencement ?

Papon – et son procès – est un terrible remue-mémoire qui renvoie aux autres blessures de notre histoire. Octobre 1961 à Paris, guerre d'Algérie mais aussi Chemin des Dames, ici, au printemps 1917. L'armée, le pouvoir fit tuer en dix jours 155 000 petits soldats français. Oui, un crime contre l'humanité. Contre l'homme sur ce Chemin des Dames.

Serions-nous trop encombrés de mémoire, d'une mémoire qui nous empêcherait de voir le présent ?

« La seule mémoire indispensable est celle qui maintient vivante la source du droit. » C'est beau. Mais là, il y eut un sursaut contre la barbarie, contre ce mal normal, une fragile chanson. Ils ont mis leurs crosses à l'envers, ils ont refusé de marcher, ils ont refusé de mourir, ils se sont révoltés parce que c'était la seule façon de sauver quelque chose d'humain et, sans doute aussi, quelque chose de la France.

N'oublions jamais le beau geste des mutins de 17. Le beau geste fut de nous dire que la désobéissance est une chanson d'amour, que l'insoumission se danse, que la liberté est une valse lente.

7 novembre 1997

les mutins du chemin des dames

On croit mourir pour la patrie,
on meurt pour des industriels.
Anatole France

Et si, sous cet Arc de Triomphe, les morts français de la « Grande Guerre », comme on ose encore dire, si tous les morts français défilaient en rangs par quatre, il faudrait six jours et cinq nuits avant que le dernier ne soit passé [1].

Trente-cinq pays participèrent à cette boucherie.

Dix millions de morts.

Combien d'années d'espérance de vie ensevelies à jamais dans la boue ? Combien d'orphelins, de mutilés,

1. Voir Jacques TARDI, *C'était la guerre des tranchées*, Casterman, « À suivre », Paris, 1993.

de veuves ? Neuf cent trente hectares de cimetières militaires ont poussé à la place de la bonne terre à blé et à betteraves.

Quatre cent quatre-vingt-cinq mille six cents hectares de forêts. Un million neuf cent vingt-trois mille hectares de terres cultivables dévastées. Sept cent quatre-vingt-quatorze mille maisons et immeubles. Neuf mille trois cent trente-deux usines. Cinquante-huit mille neuf cent soixante-sept kilomètres de routes. Huit mille trois cent trente-trois ponts détruits. Trois cent trente millions de mètres cubes seraient nécessaires pour combler les tranchées des sept cent quatre-vingts kilomètres de front. Trois millions cinq cent quatre-vingt-quinze mille blessés. Cinquante-six mille amputés. Soixante-cinq mille mutilés. Et tout ça a rapporté combien, messieurs les marchands de canons ? Deux mille cinq cents milliards de francs or.

« j'ai cinquante-sept ans, je chiale doucement... »

> « Mon père était au Chemin des Dames [1]. Agent de liaison, il en est revenu indemne mais a mis au moins dix ans à ne pas s'en souvenir. Marié en 1927, il ne nous a jamais vraiment parlé de ces moments d'inhumanité. Aujourd'hui, j'ai cinquante-sept ans et je chiale doucement en écoutant tous ces témoignages, la chanson de Craonne, l'évocation d'Yves Gibeau. Pourquoi ? Bien sûr, on s'est battu d'abord pour la plus grande gloire de Schneider et de Waendel. Bien sûr, il fallait épuiser les stocks, expérimenter le matériel mais, souvent, on a profité de cette guerre pour résorber l'excédent de main-d'œuvre provoqué par la mécanisation dans l'agriculture et dans l'industrie. J'ai l'absolue conviction que l'on a

1. Extrait de l'une des nombreuses lettres d'auditeur reçues à la suite de l'émission du 11 novembre 1997, *La chanson de Craonne*.

cyniquement utilisé cette guerre pour éclaircir les rangs et l'on a envoyé en priorité les paysans et les classes pauvres à l'abattoir. Il faut aller compter les morts sur les monuments de nos villages, en Bretagne, un véritable carnage, 10 % de la population de l'époque, soit près de la moitié des hommes de vingt à quarante ans. Ceux qui sortaient de la tranchée étaient réellement condamnés à mort. On avait trouvé, pour les pauvres et les paysans, la Solution finale. Du côté allemand, ce fut pareil. »

11 novembre

Partout en France, dans le gris de la saison, dans la moindre commissure, le 11 Novembre ressemble à une guirlande qui, à travers tout le pays, rallume et ravive des petits feux de mémoire, des loupiotes de douleur mais des liens aussi, des souvenirs d'un grand-père, d'une croix de guerre retrouvée dans un tiroir, d'une lettre au fond d'un grenier. Cette petite fanfare qui joue faux et ces petits drapeaux et ces pompiers alignés et le discours du maire renvoient à d'autres éclipses de l'humanité, à d'autres moments de notre commune destinée, *nos joies, nos peines*, comme on lit dans les petits journaux qui traînent.

Reste à savoir, demande un auditeur, ce qu'on célèbre le 11 Novembre ? La guerre ou la paix ? La gloire de l'armée ? Que signifie « mort pour la France » ? En traversant la Champagne, la Somme, l'Aisne, la Marne, en longeant ces immenses cimetières militaires, on pense à quelque chose d'industriel, la preuve d'un formidable asservissement. Il se sont fait *aligner* en somme. Sans distinction. Sans étiquette. Comment ne pas voir là la mort industrielle, déjà la Solution finale, les centres de mise à mort ? Et on pense à ce vers qui dit : « Mourir pour la patrie est le sort du plus pauvre. » Paul Valéry disait : « La guerre, c'est un massacre de gens qui ne se connaissent pas au profit de gens qui se connaissent mais ne se massacrent pas. »

Pourquoi cette guerre ? Historiens, chercheurs, témoins, combattants, anciens combattants n'ont pas trouvé la réponse. Comment a pu se produire ce recul de la civilisation tout entière, cette défaite de l'humanité ? Que la guerre soit vue comme sacrée ou comme banale ne donne pas la réponse. Pour moi, elle réside dans un geste que faisait mon père à la fin de certains repas. Il écartait son assiette sur la toile cirée, prenait un couteau, une fourchette et essayait d'expliquer ce qu'avait été le Chemin des Dames. « Et ça, c'était Craonne. Voilà, ça, c'est le verre ; ça, c'est Craonne. Et l'assiette, c'est le plateau. Et il fallait monter. Et on est montés. Une fois, deux fois, trois fois. » Et puis il arrivait au moment où il se souvenait d'avoir dû prendre à bras-le-corps le corps d'un copain mort et alors il se taisait. Il se taisait longtemps et c'est dans ce silence-là que je vous emmène. C'est le silence de mon père. La seule chose dont j'ai hérité. Non pas comme quelque chose de sacré, ni de banal. Il y a des causes à tout cela.

Les mutins de 1917 ont sauvé quelque chose de l'humanité. La subversion peut avoir d'autres formes, parfois la beauté, toujours le désir :

Il faut que je reçoive ô mon Lou la mesure
Exacte de ton doigt
Car je veux te sculpter une bague très pure
Dans un métal d'effroi [1]

11 novembre 1997

---

1. Guillaume Apollinaire, *Poèmes à Lou*, Gallimard, Paris, 1969.

caporal dauphin, fusillé pour l'exemple

à Raïssa

Avait-il chanté la chanson de Craonne, le caporal Dauphin, cette nuit de juin 1917, dans le charnier pourrissant du Chemin des Dames où de petits monsieurs crevaient la gueule ouverte ? A-t-il été fusillé pour avoir chanté ? On voit le poteau, le bandeau, la croix, le curé, l'officier, les guêtres bien cirées, son revolver au bout d'une chaîne à la main, guettant, les doigts gantés de blanc sur la gâchette. « Celui qui ne tue pas sera tué. » Caporal Dauphin Joseph, fusillé pour l'exemple et par ses copains, au petit matin.

tauves

C'est en Auvergne, c'est un automne rouge et jaune, un ciel ardoise. Un soleil qui frise les sommets enneigés. On rêve de potée aux choux, de fromage bleu. On arrive à Tauves. Mille habitants. Une place où Jacques Tati aurait pu tourner *Jour de fête*. 11 Novembre. Monument aux morts, gerbes déposées, sono disposée avec le fil jusqu'aux haut-parleurs, drapeaux tricolores, pompiers alignés, papiers du discours bien pliés dans la poche de M. le maire qui se tient bien droit à côté du garde champêtre en attendant la clique. La France qu'on aime, la France qu'on est. Notables, boulangers, retraités, anciens combattants aux pognes de paysans. Des gens. Et autour, la place, l'église, la mairie, les petits commerces, les deux bistrots, une scène, une scénographie, un rituel qu'il faudrait voir avec l'œil qu'on a pour le rituel du kawa au Vanuatu ou une célébration vaudou dans l'ex-royaume du Dahomey, ou encore la célébration du retournement des morts à Madagascar. Un œil neuf, soudain, qui nous dit que la

République est une idée. Mais peut-on entonner, aujourd'hui encore, comme ces hommes-là : « Un Français doit mourir pour elle, pour elle un Français doit mourir » ?

L'a-t-il jamais fredonné, le caporal Dauphin ? Histoire oubliée de l'Histoire. « Adieu ma chère femme, adieu mon enfant. » Il avait un enfant, ce caporal Dauphin. Un fils, décédé maintenant, mais qui, toute sa vie, a souhaité la réhabilitation de son père. Aujourd'hui, ses neveux reprennent le flambeau pour la justice et pour l'honneur.

Quatre-vingts ans après, cette histoire demeure un enjeu de mémoire. Cet homme innocent, dégradé, fusillé, ne fut jamais réhabilité. Et cette histoire est de celles qui brûlent toujours, de ces braises insoupçonnées et têtues qui racontent la France, la profonde, celle de la terre et de la dignité et de l'honneur d'un petit homme.

26 novembre 1997

belle embellie

> Il fut un moment où les Français crurent vraiment qu'ils allaient s'aimer les uns les autres.
>
> Jean Renoir

1936. Il y a juste soixante ans, environnée par la montée des périls, la France se donnait un gouvernement de Front populaire. Radicaux, socialistes, communistes sous la houlette de Léon Blum. Explosion sociale, congés payés, quarante heures, grèves, joyeuse allégresse. Un beau jour et beaucoup de lendemains.

Vélo sur l'herbe, accordéon, casquette en grève, rouge affront du Front populaire, soixante ans après ce printemps si frais, si battant, si fraternel sur les photos où l'on voit les prolos qui dansent et font danser la France. On le connaît, l'air. On ne sait pas comment. Un air qui est dans l'air depuis.

On a tout dit, tout écrit, tout musée, tout rangé. Tous les dix ans, pour l'anniversaire, on ressort le dossier, on souffle sur la poussière. Du passé dépassé.

Que reste-t-il de ces amours ? Un catéchisme avec des anges prolos pleins d'espoir contre les gros méchants possédants qui n'en finiront jamais de se venger de cet affront populaire.

Un frémissement fertile, toujours au chaud, au fond à gauche de nos âmes de foule sentimentale prête à s'allumer de Bastille en pavés qui rebondissent dans nos livres d'école : 1789, 1848, 1871, 1936, 1944, 1968.

Soleil dans les branches, dimanche de la vie, fleur au guidon, petit casse-croûte au bord de l'eau, Raymond, Simone. Restes de chair à canon de 1914 et future chair à illusions ? Et alors ! C'est comme si la peur d'être cocu t'empêchait d'aimer.

À nous la liberté !

Ah oui, ils ont rêvé, jusque-là, ils s'en sont mis, de l'espoir !

Comment ne pas les aimer ? « Les salopards en casquette », comme disaient les gavés de l'époque. Un temps de haine et d'allégresse. Les fachos disaient de Léon Blum : « C'est un homme à fusiller, mais dans le dos. » « C'est en tant que juif qu'il faut voir, concevoir, entendre, combattre et abattre physiquement M. Blum », disait Charles Maurras.

Mais c'est aussi le groupe Octobre :

> « Devant la porte de l'usine/le travailleur soudain s'arrête/le beau temps l'a tiré par la veste [...] Dis donc camarade Soleil/tu ne trouves pas/que c'est plutôt con/de donner une journée pareille/à un patron ? »

La bile de Charles Maurras et la grâce fraternelle et libertaire de Jacques Prévert et de ses copains.

Grèves, occupations d'usines. À la Samaritaine, le personnel qui occupait les lieux, la nuit, n'osait même pas s'allonger sur les matelas du rayon literie.

Osé, ils ont osé prendre leur place, descendre sur le pavé, occuper la rue. La vie est à nous ! Occuper la vie, les talus. Que voulez-vous, nous nous sommes aimés ! L'espoir, la vie qui change, la conquête de la dignité. On cassera la gueule aux gros ! Vas-y, Léon, défends ton ministère ! Les soviets partout ! Mort aux vaches ! C'était une telle conquête sur la peur.

Mais quoi d'utile pour nous, aujourd'hui, dans tout ça, soixante ans après ? Le piège, c'est de comparer, on le sait. J'entends vitupérer Le Pen au journal de 20 heures. Faut-il se faire peur, agiter les épouvantails de cet avant-guerre ? La question flotte dans l'air. Ça remue dans nos sous-sols, dans nos greniers, ça rampe.

Un type avec un coup dans le nez chante sous ma fenêtre : « Vive la vie, vive le temps, vive la mi..., vive le prin..., vive la misère au printemps ! » Je n'invente rien. Je l'ai entendu : « Vive la misère au printemps. » Je ne sais pas d'où ça vient. Il ressemblait au plombier-zingueur de Prévert, justement.

Soixante ans après le Front populaire, ce type fredonne exactement ce que furent ces mille jours où, dans un combat ingénu, ils se sont battus pour le pain, la paix, la liberté.

Tant d'humiliation accumulée, tant d'injustice. Trois pas en avant suivis de deux pas en arrière, c'est vrai. Grande illusion, acquis, repris. Extrême droite abjecte, manipulation soviétique, contradiction social-démocrate, jusqu'au lâche soulagement.

Ils commencèrent en chantant : « Allons au-devant de la vie » et finirent en entonnant : « Maréchal nous voilà. »

Léon Blum, lui, disait : « Ce fut une espèce d'embellie, d'éclaircie dans des vies difficiles, obscures. »

C'était la première fois où mon père voyait la mer.

25 avril 1996

la belle équipe

« Quand on s'promène au bord de l'eau », ça, au moins, on ne nous l'a pas repris. Même si, en fait, les ouvriers n'avaient pas demandé les congés payés ! Comme si alors personne ne pouvait croire, dans ce pays, qu'on pouvait être payé à ne rien faire.

Un de ces moments de notre histoire où la politique s'empare de la rue ou bien, au contraire, c'est la rue qui s'empare de la politique. Un de ces moments où le prolo tire sur sa laisse au point que son maître doit lâcher du lest. Un de ces moments où nous devenons « le peuple ». Un de ces moments où les poumons se gonflent, où les banderoles bandent, où les gorges se nouent. C'est nous.

La canaille descend sur le pavé, sur son vélo, prend la clé des champs et de la mer en citant Victor Hugo : « Ceux qui vivent, ce sont ceux qui luttent. »

29 avril 1996

c'était demain

« Égrenons nos rires et nos chants, sac au dos, fiers de notre jeunesse ! »

Aujourd'hui les cartes sont retournées. En les voyant danser sur les photos de Willy Ronis, nous savons les lendemains qui les attendent. On sait la suite pour les amoureux en tandem, on sait la pluie de fer, de feu, d'acier, de sang.

Déjeuner sur l'herbe, déjeuner de soleil.

La réaction fut violente. La droite des notables, revancharde, n'a pas assez de mépris pour ces « salopards » qui font irruption dans ses privilèges. À l'extrême droite, c'est une haine féroce, venimeuse, qui fermente ou qui s'étale dans la presse : *L'Action française*, *Gringoire*, *Je suis partout*. Xénophobie, antisémitisme, haine de la démocratie, la « démocrassouille ». Une presse qui touche des millions de lecteurs. « Mieux vaut Hitler que le Front populaire. » Cette tendance, finalement, emportera le pays vers les accords de Munich, vers le pacte germano-soviétique, vers Vichy, vers la collaboration, vers les lois sur les Juifs, vers le Vel' d'hiv'. On regarde toujours le passé avec des lunettes peintes en aujourd'hui. C'est vrai, comparaison n'est pas raison. L'Histoire ne repasse pas les plats. Mais tout de même…

Crise économique, chômage, remise en cause jusqu'au reniement de soi-même, injustice sociale banalisée, montée de l'intolérance, dénigrement de la politique et de la classe politique, montée des nationalismes, résistible ascension d'une extrême droite dans l'impuissance ou dans l'indifférence ou, pire encore, dans la peur. Soixante ans après, notre fragile démocratie est toujours aussi fragile.

Allons, sac au dos, fiers de notre jeunesse, avec les petits oiseaux. Et chantons bien fort pour ne pas entendre dans le fond fleuri du vallon, le bruit des bottes qui avancent… le vol noir des corbeaux…

2 mai 1996

toujours verts, toujours rouges 60e anniversaire des brigades internationales

Dentier éclatant à travers la vitre de l'autocar, ils sourient, larme à l'œil, poings levés. Soixante ans après, des quatre coins du monde, les anciens des Brigades internationales reviennent en Espagne pour répondre à l'hommage d'adieu que la Pasionaria leur lançait des balcons de Barcelone en octobre 1938 :

> « Nous ne vous oublierons pas, et quand l'olivier de la paix fleurira entrelacé avec les lauriers de la victoire de la République espagnole, revenez, revenez à nos côtés ! »

Pour quarante ans, l'Espagne allait se couvrir d'un immense bâillon.

Ils avaient vingt ans.

Aujourd'hui, à côté de moi, à la fenêtre du train pour Barcelone, John Hovan guette le petit chemin en bas de la montagne, près de la rivière, à l'endroit précis où fut tué son copain Steve, un petit gars de Georgie. Pourquoi, pour qui ? Est-ce que ça valait la peine ? Qui oserait poser la question aujourd'hui ?

> « Vous êtes l'exemple héroïque de la solidarité et de l'universalité de la démocratie. »

Cette phrase, ils la connaissent tous, chacun dans sa langue, polonais, français, hongrois, allemand, anglais, gallois, américain, tchèque, suédois, russe, danois, italien et même chinois. Ils venaient de plus de cinquante pays. 35 000 au total.

De France aussi, 10 000 volontaires français, alors qu'au nom de la politique européenne de non-intervention la France du Front populaire trahissait la République espagnole.

Soldats de la *légitime justice*, ils incarnent une double mémoire amère et romantique, « plus grande parce que vaincue », dit Émile Temime.
Les grandes phrases risquent de nous les rendre figés, empaillés dans le catéchisme des bonnes causes pour dessus de cheminée, alors qu'ils sont là, vivants, ardents, fraternels.

Plus de dix mille sont morts dans ces champs d'oliviers, cette terre qui n'était pas la leur.
Ils voulaient être les acteurs de l'Histoire, de notre histoire, non plus les figurants résignés. Ils étaient d'une sincérité inimaginable aujourd'hui.
Ouvriers, gens de peu, typographe des faubourgs, docker de Liverpool, mineur de Longwy, relieur à Genève, musicien à Budapest, métallo à Varsovie. Et des femmes aussi.
Du 8 novembre 1936 à octobre 1938, 10 000 furent tués dont 3 500 Français.

« Prolétaires de tous les pays, unissez-vous ! »
Ils s'unissaient.

Ils venaient se battre contre le franquisme, pour la terre, pour la liberté.
Ils criaient « Unité ! », ils n'étaient pas d'accord entre eux. Certains voulaient un monde meilleur, d'autres voulaient le meilleur des mondes. Certains se sont

trompés, certains furent trompés. Mais la peur d'être trompé ne les a pas empêchés d'aimer. Est-ce que la peur de mourir vous empêche de vivre ?

Ne les oublions pas.
Ils furent trop peu dans la traversée du siècle.
Ne les oublions pas. Non pas comme une consolation, un bibelot aboli, ni même une « mémoire », mais une idée. Une idée en mouvement.
Idée et mouvement sont un couple infernal et inséparable.
Internationalistes, solidaires pas seulement d'une cause, mais du devenir mondial.

Pour eux, un correspondant de guerre américain, dans ses carnets, avait recopié cette phrase de John Donne :

> « Nul Homme n'est une *Isle* complète en soy-mesme ; tout Homme est un morceau de *Continent*, une part du *tout* ; si une parcelle de terrain est emportée par la *Mer*, l'*Europe* en est lésée, tout de même que s'il s'agissait d'un *Promontoire*, tout de même que s'il s'agissait du *Manoir* de tes *amis* ou du *tien propre* ; la *mort* de tout homme *me* diminue, parce que je suis solidaire du *Genre Humain*. Ainsi donc, n'envoie jamais demander : pour qui sonne le *glas* ; il sonne pour *toi* [1]. »

Aujourd'hui, le communisme s'est effondré. Toute ambition, tout élan politique est prisonnier sous les gravats de cette illusion.
Ils étaient prêts à donner jusqu'à la dernière goutte de leur sang alors que j'hésite à donner une goutte d'encre

1. Extrait de : Ernest HEMINGWAY, *Pour qui sonne le glas*, Gallimard, Paris, 1973.

de mon stylo pour signer une pétition de soutien à une association de cyclistes écolos.

« Maintenant que nous sommes vieux, nous pouvons dormir, notre conscience nous laisse en paix. »

Ils blaguent, toujours verts, toujours rouges, dans leur petit fauteuil croulant sous les médailles, les larmes et les œillets rouges. Ils trinquent, ils ne savent pas quoi faire des fleurs.

T'as pas changé Robertito. Toi non plus mon Jacob.

Ils se souviennent de la fille d'un gitan.

Ils ne parviennent pas à esquiver certains souvenirs embusqués. Au détour d'un mot, sur le quai, dans la rumeur, ils font soudain silence pour un camarade tombé dans un champ.

« Vous êtes l'Histoire, vous êtes la Légende », ajoutait la Pasionaria.

La guerre d'Espagne est une histoire-légende.

Sur leur passage, aujourd'hui, il y a d'autres dentiers qui grincent. Des menaces anonymes, des tracts hostiles à leur venue. Les lésions ne sont pas toutes refermées, les haines ne sont pas repliées. Vos ennemis survivent aussi.

Mais quand ils seront repartis, quand pour la dernière fois à Barcelone ils descendront les ramblas jusqu'à la mer sur un tapis de fleurs, ils nous laisseront les mêmes questions : comment se tromper sans se trahir, comment avoir la foi sans tomber dans la religion, comment lutter et douter, comment se battre et penser, comment s'attendre à l'inattendu, comment vivre l'irrésolu, comment rester vert, comment rester rouge ?

Tu m'enverras les photos ?
C'est promis Roberto.
À l'aéroport de Barcelone,
ils ne prennent pas le même avion.
Jacob rigole en lisant le panneau « Lignes internationales » ; pour rire, il entonne *L'Internationale*.
Et les autres reprennent.
L'émotion les gagne, et gagne les amis et les passants, un cercle se forme et reprend, poings levés ; une clameur monte dans l'immense aéroport devant les écrans où s'allument leurs destinations.

Leipzig, Dublin, Los Angeles, adieu ! Prague, Mexico, La Havane, adieu camarades, adieu ! Liverpool, Moscou, Copenhague, adieu mon ami ! Paris, Rome, Tel-Aviv, adieu mon frère, adieu !

Tu crois qu'on se reverra ? demande Jacob.
Bien sûr qu'on se reverra, répond Roberto.
Jacob rentre à Tel-Aviv. Roberto rentre à Cuba.
N'oublions pas les photos.
Sur les vestons, les médailles se mélangent.
Adieu Roberto, dit Jacob avec son vieil accent yiddish.
Adieu Jacob, dit Roberto dans son costard de rumba.

12 novembre 1996

Vous pensez bien, jamais Papon ne sera jugé. Il a été jugé.

Vous pensez bien, jamais Papon ne sera condamné. Il a été condamné.

Vous pensez bien, jamais Papon ne sera arrêté. Il a été arrêté.

À l'ouverture du procès Papon, nous étions à Bordeaux à la terrasse de ce grand café où, cinquante-cinq ans auparavant, un panneau à l'entrée indiquait : « Interdit aux chiens et aux Juifs. »

« Vous avez admis que le crime commis contre le peuple juif pendant la guerre était le plus grand crime de l'Histoire ; et vous avez reconnu le rôle que vous avez joué. Vous affirmez n'avoir jamais agi pour des raisons viles, n'avoir jamais eu de penchant pour l'assassinat, n'avoir jamais haï les Juifs, et cependant vous affirmez aussi que vous n'auriez pas pu agir autrement et que vous ne vous sentez pas coupable. [...] Vous avez dit aussi que vous avez contribué à la Solution finale par hasard, que n'importe qui ou presque aurait pu prendre votre place [...]. Vous entendiez par là que si tout le monde, ou presque, est coupable, alors personne ne l'est. [...] Mais cette histoire n'a rien à voir avec la notion actuellement en vogue de "culpabilité collective" selon laquelle les gens seraient, ou se sentiraient, coupables de choses faites en leur nom mais non par eux

– de crimes auxquels ils n'ont pas participé et dont ils n'ont tiré aucun profit. Devant la loi, la culpabilité et l'innocence sont des faits objectifs. Et vous ne seriez pas moins coupable si quatre-vingts millions d'Allemands avaient fait comme vous. [...]

« [...] vous avez exécuté, et donc soutenu activement, une politique d'assassinat en série. [...] en politique obéissance et soutien ne font qu'un. Et parce que vous avez soutenu et exécuté une politique qui consistait à refuser de partager la terre avec le peuple juif et les peuples d'un certain nombre d'autres nations – comme si vous et vos supérieurs aviez le droit de décider qui doit et ne doit pas habiter cette planète – nous estimons que personne, qu'aucun être humain, ne peut avoir envie de partager cette planète avec vous. C'est pour cette raison, et pour cette raison seule, que vous devez être pendu [1] ».

C'est le texte que Hannah Arendt aurait voulu entendre du tribunal de la Haute Cour de Jérusalem qui jugea Eichmann en 1961.

Quelle ressemblance entre Eichmann à Jérusalem et Papon à Bordeaux ? L'inhumanité. Il y a inhumanité dès lors qu'il n'y a plus de pensée. Il n'y a plus de pensée quand l'homme est réduit (*se* réduit) à un fonctionnement, un fonctionnaire qui fonctionne. Cette inhumanité n'est pas le lot exclusif de certains, nous sommes, chacun d'entre nous, le lieu crucial où se mêlent et s'affrontent inhumain et humain, pensée et impensée.

Plus de cinquante ans pour que ce jugement ait lieu. Seize ans de procès. Nous revoilà dans cette nausée tenace. Toujours remâchant, revivant une histoire que nous n'avons pas su, pas pu, pas voulu regarder en face.

---

1. Hannah ARENDT, *op. cit.*

Plus loin, Hannah Arendt écrit :

« Nous avons désespérément besoin de l'histoire vraie de cet enfer construit par les nazis, non seulement parce que ces faits ont changé et empoisonné l'air que nous respirons, mais aussi parce qu'ils sont devenus l'expérience fondamentale de notre époque et sa détresse fondamentale [1]. »

Bordeaux, procès Papon, 14 octobre 1997

pas de tyran sans feu

Employé modèle.

Fonctionnaire exemplaire, brillant homme d'appareil, de ceux qui exécutent sans bavure, sans états d'âme, sans repentir.

Exécuteur dont tout pouvoir a besoin et que tout pouvoir protège.

Éternel chantage de l'exécuteur.

Monstre froid comme un État.

Fonctionnaire. Fonction.

Rouages. Appareil.

Bureau.

Élément indispensable de la Solution finale.

Industrielle, rationnelle, logique, moderne, planifiée. Hygiénique. Sans tache, sans trace.

Un système qui a permis d'éviter tout état d'âme, toute crise de conscience, toute prise à l'émotion. La Solution finale dispense de penser et rien n'a existé puisqu'il n'y a pas eu de pensée.

En France, ce très long mensonge était-il nécessaire pour maintenir l'État et la République ? Si oui, voilà ce

---

1. *Ibid.*

qui a tant discrédité la République et l'État. Les repentances molles de l'Église et d'autres institutions sont l'aveu de ce long pourrissement. Maurice Papon est l'archétype d'un pouvoir confisqué par une bourgeoisie d'État aveuglée de suffisance. Mais un pouvoir que nous déléguons, un pouvoir dont nous nous dépossédons. Les chaînes de la liberté sont très lourdes à porter. Entre dominants et dominés, il y a connivence tacite.

faire son possible

Un peu ronflant ce que je vous raconte. Un peu écœurantes, ces indignations vertueuses plus de cinquante ans plus tard, les « j'accuse » des petits procureurs de ces jours-ci.

L'intransigeance, la nôtre, d'aujourd'hui, serait-elle à la hauteur de la lâcheté d'hier ou masquerait-elle d'autres lâchetés, actuelles celles-là ?

Aujourd'hui, nous sommes tous des résistants de l'an quarante, nous sommes tous dans le Vercors et tous nous libérons Paris. Qu'aurions-nous fait à leur place ? La réponse ? Difficile. Il faut resituer, consulter l'histoire, entendre aussi vibrer les mémoires. Mais la question n'est pas : *Qu'est-ce que nous aurions* pu *faire, qu'est-ce que nous aurions* dû *faire à leur place ?*, mais : *Qu'est-ce que nous faisons à notre place aujourd'hui, ici* ?

Qu'est-ce que nous faisons à notre place, comment faire pour savoir ce qui est possible ? Et comment faire pour que le possible (et l'impossible) advienne ?

Bordeaux, procès Papon, 16 octobre 1997

« alors j'ai eu comme un trou de mémoire et je voudrais le retrouver »

Comme si on pouvait retrouver un trou de mémoire.

En une phrase, une seule, elle a tout dit sur l'étrange aujourd'hui qui secoue le pays.

Éliane, rescapée des camps de la mort où, enfant, de Bordeaux, elle fut déportée sur ordre de l'administration française placée sous la responsabilité de Maurice Papon.

Alors qu'on croit avoir éclairé chaque bruit de bottes de nos heures noires. Eh oui, mon général, désolé, mais les pieux mensonges ont fait long feu.

Finies nos *images de communion* d'après-guerre, les croix de Lorraine d'un côté, le parti des fusillés de l'autre et les flics arborant leurs fourragères qui mettaient mon père en colère.

Le trou de mémoire a fini par engloutir le catéchisme des dupes.

Maurice Druon, auteur du *Chant des partisans*, vient soutenir Maurice Papon.

Éliane veut retrouver un trou de mémoire.

Un trou de mémoire, c'est de la mémoire aussi.

Une forme, c'est tout ce qu'il y a autour et qui n'est pas cette forme.

La vie c'est aussi le vide, l'être c'est aussi le néant, l'homme c'est aussi l'inhumain. La mémoire c'est aussi le trou de mémoire.

De quoi sommes-nous responsables ?

De quoi sommes-nous coupables ?

Sans responsabilité, pas de liberté. Entre la fuite devant les responsabilités et l'inflation d'une responsabilité infinie, entre « courage, fuyons » et le poids du monde à chaque instant sur le paletot, un tas de questions nous tourmentent.

Où était la France ? Où était la fange ?
Qu'aurions-nous fait à leur place ?
Que faisons-nous à notre place ?

Bordeaux, procès Papon, 27 octobre 1997

17 octobre 1961, une journée portée disparue

En octobre 1991, nous avons consacré une série d'émissions au 17 octobre 1961, journée portée disparue.

Longtemps, ce massacre avait été passé sous silence jusqu'à l'oubli[1]*. Un refoulement, une amnésie générale qui gangrène toujours les fondements de notre pays. Une complicité par indifférence. Mais grâce aux efforts tenaces de quelques-uns, témoins, militants, historiens, journalistes, enfin, au bout de trente-huit ans d'obstruction, la justice a reconnu la réalité de ces massacres. Le 26 mars 1999, en déboutant Maurice Papon de sa plainte en diffamation contre l'historien Jean-Luc Einaudi, la reconnaissance du*

1. Lors du procès intenté par Maurice Papon contre Jean-Luc Einaudi le 4 février 1999 à Paris, Pierre Messmer, ministre des Armées en 1961, est venu prendre la défense de Maurice Papon, déclarant assumer « avec le gouvernement tout entier, du général de Gaulle jusqu'au dernier secrétaire d'État, la responsabilité de ces événements ».

massacre devenait officielle. Jugement accablant pour Maurice Papon, mais aussi pour le gouvernement de l'époque[1] *et pour ceux qui ont organisé la « disparition » de cette mémoire.*

Est-ce la fin de l'époque opaque, la fin du mépris officiel ? Même si, à cette heure, l'accès aux archives publiques n'est pas entièrement acquis, quelque chose s'est enfin ouvert sur ce misérable petit tas de secrets d'État.

---

1. Celui qui a dit non n'a pas toujours dit non. Sur la torture et les appelés en Algérie, nous avons présenté une série de reportages en janvier 1998 : *Ils eurent vingt ans dans les Aurès.* D'anciens appelés y reconnaissaient explicitement avoir participé à des séances de torture.
La récente ouverture des archives de l'Armée de terre (janvier 1999) a permis de découvrir que, dès octobre 1949, le pouvoir politique savait que la torture avait cours en Algérie (*Le Monde*, 5 février 1999). Les gouvernements successifs ont fermé les yeux, alors que des représentants de la France à Alger avaient, en 1949, puis en 1952, dénoncé ces pratiques. En toute connaisance de cause, les gouvernements successifs ont donc fermé les yeux, qu'ils soient socialiste (Guy Mollet) ou gaulliste à partir de 1958. C'est même lorsque siégeait à l'Élysée celui qui incarnait la Résistance que le général Massu a écrit une « directive » justifiant l'utilisation de la gégène. Comme par hasard, l'annexe de ce document, qui codifiait l'emploi des méthodes de coercition dans les interrogatoires, n'a pas été archivée.

Sisyphe, aujourd'hui, s'arrête un instant sur le pont Saint-Michel et lance un œillet à la mémoire du fleuve.

Paris, 17 octobre 1999

la chute

« J'avais vingt ans. Je ne laisserai personne dire que c'est le plus bel âge de la vie. »

Je lisais Paul Nizan et j'avais dix-huit ans le 17 octobre 1961.

Il pleuvait ce soir-là sur Paris et nous avions peur de la haine qui était en chacun. J'étais dans la manif sur le pont Saint-Michel. La manif des Algériens venus des bidonvilles, des banlieues que je connaissais bien. On ne disait pas Algériens, on disait Français musulmans d'Algérie, FMA qui sonne comme « infamant », on disait surtout *bougnoules*, *sidis*, *crouillas*, *ratons*, *melons*. Des femmes, des hommes, habillés beaux. Des femmes avec des robes à fleurs sous les impers, effrayées de leur audace de se montrer dans Paris.

Parfois, on entendait « Algérie algérienne ! ».

Puis les gardes mobiles ont chargé sur le pont Saint-Michel.

Comme tous, j'ai couru et, sans savoir pourquoi, je me suis arrêté au niveau de la pendule au bout du pont Saint-Michel, à l'entrée du métro.

De là, j'ai pu voir dans la cohue un homme, un manifestant, sauter par-dessus le parapet. Il s'est planqué, en boule, tassé sur le rebord extérieur du pont qui surplombe le fleuve. Les gardes mobiles chargeaient.

On entendait des pas, des cris, des halètements. Et puis j'ai vu un CRS – ou un garde mobile – qui a repéré l'homme en boule sur le rebord du pont. Il a frappé avec méthode. J'entends encore très précisément les coups de crosse sur le dos de cet homme, sur son crâne. Il s'agrippait aux colonnettes du pont et les flics – ils étaient cinq ou six – se sont acharnés sur ses mains jusqu'à ce qu'il lâche prise et tombe dans la Seine, à pic, comme un sac.

Dans *La Chute*, d'Albert Camus, le narrateur entend un corps tomber dans l'eau, il hésite et il continue son chemin.

Je n'ai pas continué mon chemin. Pas de la même façon.

Jamais plus.

silence

Quelques jours plus tard, le 1er novembre, au métro Maubert-Mutualité. Un petit homme bigleux et silencieux et une petite foule autour, silencieuse elle aussi.

Les hommes et les femmes qui étaient là étaient traîtres à la patrie. Ils militaient dans des réseaux de soutien aux Algériens en lutte contre la colonisation française. Il y avait aussi des hommes jeunes qui refusaient de partir en Algérie avec le contingent. Ils désertaient, ils sifflotaient *Le Déserteur* de Boris Vian et je sifflotais avec eux. Mais pas là. Là, il y avait ce silence. Cinq minutes de silence en hommage aux victimes du 17 octobre 1961, mais c'était aussi un silence d'impuissance, l'intuition que ce silence durerait très longtemps. Au bout de quelques instants, nous nous sommes dispersés dans ce dimanche. Le petit homme bigleux et silencieux s'appelait Jean-Paul Sartre.

17 octobre 1961, la bataille de paris

Selon la version officielle, il y eut deux morts cette nuit-là. Maurice Papon, à Bordeaux, a avancé le chiffre de vingt à trente morts dus selon lui à des règlements de comptes entre des factions rivales. Pour les chercheurs, il y eut au moins deux cents tués ce soir-là par la police française, les NPB, « noyés par balle ». Constantin Melnik, ancien conseiller pour la police et le renseignement du Premier ministre Michel Debré, avance le chiffre d'une centaine de morts.

La vérité sur cette affaire devra beaucoup à Jean-Luc Einaudi [1].

En août 1958, le FLN porte la guerre en France par une série d'attentats visant des personnes et des biens. Le gouvernement réagit et fait appel aux compétences du préfet de police de Paris, Maurice Papon. Celui-ci instaure un couvre-feu pour les Français musulmans d'Algérie, comme on dit alors, et il organise de vastes ratonnades. On n'a pas oublié, dans la nuit du 28 au 29 août 1958, comment, sous son contrôle, la police procède à une vaste rafle où 2 000 Algériens sont embarqués au Vel' d'Hiv' par les policiers parisiens qui n'ont pas l'air trop gênés seize ans après la rafle de juillet 1942.

Mais venons-en à cette année 1961. Côté métropole, quatre cent soixante Algériens ont été abattus entre le 1er janvier et le 31 août 1961. Du côté de la police, quarante-neuf policiers ont été abattus depuis février 1958, c'est-à-dire de 1958 à octobre 1961. Quatorze, notamment, ont été tués entre août et octobre 1961. La tension monte et, le 2 octobre, lors des obsèques d'un policier victime d'un attentat, le préfet Maurice Papon déclare à ses hommes : « Pour un coup reçu, nous en rendrons dix. » Le 4 octobre, avec l'accord du gouvernement, il met en place un

---

1. Jean-Luc Einaudi, *La Bataille de Paris : le 17 octobre 1961*, Seuil, Paris, 1991.

couvre-feu concernant les Français musulmans d'Algérie. Un véritable couvre-feu au faciès dont le caractère discriminatoire est évident. C'est contre cette mesure que le FLN organise une grande manifestation de masse non violente pour le 17 octobre à 20 h 30.

La manifestation sera interdite par le gouvernement. 7 000 policiers prennent position, 1 400 CRS et gardes mobiles. Les manifestants sont environ 30 000. Il y aura 11 730 arrestations, les Algériens n'opposant aucune résistance. Les manifestants n'ont aucune arme. C'est la consigne – très stricte – de leur encadrement. Ce soir-là, aux alentours de 21 heures, un premier coup de feu claque dans la foule. Il s'agit d'une provocation policière. C'est le signal qui déclenche le massacre de ce qu'on appellera le « pogrom » ou la « nuit de cristal ». Le lendemain, informé de ce qui s'était passé pendant la nuit, le général de Gaulle déclare : « Inacceptable, mais secondaire. » Claudius-Petit, député et ancien résistant, déclare à l'Assemblée nationale le 30 octobre : « Nous vivons ce que nous n'avons pas compris que les Allemands vivaient quand Hitler s'est installé. » Le ministre de l'Intérieur, Roger Frey, oppose ce défi : « Je n'ai pas le début du commencement de l'ombre d'une preuve. » Quant à Maurice Papon, le 13 novembre, il déclare : « Nous avons gagné la bataille de Paris. »

Paris, 17 octobre 1991

il a perdu,
ils ont perdu la bataille de paris

Y a-t-il une mémoire de l'eau ?
En tout cas, la Seine possède une mémoire.

Le soir du 17 octobre,
la Seine légère et jolie des chansons
est soudain devenue le linceul
du petit homme que j'ai vu assassiner sous mes yeux,
par la Police de mon pays,
en notre nom.
Lui, et combien d'autres, dans la mémoire du fleuve ?

Trente-huit ans plus tard,
trente-huit ans de causes perdues et de cause toujours,
à la 17e chambre du tribunal de grande instance de Paris,
à quelques pas, à l'autre bout du pont, tandis que le tribunal se prononçait contre Maurice Papon, par la fenêtre, je regardais le même pont, la même pendule,
la même Seine
qui se répète
la nôtre

Celle qui n'a pas voulu se faire complice
Celle qui a remonté leurs crimes d'État à la surface
Celle qui a gagné la bataille de Paris.

Paris, février 1999

suède :
la stérilisation des inadaptés

De gangrène en oubli, depuis dix ans, nous pataugeons dans les plaies mal fermées de notre histoire : Vel' d'Hiv', Papon, 17 octobre 1961, mutins de 1917...

Cette succession de lourdes lames de fond sur notre radeau déboussolé montre la dangereuse puissance de ce qu'une société se cache à elle-même.

Maria était une fillette timide qui n'avait pas de lunettes, elle ne pouvait pas voir le tableau, elle n'arrivait pas à lire, et, au nom de la loi, de la société, de l'Église, de la science – médecine, psychiatrie – en toute conscience, pour le bien, pour son bien, pour un monde et un avenir meilleur, Maria fut décrétée « inapte » et fut stérilisée après avoir signé un papier. Elle avait dix-sept ans, c'était en 1942. Maria n'a jamais eu d'enfant. Il y a quelques semaines, elle a osé parler ; elle est la première femme qui ait osé parler cinquante-cinq ans après.

Éviter que les « êtres humains inférieurs » ne se multiplient, c'était l'objectif, de 1935 à 1976, de la Suède ; plus de 63 000 personnes, des femmes pour la plupart, ont été stérilisées contre leur gré. Durant cette période, la social-démocratie au pouvoir, sans discontinuer, a construit l'État-providence, le fameux modèle suédois au nom duquel ces stérilisations furent pratiquées. Stérilisations forcées qui eurent lieu en toute légalité, en application d'une loi fondée sur la pureté de la race et étendue ensuite aux « asociaux » se basant alors sur des critères économiques pour éliminer des naissances de « dégénérés » en vue d'un monde meilleur.

C'était au nom des lumières, du progrès, du bien-être, de la solidarité, de l'hygiène, et aussi de la rentabilité. Racisme, antisémitisme, nazisme ? Pas du tout. Quarante ans de stérilisations forcées sur les économiquement faibles et les « faibles d'esprit ».

C'était pour éradiquer les mauvais germes, les mauvais bourgeons, pour préserver l'avenir du reste du corps social et ceci en toute légalité, avec la bénédiction de l'Église, qui est une Église d'État, au nom du progrès, au nom de la social-démocratie, au nom de l'hygiène raciale et de l'hygiène sociale, pour le bonheur de tous, avec le consentement de tous, au nom de la science, la puissante science, au nom de l'eugénisme, cette théorie née en Grande-Bretagne à la fin du XIXe siècle dont l'inventeur, Sir Francis Galton, disait en 1883 qu'elle était l'« étude des facteurs socialement contrôlables qui peuvent élever ou baisser les qualités raciales des générations futures aussi bien physiquement que mentalement ».

Dans cette Suède si civilisée où fut créé en 1920 le premier institut de biologie raciale, il s'agissait de nettoyer la population d'éléments « arriérés sur le plan de la race ou de l'hérédité », « nettoyer le patrimoine héréditaire pour une reproduction humaine rationnelle », notamment aussi parce que les déchets humains, ça coûte cher.

Malgré le nazisme, la destruction des Juifs et des Tsiganes entre autres, la stérilisation forcée a continué en Suède en toute bonne conscience. En 1945, lors même de l'ouverture des camps de concentration, la Suède a battu des records de stérilisation. Les personnes qui ont alors été stérilisées se sont tues, n'ont même pas osé se considérer comme des victimes jusqu'à ces dernières semaines.

et on tuera tous les affreux

« Elle a du vernis rouge sur les ongles, son haleine sent mauvais, elle est sale, elle est sexuellement dérangée ; il se masturbe, il est de mauvaise vie, il est enclin au vagabondage, il ne sait pas quel est le nom de notre roi. » C'est pour des « motifs » comme ceux-là, qu'on peut lire dans des dossiers impeccablement écrits, que 63 000 Suédois et Suédoises furent stérilisés en l'espace de quarante ans.

Maja Runcis a travaillé sept ans, seule, sur ces stérilisations forcées dont personne n'avait entendu parler. C'est par elle, il y a quelques semaines, que l'affaire a explosé en Suède et dans le monde. Maja est historienne et chercheuse aux Archives nationales à Stockholm. Un soir, ouvrant par hasard un dossier classé secret, elle tombe sur une plainte adressée à la police par un pasteur qui dénonce une jeune fille de treize ans incapable de réciter son catéchisme. Ce bon pasteur demande qu'en conséquence cette jeune fille soit stérilisée. Invraisemblable ? Non, la jeune fille fut stérilisée.

L'article choc publié en Suède fin août dernier faisant état de ces stérilisations a fait vibrer une lourde lame de fond bien au-delà de ce pays. Un malaise qui ébranle les piliers de l'Occident et de la modernité et qui pose la question du rapport entre la science et l'homme, entre l'État et le citoyen, entre l'État et l'intégrité du corps, et tout d'abord la question fondamentale qui est celle de donner la vie.

Terribles, les archives de Stockholm, les mots écrits dans le silence de cette immense salle vide. « Déviant, personne inférieure, mère seule avec plusieurs enfants, tsigane, personne de race mixte... »

Ainsi, au pays d'Ingmar Bergman, de Nils Holgersson, de Carl Larsson et des beautés longues et blondes, derrière la pure épure, les droits les plus fondamentaux de la personne étaient bafoués. Les droits les plus élémentaires étaient saccagés. Dans le pays au niveau de vie le plus élevé du monde, derrière le modèle social-démocrate, c'est-à-dire la conciliation entre le capital et le travail, entre le profit et le social, il fallait éliminer ceux que leur constitution mentale ou physique empêchait de participer à la production de richesses et qui devaient donc être exclus de leur redistribution.

Un beau pays la Suède, belles blondes, belles Volvo, beaux saunas, beaux enfants. Un bien beau pays.

le passé d'une exclusion

Des campagnes de stérilisation ont eu lieu dans des pays voisins, pays scandinaves essentiellement, Danemark, Norvège, Finlande, Estonie, Islande, Allemagne (avant même l'Allemagne nazie), Suisse, mais tout d'abord aux États-Unis dès 1907.

Récemment, des journalistes danois se sont intéressés à la généalogie de Hans Christian Andersen. Ils ont établi que ses ancêtres n'étaient pas très frais, grand-mère épileptique, père alcoolique. Si ces lois avaient alors été en vigueur, le monde aurait été privé de la merveilleuse lumière de Hans Christian Andersen. On pourrait dédier ces reportages à tous les Andersen qui nous manquent.

Bien sûr on peut dire : « Bah, c'est du passé et c'est en Suède, ça ne nous regarde pas, on a assez de problèmes comme ça chez nous ! » Oui, mais il se pourrait bien qu'on ait aussi celui-là. Même si l'ampleur de la stérilisation chez nous n'est pas comparable [1], ce qui est semblable, c'est cette idée reçue qu'une société ne peut fonctionner sans exclure, que les inégalités sont inévitables, voire même souhaitables selon le dogme des intégristes du tout-économique. L'exclusion comme seul horizon, comme seule dynamique, comme seul moteur.

Alors, inférieurs comme Mandela, dégénérés comme Chet Baker, déviants comme Donatien Alphonse François de Sade, asociaux comme Vincent Van Gogh, marginaux comme François Villon, tarés comme les Indiens d'Amazonie, pauvres et débiles, économiquement faibles et faibles d'esprit de tous pays unissons-nous !

En hommage aux victimes de cette barbarie et à celles et ceux très rares encore qui ont brisé quarante ou cinquante années de secret et de silence et qui pour la première fois nous ont parlé : Elsa, Anne-Marie, Karl Gustav le romano, et les autres, pour mettre des mots et rendre visible ce qu'un peuple se cache à lui-même.

28 septembre 1997

---

1. En France, la stérilisation est interdite. Cependant, une stérilisation illégale est pratiquée. Des milliers de femmes handicapées mentales sont ainsi stérilisées, très souvent à leur insu.

les millions d'esclaves enchaînés avaient-ils des papiers ?

« La violence commise envers le membre le plus infime de l'espèce humaine affecte l'humanité tout entière ; chacun doit s'intéresser à l'innocent opprimé, sous peine d'être victime à son tour, quand viendra un plus fort que lui pour l'asservir. La liberté d'un homme est une parcelle de la liberté universelle, vous ne pouvez toucher à l'une sans compromettre l'autre tout à la fois. »

D'abord, se réjouir de la beauté des paroles de Schoelcher, en ce jour du 150e anniversaire de l'abolition de l'esclavage, le 27 avril 1848. Les séquelles de la traite négrière hantent toujours notre monde. Si on célèbre Schoelcher, on oublie trop d'évoquer les rébellions et l'organisation de la résistance des nègres marrons un peu partout et qui ont contraint les États esclavagistes à l'abolition, avant qu'ils ne s'orientent vers d'autres formes d'exploitation, mieux adaptées aux nouvelles conjonctures.

En trois siècles de traite négrière quinze à vingt millions d'Africains furent déportés.

Avaient-ils des papiers ?

À plusieurs reprises, l'État français a ordonné l'expulsion par charter de sans-papiers africains, par le recours à la force. Menottés, attachés sur leur siège, bâillonnés. Penser qu'aucun rapprochement ne serait fait entre cette répression et la traite négrière relève du racisme le plus cynique, et du plus total dédain quant à la conscience qu'Africains et Français peuvent avoir de l'histoire du commerce du bois d'ébène.

la sibérie des nègres

« L'océan, c'est notre Sibérie », disait Fortunée. Son bébé noir dormait sur son gros Mickey.

L'avion volait vers chez elle, Haïti. Par le hublot, la neige étincelante des nuages. « Mais dans les trous, on voit la mer. L'Atlantique, dit Fortunée, c'est le cimetière marin des esclaves, l'Atlantique, c'est la Sibérie des nègres. »

De l'Afrique aux Amériques, trois millions sont morts durant la traversée. Beaucoup sont partis de Ouidah, de la Côte des Esclaves, au Bénin, ancien Dahomey.

Ouidah, aujourd'hui engourdi, enlisé, fut un grand comptoir négrier. On peut faire en pèlerinage le chemin des esclaves jusqu'à l'océan à travers la lagune. C'est récent. Les Africains s'approprient des fragments de leur histoire dont ils ont été dépossédés.

C'est un lourd chemin qui dit ce que des hommes ont pu faire si longtemps à des hommes, de façon réfléchie, avec l'assentiment général, ou l'indifférence, avec l'approbation des penseurs et la bénédiction de l'Église. Silence du bon Dieu aux prières de ces nègres, nombreux, qui ont emprunté le chemin jusqu'à la mer, jusqu'aux pirogues, jusqu'aux bateaux négriers.

Face au petit musée, on montre l'arbre de l'oubli. Apportés dans des filets comme un gibier captif, les esclaves devaient tourner plusieurs fois autour de cet arbre afin d'oublier. De tout oublier. Ils devaient devenir étrangers non seulement à leurs frères, à leurs dieux, mais aussi à eux-mêmes. Qu'ils fussent dépouillés de leur humanité. Dès lors, le négrier pouvait les considérer comme objet ou comme bête, meuble ou animal, les vendre à sa guise comme marchandise et comme simple outil.

Mais l'oubli n'a pas marché.

Les hommes ont gardé leur mémoire. Leur culture, à travers le vaudou, a été le moyen de la survie et de la résistance. Les dieux les ont accompagnés dans les Amériques et les âmes des hommes sont revenues sur le Dahomey, le Dan-Homé, la maison du serpent. Ce long et sombre cauchemar que fut l'esclavage n'a pas fini de hanter nos mémoires.

Il est sans doute discutable d'opposer un « livre noir du capitalisme » au très contestable *Livre noir du communisme*, mais la traite négrière, qui a permis le développement et l'enrichissement du vieux continent comme des Amériques et qui a durablement vidé l'Afrique de ses ressources humaines, constitue le péché originel de l'Amérique.

Nous survolons toujours l'Atlantique. Dans un magazine j'apprends que Michael Eisner, le très ultralibéral patron de Disney, vient de signer un contrat, assez considérable, de 771 millions de dollars.

Un habitant d'Haïti travaille plus de seize ans pour gagner une heure du salaire de Michael Eisner.

27 avril 1998

8

RWANDA SOUS SILENCE

à Valentine

Itsembatsemba ni icyaha kidasibangana [1].

Richard Butera

À jamais, dans ma vie, il y a un avant et un après Rwanda. Cette *honte de choc* n'a pas fini de se développer. Comme pour le Vel' d'Hiv' ou le 17 octobre 1961, la génération qui vient demandera des comptes sur ce qui s'est passé au Rwanda [2].

Nous avons présenté trois séries de reportages au Rwanda : fin mai 1994 durant le génocide, en mai 1995, un an après, à la recherche de Valentine et en décembre 1996 avec Madeleine Mukamabano, lors du retour des réfugiés

1. « Le génocide est un crime qui ne vieillit pas » (traduit du kinyarwanda).
2. En France, et en Afrique aussi.

hutus. La première série de reportages effectués pendant les massacres s'intitulait : *Rwanda sous silence*.

« Sous silence » parce qu'alors la lâcheté des uns, le cynisme des autres, la soi-disant impuissance de la « communauté internationale » qui *savait*, tout cela (avec la complicité de la plupart des médias) se conjuguait pour dissimuler et banaliser ce qui était un génocide. Au Rwanda, entre avril et juillet 1994, une opération de désinformation a engendré un amalgame pour dissimuler un génocide. Le négationnisme a opéré immédiatement. Le génocide a été dissimulé sous un déluge de compassion humanitaire.

En moins de dix semaines, près d'un million de Tutsis et d'opposants politiques ont été massacrés selon les plans minutieux d'une Solution finale depuis longtemps préméditée par les extrémistes d'un régime soutenu jusqu'au bout par la France qui disposait pourtant d'informations sur la préparation de cette extermination. Le 21 avril, alors que l'abattoir s'étendait à tout le pays, le Conseil de sécurité des Nations unies décidait de réduire le nombre et la mission des Casques bleus présents, alors qu'ils auraient pu, au contraire, contribuer efficacement à enrayer la machine de mort. Il a fallu que soit avancé le chiffre de 500 000 victimes [1] pour que le Rwanda passe à l'image et pour que soit lancée une intervention française. Derrière une façade « humanitaire d'urgence » d'une indéniable efficacité, l'opération Turquoise a permis de dissimuler beaucoup de questions embarrassantes pour la France lourdement impliquée dans ce sanglant bourbier. Surtout, cette opération bien orchestrée au plan média a réussi à embrouiller l'opinion en créant, uniquement par des images émotionnelles, l'amalgame entre le génocide et l'épidémie de choléra, entre le mal et le malheur [2]. Un type

---

1. Au total, la moitié de la population tutsie du Rwanda a été exterminée et deux millions de Rwandais ont fui leur pays pour se réfugier dans les pays voisins.
2. Voir Rony BRAUMAN, *Devant le mal. Rwanda, un génocide en direct*, Arléa, Paris, 1994 ; Jean-Pierre CHRÉTIEN, *Rwanda : les médias du génocide*, Karthala, Paris, 1995 ; Dominique FRANCHE, *Rwanda. Généalogie d'un génocide*, Mille et Une Nuits, Paris, 1997.

d'imposture éprouvée qui, ici, a renforcé dans l'opinion l'image d'une Afrique barbare, famélique, dépendante, incapable d'échapper à sa malheureuse fatalité, mais où les braves soldats français, de leurs gros bras tatoués, ainsi que des religieux admirables (et blancs) viennent sauver des enfants aux grands yeux. Résultat : à l'issue de l'opération Turquoise la cote de popularité du président de la République remontait de cinq points.

Mai 1994-septembre 1999

tous coupables, tous innocents

« La leçon de cette tragédie, c'est que les hommes sont tous coupables et sont tous innocents. » Voilà la leçon que M. Jean d'Ormesson, de l'Académie française, envoyé spécial au Rwanda pour le journal *Le Figaro*, le 21 juillet 1994, tirait. Et M. Jean d'Ormesson a raison. Tous innocents. Tous coupables. Vous prenez un type comme Hitler. On a dit qu'il était coupable. Certes. Mais, en même temps, au fond, Hitler était innocent. Prenons les Arméniens, les Juifs, les Tsiganes, les Khmers, les Kurdes et les Tutsis. Ils sont innocents, certes, mais, en même temps, ils sont coupables.

Le 21 juillet 1994, lorsque *Le Figaro* publie le papier de Jean d'Ormesson, la tragédie rwandaise était identifiée. Il ne s'agissait pas seulement d'une tragédie comme une autre, il s'agissait d'un génocide. En France, c'est Mme Lucette Michaux-Chevry qui, la première, a employé ce terme ensuite repris par le ministre des Affaires étrangères d'alors, M. Alain Juppé.

M. d'Ormesson, grande lumière de notre hexagone, homme informé, académicien, envoyé spécial d'un quotidien prestigieux, ne pouvait pas ignorer qu'il était en présence d'un génocide.

Aujourd'hui, quatre-vingts années après le génocide des Arméniens, M. d'Ormesson pourrait-il se présenter devant les Arméniens et leur dire : « La leçon de votre tragédie, c'est que les hommes sont tous coupables et sont tous innocents » ? Pourrait-il prononcer les mêmes mots face aux Juifs, aux victimes des Khmers rouges… ? Mais laissons M. d'Ormesson, car enfin il n'est pas en face de moi pour répondre, et puis c'est un homme charmant, et je dois dire que j'apprécie le soin qu'il apporte à choisir ses cravates…

Mais, inconsciemment, sans aucun doute, il dit notre regard sur le génocide du Rwanda. Sous un prodigieux édredon de cynisme, de lâcheté et d'ignorance, nous avons procédé à une perte de conscience. Plus de frontière. Et si c'était ça le naufrage, l'idée même de *sans frontière* ? Plus de limites, plus de morale, plus de tabous. À quoi bon la justice ? Pourquoi ce commandement : « Tu ne tueras pas » ? S'il a fallu un commandement, c'est que ça n'allait pas de soi. Le plus grand geste civilisationnel a été d'établir ce partage des eaux entre nos instincts de mort et nos instincts de vie. Ils sont très proches. Ils voisinent là derrière, dans notre vieux cerveau, là où, très précisément, tapaient les machettes.

Le rempart n'est pas épais entre les deux. Les plombs peuvent péter à tout moment. L'histoire des hommes, c'est cette digue. Digue chaque jour à construire, chaque jour menacée. Tous nous travaillons sur cette frontière sans toujours le savoir. Pas seulement les philosophes, les politiques, les religieux, les journalistes, les artistes, les géomètres et les poètes. Pas seulement Sonny Rollins et Gilles Deleuze, mais aussi la maman qui dit à son petit : « On ne tape pas sur son frère », « Va faire dans ton pot », « Ne fais pas ci, ne fais pas ça ». C'est aussi chaque jour, chaque soir, la mémoire ordinaire. C'est mon frère qui nous raconte les camps pendant que ma mère fait la vaisselle.

La leçon de la tragédie du Rwanda, c'est qu'il y a des coupables et qu'il y a des innocents. Le seul espoir, c'est que les coupables soient jugés.

Il n'y a pas d'oubli, pas de deuil, pas de pardon sans justice. Depuis trente-cinq ans, depuis le début du cycle des massacres au Rwanda et au Burundi, les tueurs sont impunis. Pas de châtiment. C'est notre devoir à tous de tout faire pour que la justice soit faite, même si notre pays est impliqué. Pascal disait en substance : les hommes veulent la justice mais ils ne savent pas laquelle. Trouver une justice est un défi énorme. Mais c'est la seule façon d'empêcher que la lumière ne s'éteigne tout à fait.

La leçon de la tragédie du Rwanda, c'est qu'il n'y a pas que le racisme des skinheads sans conscience. Il y a aussi celui, plus pervers, plus mondain, plus refoulé, plus inconscient, d'hommes dont j'apprécie le soin qu'ils apportent à choisir leurs cravates.

19 septembre 1994

À travers les feuilles de bananiers, le soleil dessine l'ourlet de la lèvre. De plus près, sur la photo, on voit bouger des mouches serrées sur les trous des orbites. Un bourdonnement. Le seul bruit dans le paysage arrêté. Aucun oiseau. Une odeur de charogne et d'eucalyptus. Une lumière de fin de journée sur les collines alentour, sur l'épaule déchiquetée par les chiens, sur la nuque frêle, sur les entailles de machette à la base du crâne qui indiquent que l'exécuteur a dû s'y reprendre à plusieurs fois. Lumière encore sur les fleurs en clochettes blanches autour de nous et sur les centaines de cadavres emmêlés dans l'herbe, en tas dans l'église, empilés dans les salles de classe et les dortoirs, partout dans le monastère jusqu'au potager. Seul ce léger bourdonnement sous les feuilles – et très loin, les chutes du fleuve Kagera vers la frontière avec la Tanzanie.

la photo

Cette nuit, à Paris, avant de repartir demain pour Kigali, un an après, je me réveille en sursaut. Je viens de faire un cauchemar au sujet de cette photo. Je suis dans le magasin, le photographe me donne les photos, mais celle-ci n'y est pas. Pourtant, sur les planches-contact elle y figurait. J'ai le souvenir bien précis d'avoir indiqué au crayon rouge de l'agrandir. Un oubli ? Mais comment faire ? Affronter le malaise d'avoir à réclamer ce cliché ? Comment le décrire ? Les autres tirages sont des souvenirs de vacances, la côte sauvage, le petit phare de Sauzon, Marie nue dans les vagues, le chemin de la plage le long de la maison. La pellicule était restée dans l'appareil depuis l'été précédent. Au Rwanda, j'ai fini la dernière pose du film en prenant cette photo, la première, au moment où nous sommes arrivés sur le charnier. Personne n'était venu là depuis le massacre, quarante-trois jours auparavant. Nous étions les premiers à découvrir ce charnier avec Jérôme, Gaspard, Salvatore, et une escorte du FPR [1]. Comment expliquer ça à ce marchand de photo ? Décrire la photo ? Déballer l'horreur dans ce paisible magasin où des clients attendent, une jeune maman et sa fillette, un couple qui bavarde ? Passer pour un voyeur cinglé, un esthète morbide ou, pire, un journaliste ? Justifier, expliquer le Rwanda, le génocide, les 500 000 victimes, la lâche apathie du monde, le cynisme des pouvoirs, redire que ce n'est pas une horreur comme une autre, poser au modeste héros de la bonne cause, torturer la mauvaise conscience de ce commerçant si loin de cette histoire, déjà oubliée, déjà enfouie sous d'autres tragédies entassées comme des vieux magazines dans une salle d'attente ? « Ah, les pauvres gens, on se sent tellement impuissant, et puis la France, quand même, pour une fois, on est intervenu à temps pour arrêter ça ! » Je pressens déjà le dialogue. Si dialogue il y a. Nous avons été massivement bombardés d'informations et d'images sur le Rwanda, mais combien pourraient décrire même dans les grands traits ce qui s'est passé ?

l'horreur n'apprend rien

La nouveauté, c'est le génocide *en direct*. Des millions d'hommes qui voient de leurs yeux des centaines de milliers d'hommes, de femmes et d'enfants se faire massacrer. Et qui ne font rien. Cinquante ans après Auschwitz. Nous aurons été les contemporains de cette grande première dans l'histoire des hommes. Alors même que nous étions en train de commémorer le cinquantième anniversaire de la fin de l'horreur nazie, alors même que – la main sur le cœur – nous répétions :

1. Front patriotique rwandais.

« Plus jamais *ça* », alors même que nous commémorions également le cinquantième anniversaire du massacre d'Oradour-sur-Glane, il y avait cinquante, il y avait cent Oradour au Rwanda, *en direct*. Oui Primo Levi, oui David Rousset, oui Robert Antelme, oui Robert Desnos, nous avons craché sur vos mémoires, conchié nos sacrés « Droits de l'Homme » et tous ces falbalas. Cinquante ans après la Shoah, nous avons consenti à « ça ». Et il faut dire « nous ». Pas seulement au nom de nos propres principes. Pas seulement au nom de je ne sais quels remugles de mauvaise conscience coloniale. Mais parce que les forces des Nations unies présentes au Rwanda ont reçu ordre de ne pas intervenir, alors que – armes modernes contre machette – elles auraient, dès le départ, pu enrayer le massacre. Il faut dire « nous » à cause de la lourde part de responsabilité des autorités françaises. L'Élysée a soutenu politiquement et militairement un régime qui a conçu, programmé et mis en œuvre cette Solution finale tropicale. Depuis longtemps, des rapports avaient été remis faisant état des destructions planifiées qui se préparaient. Nous devons dire « nous » à cause de la responsabilité de l'Église catholique toute-puissante, omniprésente au Rwanda.

Nous devons dire « nous ».

Mais dans la petite boutique de photo, je dis simplement qu'il manque un tirage. Sans plus de précision. Mais voyons, c'est très facile pour le retrouver, il suffit de regarder à nouveau les planches-contact et puis sinon, ultime recours, il restera les négatifs. Pourtant, aucune trace nulle part. Plus rien. Dix fois, je regarde dans tous les sens, loupe en main. Le photographe aussi. Ni sur les planches, ni sur les films, elle a disparu. Plus aucune trace, plus aucune preuve, comme s'il était déjà impossible de raconter le Rwanda, comme si tout ça n'avait pas eu lieu, comme si cette sorte d'inimaginable ne pouvait se fixer dans la mémoire, comme si, en effet, on ne pouvait pas croire ce qu'on ne peut imaginer, trou noir, lobotomie, comme si les témoignages pourtant nombreux devenaient des divagations obscènes, comme si les survivants devenaient des radoteurs gênants, comme s'il fallait faire taire ceux qui demandent justice comme une entrave à la réconciliation. Oublions tout ça, de quoi parlez-vous, vous gênez, laissez la place, vous êtes si cafardeux, n'insistcz pas, personne ici ne comprend ce que vous dites.

Une négation.

Mais une négation qui ne serait pas due aux seuls bourreaux, aux instigateurs et à leurs complices, une négation souhaitée par les victimes aussi, les survivants, les témoins, les innocents, et finalement par tous, toute la communauté humaine, comme si l'indicible ne pouvait être dit, l'innommable nommé, l'inouï entendu. Comme si en refusant autant d'inhumanité, on refusait aussi le Mal. Comme si le Mal était irréductible à la représentation. Comme si, même dans le cas improbable où toutes les recherches étaient faites, toute l'histoire écrite, toute la justice rendue, tous les deuils accomplis, toutes les exégèses, tous les enseignements tirés, toutes les sagesses, toutes les lumières produites, tout l'amour revenu, comme si devait subsister – infracassable – un bloc d'abîme qu'on ne pourra jamais représenter.

Je retourne demain soir au Rwanda.

25 avril 1995

vol bruxelles-bujumbura (burundi)

Les rares passagers sont tous endormis, même la vieille demoiselle qui se rend à Cibitoke avec un chapeau noir et de gros sacs en plastique. J'ai parcouru les journaux. Violence au Burundi. Chaque jour, le pays s'enfonce, chaque nuit, on tue, chaque matin, on retrouve des cadavres jetés entre les quartiers de Bujumbura pillés et brûlés. J'ai appelé Saka Maï à Bujumbura. Il m'a raconté les tueries dans son quartier, à Kamengue, le dernier quartier hutu de la capitale en pleine purification ethnique. Bientôt, la ville sera entièrement tutsie. Debout sur ses toilettes, par une fente dans les planches, il a vu sous ses yeux, à deux mètres dans le jardin d'à côté, sa vieille voisine, ses deux filles et trois enfants se faire massacrer à coups de machette par les milices tutsies, des gamins éclatés de chanvre et de bière qui se paient en pillant la maison : un ventilateur, des chaussures, un lecteur de cassettes. Des heures, mon ami Saka Maï a attendu son tour, immobile, sans respirer, guettant le moindre froissement, les yeux ronds fixés sur les corps de ses voisins dépecés sous le linge qui séchait dans la cour. Et puis il éclate de rire au téléphone. « Je n'avais qu'une seule idée fixe en tête : comment réduire ma taille suffisamment pour m'enfuir par le trou des toilettes, comment ? Ah, cher ami Daniel, il fallait que tu me voies là, ainsi, les yeux fixés à ce trou rond et rien d'autre que rêver de devenir moins que rien afin d'être encore en vie ! »

J'espère le retrouver demain. Tandis que l'avion vogue, cette nuit même, on massacre à Bujumbura.

politique du vendre

À quand la vraie grande boucherie finale au Burundi ? Dans les rédactions à travers le monde, on spécule sur un « Rwanda *bis* », la revanche, la deuxième manche pour ceux qui ont raté la première séance. Avec cette fois les Hutus dans le rôle des victimes. Des équipes de presse ont accouru lors des massacres de fin mars. Dans l'avion, au départ, un jeune « grand-reporter-d'image », qui travaille pour des « produits ciblés humanitaires », m'a situé le Burundi. « Au plan média, c'est encore valable, le génocide a créé une demande aujourd'hui, alors que les massacres d'octobre 1993 – avec pourtant 80 000 victimes – n'avaient intéressé personne. » Hélas pour cet *humanitaire*, les tueries de la fin mars n'ont pas tenu leur promesse : seulement cinq cents victimes et quelques milliers de réfugiés. La presse est repartie. Les loueurs de 4 × 4 et de portables, les marchands de souvenirs et les gentilles putes du Novotel, tous étaient bien déçus. Côté médias, on redoute que – tout comme l'histoire – le génocide ne repasse pas les plats.

bernadette

On survole le Sahara et je parle avec Bernadette. L'avion est plongé dans la pénombre. Les écrans identiques indiquent la position de l'appareil comme un jeu vidéo sur une planète vide, verte et bleue. Il y a un secret entre Bernadette et moi, une petite scène obscène. C'est encore une histoire de photo, décidément. « Bernadette Van Hutten » : c'est écrit sur son sage corsage d'hôtesse de la Sabena. Elle m'a réveillé brusquement, allumant la veilleuse au-dessus de moi, un tas de photos en désordre à la main, la narine pincée.

« Vos photos, monsieur. »

Cadavres d'enfants pourrissant dans les fleurs, amoncellement de corps boursouflés contre le mur de la classe jusqu'à la hauteur du crucifix, jambes d'hommes sectionnées au niveau des chevilles, bébé décapité dans le dos de sa mère, mère dont la chair qui se décompose laisse apparaître le crâne blanc et la mâchoire souriante.

Voilà ce que Bernadette Van Hutten tient dans ses mains.

Je lui donne quelques explications.

En mai 1994, j'ai présenté sur France Inter une série de reportages : « Rwanda sous silence ». C'était au moment où la « communauté internationale », et la France en tout premier lieu, élaborait un stratagème pour faire passer les massacres sous silence. Au cours de ces reportages où Jérôme Bastion m'accompagnait, le 26 mai 1994, près de Kibungo, à cinquante kilomètres de la frontière tanzanienne, nous nous sommes trouvés les premiers à revenir à la paroisse de Nyarubuye, quarante-trois jours exactement après les massacres. Cinq cents, sept cents cadavres dans les fleurs autour de l'église au bout d'une piste de terre rouge.

Soudain, Gaspard a crié qu'il y avait quelqu'un. Un enfant encore vivant. C'était Valentine.

Elle a survécu quarante-trois jours dans les centaines de cadavres, dont sa mère, son père, sa sœur, ses proches, qu'elle a vus suppliciés et agoniser autour d'elle alors qu'elle faisait la morte. Des nuits, des jours elle s'est battue contre les chiens. Blessée à mort, elle s'est traînée pour boire l'eau dans les feuilles et gratter les racines sous les morts. Treize ans. Elle ne pesait pas plus lourd qu'un magnétophone. Elle regardait ardemment le vide.

Valentine.

Nous avons été contraints de la laisser entre les mains des militaires du FPR. Je n'ai pas réussi à avoir de nouvelles d'elle depuis. C'est dans l'espoir de retrouver Valentine que je suis dans cet avion, un an après.

Installé à bord, j'ai entrepris de classer ces photos pour ceux qui m'attendent à l'arrivée demain matin.

Des juristes, des enquêteurs d'associations de droits de l'homme qui travaillent sur le génocide auxquels j'ai promis de confier ces documents. Mais j'ai fini par m'endormir face à l'écran où se dandinaient les images du monde. Les photos ont glissé, se sont répandues dans l'avion. L'hôtesse les a ramassées du bout de ses doigts crispés.

Foule des camps de réfugiés, tas de milliers de machettes réquisitionnées à la frontière, maisons brûlées, vertes collines abandonnées, le regard d'un chien gras qui enfonce ses crocs dans le visage d'une jeune femme couchée dans son minuscule champ de manioc. À la main, elle tient sa carte d'identité dans un petit étui de tissu bleu maladroitement cousu. Et sur la carte, on peut lire la mention « ethnie ». En français. Mais, depuis, le soleil et la pluie ont effacé l'indication portée au stylo-bille, de même que son nom. Ne subsiste que le mot « ethnie » en noir sur blanc.

Et aussi des photos de survivants, des témoins, des anonymes qui viennent vers vous, vous demandent à être photographiés, prennent la pose, puis, la photo faite, sans rien demander de plus, s'en vont, comme s'il leur suffisait de laisser quelques traces de leur existence.

Et puis deux yeux.

Les doigts gonflés noircis par la gangrène devant sa bouche, le regard de Valentine.

J'ai emporté avec moi le carnet où, sous le choc, je prenais des notes l'an passé, dans l'avion du retour vers Paris.

Nuit du 26 avril 1995

rwanda sous silence
(carnet de mai 1994)

Des bananiers, des cadavres, des fleurs, des cadavres, du silence, des cadavres, une petite fille qui attend son tour parmi des cadavres et des cadavres…

Attachés, arrachés, empalés, entassés en guise de canapés pour le repos des tortionnaires qui dégustent une bière et écoutent un peu la radio avant de reprendre le « travail ». Appliqué, méthodique, on tue comme on déboiserait, les hommes et les âmes, du même coup.

Dans les cheveux, dans la sueur, jusqu'à l'os, la mort ne vous lâche plus.

« On les a suppliés de nous tuer au fusil. La mort luxueuse. Mais on n'avait pas assez d'argent, alors ils ont tué à la machette. Parfois ils vous tuaient vite, parfois ils prenaient leur temps. »

« J'ai seulement tué la voisine et ses enfants, mais j'étais obligé, sinon, c'était moi et les miens, il fallait bien le faire, je suis un assassin innocent. »

« Le plus difficile quand on a commencé à tuer, c'est de s'arrêter. »

La mort par tous, partout, dans un arbre, dans les tourbillons du fleuve, les corps des enfants entassés dans les latrines de l'école, éclatés contre le mur de l'église, empilés dans un jus poisseux. En quelques jours, 500 000.

Un plus un plus un plus un plus un…

Comment se boucher les oreilles et le nez quand on séjourne encore sur cette planète, comment fermer les yeux encore cette fois ? L'horreur n'est pas seulement la volupté qu'éprouvent les hommes à détruire passionnément, c'est aussi le consentement, le choix de l'impuissance, le pire qui devient possible puisqu'on s'y est résigné.

Combien de temps pour que le Rwanda passe sous silence ?

Il a fallu que le chiffre de 500 000 victimes soit avancé pour qu'enfin le Rwanda passe à l'image. L'Occident fait l'indigné. Mais les Rwandais n'en savent rien. Ne pas penser à ce qui arrive. Ne pas penser à demain. Juste la survie. Masque nègre refermé sur un état de choc. Plus une larme dans ces yeux cloués dans l'indicible.

On meurt comme on tue sous les verts bananiers, sans faire d'histoire, sans faire l'Histoire. On ne vaut rien. C'est inculqué depuis si longtemps. C'est si évident aujourd'hui dans l'image que le monde renvoie. Ou, plutôt, qu'il ne renvoie pas. Quelles images pour le Liberia, pour le Soudan, pour l'Angola, et, en octobre 1993, pour le Burundi qui n'a fait « que » 100 000 morts ? Silence. Sous silence. *No man's land.* Terres inconnues. Mais ici, on montre, pour la première fois dans l'Histoire, un génocide au vu et au su de toute la terre. À l'instant où j'écris ces mots, à l'instant où je parle en ce mois de mai 1994, 25 000 noyés tourbillonnent, ballottés, ballonnés au gré du fleuve Kagera. À la frontière, sur la passerelle au-dessus de la chute du fleuve, les soldats rigolent, bourrés de bière de banane, les yeux rouges, et vous font payer pour faire des photos. Que la « communauté internationale » gesticule un instant devant les cadavres ; que la politique africaine de la France soit mise en cause ; que soit mis un terme au « plus vieux scandale de la République » ; que la responsabilité historique du colonialisme belge soit une fois de plus démontrée – dans cette puanteur de mort et de merde le monde a l'air mondain. Qu'une fois de plus éclate l'impuissance des Nations unies ; que les médias s'offusquent si tard, le détournement de l'aide, le parasitisme des ONG humanitaires ; qu'on vienne sur ces charniers faire le vertueux ; qu'un académicien vienne voir un bout de cadavre pour un bout de conversation ; « *Je confonds toujours les Hutis et les Tutsus... je sais que les plus grands, les petits les raccourcissent en les coupant à la hauteur des chevilles* » ; que cynisme, apathie, ou même qu'un improbable « sursaut démocratique » ait lieu, *nous n'aurons parlé que de nous*. Les nègres nous auront fourni une matière première de réflexion sur nous-mêmes. Du premier choix. Merci, nous en avions bien besoin, nous sommes si las. Mais où sont les Rwandais dans tout ça ? Qui a entendu le bruit qu'ils font ; leur langue, qui l'a entendue ? Sont-ils des gens ? Irresponsables, ces enfants barbares. Sans conscience, sans mémoire, sans livre. Dans tous les commentaires, c'est la même occultation. Jadis, ils n'avaient pas d'âme, aujourd'hui, ils n'ont pas de conscience. Ni de droits. Le même exotisme assassin. L'évidence que ces hommes valent moins. Ils en sont eux-mêmes intimement convaincus. Ils n'existent pas ; d'apprendre qu'ils n'existent plus ne nous surprendra guère. Les dernières matières premières de l'Afrique sont des tonnes de cadavres.

Crimes prévisibles. Crimes prémédités. Des listes étaient préparées. Une milice entraînée, encadrée par la garde présidentielle. Dès l'annonce de l'assassinat du président Habyarimana le 6 avril, les massacres commencent. D'abord, éliminer l'opposition hutue, puis lancer la folie exterminatrice contre la race tutsie. Oui, race. Une faction fasciste a « entrepris une extermination de masse basée sur l'intégrisme ethnique comme moteur de son maintien au pouvoir ». Les instigateurs et les exécutants sont connus de tous. Mais ils resteront impunis. Depuis les premiers massacres de 1959 au Rwanda comme au Burundi voisin, les crimes sont restés impunis. Malgré la présence et l'appui de la France, État de droit, patrie des droits de l'homme.

Comment se rendormir ?

Comment se rendormir après les yeux de Valentine ?

27 mai 1994

delphine, valentine

« Elle a des yeux très expressifs », dit Mlle Van Hutten. Cette nuit, dans cet avion survolant l'Afrique, un an plus tard, une seule et unique lumière éclaire la photo de Valentine sur la tablette devant nous, Mlle Van Hutten, hôtesse de la Sabena, et moi. « On ne sait pas ce que ses yeux veulent nous dire mais ils sont très expressifs », répète Bernadette Van Hutten.

Valentine est accroupie parmi les cadavres sous ses pieds. Non, l'horreur n'apprend rien. La douleur ne se partage pas, j'ai appris ça au Rwanda. Souvent je me demande à quoi pensait Valentine à ce moment-là. À quoi pensait-elle ? À quoi penses-tu ? Elle a dit qu'elle aimerait boire un Fanta. Mais avant ça, avant notre arrivée ?

Elle est là depuis six semaines, blessée, tendue, animal guettant le craquement d'une brindille, le frottement d'un insecte la nuit, l'air sur les ailes d'un charognard dans le ciel, la pluie dans la fourrure d'un chacal dans le silence des champs à l'abandon, des maisons brûlées, éventrées, le silence des puits remplis de cadavres, des latrines débordant de corps d'enfants massacrés par d'autres enfants, une petite machine à coudre jetée dans le sorgho, plus un homme, plus une âme, elle attend sans dormir, de plus en plus faible, ténue, un fil, blessée à la plante des pieds à coups de bâton, elle ne peut plus se déplacer, et soudain, un bourdonnement, très loin, comme un moteur qui vient, une voiture, le premier bruit depuis quarante-trois jours, c'est notre voiture sur la piste de terre rouge qui approche dans les flaques, qui contourne, qui monte la colline sous les branches effondrées, elle ne respire plus, est-ce qu'elle prie ? Le bruit vient vers elle. Combien de temps ? La voiture s'arrête enfin tout près, son cœur bat, les voix dans l'église, les pas, tant de cadavres, là, encore là, encore et encore, des grappes, des dizaines, des centaines, des cris d'effroi dans une salle de classe, son cœur tape dans son cou, tape, les murmures des hommes, des étrangers, les appels, tout près, et puis nous la découvrons recroquevillée dans le jardin jonché de cadavres, nous venons vers elle, qui es-tu ? Tu es un garçon ou une fille ? Comment tu t'appelles ?

Valentine.

Valentine était sûre que nous venions la tuer.

Dès le moment où elle a entendu le moteur au loin, elle était sûre que ses bourreaux revenaient pour l'achever comme ils avaient tué les autres, comme ils avaient tué sa famille autour d'elle dans les herbes. Seule survivante, seule témoin, Valentine attendait sa mort, elle entendait sa mort s'approcher.

Voilà peut-être, Bernadette, pourquoi elle a les yeux « si expressifs ».

« J'ai une fille de son âge, dit Bernadette.

— Elle s'appelle comment ?

— Delphine, elle a douze ans. »

Une Delphine, plus une Delphine, plus une Delphine…

Entre 500 000 et un million.

témoin dans la nuit

Bernadette regarde les photos en tas posées sur la tablette. Son regard se porte sur la photo d'un très vieil homme. Une couverture trouée qui dérivait, deux yeux grésillant de fièvre, la nuit venait autour. On s'était arrêtés pour contrôler un cardan qui cognait à l'avant, c'est là qu'il est apparu, lentement, flottant. Salvatore a éclairé son visage avec la lampe de poche. Puis il a éteint. Il y avait une odeur d'urine et de broussailles mouillées. « J'ai vu ça de mes yeux, disait le vieux, ils prenaient un bébé vivant et ils prenaient un cadavre d'une femme et ils mettaient l'enfant sur le sein de la femme morte et puis ils s'amusaient à regarder. » Figé sur son bâton, il parlait tout seul, comme si nous n'étions pas là. Salvatore traduisait plus bas, en français. « Ils ont tué d'abord les petits sous mes yeux, découpé les bébés, mes petits-enfants, sept ; avant, ils ont bu la bière de banane ; toi, ils me disaient, sois tranquille, on te tuera pas, tu mourras comme un fou, personne ne te croira, on rira de toi quand tu raconteras tout ça, il faut que tu voies bien tout ça, après tu mourras de la folie du chagrin. C'était nos voisins, l'âge de mes petits-enfants, ils chantaient ensemble à la paroisse, ils agissaient calmement avec cruauté et bonne conscience. Puis ils se sont mis à tuer mon grand fils. Il leur a offert de l'argent pour être tué par balle, ma fille et lui. Mais il fallait plus d'argent encore. Ils ont tué pour rien, pour tuer. La moitié des gens de ce pays sont des assassins. Sous mes yeux, là, ils les ont tapés au gourdin derrière la tête, puis, à la machette, ils ont coupé d'abord les doigts, la main, les sexes et les bras, mes enfants sous mes yeux avec leurs nerfs, ils étaient encore vivants et s'agitaient en tous sens, les *interahamwe*[1] n'avaient pas de remords, ils croyaient bien faire de nous tuer jusqu'à ce qu'il n'y ait plus aucun Tutsi, ils tuaient parce que sinon ils auraient été tués eux-mêmes, ils écoutaient leur radio qui leur disait de tuer et de tuer, que les fosses n'étaient pas encore pleines, mais malgré la radio ils ont entendu pleurer les bébés de mon autre fille qui avait caché ses deux enfants dans les haricots, ils ont appelé ma fille, qu'elle sorte de sa cachette sinon ils coupaient ses bébés, elle ne venait pas alors ils ont coupé un bébé, la tête, alors ma fille est sortie du plafond, elle était cachée dans le plafond et elle avait tout contemplé, ils l'ont obligée à écraser les deux bébés dans le mortier comme le manioc, devant moi. À coups de pilon ma fille a été obligée, oui, j'ai vu ça, puis ils ont tué ma fille aussi, c'est après qu'ils ont bu de la bière et qu'ils mettaient des bébés pour rire sur le sein d'une maman morte, j'ai vu tout ça, mais personne ne peut le croire. Quant à moi, je n'attends plus qu'une fin misérable. »

On ne le voyait déjà plus dans la nuit. Éclair blanc du flash de mon appareil. Puis le vieux a complètement disparu. Saka Maï est monté dans la voiture, il a enclenché une cassette de Papa Wemba et s'est mis à fredonner en même temps.

ned

Si le journal de 20 heures avait existé il y a un peu plus de cinquante ans, le journaliste n'aurait pas manqué de le présenter dans un épais manteau sur fond de barbelé, du haut d'un mirador. Le ton sobre, sombre : « Ce soir, en direct d'Auschwitz et en exclusivité, nous allons tenter ensemble de comprendre un petit peu ce

---

1. Littéralement : « Ceux qui attaquent ensemble », milices hutues formées par le président Habyarimana et entraînées spécialement pour l'accomplissement des massacres.

qui se passe ici, les raisons historiques, politiques, culturelles qui opposent les uns et les autres dans un premier temps, puis, voir quelle réconciliation, comment renouer le dialogue entre les deux ethnies, les "Aryens" et les "Untermenschen"… Une soirée exceptionnelle, donc. Pour vos dons, vous voyez en bas de votre écran le numéro de CCP de l'association NED, "Nazisme et Dialogue". On se retrouve après une petite pause publicitaire. »

imposture humanitaire

Qu'en dites-vous, mademoiselle Van Hutten ? Que ça n'a rien à voir. Que la France est intervenue pour arrêter la guerre au Rwanda, que vous les avez eus à bord ces humanitaires et ces militaires qui se sont défoncés pour sauver ces pauvres gens contre le choléra… Vous avez donné à la Croix-Rouge, mademoiselle Van Hutten ? J'en étais sûr, ça se voit, vous, on vous tient par le cœur. Je vous aime bien Bernadette, et vive le choléra et vive les médias et vive le service communication du ministère de la Défense, qui ont réussi à faire passer le génocide sous la dysenterie bacillaire !

Au Rwanda, le négationnisme a triomphé, non pas par les manigances d'une petite bande d'historiens œuvrant souterrainement, mais au contraire en pleine lumière, sous nos yeux, sur nos écrans.

Est-ce qu'on savait ? Depuis cinquante ans la question se pose au sujet de la Shoah. Est-ce que vous saviez ? C'est la question de ma génération à la génération précédente. « Non, on ne savait pas, bien sûr qu'on ne savait pas ce qui se passait, si on avait su, alors, bien sûr… » J'ai longtemps cru ça, chère Bernadette, que si on avait su, alors, bien sûr… Or, au Rwanda, on a su, on a vu. En direct le génocide. Oui, « génocide ». Non pas « guerre interethnique » comme on a tenté de le faire croire, mais l'intégrisme ethnique comme base à l'application méthodique d'un programme d'extermination d'êtres humains *pour ce qu'ils sont*, jusqu'au dernier, jusqu'à ce qu'« un enfant hutu demande à quoi ressemble un enfant tutsi et qu'on n'ait *aucun exemple* à lui donner ». Or, en présence de ce génocide, la communauté humaine est restée neutre. À nouveau, l'imposture humanitaire a permis de dissimuler l'irresponsabilité politique. Notre indignation face à la tyrannie, notre révolte face à la folie destructrice planifiée par un groupe extrémiste, notre contestation basée sur les valeurs sacrées qui sont les nôtres : démocratie, droits de l'homme, et toutes ces belles choses, tout ça disparaît sous la pression émotionnelle. De l'émotion avant toute chose. De l'émotion sinon rien. La pression médiatique donne à plein. L'urgence annule tout débat, toute protestation. Incongru, le mauvais coucheur qui émet des réserves devant une France qui sauve les malheureux. Ah, petits Français mal dans nos peaux blanches, de plus en plus fragiles dans notre société d'inquiétude, ça fait du bien pour une fois, on a envie d'une France comme ça qui soigne les petits enfants noirs de cette malheureuse Afrique. Ça console.

Fin juillet, le génocide est enterré à Goma.

Le président François Mitterrand gagne cinq points dans les sondages de popularité.

26 avril 1995

belle-île-rwanda

La fréquentation du désarroi donne-t-elle plus de sens aux choses, plus de sel aux larmes, plus de rondeur à cette perdition ? Dois-je m'en vanter, il m'arrive de le penser, de sentir d'incongrues bouffées de tendresse pour les autres, des indulgences pour tant de laideur dans ma glace, pour les instants qui filent. Ainsi, j'écris ces lignes à Belle-Île. La photo du rêve dans l'avion me poursuit. C'est l'été 1995, les derniers jours de juillet, un petit avion dans le ciel, le bruit des vagues, les beaux jours. On est en train de vivre ce qu'on appellera un jour le bon vieux temps. Par la fenêtre ouverte sur le chemin de la plage, derrière la haie de tamaris, me parviennent des voix : *Allez Tanguy, mets ton chapeau tu vas t'choper mal au crâne. À quelle heure le bateau ? Ninette, t'as pas oublié la crème ?*

Alors que je note : « Il n'y a pas d'impuissance, il n'y a qu'un manque de volonté politique et morale », sous le soleil du chemin, j'entends : *Paulo, tu me fais de la peine quand tu dis des conneries pareilles.* L'instant d'après, je m'accroche et je note, toujours sur cette prétendue impuissance politique qui est devenue une impuissance morale : « Les individus comme tels sont impuissants mais pas les gouvernements, ils n'ont pas mandat de transformer en impuissance le pouvoir du peuple dont ils tirent l'autorité [1]. » Je souligne cette forte sentence et j'entends sur le chemin : *Quand t'as trop bouffé, si tu te baques tu meurs. Dimitri, t'as vu les châtaignes ? — C'est quoi les châtaignes ?*

cibitoke

Au lever du jour, j'ai été réveillé par la pluie forte sur le toit vers la mer, et maintenant, avec le café noir, se mêle l'odeur poivrée des dunes, une odeur qui n'existe qu'ici, à Donnant, et que je connais depuis mon enfance. Et voilà que cette nostalgie va épancher sa drogue douce tandis que je m'applique à décrire la vieille dame de Cibitoke : « Vous pensez qu'il y aura encore des massacres à Cibitoke ? » Je l'ai rencontrée

1. « Déclaration d'Avignon », *Libération*, 26 juillet 1995.

avec ses sacs de plastique énormes à l'embarquement à Bruxelles. « J'ai encore un frère là-bas, c'est tout ce qui restait de nous, tout a été massacré, ça fait juste un an, dix-huit personnes, je vais là-bas voir si je peux retrouver des restes mortels pour leur faire une sépulture pour l'anniversaire d'un an, c'est un péché d'oublier les morts mais c'est beaucoup d'argent, il y en a des centaines d'autres dans notre charnier, je ne peux pas remuer tout ça à mon âge, il y a des hommes qui font ça pour vous, mais c'est des voleurs, ils vous demandent beaucoup d'argent, alors qu'ils ont déjà fouillé dans tous ces morts pour voler les appareils dentaires et les habits et les revendre au marché, et sans les habits on ne reconnaît plus rien, tous les morts se ressemblent : le tissu dure plus longtemps que les gens, surtout le synthétique... Bien sûr, on ne pense jamais à des choses pareilles quand on est en bonne santé comme vous. »

À côté, un jeune type, dérangé dans sa lecture du *Monde*, a abaissé son journal et lancé un regard à cette bavarde qui venait troubler l'ambiance discrètement cossue de l'aéroport. La vieille dame poursuivait son monologue : « Les morts ne sont pas les plus malheureux, ils ne pensent pas à ceux qui restent. La vie c'est le pire, vous le saviez ? Nous n'avons que de la mort à l'intérieur, il faudrait nous achever, tous les survivants, nous sommes morts dedans, il ne faut pas nous aimer, il ne faut pas aimer le malheur, il ne faut pas aimer la mort, si les bourreaux reviennent demain je me laisserai faire, je leur donnerai seulement de l'argent pour qu'ils me tuent au fusil, je leur paierai la balle pour me tuer au lieu de la machette, d'ailleurs, beaucoup de ceux qui sont morts se sont laissé faire, est-ce que vous avez entendu parler d'une seule révolte ? Deux ou trois pierres ici ou là, mais c'est tout, ils se sont laissé tuer comme des serpents parce que leur vie valait moins que rien, moins que la vie d'un serpent, c'est pourquoi les massacreurs n'ont pas de remords. Est-ce que vous avez des remords si vous tuez un serpent ? »

Elle a répété cette phrase à la cantonade, comme si elle prenait toute la salle d'embarquement à témoin, les hôtesses au guichet, les passagers en attente, les pubs lumineuses pour les parfums Armani.

Les Rwandais et les Burundais ont la réputation d'être plutôt réservés, « rentrés », comme on dit. Ce n'était pas le cas de la vieille dame qui allait à Cibitoke.

L'annonce de l'embarquement immédiat a entraîné un lourd soulagement.

Elle s'est levée avec tous ses gros sacs. Elle a dit :

« Vous êtes journaliste, alors, selon vous, comment s'y prendre avec notre malheur ? »

« Comment s'y prendre avec notre malheur ? »

Je relis la phrase de la vieille dame de Cibitoke.

Sur le chemin, j'entends : *Oh, t'as vu les rouleaux, elle est belle aujourd'hui !*

Belle-Île, été 1995

9

AU VIETNAM

Vietnam.

Dire *Vietnam*, c'est faire surgir la fillette qui court nue sous les bombes quand les B52 larguaient jusqu'à 7 000 obus par jour sur Khe Sanh. Dire *Vietnam*, c'est évoquer, dix années plus tard, cette femme parmi les *boat people* qui s'enduit le corps de ses propres excréments pour dissuader les violeurs de la mer de Chine.

Durant un demi-siècle, dans la chair du Vietnam, l'Histoire a planté son cirque d'effroi. En *pure perte*. En 1969, éblouis devant nos télés en noir et blanc, nous regardions le premier homme marcher sur la lune tandis que derrière l'écran, sur la terre, la barbarie triomphait, utilisant les mêmes fruits du même progrès, le même génie des hommes nés de la même modernité.

La guerre du Vietnam a bouleversé le regard du monde sur lui-même.

un jour où l'on est sûr que le pire n'est pas sûr

Dire *Vietnam*, c'est ouvrir un tiroir d'images. Mendès France, Diên Biên Phu, les manifs en soutien à la lutte victorieuse du courageux peuple vietnamien, les comités Vietnam de base et la guitare de Jimmy Hendrix.

Une boule de nostalgie vous chavire comme les slows collants des dancings de Saigon dont parle Jean-Claude Guillebaud [1]. Et les images tournent et vous grignotent le cœur. Que voulez-vous, c'était le Vietnam mais c'était nos vies aussi !

La petite tonkiki-tonkinoise en sépia colonial sur le buffet de Concarneau au-dessus du fleuve Rouge. La Citroën du gouverneur sur le pont Paul-Doumer. Hanoi. Les vélos qui transportent des tonnes d'armes et de vivres la nuit sur la piste Hô Chi Minh. De la rue Sans-Joie à la Colline des Anges, des putes acidulées à *L'Amant* de Duras, du bonze en flammes devant la petite Austin bleue à *Apocalypse Now*, de licorne en

1. Jean-Claude GUILLEBAUD, Raymond DEPARDON, *La Colline des Anges*, Seuil, Paris, 1993.

dragon, de phénix en tortue, nos vies ne seront pas assez longues pour oublier le Vietnam.

Mais rien de tout ça en arrivant.

Le « socialisme de marché » a déjà tout effacé. On frissonne d'atterrir sur une terre gorgée de fer et de sang, mais comme si toute honte était bue, le Vietnam vous donne l'air d'avoir digéré l'épouvante. On croit partir pour la mémoire, on arrive pour le rire et l'oubli.

La moitié du Vietnam a moins de vingt ans. Depuis la fin du conflit en 1975, la population a augmenté de vingt-cinq millions d'habitants ! Alors combien pèsent les fantômes de ces images ? Et combien pèsent les *Dream* ? Dream, c'est le nom de ces milliers de petites motos japonaises qui pétaradent et envahissent tout. Le rêve de tout Vietnamien aujourd'hui, c'est la Dream.

Le soir à Hanoi, toute la petite famille, papa, maman et deux ou trois enfants habillés beaux sur LA Dream se baladent tout joyeux. La balade du soir pour toute la ville. On rattrape les années croupissantes. On rattrape le reste du monde. On relève la tête et le Vietnam.

Certes, depuis l'ouverture en 1989, l'enthousiasme retombe. Les pièges apparaissent, très crus. La « loi du marché » s'impose, aussi aliénante que la bureaucratie d'hier ou l'ordre divin de toujours. Mais le pire est-il sûr ? Et peut-on changer le scénario ? Y a-t-il un pilote sur la Dream et qui sait où sont les freins ?

Allons voir.

Allons rencontrer les revenants, les restants, les mutants, la Vache-qui-rit, le 17e parallèle, la mémoire souterraine. Allons voir les heureux enfants des rizières couchés sur le dos des buffles d'eau, les vieux lettrés francophiles en béret basque et les bonzes érudits. Les cimetières militaires ne sont jamais loin, mais jamais loin non plus les anciennes sagesses.

« Good morning Vietnam. »

C'est écrit sur les T-shirts des petites putes des boîtes de Saigon. Elles ignorent que c'était un film de plus sur la guerre. Aujourd'hui elles se disent que ça veut simplement dire « Bonjour Vietnam ! »

Il y a des jours où l'on est sûr que le pire n'est pas sûr.

Hanoi, 8 novembre 1994

plomb aile

Frais comme l'eau sous la rame après tant d'acier acharné.

Tout va trop vite. Après toutes ces années mortes, étouffées, engluées, le couvercle s'est soulevé et tout se met en effervescence. Comme si, après tout ce plomb dans l'aile, les plombs avaient sauté. Plomb de la mémoire, plomb de l'Histoire. Comme par magie, ne resteraient que les ailes.

Quelles ailes ?

Les ailes du dragon en route pour l'aventure, les ailes des cuisses des filles sous la soie des *ao dai* en vélo le long du fleuve Rouge. Les ailes qui repoussent après les années de cage, même si la cage n'est pas aussi ouverte que ça. Le fil à la patte est moins visible mais d'un acier encore tenace.

Les ailes qui poussent à tous les prédateurs qui arrivent, qui reviennent ou qui sont déjà là depuis longtemps : apparatchiks peinards, nomenklaturistes combinards opérant leur conversion du capitalisme d'État au capitalisme tout court, de la discipline de fer à l'*hédonisme de marché*[1].

Les ailes des revenants, les *viet kieu*, Vietnamiens de la diaspora, de Los Angeles, Brisbane ou Paris, qui reviennent au pays qu'ils ont quitté souvent dans des conditions terribles et qu'ils n'ont pas cessé d'aider durant des années.

Les ailes aussi des coucous pleins de cocus : les vétérans américains qui reviennent en casquette de base-ball et caméra vidéo. Ils éclatent en crise sans nom, hurlant, fous de rage et de douleur en pleine nuit dans Saigon ou sur les lieux des bombardements, au hasard des cimetières. Personne ne comprend ce qui leur prend.

Les ailes des anges de la Colline des Anges.

Et nous aussi, les Français, et nos lourds sabots et nos lourds péchés dans ce printemps contagieux qui vous met un petit coup dans l'aile.

Hanoi, 9 novembre 1994

l'abus de bucolisme nuit gravement

Les bombardements ont repris au nord comme au sud du 17e parallèle, mais cette fois, les bombes, le napalm, l'agent orange sont des paquets verts de dollars. Voilà ce qui, vingt-cinq ans après, tombe sur le courageux peuple vietnamien. Du fric. Du fric de tous les côtés. Et aucune défense, aucun abri, aucun casque de bambou.

---

1. Raoul VANEIGEM, *Nous qui désirons sans fin*, Gallimard, « Folio », Paris, 1996.

On s'arrête un instant sur la route de Diên Biên Phu, au cœur des rizières éblouissantes, plus vertes que le vert où surgissent ces montagnes soudaines, ces hauts pains de sucre ouvragés de jungle et de rocaille, sanctuaire des Esprits.

Un tout petit restau de soupes parfumées et de thé sauvage. À croupetons sur des tabourets microscopiques avec l'ami Tang. Au mur, un panneau flambant neuf en plastique d'où pend un peu discret fil électrique. La petite dame qui nous sert, toute fière, allume l'écran. C'est une grande photo lumineuse, rutilante, une vue de Singapour. Skyline pour un Dallas d'Extrême-Orient. Voilà le nouveau rêve : devenir nouveau riche.

Singapour, Hong Kong, Taiwan, Séoul, les dragons, voilà les modèles, voilà la carotte.

Et le bâton ? Le bâton est autour de nous. C'est la campagne, c'est les rizières. Nous, nous voyons là du temps suspendu, le geste auguste du repiqueur de riz, penché sur l'eau-miroir. Mais ces paysans prosternés dans la lumière, eh bien oui, c'est le bâton, un monde asservi dont on ne veut plus.

L'abus de bucolisme nuit gravement à la perspicacité du voyageur.

Le Vietnam a gagné deux guerres mais il a perdu la paix. La formule est terrible. Surtout si vous êtes vietnamien. Aujourd'hui, nouveau défi, le Vietnam se trouve engagé dans cette « guerre par d'autres moyens », la guerre économique. L'ami Tang, lui, croit aux chances de sa patrie.

Regardons un peu mieux le mur du petit restau. À côté du tableau lumineux rutilant, il y a une image d'Oncle Hô. Hô Chi Minh, toujours présent. Et, sur le beau frigo tout neuf, trône l'autel des ancêtres. Fleurs, vase, encens, photos de famille, plateau bleu et blanc, une mangue et du raisin. Tout est là.

« Voilà pourquoi le communisme n'était pas possible chez nous, parce que le communisme est un monothéisme et que nous sommes polythéistes, explique Tang. Le culte des ancêtres est très important au Vietnam. L'URSS a implosé sous nos yeux. Un effondrement politique, économique, social mais aussi spirituel. Sur quelles bases repartir quand on a vraiment, physiquement et psychiquement fait du passé table rase ? En Albanie, c'est contre eux-mêmes que les Albanais ont fini par diriger leur rage. La révolte est devenue une autodestruction. Comme pour se punir de la lucidité ou du courage qu'ils n'ont pas eus. Au Vietnam, rien de tel. Le totalitarisme n'a pas atteint le noyau de l'âme vietnamienne. La guerre s'est nourrie mais a aussi nourri l'âme du Vietnam. Les années qui ont suivi, nos années de plomb, de 1975 à 1986, n'ont pas suffi pour altérer profondément notre culture. »

À nous, incultes des morts, de comprendre le culte des ancêtres.

Hué, 10 novembre 1994

dock of the bay

À peine un mouvement des lèvres. J'ai bien entendu qu'elle parlait, mais si bas.

Une vieille dame dans le néant d'un cimetière militaire sur la route de Quang Tri. Sous le soleil, un peu penchée, sous son chapeau conique, petite. Sur l'épaule, posé, son balancier avec les paniers, les deux paniers.

Impossible de ne pas penser aussitôt à ces photos de guerre, la fuite sous les bombes, la rizière en feu et elle qui court. Dans un des paniers, tout ce qui lui reste, quelques affaires, un peu de farine. Dans l'autre panier, un enfant. Hébété. Ou souriant. C'était peut-être elle la jeune femme d'alors qui courait en noir et blanc sur la photo.

Ou était-elle pute à Hué ou à Danang pour des John Wayne casseurs de Viets ? Faisait-elle boire les grands dadais GI's, ou les négros baraqués qui fredonnaient *Dock of the Bay* ? Un vétéran dans sa ferme du Minnesota a-t-il encore une photo d'elle dans l'éclat grave de sa jeunesse ? Peut-être ne savait-elle dire que « no money, no honey ». La même petite phrase qu'on entend aujourd'hui sauf que c'est pour des routards, ceinture banane. Les temps changent, le client aussi.

Que pouvait-elle raconter à celui qui était sous terre ?

Elle a sorti des bâtons d'encens, des offrandes, des fruits, une bouteille thermos pour l'eau du thé. Une visite paisible sous le drapeau rouge avec l'étoile jaune au-dessus du cimetière.

Comment expliquer comment on en est arrivé là à son fils ou à son mari enterré là ? Comment lui assurer qu'il n'est pas mort pour rien, qu'il est mort pour la patrie et contre le tigre de papier de l'impérialisme américain ? Alors que le rouge du drapeau est exactement le même que le rouge des boîtes de Coca qui traînent dans le cimetière où commencent à venir en pèlerinage des charters de vétérans américains. Qui aujourd'hui sur cette planète serait capable – honnêtement – d'inventer du sens à tout ça ?

C'est la question qu'on peut ne pas se poser au Vietnam.

Pour ça, il faut être jeune comme le Vietnam.

Rigoler en fonçant sur une petite Honda, danser, aller à la plage, walkman, Michael Jackson et Madonna.

Avoir aujourd'hui l'âge de ceux qui fredonnaient *Dock of the Bay*.

Quang Tri, 11 novembre 1994

crabes et sauterelles chez le vieux wang

Et quoi aujourd'hui ?

Un thé avec le vieux Wang qui fait un panier.

Un buffle d'eau, un grain d'opium et sous un latanier un enfant qui joue sur un petit orgue en plastique. Et un souvenir. Un souvenir présent et précieux enroulé dans un tissu de madras orange et rose : une pipe cassée qui appartenait à un officier français. Et le souvenir aussi des Marocains. C'est sur la route de Diên Biên Phu.

Aujourd'hui, le temps ralenti, le temps de faire un panier. Il faut que les choses se fassent. C'est pour sa bru. Pour le travail à la rizière. La rizière s'étend en contrebas, un miroitement à l'infini, une infinie lumière de perle, traversée par les traits sinueux des murets de terre entre les parcelles d'eau, verte ou argent. Au loin, des gens penchés travaillent, des buffles auprès d'eux, d'autres encore plus loin.

Passe un camion bleu qui fait de la poussière.

Un frère tué par les Français, un enfant tué par les Américains, quatre médailles et ce panier à faire. Un moment tranquille à la rencontre de l'eau et de la lumière. Un petit-fils qui pêche des crabes dans un cratère de bombes vieux de vingt ans. Des crabes délicieux. Vous savez préparer les crabes ?

C'est dans ce genre de paysage que tombaient les bombes. Lorsqu'on entendait : « Les bombardements ont repris au nord du 17e parallèle », ça tombait sur ces gens-là, ici même, sur le panier que M. Wang est en train de fabriquer.

Combien de temps faut-il pour avaler tant d'épouvante ? On voudrait faire le touriste mais ces questions vous reviennent n'importe quand. En regardant la mer simplement. Devant une boutique de souvenirs.

Au loin, soudain, sur l'immense miroir de la rizière, je vois un homme qui danse. Est-ce qu'il peut imaginer que quelqu'un est en train de dire qu'il danse ? Lui, il ne danse pas. Sur les fins traits de terre qui séparent les plans d'eau dans ce scintillement, il court avec un immense filet à papillons. Et il agite son filet dans le paysage. Qui a déjà vu une scène aussi belle ? Mais il ne danse pas. Il ramasse des sauterelles. Il les met dans un mince étui de bambou accroché à sa ceinture. On les mangera ce soir, si l'on veut bien faire l'honneur au vieux Wang de rester jusque-là.

Avec les crabes.

Hué, 12 novembre 1994

on part très loin pour savoir d'où l'on vient

Hanoi. Des touristes français. Certains ont un âge certain. Anciens de l'Indo peut-être. D'autres, plus jeunes, plus fluos qui partent *faire les minorités ethniques*.

Vietnam. Tout le monde y va avant que tout le monde n'y aille. Le Vietnam est devenu un « produit ».

Sur les routes, les bornes kilométriques rappellent les routes de la douce France de nos enfances. Ces « dons de Michelin » nous renvoient au bon vieux temps de notre « mission civilisatrice ». C'est connu, on part très loin pour savoir d'où l'on vient. Lors de l'exposition coloniale de 1931 à Paris, voici comment l'Indochine était présentée :

> « C'est bien un visage nouveau que nous offre l'Indochine. Un visage où tout porte l'empreinte du génie français. La France n'a jamais cessé de donner à sa lointaine colonie les hommes nécessaires à la mission civilisatrice qu'elle y avait assumée et lorsqu'il a fallu des héros et des martyrs, elle a défriché, instruit, élevé au sens le plus noble de ce mot. France maternelle, cette œuvre est vraiment l'œuvre de ton génie propre. Non seulement la France a bâti des villes, a apporté le progrès et la science mais, sous son impulsion, l'Indochine a brisé les bandelettes qui l'immobilisaient et, pareille à Lazare surgissant du tombeau à la voix du Christ, elle se lève et marche vers un destin nouveau. »

Voilà ce qu'un véritable anticolonialiste aurait pu déclamer à voix très haute en visitant Diên Biên Phu parmi quelques militaires en retraite contemplant le paysage de la défaite. Non sans avoir auparavant fait un petit pèlerinage à Haiphong en mémoire des bombardements du 23 novembre 1946 où 6 000 civils furent tués par la Marine française au nom de notre mission civilisatrice. Page *douloureuse* de notre histoire aussi soigneusement occultée que la répression de Sétif en 1945 et les massacres de Madagascar en 1947.

Aujourd'hui, le Vietnam brise ses bandelettes et, tel Lazare entendant la voix de la Banque mondiale, se lève et marche vers l'avenir radieux.

Hanoi, 13 novembre 1994

hué, six heures du matin

Rivière des Parfums. Miroir gris. Tout est gris. Mousson. Brume tiède. Il a plu toute la nuit sur les gouttières trouées. Sur le fleuve, je vois des sampans avec l'autel des ancêtres posé sur le toit de bambou. C'est le peuple du fleuve, des nomades se déplaçant en sampan. Je rêve d'aller les voir, voir comme ils vivent.

En face, grosse bâtisse coloniale du même jaune sale que le palais dans lequel je me lève. Ancien palais du gouverneur. Un mât sur lequel jadis, à cette heure-là, avec pompe et morgue, on hissait le drapeau français ; plus tard, le drapeau américain.

Des cyclopousses, des motos. Dans l'axe du mât, au-dessus des arbres et des palmiers, le soleil se lève, rouge dans le gris. La vie commence ainsi ce matin à Hué.

Hué, ancienne capitale impériale, ancienne base américaine, bordel à GI's. Hué, dépeuplée après la réunification de 1975. Hué, ville des intellos. Ici encore, dit-on, le lettré est précieux et considéré. Sous la pluie, nous partons sur le fleuve à la rencontre du peuple des sampans.

Avec nous, en béret et pyjama, M. Ti Tuan, vieil érudit jubilant et francophile. Il se nourrit de thé et de portions de Vache-qui-rit. Malgré son âge, il crawle chaque jour dans le fleuve avant d'aller *ardemment satisfaire sa concubine*. Il me lit en vietnamien sa traduction d'un poème de Nazim Hikmet :

« Si je ne brûle pas
Si tu ne brûles pas
Si nous ne brûlons pas
Comment les ténèbres deviendront-elles clarté ? »

Hué, 14 novembre 1994

une tonne de bombes à la minute durant trois ans

Combien de vies pour ce bout de fleuve ?

Aujourd'hui attrait touristique, hier enjeu stratégique.

Rivière Bien Hai.

Durant vingt et un ans, ce fleuve a marqué la frontière Nord-Sud, c'était le 17e parallèle. 135 000 morts.

Avant-hier, à Hanoi, embouteillage de vélos, motos, camions, jolies filles cheveux d'encre de Chine devant le mausolée d'Hô Chi Minh. Soleil, touristes, joyeuse effervescence. Perdu dans tout ça, un vieux type dans un fauteuil roulant, deux jambes coupées. Sous son vieux casque de l'armée, il tourne en rond, idiot édenté, ancien combattant que personne ne remarque.

Le Vietnam s'ouvre et s'ouvrent les placards des mémoires.

À Saigon, on vend des briquets Zippo. En souvenir. Les « opérations Zippo » c'était les opérations villages brûlés. Civils, bétail, maisons. Après ça, on retrouvait parfois un bébé encore vivant accroché au cadavre de sa mère.

Khe Sanh, Quang Tri, le pont sur la rivière Bien Hai. Sur cette terre, il est tombé l'équivalent d'une tonne de bombes à la minute durant trois ans.

La mort a bien travaillé.

« Hé, Lyndon Johnson, combien d'enfants as-tu tués aujourd'hui ? »

Du pont au-dessus du fleuve, j'ai longuement regardé : aucun canard n'est revenu.

15 novembre 1994

hô chi minh-ville-saigon

Venimeuse et voluptueuse Saigon dans les romans de gare d'avant guerre.

Pétanque devant la poste, Pernod et palu, trafics et galéjades. Un Raymond, une Odette, une Chinoise, un marin.

À la brasserie Givral au coin de la rue Catina, on vous assure que ce sont toujours les mêmes nappes que celles que tachèrent pendant des années des correspondants de guerre attablés avec des petites Tonkinoises (et espionnes comme il se doit) qui se faisaient grossir les seins pour attirer l'honorable correspondant.

À l'hôtel Continental, Graham Green écrit. À Cholon, Malraux se défonce.

Aujourd'hui, l'opium, c'est la circulation.

Le grand pneu en avant.

Saigon, 17 novembre 1994

quand le mot « bâtard » sera un compliment

« Crève, fils de pute ! »

C'est ce que pendant vingt ans le monde a dit aux enfants de la honte, les *mi lai* ou *con lai*, enfants de la poussière, poussière de vie. Enfants nés durant la guerre du Vietnam de mère vietnamienne et de père américain, des GI's le plus souvent, repartis sans laisser d'autre trace que « ça », ces bâtards, *incarnations* d'un passé qui ne passe pas. Combien ? Les estimations sont vagues. De 10 000 à 20 000. Nés entre 1962 et 1973 de père blanc ou noir ou portoricain.

Rejetés de toutes parts. Par les États-Unis qui pendant plus de dix ans n'ont rien voulu entendre en dépit des pressions. Rejetés également au Vietnam où ils furent l'objet d'une féroce ségrégation, en butte à toutes les insultes en tant que symboles de la dépravation capitaliste. Déportés dans des camps de rééducation, renvoyés de partout pour finir dans des petits boulots de rue où, là encore, ils furent persécutés.

À partir de l'ouverture de 1989, les deux pays ne peuvent plus dissimuler ces *poussières de vie*. Les plus jeunes ont alors quinze ans, les aînés vingt-cinq ou vingt-sept ans. Des accords sont passés entre les deux pays et les *mi lai* peuvent émigrer, eux et leur famille, aux États-Unis.

Mais tous n'ont pas encore émigré. Il en reste encore qui espèrent partir, trouver un accueil là-bas, quitter ce pays hostile. Ils attendent, avec pour seule preuve de leur origine une vieille photo pâlie par les années où l'on distingue le sourire d'une jeune femme, le regard d'un grand bidasse amerloque. Seule pièce d'identité, seul passé, seul espoir. Espoir chaque jour de partir.

Le monde aura fait un grand bond en avant lorsque le mot « bâtard » sera un compliment.

Saigon, 19 novembre 1994

goodbye vietnam !

On se reverra, on se rêvera.

Tout aura changé quand on reviendra, les fantômes aussi. Effroi sans fond, charme sans fin et cette forme si parfaite des yeux des enfants.

On s'envole sur la piste où sont tombées des millions de tonnes de bombes.

Une dernière fois, par la vitre du taxi, les courbes douces d'une flexible à bicyclette, hirondelle en hauts gants noirs.

Goodbye Vietnam. Goodbye grenouille. Tang nous le dit :

« Au Vietnam, on croyait que le monde était comme ce que voit la grenouille au fond du puits. Elle pense que le monde, c'est juste ce petit rond tout là-haut. Aujourd'hui, nous refaisons surface. Notre horizon s'agrandit. »

Goodbye Tang, Lem, Kim.

Il est très tôt. Je vous laisse ce mot à la réception.

On se reverra, on se rêvera.

Goodbye Vietnam !

Saigon, 20 novembre 1994

10

EN ARGENTINE

Ne jamais prendre le malheur des autres pour une péripétie de l'Histoire.
Emmanuel Levinas

trace de rouge à lèvres sur le bord d'un tango

Che, tango !

Tango tanguant, en arrivant, je vois du tango partout.

Désuet, bon pour touriste, tango basta, me dit Stella et son petit sac à dos jaune, on a du rock ici, de la techno, c'est intello le tango, belle lurette qu'il a quitté les quartiers populos.
Mais alors, pourquoi tu les connais tous, de Gardel à Piazzolla et même celui qui dit :

Petit café de Buenos Aires
tu es la seule chose au monde qui ressemble à ma mère [1] ?

1. *Cafetín de Buenos Aires* : « Cafetín de Buenos Aires, sos lo único que se pareció a mi vieja. »

Comment ne pas voir tout à travers les lunettes noires du tango ? Paradis niqué, eldorado foutu, cœur perdu comme un bouton de braguette, petite cuillère de la vie tournant en rond dans la mélancolie.
Comment, à peine arrivé, ne pas se retrouver collé sur ce papier tue-mouches qui pend au plafond de l'Argentine ?

L'homme assis et qui attend.
Je l'ai tout de suite reconnu à gauche, en entrant au café *La Perla*, à La Boca, dans le port de Buenos Aires, là où tout a commencé, là où le tango est né. Blues de l'homme blanc, *reptile des lupanars* selon Borghese, *lamento de cornudo*, lamentation de cocu selon les Brésiliens.

À *La Perla*, rien n'a changé.

Délices amères de Buenos Aires que ces atmosphères d'hier.
Si proches de nos enfances. Buenos Aires est un naguère familier. On a l'air de vous dire : « Tu n'as pas changé. »

L'homme non plus qui attend. Il ne regarde pas la mer jaune, ni le port pourrissant, ni le pont métallique, ni le navire qui ne repartira plus, naturellement, ni les petites maisons en tôle ondulée bariolée, les ruelles que Gardel a hantées et où les touristes aujourd'hui vont prendre des clichés.

Lui ne voit pas tout ça.

Il attend une vague.

Il attend qu'une vague vienne le chercher, qu'elle entre par la porte, ici, dans le café *La Perla*, dans ce petit café de Buenos Aires qui est la seule chose au monde qui ressemble à sa mère. Qu'une vague emporte le vieux comptoir luisant, les verres de genièvre, les petits gâteaux secs avec du sucre en poudre, la serveuse aux yeux de papier, accoudée au guéridon d'argent festonné.

Et aussi les autres consommateurs qui lisent le football dans le journal : La Boca contre River Plata. Et la tasse blanche, la petite cuillère, le café noir dans cette matinée. Qu'elle vienne cette vague ! Forte, irrésistible, parfumée, mouillée comme une femme, comme une mère, comme la fortune, comme un but de Maradona !

Qu'elle vienne comme la mort.

Il attend exactement ça.

Certes, attendre qu'une vague vous submerge et vous emporte, chacun attend ça partout dans le monde, depuis toujours. Mais nulle part, ça n'est un sport national comme ici.

Presque partout on l'oublie.
Le tango non. Le tango n'oublie pas.
Tout le reste n'est qu'oubli ici. L'Argentine est le pays de la viande et de l'oubli. On oublie les pires crimes, les plus odieuses saloperies. On oublie même la viande qu'on mange, on oublie les femmes qui passent, on oublie qu'on oublie.

Tout, sauf qu'on attend.

On arrive à Buenos Aires. En novembre, le printemps est là, bientôt l'été austral, les bleus jacarandas sont en

fleur. Des histoires nous attendent, des rencontres, mais d'abord le tango.
Trop mélo, trop maniéré, trop fanfaron, trop pleurnichard.
Le tango peut être drôle aussi, satirique, révolté, rageur et même facho, les militaires l'adoraient. Pute le tango ? Un Argentin vous dira qu'il *a su épouser les mouvements de la vie*.
Il nous ramène à cet inconsolable, à cette blessure dont on redoute qu'un jour elle ne se referme.

Qu'y a-t-il dans votre tango ?
Comment va ton tango, mon frère ? Aujourd'hui, quel est l'état de ton âme, quelle est ta météo ?
J'ai le tango Apollinaire ce matin. Cette nuit, dans l'avion, je suis tombé sur ces lignes qu'il écrivit dans *Zone* :

> Tu regardes les yeux plein de larmes ces pauvres émigrants
> Ils croient en Dieu ils prient les femmes allaitent des enfants
> Ils emplissent de leur odeur le hall de la gare Saint-Lazare
> Ils ont foi dans leur étoile comme les rois-mages
> Ils espèrent gagner de l'argent dans l'Argentine
> Et revenir dans leur pays après avoir fait fortune
> Une famille transporte un édredon rouge comme vous transportez votre cœur
> Cet édredon et nos rêves sont aussi irréels

Qu'est-ce qu'il y a dans le tango ? Dans la peau de chagrin du tango ? Sur la peau du cul du tango, que représente le tatouage ?

Toi, frère, c'est *La Perla*, ce petit café de Buenos Aires, la seule chose qui ressemble à ta mère.
Moi, c'est un édredon rouge comme le cœur des gens.

Buenos Aires, 13 décembre 1995

sans cynisme aucun

Le malheur avec le malheur, c'est qu'il y en a toujours un pour en cacher un autre. Ainsi les 30 000 disparus de la dernière dictature argentine. On me dit : « Oh, mais par rapport au million de morts du Rwanda, ça doit vous paraître un peu fade ? »

Le malheur avec le malheur, c'est qu'on ne peut pas s'occuper de tous. On doit ignorer, fermer les yeux. Lequel choisir ? Comment les choisir tous ? Lequel doit m'émouvoir ? Lequel doit m'indigner ?

À Buenos Aires, vous entendez parler d'un bidonville dans le quartier de Quilmes. Trois cents habitants, Indiens pour la plupart, ont squatté un terrain vague. Ils habitaient dans des conditions indignes. Ils ont eu la témérité de s'installer avec femmes, enfants, sur un terrain inoccupé depuis quarante ans. La police est violemment intervenue. Porte-parole et meneurs ont été arrêtés. Voilà une histoire dont on a envie de parler. On se renseigne. « Ah, vous êtes "droits-de-l'hommiste" ? »

Être « droits-de-l'hommiste » aujourd'hui, c'est comme être homo ou fabricant de plumeaux. C'est votre truc. C'est votre affaire. Et en aucun cas cela ne concerne l'ensemble des êtres humains.

En Argentine, tout le monde s'en fout. Le niveau de conscience sociale est égal à zéro. La moitié de la population vit en dessous du seuil de pauvreté. Et cette conscience sociale est encore bien en dessous. En juin 1989 ont eu lieu des émeutes de la faim. À Buenos Aires, près de la moitié des enfants de moins de deux ans ont des problèmes respiratoires, beaucoup sont anémiques. On signale des cas de famine dans la ville même de Buenos Aires.

Misérabiliste. Je suis en train de donner une image misérabiliste de l'Argentine et de cettc ville charmante, mystérieuse, envoûtante qu'est Buenos Aires. Un droit-de-l'hommiste, ça ne voit du monde que le trou du cul.

Buenos Aires, 14 décembre 1995

buenos aires-paris, no alternative

Décembre 1995, Paris.

La première révolte antilibérale.

Fumées rouges, manifs.

Paris à feu et à *sens*.

Banderole : « Non à la dictature des marchés. »

À la une : « La première révolution antilibérale. »

Mais qui dit ça ? *Le Monde* ? *Libé* ? Non, c'est *La Stampa*.

Est-ce bien ça que nous vivons ces jours-ci ?

« Non, il n'y a pas d'autre politique », nous dit le chef de l'État. Margaret Thatcher ne disait pas autre chose. « No alternative. »

Le système économique libéral s'est imposé au monde comme une évidence. Aucune autre voie n'est possible. L'implosion du communisme a rendu toute critique invalide. « No alternative. » Le néolibéralisme s'impose *naturellement*, encore plus *naturellement* avec des gouvernements « de gauche ».

Pensée unique, marché unique, monnaie unique. On est passé d'un monde binaire – deux blocs – à un monde primaire – un seul bloc. Et aujourd'hui, le bloc se lézarderait ? N'allons pas trop vite, on a tant parlé de brèches. Et, s'il y a lézarde, elle ressemble à quoi cette lézarde ?

ushuaïa

Étonnant rapprochement avec la situation en Argentine d'où nous débarquons. L'Argentine, « Europe extrême » – comme d'ailleurs toute l'Amérique latine –, nous renvoie une image plus crue, plus brutale de ce qui arrive ici.

En Argentine, après les années d'hyperinflation, voilà l'hyperchômage. Janvier 1995 : 14 % de chômage. Mai 1995 : 18,6 %. Novembre 1995 : 23 % de chômage. Aggravation de la récession, baisse de la consommation, accroissement accéléré de la pauvreté. Les gouvernements des provinces sont en banqueroute. À Jujuy, des milliers de fonctionnaires n'ont pas été payés depuis plusieurs mois. Partout, les conditions de vie se dégradent.

Le 11 avril dernier à Ushuaïa, le joli Ushuaïa, lors d'une manif, un ouvrier a été tué par la police de Menem. Partout, spectre de l'explosion sociale, partout, chômage massif. Comme en 1989, lors des émeutes de la faim. Les recettes néolibérales imposées à l'Argentine conduisent à la faillite économique. Le néolibéralisme a enrichi une petite partie de la bourgeoisie. Quelques riches plus riches et beaucoup de pauvres plus pauvres. Combien de temps un régime peut-il faire souffrir à ce point la majorité de son peuple ?

Égoïsme de l'oligarchie bovine à la tête du pays. Spéculation intégriste. Corruption systématique. Et récemment, ce qu'on appelle « l'effet Tequila », l'effondrement économique et monétaire du Mexique qui a eu pour conséquence la fuite des investissements. Comme ailleurs, les pauvres sont rendus responsables de leur pauvreté. Comme ailleurs, les formes classiques d'opposition sont devenues caduques.

L'Argentine est passée d'une dictature à une autre, d'une oppression à une autre dans l'apathie générale. Comme ailleurs, le même cynisme. Une vague indignation çà et là, un bout de colère vite retombée, puis on joue le tango de l'impuissance. Et l'on se quitte.

Mais quelques-uns n'ont pas éteint la lumière.

15 décembre 1995

le vol

« Un acte suprême. C'était un acte suprême. [...] Lorsqu'on recevait cet ordre, on n'en parlait plus, on l'accomplissait de façon automatique. [...]

— Comment réagissaient les détenus quand on leur parlait du vaccin et de leur transfert ?

— Ils étaient contents. [...] Aucun d'entre eux n'avait conscience qu'il allait mourir. [...] Après le décollage, le médecin qui était à bord leur faisait une seconde injection, un calmant extrêmement puissant, et ils sombraient dans un sommeil profond.

— Et une fois qu'ils dormaient, qu'est-ce que vous faisiez ?

— C'est très morbide. [...] Il y a quatre choses qui me pèsent : les deux vols que j'ai accomplis, la personne torturée sous mes yeux et le souvenir du grincement des chaînes et des fers. Je ne parviens pas à l'oublier. Je voudrais ne plus en parler. [...] Quand j'y pense, ça me rend dingue. Pendant qu'ils étaient inconscients, on les déshabillait et, quand l'avion se trouvait au large de Punta Indio, sur l'ordre du commandant, on ouvrait la porte et on les jetait, nus, un par un. Personne ne peut dire que c'est faux [1]. [...] Les appareils étaient des Skyvan de la préfecture maritime et des Electra de la Marine. [...] Comme il était de coutume à ce moment-là dans la Marine, il y avait des invités spéciaux.

— Qu'est-ce que vous entendez par "invités spéciaux" ?

— Des officiers supérieurs de la Marine qui ne participaient pas mais qui venaient nous encourager, par exemple des capitaines de vaisseau ou des officiers supérieurs qui avaient une autre affectation.

— Qu'est-ce qu'ils faisaient ?

— Rien. En quelque sorte, ils nous soutenaient moralement dans la tâche que nous accomplissions. [...] Ils restaient assis et ils regardaient [2]. »

L'homme qui parle ainsi, c'est le capitaine Scilingo interrogé par Horacio Verbitsky, responsable du journal argentin *Página 12*. Vingt ans après, il y a quelques mois, à Buenos Aires, le capitaine Scilingo a avoué. Pour la première fois, face aux journalistes, ce militaire dévoré par le remords est venu dire que les militaires étaient des tortionnaires. On a torturé en Argentine jusqu'en 1983.

Les Argentins le savaient. La commission d'enquête l'avait montré. Mais, jusque-là, aucun militaire ne

1. Méthode qui rappelle les fameuses « crevettes Bigeard » comme le général du même nom. Lors des « événements » d'Algérie, selon de multiples témoignages, des « rebelles », sur les ordres d'officiers français, furent jetés dans la mer depuis des avions, les deux pieds pris jusqu'à la cheville dans une cuvette remplie de béton.
2. Traduction d'un extrait de Horacio VERBITSKY, *El vuelo*, paru en Argentine en mars 1995 et traduit depuis en français sous le même titre, Dagorno, Paris, 1995.

l'avait reconnu. Les aveux du capitaine Scilingo ont frappé l'Argentine.

Il y avait d'autres façons de se débarrasser des « subversifs » que de les jeter depuis les avions dans l'Atlantique. Les brûler, les enterrer dans des fosses communes. De 1976 à 1978, 2 000 prisonniers ont été jetés ainsi, vivants, depuis les avions. 4 000, selon les associations de droits de l'homme. En tout, c'est 30 000 à 40 000 hommes, femmes, enfants qui ont « disparu » en Argentine durant la dernière dictature militaire.

« Disparu », ni mort ni vivant.

En 1983, après la défaite aux Malouines, les militaires ont consenti au rétablissement de la démocratie à la condition expresse qu'une totale impunité leur soit accordée. Ce qui fut fait. Malgré les enquêtes, les dossiers, les dépositions de toutes sortes, le travail inlassable des associations, la pression de la communauté internationale, des lois d'amnistie ont été adoptées en Argentine, des grâces présidentielles ont été accordées. Les tortionnaires sont impunis.

Impossible de rencontrer le capitaine Scilingo, il est en prison. Croyez-vous qu'il le soit à la suite de ses déclarations ? Pas du tout. C'est pour une tout autre affaire. Une affaire insignifiante de corruption (c'est très courant en Argentine). Mais, pour ces crimes contre l'humanité, il bénéficie des lois d'amnistie.

Suite aux déclarations de Scilingo, le président Menem qui prêche la réconciliation – c'est-à-dire l'oubli – a conseillé aux militaires argentins qui, à la suite de Scilingo, sont passés aux aveux, *d'aller au confessionnal plutôt que de déballer ainsi leurs états d'âme en public*.

19 décembre 1995

une si bonne viande

Les bleus jacarandas sont en fleur, la nuit est tiède, la foule est joyeuse. Dans votre assiette un bon gros kilo de bœuf saignant, aussi beau, aussi bon qu'une femme.

Mais, soudain, un cri gâche le plaisir. Le cri d'un enfant qu'on torture, attaché, bien serré. La tête qu'on tape régulièrement contre l'angle du lavabo, puis le cri à nouveau, comme celui d'un petit porc. Son sang sur le carrelage. On lui fait lécher. Chaînes aux pieds. Un autre militaire, appliqué, prépare les instruments pour la torture à l'électricité. Oh, éprouvantes ces tortures, bien sûr, pour ces militaires qui accomplissent ce qui doit être accompli pour sauver l'Occident chrétien. Pour les soulager, ils ont l'assistance des prêtres qui leur apportent la confession, la bonne parole et le soutien moral. « Quand un militaire accomplit son devoir de répression, le Christ est en lui en bonté et en vérité. »

En Argentine, l'Église est une Église d'État. Le 29 décembre 1975, il y a tout juste vingt ans, monseigneur Adolfo Tortolo, lors d'un déjeuner à l'hôtel Plazza de Buenos Aires avec les représentants de la chambre de commerce argentine, explique ce que va être cet exaltant processus de purification. Le terrorisme d'État commence.

Vingt ans plus tard, à Buenos Aires, aujourd'hui, on entend toujours le cri des torturés. Foutue, votre bonne viande. Vous venez d'apprendre que, juste à côté de ce restau, derrière ce mur, se trouvait un centre de torture de 1976 à 1983. Il y en avait ainsi des dizaines à Buenos Aires au temps des militaires, *au temps de la complicité obligée de presque tout un peuple avec ses bourreaux.* Un peuple condamné au silence, aux compromissions, à la délation. Au temps où l'Église catholique soutenait et inspirait les terroristes avec l'appui des États-Unis. Comme dans tout le continent sud-américain, régnait la doctrine de « sécurité nationale ». Sous le prétexte d'une lutte anticommuniste, contre les « subversifs », un puissant appareil de répression planifié avait été mis en place avec le concours d'anciens nazis et d'officiers français anciens de l'OAS notamment. En 1978, lors de la Coupe du monde de football, les journalistes sportifs de l'époque, une joyeuse bande de beaufs collabos (collabeaufs), sont venus apporter leur caution aux tortionnaires. Quelques rares voix, au sujet de cette coupe, murmuraient : *La coupe est pleine, Videla !* tandis que les cris des supporters couvraient les cris des torturés dans la rue à côté.

Terrorisme d'État, dictature militaire. Militaires répressifs, puritains mais qui sont au service des grands propriétaires – des grandes familles de l'oligarchie bovine de l'Argentine – qui se sont enrichis durant cette période par l'instauration d'une politique ultralibérale ouvrant le pays aux investisseurs étrangers.

Vingt ans après, 30 000 fantômes harcèlent l'Argentine. 30 000 « disparus », ni morts ni vivants, hantent le pays. Ils sont là, les « disparus », leurs griffes plantées sur l'épaule du monde. Comment s'en débarrasser ? Comment les tuer ? Ils ne sont pas morts, ils ne sont pas vivants. Pourquoi le pouvoir ne parvient-il pas à imposer l'oubli ?

pourtant, elles tournent

Depuis le 18 avril 1977, les mères des « disparus », les sœurs des « disparus », les grands-mères des « disparus » tournent autour de la place : les « folles » de la place de Mai, avec leur foulard blanc sur la tête, qui symbolise les couches de leurs enfants. Chaque jeudi, à 15 h 30, elles tournent dans le sens contraire des aiguilles d'une montre, comme pour arrêter la machine à oublier, pour arrêter la machine négationniste qui se cache derrière la réconciliation. Inlassablement, elles demandent que les enquêtes soient rouvertes, que des tribunaux soient saisis, que les assassins soient poursuivis.

Elles portent, sur la poitrine, les photos de leurs enfants disparus.

Visage souriant devant un arbre de Noël ; jeune fille timide avec sa sœur dans la rue Corrientes ; famille en noir et blanc en vacances avec un petit cheval… Ils sont là, partout, dans un verre de vin, sur la terrasse entre amis, sur une bouche tango, dans l'air léger d'un matin d'oiseau.

20 décembre 1995

aparición en vida

Elles ont mille jeudis.

Mille fois jeudi. Mille fois qu'elles tournent, mille fois qu'elles tracent le cercle des enfants disparus. Mille fois qu'elles refont le monde. Mille fois qu'elles mettent au monde. Mille fois qu'elles dessinent avec leurs pieds le nombril de leur enfant ni mort ni vivant. Mille fois qu'elles tournent en rond dans la cage de leur douleur. Mille fois qu'elles font la ronde comme les enfants de leurs enfants qu'elles sont devenues. Comme des enfants seuls dans un avion, autour du cou, elles portent une photo noir et blanc. Le disparu, la disparue en beauté. Fleur de l'âge, fleur de peau, visage qui bouge sur la poitrine où palpite le sein de la mère. Et le ruban qui tient la photo a l'air de deux longs bras maigres autour de leur cou.

Dans cette Argentine d'argent, comme pour le monde, elles sont devenues, aujourd'hui, le symbole de la résistance. « *C'est arrivé, cela peut donc arriver de nouveau ; tel est le noyau de ce que nous avons à dire* » (Primo Levi). Ces femmes, ces mères ne sont pas d'abord une idée, une théorie, un principe ou un mythe, ni même *a priori* une éthique, une morale, encore moins une politique, mais de la vie. Elles ne tournent pas en rond. Elles dessinent un cercle, le cercle de leur sexe orée de vie par où sont apparus les disparus.

En 1990, le président Menem, l'actuel président, a gracié les tortionnaires et assassins. Lois d'amnistie. Obéissance due. Point final.

Mais en vain. Aujourd'hui, aveux, confessions, archives, c'est toute une *surprise de conscience* qui s'empare de l'Argentine. Les aveux des militaires font même le beurre d'émissions de télé genre *reality show*.

Les mères de la place de Mai disent : « Comme s'il avait fallu l'aveu des bourreaux pour que les Argentins nous croient enfin. »

21 décembre 1995

les enfants « adoptés »

Il y a aussi les grands-mères, les *abuelas* : « Avec nos enfants on a séquestré le présent, avec nos petits-enfants, ils ont tenté de nous arracher le futur. Nous avons commencé un long travail de recherche pour localiser les enfants afin de sauver cet avenir. »

Dans ces années de dictature, les tortionnaires ont volé, « adopté » des enfants. Cinq cents enfants, cinq cents bébés ont été arrachés à leur mère détenue, dès leur naissance ou un peu plus grands, kidnappés par les militaires. Ils se retrouvaient ainsi entre les mains des propres tortionnaires et meurtriers de leurs parents. Les grands-mères de ces enfants ont fait des recherches [1] et n'ont jamais renoncé. Aujourd'hui, cinquante-sept enfants ont été retrouvés [2]. Comme Elsa et sa petite-fille, Paula. Elles se sont retrouvées et vivent aujourd'hui ensemble. L'une et l'autre ont voulu faire craquer l'amnésie. Les mots ne peuvent pas tout dire mais parfois, malgré tout…

22 décembre 1995

---

1. Créée en octobre 1977, l'association des Grands-mères de la place de Mai a pour but de « localiser et de restituer à leur famille légitime tous les enfants détenus disparus à cause de la répression politique, et de créer les conditions pour que jamais plus ne se répète une aussi terrible violation des droits des enfants, en exigeant le jugement de tous les responsables ». Elles travaillent sur la base de la collaboration de la population et avec l'aide de scientifiques internationaux qui, par le biais d'analyses de sang et d'ADN, peuvent déterminer l'identité et la filiation des enfants. La justice est alors saisie en vue de l'obtention de la restitution des enfants à leur véritable famille.
2. Sur les cinquante-sept enfants qui ont été localisés grâce au travail des grands-mères, trente et un ont été restitués à leur famille d'origine, sept sont morts (dont deux ont été assassinés et identifiés d'après leur cadavre, quatre assassinés dans le ventre de leur mère, un mort à l'hôpital pour cause de négligences), treize enfants localisés se partagent entre leur famille légitime et leur famille d'adoption, six, enfin, dont les « cas » sont en cours de traitement par la justice.

11

ENFANCE, MADELEINE, PHOTOS FANÉES

Plukiféklèrmoinkonivoi.
Jean Dubuffet

elle parle à son ventre

à Mathieu

Elle parle à son ventre
des petits mots tout bas
elle parle à son ventre, elle dit… je sais pas
elle croit que je dors, mais je ne dors pas
son ventre arrondi soulève les draps
elle parle tout bas.
La fenêtre ouverte sur la nuit d'été
le cèdre avec la branche
la balançoire où elle jouait, petite fille.
Elle parle à son ventre.
Une voiture sous les marronniers
on ferme la grille du cinéma
mobylette qui s'en va, murmure, des pas

des amoureux qui rentrent dans cette nuit de province.
Iront-ils sous la lune, comme nous, la rosée
ou les sièges arrière de la 404.
Qui sait ce qu'elle dit à son ventre.
La lune, sur l'armoire.
C'est tellement absurde cette envie de vie.
La lune, la cire, les années, le linge des siècles
les draps où ses aïeux se sont aimés
où sa grand-mère a fait l'amour
draps de lit tachés le jour où sa mère sa propre mère fut enfantée
Les cris des femmes dans la maison
la cuvette d'eau chaude
la mort qui frôle comme la branche du cèdre frotte le mur
Elle parle à son ventre
à cet enfant qui n'est plus moi
C'est un tel mystère cette envie de vie
C'est pour dans deux mois
un enfant de moi

Août 1964

naissance

à Hervé

On n'est rien. On naît rien. Naître.

On est peu. On naît peu. N'être.

Un être va naître.

Tremblement de mère.

Pour la soixante-quinze milliardième fois – j'ai compté –, le plus familier des prodiges va se produire. Tous, nous sommes passés par là. Soixante-quinze milliards de fois. Depuis le commencement du commencement du début du début, quand le réveil a sonné sur la table de nuit de la nuit des temps, debout là-dedans, c'est le matin du monde !

Soixante-quinze milliards de fois depuis, les mêmes cris des femmes, les mêmes souffrances enchantées, la même blessure tendresse, le même tremblement dans les mollets du père quand il remonte sur le vélo pour repartir à la guerre.

Aujourd'hui, dans là-bas si j'y vis, la vie. Naissance. La naissance, une naissance. Une naissance extraordinaire, des sages-femmes fabuleuses, des mères, des pères, des bébés prodigieux monstrueux… Eh non. Ordinaire. Miracle ordinaire. Simplement, l'instant attendu tant attendu où l'enfant paraît. Mollard divin, glaviot d'amour, brut de décoffrage ! Futur Mozart, futur Führer, futur cocu, futur chansonnier, future caissière larguée sur un parking d'Évry un vendredi, futur enfoiré, futur tortionnaire, future barbaque de la future guerre, futur père, future mère, futur, futur… et future mort. Eh oui, donner la vie, c'est donner la mort. Mais faut pas le dire aujourd'hui… On appellera ça la vie, on lui dira, c'est l'odyssée de l'espèce, on lui dira, bienvenu dans ce monde pas parfait, pas imparfait. C'est ça la vie, petit, merci de venir, merci d'être venu, soixante-quinze milliards sont nés avant et pourtant, c'est toi qui manquais.

25 novembre 1994

l'enfant qui joue c'est tout

Qui cache son fou, meurt sans voix.
Henri Michaux

Mesdames et messieurs essuyez-vous bien les oreilles avant d'entrer dans l'histoire d'aujourd'hui. Il faut des oreilles fraîches, bien dégagées pour écouter des enfants qui jouent.

C'est tout.

Réglez vos ouïes sur « matin du monde ».

L'enfant *joue*. Non pas l'enfant *jouet*, l'enfant monstre que les adultes fabriquent avec leurs regrets [1]. Non pas l'enfant retrouvé mort écrasé dans sa chambre sous un tas de jouets, non pas l'enfant-objet, non pas l'enfant scotché-télé, enchaîné à la chaîne, glouton optique tétant les excréments de la société-écran, petit junky au cerveau de hamburger, l'enfant *lobotomitélé*.

Non, l'enfant qui joue, c'est tout.

Non pas le divin enfant sur le divan, mis à plat, disséqué, calibré, classé, scannérisé, répertorié,

1. Jean-Paul SARTRE, *Les Mots*, Gallimard, Paris, 1964.

numéroté, rangé, psyché, lavé, séché. Adaptable, flexibilisable, mondialisable. Sinon ? Sinon, virable, jetable, minable.

« Les passions humaines n'ont guère plus de valeur que les occupations des tout-petits. » Sénèque nous l'avait dit. On peut se dire aussi que les passions des tout-petits ont autant de valeur que les occupations humaines.

L'enfant joue, se joue, se parle, se dessine, cherche sa place dans la glace, se fait un déguisement pour être reçu au concours de la vie, s'arrête, énigme. Essaie un rêve au moment où il se produit.

cour de récré

Dans la cour de récré, il y a déjà tous les caractères, tous les comportements, toutes les cruautés et toutes les bravoures, toutes les générosités et toutes les tyrannies, toutes les amours et toutes les haines, tous les élans et toutes les ruses, toutes les perversités et toutes les grâces, toutes les sagesses et toutes les folies. Tous les personnages de la comédie humaine sont là et la jouent.

On les retrouve plus tard, petit chef, grand nigaud, mariole péremptoire, tyran domestique, courtisan esbroufeur, gaffeur généreux, à bord d'une station orbitale, en habit de président ou à faire le tapin sur les boulevards des maréchaux. Mais ils étaient déjà dans la cour de récré. Il se passe autant de choses en quinze minutes de récré, comme faits divers, échanges économiques, phénomènes de société, intrigues politiques, histoires d'amour, actualités culturelles ou événements sportifs, qu'on en trouve dans un grand quotidien ou dans un journal télé.

Mais sur le chemin qui va de *l'enfant qui joue jusqu'à l'adulte averti* quelque chose a été perdu. Non pas quelques verts paradis ou autre monde merveilleux de l'enfance qui n'ont jamais existé ailleurs que dans les regrets des grandes personnes.

Ce qui est perdu, c'est le désordre, ce qui est perdu, c'est une certaine folie, disons une certaine « déraison ». Sois raisonnable, dit l'adulte à l'enfant. L'adulte, lui, est raisonnable, il mène une vie raisonnable. La raison n'est qu'une folie parmi d'autres. On pourrait dire que la raison est une folie qui a réussi. Elle s'est imposée, l'homme se l'est imposée, il l'impose à l'enfant. Mais n'y a-t-il pas quelque chose de tout à fait déraisonnable dans le fait d'imposer la raison ?

Et si l'on n'avait pas raison d'avoir raison ?

La déesse Raison est aussi folle que ses rivales. Cornelius Castoriadis disait : « L'homme est cet animal fou dont la folie a inventé la raison. »

L'enfant qui joue remet tout ça en question.

Dans le fond du dernier tiroir, dans le bas du placard, tout au fond de votre for intérieur, là où est enterré le cercueil de votre enfance étouffée, vous avez rendez-vous. L'enfant joue toujours en vous. Toujours en chacun de nous.

Faites-vous aujourd'hui des oreilles de source.

25 février 1998

Billet parfumé, capote éclatée, chtouille carabinée
Que reste-t-il de nos amours ?
Photo recollée, sommier défoncé
Que reste-t-il de tout cela ?
Les draps à laver ?
Deux dentiers dans un même verre ?
Un cercueil sur les graviers ?
Que reste-t-il, dites-le-moi.
Regrets jaunis, passé poussière et au suivant !

Oui, ce qui reste c'est le suivant
C'est le prochain.
C'est l'enfant.
Oh, pas toujours. Mais aujourd'hui, un instant, ayons une pensée pour ces cent quatre-vingts millions de spermatozoïdes qui foncent désespérés pour semer.
S'aimer c'est semer. On finirait par l'oublier. On parle d'autre chose. On passe à côté. On sifflote, on s'échine. On se fait les ongles, on se fait un sang d'encre et on oublie le plus simple appareil.
Prenons la mort.
On ne pourra pas se faire remplacer ce jour-là, pas de mot d'excuse, ne l'oublions pas.

On ne sait plus voyager avec les énigmes et les lampes, on ne sait plus quoi faire des questions. Si une question n'a pas de réponse, supprimons la question.
Avec quel appareil mesurer l'infini ?

La communication nous fait croire que tout éclaire, que tout est clair. Une nouvelle religion. Rien d'autre qu'une nouvelle bonne vieille religion.
Tout voir n'est pas tout savoir. Informer n'est pas former. J'écris dans cet avion de nuit. Combien de temps nous reste-t-il ?
Du temps avant quoi ?

Alors ?

Alors broussaille, brouillard, labyrinthe et tâtons. Aucun repère. Que du mouvement. Que du devenir. Sauf le désir. Non ? Au moins, ça, on le sait, on le sent, on l'attrape par la queue, ça gonfle, ça mouille le désir, ça crie, ça crève, ça vagit.

Et au suivant.

L'enfant.

Au bout du bout du bout de la vie, sous les palmes, quand la mamie s'éteint devant sa télé allumée, que regarde-t-elle avant de partir ?
La photo de son arrière-petite-fille dans le cadre bleu posé sur la télé.
La dernière berceuse c'est pour l'enfant que je fus, qui revient au bout des vanités, des castagnes, des embellies.

Sur CNN, un type dit : « La France est tout de même la quatrième puissance mondiale. »

Mais quel sens peut bien avoir cet ordre de puissance ?

Dans cette puissance est-ce qu'on prend en compte Voltaire, Rabelais, Fragonard et Camus ? Est-ce qu'on met le vin d'Irancy ? Est-ce qu'on met certain soir de juin sur la Loire un peu après Angers ?

Est-ce qu'on met les yeux de ma petite-fille, Margot ?

Qu'est-ce qu'une grande puissance ?

Il y a aujourd'hui un chemin qui mène de l'exploitation à l'exclusion et de l'exclusion à l'élimination. On n'a plus besoin de nous autres, les êtres humains. Nous sommes de plus en plus à être de trop, à être menacés d'être de trop. Pour cette nouvelle Solution finale tout est en place. Les riches n'ont plus besoin des pauvres, sauf pour consommer. Et encore. Le dernier lien est un grille-pain.
Comment comprendre, comment rire, comment pleurer de tout cela ?
Au prochain voyage, c'est promis, comme les photos icônes que les mamies mettent dans leur porte-monnaie, j'emporterai une photo de Margot à Mantes-la-Jolie.

3 octobre 1996

mangers d'enfance

Petit coquillage de pâtisserie, si grassement sensuel, sous son plissage sévère et dévot.

Une cuillère pour papa, une cuillère pour maman, une cuillère pour le Maréchal, une cuillère pour ton frère Roger pour qu'il revienne du camp.

Manger d'enfance.

Mangez, mangez, les enfants. C'est pas bon ce que fait maman ? Tu n'aimes pas maman ? Non, maman n'a pas faim, maman mangera quand tu auras mangé. Tu veux faire mourir maman, si c'est ça que tu veux, alors ne mange pas mon fils, comme ça, maman va mourir, maman est en train de mourir.

Maman. Mamange. Mange.

Ceux qui n'ont pas mangé leur mère en ont au moins gardé le goût. Ceux qui s'aiment se mangent. *On en mangerait, fricassée de museau, dévorer des yeux, dent contre toi*[1]...

Nous sommes tous des anthropophages amoureux contrariés. Téter un sein, sucer un sexe sont des gestes désespérés pour rejoindre le paradis primordial où nous n'étions qu'un corps et qu'un cœur, maman et moi !

Plus tard, d'ailleurs, ne disait-elle pas :

Si tu manges pas ta soupe, tu grandiras pas ?

Vraiment une menace ou plutôt un bon conseil qu'elle nous donnait là ? Car pourquoi aurions-nous refusé cette bonne soupe sinon à seule fin de rester petit ?

---

1. Voir « Le festin exécrable », p. 331.

À tous ces tourments, à toutes les épreuves de ce parcours (le plus souvent réduit à un dressage plus ou moins violent), la réponse était la *petite douceur* qui pour toujours portera « l'édifice immense du souvenir ». Souvenirs d'instants délicieux ou, au contraire, de déchirure et d'abandon, ou encore rappel des premières rébellions, voilà ce que l'évocation des « mangers d'enfance » suscite infailliblement dans une lumière que le temps n'arrondit pas toujours.

Pain et chocolat qui fond dans les dunes du goûter de Belle-Île, ou, au contraire, infâme bouffe de colo ou de pension en attendant *le colis*. Ou encore le bonheur de s'empiffrer de saloperies qui niquent les dents et font chier le monde.

coco boer

Qui se souvient des boîtes de coco Boer ?

Petites boîtes rondes de métal verni rose ou vert avec, dedans, de la poudre de réglisse. On laisse la boîte fermée, on pratique seulement une petite ouverture en forme d'encoche dans le couvercle, on met la boîte dans sa bouche comme une chique que l'on aspire doucement en faisant durer sans se faire repérer jusqu'à la récré. On trouve ça à la petite boutique à côté de l'école qui vend plumes, cahiers, délices, oublis.

À chacun sa petite madeleine :

Carambar, Guigui à 10, Guigui à 20, Mistral gagnant, boule de coco, Roudoudou, Pipasol, Zan, Tagada, fraise Haribo, rouleau de réglisse, nounours en chocolat, berlingots de tous les pays, coquelicot John Tavernier, Aspirfrais, Pomme d'amour, crème Mont-Blanc, tapioca, tube de Nestlé (entier), Choco BN, chocolat Meunier et ses images, chocolat « LSK c'est exquis », Pie qui chante, gaufrette fourrée, guimauve jusqu'à vomir et mourir à Malabar.

En disant « mangers d'enfance », on peut entendre « mangers d'en France ». Vous savez, ces histoires de Dame Tartine et de Pays de Cocagne où tout se mange, arbres, maisons, montagnes, tables, poutres, ciel. Petits, nous avons mangé de la France. Notre petit bout de France, que nous recherchons ensuite indéfiniment en quête de ces produits de terroir, « vrais », authentiques, d'ici et pas d'ailleurs. Car, après sa propre mère, l'homme mange son pays. Le plus souvent, il confond les deux. Avec la Pachamama, les Quechuas ont depuis longtemps établi qu'il n'y avait aucune lisière entre la mère et la terre.

Comment dit-on « petite madeleine » dans la langue des Quechuas ?

Une occasion de lire la plus belle page jamais écrite. Prenez le temps pour la savourer. Attendez, s'il le faut, l'été prochain, une dune l'après-midi, le soir, un canapé quand la maison dort, attendez le bon moment.

> « Ce goût c'était celui du petit morceau de madeleine que le dimanche matin à Combray (parce que ce jour-là je ne sortais pas avant l'heure de la messe), quand j'allais lui dire bonjour dans sa chambre, ma tante Léonie m'offrait après l'avoir trempé dans son infusion de thé ou de tilleul. La vue de la petite madeleine ne m'avait rien rappelé avant que je n'y eusse goûté ; peut-être parce que, en ayant souvent aperçu depuis, sans en manger, sur les tablettes des pâtissiers, leur image avait quitté ces jours de Combray pour se lier à d'autres plus récents ; peut-être parce que de ces souvenirs abandonnés si longtemps hors de la mémoire, rien ne survivait, tout s'était désagrégé ; les formes – et celle aussi du petit coquillage de pâtisserie, si grassement sensuel, sous son plissage sévère et dévot – s'étaient abolies, ou, ensommeillées, avaient perdu la force d'expansion qui leur eût permis de rejoindre la conscience. Mais, quand

d'un passé ancien rien ne subsiste, après la mort des êtres, après la destruction des choses, seules, plus frêles mais plus vivaces, plus immatérielles, plus persistantes, plus fidèles, l'odeur et la saveur restent encore longtemps, comme des âmes, à se rappeler, à attendre, à espérer, sur la ruine de tout le reste, à porter sans fléchir, sur leur gouttelette presque impalpable, l'édifice immense du souvenir [1]. »

21 mars 1996

premier baiser

> « Maman, qu'est-ce qu'il fait le monsieur à la dame ?
>
> — Faut pas regarder les amoureux. »

Baiser ou baiser ?

Quelle étrange langue !

Si je dis baiser faut pas biaiser : entre baiser et baiser

il y a confusion.

Con-fusion. *La fusion des cons ?*

Est-ce une bien honnête définition

1. Marcel PROUST, *À la recherche du temps perdu. Du côté de chez Swann*, Gallimard, Paris, 1952.

pour le baiser que nous célébrons en ce jour
le premier baiser sur la bouche ?

Et d'abord depuis quand s'embrasse-t-on sur la bouche ?
Les amoureux se bécotent-ils sur les bancs publics depuis la guerre du feu, du pôle Nord aux îles Futuna, depuis toujours et aussi ardemment ?
Et mettre la langue ? Ça, on sait que c'est pas partout.
Mais chez nous, oui. On peut en tirer une certaine fierté.
Sinon qu'est-ce que le premier baiser ? Deux bouches accolées comme deux sexes jumeaux. Deux sexes de femme.
C'est déjà beaucoup.
Mais chez nous en plus, avec les langues ça fait comme deux sexes d'hommes en même temps.
Le baiser d'amour c'est deux bouches qui se baisent mais *avec* la langue, voilà la sainte mécanique des deux sexes qui se mêlent en une sauvage joute. Pénétrant, pénétrés, sommes-nous bien conscients d'être des *bisexuels du baiser* ?

Sauvage joute, oui, cannibale même.
Le but du jeu du baiser c'est lequel des deux sera mangé.
Nos plus belles histoires d'amour se résument au rapport de la mangouste et du python.
Qui mangera qui ?
La réponse est dans le premier baiser. Toute l'histoire est écrite dans le papier des papilles, dans ces langues étrangères que le coup de foudre soudain soude.

En vérité, le premier baiser c'est le « pas encore », le premier pas.
Le premier *pas en corps* de l'autre.

— Bouche que veux-tu ?

— Entrer ! Et pénétrer ce corps, ce palais de sang, ces dents qui se cognent ! À moi, cette chère chair ! Entrer loin à l'intérieur, allez voir l'envers des yeux, voir *par* ses yeux, respirer *par* son souffle !

Oui, avant tout, nos noces sont des noces de sang.

Que reste-t-il de nos amours ?

Des os au bord de l'assiette.

La vie commence par la mère à boire. On trouve à boire et à manger dans chaque mère. Le boire et le manger qu'elle a fabriqué à force de baiser, cette salope sacrée, cette sainte enceinte, pure et impure comme le baiser !

Quoi de plus dégueulasse qu'un baiser ? Quoi de plus répugnant que ces papilles qui se tricotent, ces dents creuses qui se vident, avec les miettes de persil de la tête de veau du dîner.

Impur et pur, sacré le baiser.

On n'embrasse pas les putains sur la bouche.

La vie c'est d'abord : *de qui j'me mêle ?*

Et puis du silence.

Le baiser est un bâillon.

Avec le premier baiser on découvre que le langage est *dans* la langue, que la langue est dans le corps,

que le corps est au fond du cinéma

et que le film s'achève avec le soleil couchant et le baiser de la *faim*.

Le premier baiser

fuse

fonde

lie

soude

noue

tue.

2 juin 1995

saint-eustache île des halles

Un nom de couteau d'assassin, Eustache, l'eustache de l'apache ou de la Bonne Mère partageant le bon pain au temps où Paris avait un ventre et une âme.

Au temps où Paris en avait.

Un sexe charnu de femme, goûteux, bien odorant, et un bon ventre autour pour engendrer et propager et protéger une marmaille gouailleuse, savante et populaire, communarde et cabocharde, modeste et géniale, bref, un peuple. Au temps où Paris n'était pas cette nourrice sèche, lisse, aseptisée, épilée, méprisante, ignare, repliée sur ses névroses narcissiques et étriquées.

Avant qu'on ne lui fasse *la totale*.

Qu'un État et qu'une bourgeoisie revancharde ne fassent arracher cette matrice qu'étaient les Halles pour laisser cet imbouchable trou. Crime contre un peuple, sa mémoire, son histoire, son devenir.

Sur les palissades de 68 on pouvait lire :

La bourgeoisie n'a d'autres plaisirs que de les dégrader tous.

Aujourd'hui, la mer s'est retirée avec ses vagues de vie et ses poissons dorés, ses monceaux de fromages et ses bœufs couronnés, ses barricades de choux, ses collégiens fuyards, ses marioles et ses jobards, sa *compagnie des zincs* [1], ses soiffards au coude fou.

À la nuit tombée, les diables sortaient des resserres, les bananes des mûrisseries, les tapins des trottoirs. Bon cœur, elles faisaient le prix de gros pour les petits. Le petit populo grattait les miettes, il tombait toujours quelque chose des charrettes. Les rats des champs arrivaient à Paris, un échange de chaque nuit, entre le cœur de la ville et la terre du pays.

Quel brassage !

Tout faisait ventre.

Les maraîchers arrivaient par le petit train d'Arpajon qui franchissait la Seine pour venir composer les étals de généreuse mangeaille qui enchantaient Édouard Manet ou Émile Zola.

Paris donnait, Paris se donnait.

---

1. François CARADEC, Robert DOISNEAU, *La Compagnie des zincs*, Seghers, Paris, 1991.

J'adorais cette clameur, ce cœur battant qui montait rue du Pont-Neuf où j'habitais, au sixième, dans la chambre de bonne où ma grand-mère vécut et mourut. Je sortais dans la nuit. Je gagnais trois sous à décharger des camions.

J'attendais au *Chien qui Fume*. Je dessinais les gens.

On servait le café dans des verres avec le petit calva.

Un sourire peinturluré au bout du comptoir. Un renard fauve autour du cou, une pute qui repérait le « déchargeur » fraîchement payé. Si l'affaire se faisait, c'était pas à l'hôtel, elle emmenait le client dans un camion. Oui, les chauffeurs louaient ainsi leur camion une fois vidé. Au coup par coup.

Une combine parmi un tas d'autres.

Une profusion humaine, une exubérance d'expressions, de croyances, de destins. On se frottait, on se volait, on se poilait, on braillait. Paris avait du génie. Le bourgeois aussi venait s'encanailler la nuit. Le notaire de Cambrai, la Bovary de l'Indre, le tôlier et sa rombière frissonnante aux tatouages des Forts des Halles. Pied de Cochon, Escargot d'Or, Père Tranquille.

Mandataires et BOF s'engraissaient avec l'occupant tandis que dans la cour les flics arrêtaient un jeunot résistant qu'ils allaient livrer aux Allemands.

Puis, la fleur de Paris ressortit de son tiroir et on remit le couvert. On vit revenir le cabotin du moment, les journalistes du quartier, les gangsters en cavale, le Milord de Moustaki, et nos géniaux griots de bistrot : Doisneau, Giraud, Blondin, Prévert qui vidaient les verres d'un seul trait d'esprit.

Comment a-t-on pu laisser en liberté les assassins de ce Paris-là ? Bientôt vingt-cinq ans. Je me fous de la nostalgie. Je veux des noms ! Il faut rouvrir le dossier. C'est pas seulement des sans-logis qu'il faut loger. Pas seulement ce dégueulasse apartheid social qu'il faut abolir. C'est de la vie et vite qu'il faut faire revenir. De la vie, des gens, des cris, des castagnes, des petits vieux, de la banlieue, des saints, des anges… Que le vin des rues revienne et gonfle à nouveau les bedaines, le ventre de Paris ! Que viennent les nouveaux Rétif, les Mercier, les Léon-Paul Fargue, les Léo Malet d'aujourd'hui, que leurs mères soient du Maghreb ou du Sahel comme les nôtres étaient d'Auvergne ou de Savoie, peu importe, on s'arrangera avec l'Imam !

Je n'ai rien aimé comme les Halles de Paris qui furent mes premiers voyages, ce tumulte et ses vagues d'odeurs dont l'écume venait frapper les murs de Saint-Eustache et y pénétrait, fruits de mer, sang des bêtes, rouge des femmes, sueur des hommes, odeurs d'oranges moites, odeurs de soupe, de cageot, liqueurs, charbon, odeur des lys que ma mère, toute petite, allait y porter, odeur des petites sueurs des pauvres, odeur de croissant volé, odeur d'amour et de cul satisfait.

Et tout ça mêlé donnait cette unique odeur de sainteté.

Aujourd'hui, la mer s'est à jamais retirée et Saint-Eustache se dresse là, bête orpheline, au milieu de ce faux forum, de ce paysage chétif, sans contexte, sans peuple et sans poil autour, comme un gros bibelot bien trop éclairé. « Mis en valeur », mais quelles valeurs ?

cathédrale

Mais attention, en bon rejeton des Lumières, je me méfie de ces « navires de pierre ». Écrasante grandeur, outil de la domination, machine à asservir par toutes les séductions, faste éblouissant, magie, merveille, prodige, son, lumière, parfum, encens, myrrhe. On oublie les moyens mis en œuvre et mis en scène pour soumettre les âmes et les hommes. Théâtre où le Puissant reçoit son suprême pouvoir du Tout-Puissant rendu ici évident. Je ne suis pas trop enclin à la transcendance. Je flaire trop le sabre caché dans le goupillon. La religion est le moyen de la politique et souvent de la pire. Mais là n'est pas la question, là est la réponse.

Les cathédrales constituent une réponse que des hommes ont donnée à leur manque à être. De ses tourments, de ses chaos, de son humaine condition, l'homme a fait ce geste de joie et de beauté. De ce marais pantelant, de ce ressentiment, de ce paquet geignard que nous sommes, d'épouvantable douceur, de douteur, de douleur, de ces amours inemployées, de cette chère mort, des hommes ont fait ça : une fuite en avant, une fuite en hauteur, à l'assaut du ciel, une conquête de l'espace.

À un moment de notre histoire, les cathédrales furent la forme sublime donnée à nos abîmes. Il y a ici autant d'émancipation que de soumission. Théâtre où boxent le Diable et le Bon Dieu, où dialoguent le Destin et la Liberté.

Enclos où s'affrontent le Désir et le Désert.

22 décembre 1994

aux amants des locos de naguère

À *Rouen, monsieur Gérard, monsieur Titi et leurs camarades cheminots à la retraite ont restauré et remis en route une locomotive de légende,* Pacific 231. *Avec Zoé, nous montons à bord de la bête.*

Pacific 231. Grandes orgues de forge tombées d'un bloc d'orage. On part avec les derniers virtuoses : le chauffeur, le mécanicien. De même que les grands solistes jouent en queue-de-pie, ils se présentent à vous en bleu de lumière. Les voici. Monsieur Gérard et monsieur Titi, deux amants pour une seule ogresse. La locomotive fut le plus bel instrument de musique pour jouer l'air de l'ère de l'industrie.

Ils vont jouer pour nous. Oui, jouer, comme de grands musiciens, comme si leur vie en dépendait. Non, pas « comme si ». Leur vie en dépend toujours aujourd'hui, et la nôtre avec. Je sais, on ne peut pas passer sa vie à revivre sa vie et je me fous du bon vieux temps mais, là, il faudrait pouvoir faire marche arrière comme on faisait au temps des locos.

Tout môme, la nuit, à Pavillons-sous-Bois, la bête noire venait me voir. L'oreille collée sur les rails de l'oreiller, je l'écoutais approcher.

Ces monstresses nous étaient familières. Le feu et l'eau et la terre et l'air en une seule et même boîte en fer, noyau de feu, naseaux vapeur, poumons d'acier, taureau fumeux dans sa robe noir huilée, voici l'ultime apparition de la princesse de l'industrie avec sa traîne de train.

Incarnation sublime du progrès, elle approchait, foulée d'athlète, cliquetis giclant en jets puissants, en panache, en noir et blanc, grisaillant de plomb le paysage, et les meilleurs d'entre nous sentaient sur leur nuque l'haleine tellurique qui racontait la partouze des éléments et la fusion des songes.

Et le cœur battant du monde entrait en gare avec, encore, des lambeaux de Russie et des plumes de Massif central et des aiguilles de pendule arrachées aux fuseaux horaires. Et des voies lactées d'escarbilles. Et des gominas, des espionnes, des mandolines.

Et les rails s'écartaient comme les coutures des bas noirs des madones des sleepings sur les cuirs des premières…

Ah, les amours ferroviaires ! Qui saurait chanter encore aujourd'hui ces trépidations de naguère auxquelles succombèrent nos mamies ? Ces parfums d'amour à vapeur ? La bielle de Cadix et l'essieu de velours. Ça vous imprégnait encore bien après qu'on eut rangé les rails dans le coffre à jouets du dimanche, avec le tunnel peint d'un paysage lithographique.

orage mécanique

En descendant du train, mon père saluait toujours le chauffeur et le mécanicien. « Salut ! » Il leur serrait la cuillère et j'étais fier. Dans vapeur, il y a peur, j'avais peur, c'était bon.

Tout près, la bête. Ça vous tonnait dans le bide, ça respirait, ça aspirait comme une baleine de fer. Une baleine métallurgique mais caresseuse qui fredonnait son cantique mécanique, qui meuglait tout bas sa comptine d'acier.

Et j'ai gravé jusqu'aux vertèbres la fournaise de ce saint tremblement. Combien de rêves sont sortis des flancs sans précédent de ces belles femelles industrielles ?

Lison, Nénette, Margot. Les bonshommes lui donnaient des petits noms de femme. Pour la dompter, pour la prendre, c'est-à-dire se faire prendre, s'y enfermer. Prisonniers. Héros, héroïnes, enchaînés, acharnés, taillés dans l'acier des rêves, dans la sueur des suies, dans l'étoffe des rails, dans le feu de la terre. Bleus les cheminots, anthracite la nuit, mica les lunettes, violet le feu des sémaphores, cubistes les signaux. Et les boulons, les boulons mastoc des grands ponts grondants, Cendrars, Fernand Léger, Honegger.

Petit, je dormais dans le filet à bagages. On traversait Laroche-Migennes. Le parfum de ma mère, brillantine, espadrilles.

Mon père, donc, les saluait en arrivant sur le quai à Saint-Nazaire, je veux dire Constantinople : « Salut les gars ! », il disait. Mais on n'entendait jamais la réponse. À cause d'elle, la loco, qui couvrait leurs voix. Il aurait fallu monter pour parler. Monter avec eux, entrer dans la bête, dans le ventre, dans l'antre. Je n'ai jamais osé faire un rêve pareil.

Hiératiques, les gestes des demi-dieux prolétariens. Les gestes des premiers de la classe ouvrière, chevaliers du fourneau.

Pour la nuit, j'oublie le rouge des escarbilles qui jaillissaient en gerbes au long des fils télégraphiques et des portées d'isolants de porcelaine, pour monter très haut s'accrocher dans la nuit.

Orient-Express, Transsibérien, malle des Indes, luxe ferroviaire. Mais le temps des locos, c'était aussi La Ferté-sous-Jouarre un matin de juillet, odeur du quai, chef de gare, dahlias, guichets, passage à niveau, grelot, au revoir, la malle sur la galerie de l'autocar, un baiser de cidre, la 203 sur le gravier, goudron, le bol de café comme le bonheur.

La toile cirée, la goutte de lait, la mouche, les vacances qui commencent, la route de Coulommiers.

Le soir, des histoires ; la nuit, des tropiques. Aujourd'hui, si je sais faire de l'ailleurs avec de l'ici, je le dois à ce tambour géant.

Des sifflets déchiraient des prés télégraphiques. Le feu roulant dans la puissante géométrie de l'épopée sans précédent dans l'histoire des hommes. L'épopée chemin de fer qui nous transportait vers des mélodies à venir, vers des lendemains qui allaient chanter à pleine forge. Ils y croyaient, et la loco les transportait.

Je m'exalte, mais on s'exaltait. Si la mystique de la machine a jamais existé, la locomotive en est l'effigie superbe. Les grands prêtres de la bête humaine, mécaniciens, chauffeurs, les Gabin gueule d'amour.

Un jour, ils partiront pour de bon mais avant, mémoire d'escarbilles à bord de la Pacific 231. La princesse, comme ils disent. Ils se sont – enfin – approprié les « moyens de production » des rêves et des mythologies. Enfin seuls avec elle qu'ils ont retapée, bichonnée et accordée comme un piano, comme une harpe, comme les boogie-woogies du rêve américain. Avec amour et burettes, béret et lunettes, la messe va commencer. On monte à bord, dans l'ogresse. On entre dans l'orgue. Hommage aux amants des locos de naguère. Attention au départ, fermez les paupières s'il vous plaît.

17 novembre 1994

hôtel paradisio

à Sonia

On s'est pas vus à Saigon ?
Poudre de riz, entre deux guerres
Un canal un pont un bas une couture un palier
Hôtel des Deux Gares Hôtel de Flandre Hôtel de la
Marine Hôtel du Nord
Odeurs de grésil et de potée

Le meilleur moment avec une femme
c'est quand on monte l'escalier

Au-dehors, la rue s'allume

Hôtel meublé en noir sur le blanc de la plaque émaillée
Lino, javel, accroche-cœur, quinquina
C'est comment ton p'tit nom ?

Un peu de sang sur le palier
un pardessus de commissaire
un faire-part sur la toile cirée
des destins de carton bouilli
De Simenon à Prévert, d'Eugène Dabit à Brassaï
les meublés ont laissé des traces de goudron
dans les poumons de nos imaginaires

Mais aussi du lilas

Du Point du Jour au métro aérien
quoi de plus aérien qu'un métro quand la vie prenait ce
goût de fauvette et de java ?

Accordéon TSF dimanche de la vie

Odette montait l'escalier suivie du mandataire

Les verres à liqueur tremblaient
près du tapis vert des joueurs de rami

Les mille secousses de ces meublés
ont engendré tous les personnages du petit théâtre du crime
et des mystères de Paris : la dame du 6, le monsieur du 17

des incrustés, des éphémères, des échoués, des filles-mères

des évanouis

l'assassin gueule d'amour

la pute aux cheveux lourds

le légionnaire et son Pernod

le mataf et son phono

la provinciale et ses vapeurs

le jobard louche, la gouape gominée

le tricard borgne

la gitane et sa destinée

la boniche de Picardie et le fumeur taiseux

la sirène de brume

le navire de haut bord entrant dans la salle à manger…

Fini
à la belle lurette tout ça

Mais voilà qu'on en a dégoté un qui n'a pas bougé ou presque, l'Hôtel Paradisio près de la place Clichy
À ce qu'il paraît, des meublés existent encore

et même à nouveau
pour cause de crise

À ce qu'il paraît

Mlle Odette se remet du rouge
dans le reflet des carreaux

On s'est pas vus à Saigon ?

27 novembre 1996

grille de rentrée

à Maryse

Débrancher le frigo, fermer les volets, replier la rivière,
raccrocher les chemins, refermer les arbres, ranger le paysage
et tous les personnages, décrocher la lune avant de partir.
Portières, moteur, fini l'été.
Le livre sous un noisetier, le filet de volley, la table du jardin, la voiture du boucher, l'amour étourdi.

Fini.

Il faut remonter au front, chaînes, cahiers, télé, matons.
Mais, est-ce que ça existe quand j'y suis pas ?
Les gens, le paysage de ces grandes vacances.
Ça me faisait ça quand j'étais môme
Le père Legrain, le rang de pommiers entre les orges,
le chien Pompon, la côte de la Fringale
et Liliane, la crâneuse fille du boulanger.
Est-ce que tout ça existe quand j'y suis pas ?

Tout le monde est rentré, des millions sont rentrés, sauf moi
ne le répétez pas, je me suis planqué au moment du départ,
je ne suis pas monté dans l'autocar
je suis resté pour voir ce qui se passe là-bas quand j'y suis pas.

5 septembre 1995

12

MUSICALES

la chanson que j'aime

C'est celle qui t'allume la fente, celle qui colle à la chair de poule, celle qui mouille à la fleur de peau, c'est la désordre, celle du poing devant l'usine, c'est la goualante collante, c'est la tapin, c'est la ruisseau, c'est la couloir du métro, celle qui pue le prisu, qui vous chope au caddie, c'est la mégot, c'est la papier jauni des amants sous la pluie, c'est la bouche de la fille du tramway qui longeait la mer du Nord en direction d'Ostende, c'est la vulgaire que j'aime, celle qui crève le bourgeois, la gros mot, la cochonne, la cœur gros, la romance famélique sur la buée des vitres, My funny Valentine, la brillantine Roja sur les cheveux de ma sœur les samedis soir de cinéma, un art mineur on dit, mais qui le dit ? l'élite ? la chanson que j'aime emmerde l'élite, le bon goût ne la connaît pas, est-ce que M. Balladur danse le MIA ? l'élite ne chante pas, l'élite convoque des troubadours à la cour, des gitanes aux yeux de brasiers et les écoute, sourire ennuyé, en tapotant un peu du pied, la chanson, c'est le peuple, ça a toujours été le peuple, c'est la mémoire, c'est le miroir des peuples, c'est la chanson de Craonne, la chanson raconte l'histoire, la vraie histoire profonde et foisonnante des peuples, l'histoire imprévue et fugitive, c'est pas du bronze, pas une statue, on ne peut pas l'arrêter, on la fredonne dans le camp, dans la prison, lèvres fermées, on ne peut pas l'enchaîner, c'est de l'eau dans un panier, c'est de l'air, c'est un air, la chanson s'oppose au pouvoir, à tous les pouvoirs, celle que j'aime se marre, je vais vous chanter Le trou de mon quai, je rigole, j'ai cinq ans, je donnerais n'importe quoi pour entendre la voix de Papa, sous le cerisier du temps des cerises, la chanson, c'est l'amour, amours toujours inemployées, celle que j'aime console les charcutiers et berce les enfants morts, c'est l'instant fatal qui se situe très précisément entre les pognes à Marcel et le valseur à Lulu, c'est la cargo, c'est la chante faux, c'est celle des culbutes dans l'été du lavoir, celle que j'oublie, celle qui me revient, c'est la douce fredonnée la nuit dans la voiture, c'est la brûlure, celle qui t'attache, la déchirée, c'est la jalouse, c'est la tremblante, c'est la berceuse, c'est l'incomprise qui fait vomir et qui grise, celle qui jamais ne m'habitue.

30 janvier 1995

nique ta mort

à Bruno

Voilà à quoi se résume l'existence.

Nique ta mort.

Tu penses qu'à ça même si t'y penses pas. Depuis toujours, par tous les moyens, par-devant, par-derrière, nique ta mort. En douce, en dur, en large, en travers, à pied, à trois cents à l'heure, nique ta mort.

Ça veut pas dire « tue la mort », ça veut pas dire « mort à la mort », au contraire ; niquer n'est pas tuer.

À l'instant où je parle, à cet instant précis, ce vingt-quatre décembre mil neuf cent quatre-vingt-seize, à quinze heures, treize minutes, dix-sept secondes, je suis quelque part sur ce fil, dans cet espace de temps entre ma mère et ma mort. Comme chacun d'entre nous, les vivants. L'évidence de l'existence d'une communauté humaine ne tient qu'à ce fil où l'on va titubant ou dansant, où l'on s'accroche, où l'on se pend. La communauté des hommes, c'est le fil du temps. Fils qui se croisent, se mêlent, se nouent ou demeurent parallèles. Et le temps ? Que faire de notre temps ? Que faire puisque nous ne savons pas ne rien faire ?

Et d'abord, combien de temps dure le temps ? Combien de temps dure une heure, une minute ?

La musique répond à ces questions.

La musique est temps, la musique a le temps. Espace aussi. Avec les bruits tout frais du monde que nous rapportons, avec les « *paroles d'homme* » que nous ramenons, il y a aussi les musiques. Musiques de *là-bas*, cueillies au cœur du monde, des jungles urbaines ou des maquis, cueillies sur la bouche de figue d'une fille de Nairobi, fragiles, braillées ou susurrées, jamais enregistrées avant nous les hardis braconniers du son. Des musiques, des chansons qui valent leur pesant de kilomètres et de nuits et d'attente et de femmes et d'enfants qui se marrent sur la plage de sable gris au-dessous du volcan…

Bien joli, mais quel rapport avec ta mère, ta mort et tout le saint tremblement ? C'est que l'homme est le seul animal qui n'accepte pas les choses telles qu'elles sont ni le temps comme il va. Le pouvoir veut nous la boucler, nous faire accepter, renoncer, s'adapter. L'homme dit oui ou ne dit rien, mais au fond il dit non. Pour le pouvoir, l'homme se réduit à remplir des fonctions : manger, dormir, déféquer, forniquer, allumer la télé, pleurer, rire, grogner, éteindre la télé, se curer le nez dans sa voiture en regardant sur la couverture d'un magazine la photo de M. Balladur. Mais il y a toujours cette petite voix qui lui dit : « Nique ta mort, Gérard, nique ta mort… » Dans la glace de la salle de bain, vue imprenable sur les baloches, tifs gras, bide flasque, cou mou, la petite voix est là qui dit : « Nique ta mort Paulette, nique ta mort… » Et alors, Gérard et Paulette, que font-ils ? Eh bien, ils allument la radio, parce qu'à la radio il y a de la musique et que la musique nique la mort. Même la musique nulle, même la musique mondaine. Bonne ou mauvaise, la musique c'est de la durée qui boxe avec le temps, ou le contraire, la musique prend le temps, le rallonge, le rétrécit, le caresse, le compresse, le stresse, accélère, ralentit, moderato, fortissimo et Adagio d'Albinoni. La musique veut séduire le temps, veut inventer le temps, lui donner âme et corps et ainsi niquer la mort qui est dans la vie. Exactement comme Camille Pissarro faisait à Argenteuil avec un reflet sur la Seine. Un reflet. Non pas l'arrêter, non pas suspendre le vol, mais célébrer l'instant, le plus petit instant de mystère, de lumière, de vie, la sentir passer, humer, aimer, la sentir penser, la penser en mouvement, la pensée fait mouvement, le mouvement fait penser, la musique est mouvement et mouvement le geste de Camille, alors que le pouvoir arrête, flingue, fige, statufie, tue.

Nique ta mère Aristide. Nique ta mort, Camille.

Voici les musiques de là-bas !…

24 décembre 1996

saint-valentin

14 février 1929. Bonne fête, mon amour. Dans un garage à Chicago, il n'a guère fallu plus de huit minutes et une centaine de cartouches pour que les hommes d'Al Capone allègent cette terre du poids des sept types du gang rival, celui de Bugs Morane. C'était le jour de la Saint-Valentin.

coucou
kiki
loulou
bébé
dudule
c'est le jour
c'est la saint-cucu
c'est la saint-concon
c'est notre fête à nous deux
les balourds, les pas-fait-pour, les recalés
les cancres de l'amour
les toujours puceaux
les déjà trop lourds
les pleurnichards, les à-côtés
c'est nous la fête aujourd'hui
les que-vent-emporte, les moches du croupion, les
mains moites,

les chairs à canon, les figurants de jacques martin
les colleurs de cafard
les dos ronds, les pris pour des cons
mais que

mais que quelqu'un attend
une mob sur les graviers, un pas dans l'escalier
une porte d'ascenseur
riri
doudou
nanou
philou
lolo
mon cœur
ma biche, mon canard, mon lapin
ma poule
que quelqu'un attend, que quelqu'un caresse
corps de graisse où la mort travaille ardemment
même
même les vieux dégueulasses cherchent l'amour
et s'enlacent
dents pourries sur la bouche
du métro
envers et contre tout
contre toi tout

dis c'est qui, c'est quoi cet émoi qui noue
qui nous noue
toi
moi
nounou de l'un
nounou de l'autre
pas cap' de vivre avec toi
pas cap' de vivre sans toi
on en redemande de cet effroi
et chaud
bouche bée
bouche bébé
l'homme fort aussi s'endort en suçant le sein de sa grosse
bébé balladur aussi
même le pape avec ses problèmes de sphincter
nous sommes ainsi
même le sniper de sarajevo
même le kapo dans la baraque est ému quand vient la violette

et pour qui tout ça
pour ceux qui font tintin
saint-valentin tintin
et pour celle que je rêve que je cause
et qui comprend nada

qui dit pour qui tout ça
qui dit et qui dira
quelle est donc cette femme
et ne comprendra pas

14 février 1995

litanie toponymique

Il va être quinze heures sur France Inter.

Rien là d'étonnant sauf si vous pensez qu'il est minuit à Vladivostok, dix-huit heures à Samarkand, vingt-deux heures à Calcutta, treize heures à Istanbul.

Et alors, notre quinze heures tout plat, tout fade, tout France, tout inter, devient beau comme un fuseau horaire.

Faire du Là-bas avec de l'Ici, c'est pas plus compliqué que ça.

Labrador, Patagonie, Tcheliabinsk, Surabaya.

Litanie toponymique.

Il suffit de répéter les petits noms du monde et, sur la mappemonde, des points lumineux s'allument.

Odessa, Madras, Grand Nord, Alabama, Farafangana, Terre de Feu, Petites îles de la Sonde.

Dans la nuit de Toulouse, les hélices du coucou de l'Aéropostale se mettent à tourner. Saint-Ex nous fait signe.

Du quai du Havre, un cargo mixte s'arrache pour la Baltique. Jack et moi on fait cul sec.

Les locomotives partent à l'assaut des cordillères. Je rallume le mégot de Blaise.

J'étais de tous les voyages en m'endormant chez mamie.

En ce temps-là, j'étais en mon adolescence.

D'un livre ouvert sur le tapis s'échappaient des voleurs d'enfants, des musiciens borgnes, des bouges, des flammes…

Au son d'un piano mécanique
Qui f'sait plus d'bordel que d'musique…
Et l'on s'est aimés dans cette carrée…
Eh mademoiselle, voulez-vous bien danser
Je m'appelle Anderson, je viens de débarquer…

Je ne sais plus m'arrêter avec ces histoires-là.

Quatorze heures à Reykjavik, midi à Salvador da Bahia, sept heures du matin à Vancouver.

Il est quinze heures.
Vous écoutez France Inter.

4 septembre 1995

13

Croquis de Saint-Pétersbourg

On croit toujours qu'on ne fera jamais ce qu'on lit dans les livres. Bien après John Reed, me voilà marchant dans la neige sur l'immense Néva gelée !

« La seule ville née de la volonté d'un seul homme », dit la petite dame en noir que nous rencontrons par hasard. Merveilleusement érudite, elle sait tout de sa ville. Ville planifiée, calculée. Un décor de théâtre. Elle nous raconte tout dans la lumière scintillante. Date de naissance précise : 16 mai 1703. Construite par des centaines de milliers de serfs enrôlés de force. Des populations transplantées à coup de knout. Des blocs de pierre transportés à mains nues. Elle n'oublie pas la grande Catherine, ni Diderot (il avait une colique terrible en arrivant ici), ni surtout Pouchkine ! Comment il écrivit ses premiers vers en français, comment il mourut à trente-sept ans tué par un Français au cours d'un duel. Tout le peuple était aux funérailles. On demande à un vieillard en larmes :

« Vous êtes de la famille ?

— Non, mais je suis Russe. »

9 janvier 1905. Place du Palais d'Hiver, 150 000 ouvriers demandent l'aide du tsar contre la misère et l'arbitraire des patrons. Ils portent des bannières, des icônes et des portraits du tsar. Ils ne venaient pas le renverser, ils venaient réclamer du pain. Nicolas II fait tirer dans la foule. 1 000 morts. 2 000 blessés. Dimanche rouge.

25 octobre 1917. Mutineries. Manifestations. Prise du palais d'Hiver. Gouvernement des soviets. Lénine accède au pouvoir. Socialistes et anarchistes sont écartés. Dès septembre 1918 la Tcheka (police politique) installe la terreur rouge. « Vous le saviez ? demande la dame. — Non ! — C'est un plaisir d'ignorer », dit-elle. Puis, elle nous parle du siège de Leningrad, le siège le plus terrible de l'histoire du monde. Le 8 septembre

1941 la ville fut assiégée par l'armée allemande. 900 jours. Bombardements, épidémies, famine, anthropophagie. 800 000 victimes. Les deux tiers de la population. Staline laissait faire. Aucune ville au monde ne pouvait inspirer une telle résistance collective. Faute de moyens, la radio faisait entendre un métronome. « Comme le bruit d'un cœur », dit la petite babouchka... Elle se tait. Elle nous regarde, puis elle ajoute : « Les sacrifices du peuple n'auront servi à rien. »

en attendant la prochaine épopée

L'aiguille d'or de l'Amirauté dans un immense ciel bleu glace. Dimitri allume son clope qui pue. Chapka, renvois de vodka, ça sent l'âme slave et c'est bon.

Sainte et crasseuse, en loques et pompeuse, Saint-Pétersbourg. « Nous voici amputés de nos utopies, dit Dimitri, mais aussi de cette grandeur imbécile. Comment retrouver la taille humaine, tu le sais ? Comment retrouver la hauteur d'homme ? »

La Néva, immense, blanche. Les bottes plantées dans la neige sale et gelée (il fait moins dix-huit), c'est d'abord un éblouissement. Et là, très loin, entre le palais d'Hiver et la forteresse Pierre-et-Paul, plus loin encore que le croiseur *Aurore*, dans cette blancheur, un point minuscule, un homme qui marche. Seul.

Quelle destinée ? Quelle Russie ? Que faire ? Cet homme marche comme n'a jamais cessé de marcher le métronome pendant les neuf cents jours du siège. Métronome, cœur de Saint-Pétersbourg qui répète : Que faire ? Que faire ? Que faire ?

Du 8 septembre 1941 au 27 janvier 1944, durant tout le siège, la radio soviétique a continué d'émettre sans interruption. Quand il n'y avait pas d'émission, on entendait ce métronome. Il ne s'est jamais arrêté de battre. Le cœur de la ville.

Aujourd'hui, le métronome bat toujours au mémorial du Siège. Un cœur qui bat la mesure. Je ne dis pas « donner » la mesure, la Russie n'en voudrait pas. La mesure, quelle mesure ? Hors mesures. Hors limites.

Depuis toujours, impériale, hors d'elle-même, hors de soi, sortie d'un lit qu'elle n'a pas et qu'elle n'a jamais eu.

Battre la mesure, oui. Dépasser. Dépasser les chiffres, les plans, les frontières. Voilà la métaphore du changement. La Russie deviendra un pays normal. C'est ce qu'on nous dit. Très bien. Mais il y a un mot qui ne va pas là-dedans. C'est « deviendra ». Parce que « devenir », c'est du futur. Et le futur, en Russie, c'est une insulte. Les communistes l'ont embarqué, confisqué, massacré. On a fait du futur table rase. « Notre futur ? nous disait un rédacteur des *Nouvelles de Moscou*, déjà que nous ne savons pas ce que le passé nous réserve… »

Alors ? Alors chaos. Chaos au son de ce cœur qui bat. Cœur ironique. Cœur mécanique. Des ressorts, des contrepoids, une machine machinale, industrielle. L'industrie, c'était l'avenir. Ironie du ressort. Système dont l'homme était absent. Absent tel qu'il est, absent de lui-même. Mais un métronome, ça se remonte. Qui le remontait durant le Siège ? Quelle main ? Quel homme ? Et aujourd'hui, qui fait que le cœur bat quand même ? Quelle main, quelle femme, quel homme résiste malgré tout ? À Saint-Pétersbourg, qui, malgré tout, remonte la clé, la pente, le moral, la morale ?

Le désert avance, mais tic tac, tic tac, tic tac… Encore quelqu'un.

20 février 1994

iskra, étincelle

Bâtie sur rien, des marécages. Sans racines. Que vous soyez prince ou gueux, âme vivante ou morte, vous êtes chez vous à Saint-Pétersbourg. Venise du Nord, contresens barbare, carton-pâte qu'une crue de la Néva, un beau jour, emportera. Ou l'explosion du réacteur d'une centrale nucléaire. Il y a des Tchernobyl un peu partout dans la région.

Tout ça, elle s'en fout. Elle est là. Elle a soixante et onze ans. Elle est au coin du palais d'Hiver. Ça fait rêver, le palais d'Hiver, l'Ermitage. Deux bottes en plastique trouées, les pieds sur un carton à cause de la glace. Elle vend des allumettes. C'est la petite vieille marchande aux allumettes de cette Russie qui, à la chaîne, fabrique exclusion et misère.

Elle aussi a connu le Siège. Elle a vibré au claquement du drapeau rouge. Et toute sa vie est là, aujourd'hui, sur ce bout de carton. Une à une, elle vend des allumettes.

21 février 1994

ronde de nuit

Le cadavre d'un rat gelé au bout des quais de la Néva. Une pute borgne qui titube. Coin de rue, images du monde, nuits blanches et bas-fonds. Nous partons pour une ronde de nuit.

Violent contraste avec l'hôtel Astoria et son tripot trop neuf. Skaï, fluo, casino. Putes en fourrure trop blonde. Vestiaire tenu par un ancien prolétaire hier si fier, aujourd'hui en habit de larbin ravi.

Violent contraste avec la splendide Xénia (soixante-dix-sept ans), en tailleur noir avec toutes ses décorations. Dernière survivante de l'orchestre qui fut reconstitué en plein cauchemar pour la création de la 7e symphonie de Chostakovitch. Durant l'exécution, les bombardements cessèrent : les Allemands écoutaient le concert à la radio.

Naufrage, gloire, or, sang. Saint-Pétersbourg, baroque, vous incite à l'incantatoire, le contraire de lisse. Et, cette nuit, le contraire de guilleret.

On traverse des quartiers charbonneux, brinquebalants, fervents, absolus, douloureux, fiévreux, fleur bleue. On croise Raskolnikov et sa hache, Pouchkine, cavalier de bronze.

Gelé le rat. Vides les perspectives. Les palais s'effritent au-dessus des canaux. Un dernier tramway déglingué. Et, au-dessus, une nuit bleue. Bleu pur.

La vieille pute saoule titube au bord d'un précipice. C'est la Russie. Cent quatre-vingts degrés. C'est pas le froid. C'est pas la vodka. C'est le virage qu'elle a pris.

Thérapie de choc, passage en fanfare forcé à l'économie de marché. On va vous envoyer nos experts. Mais la fête est finie. Reparties les caméras avec le plan sur le McDo et les longues poulettes blondes en devises. Fini. La Russie sombre. La mafia gangrène. Un an pour devenir milliardaire. Vingt dollars pour tuer qui vous voulez. Du beau boulot. Défigurée, méconnaissable. Pour le reste, mieux vaut être chien que russe par les temps qui courent…

De toute façon, quelle police, quelles lois, quel État, dans quel état l'État ? Imperturbables, les conseillers, les observateurs, les experts du FMI vous assurent, vous rassurent. La mafia ? Maladie infantile du libéralisme. Soyons réalistes, soyons pragmatiques. Il y a un prix à payer. Un coût social. En attendant, la mafia et les anciens apparatchiks détournent massivement l'aide.

Les flics qui nous accompagnent sont deux braves types incorruptibles, impossible de leur offrir même une bière. Le contraire de ce qu'on nous avait dit. Dans leurs capotes défraîchies, ils croient encore à leur pays.

22 février 1994

et pourtant…

Des décennies à se payer de mots. Mais les mots ne paient plus. D'avoir perdu le sens du réel, on a perdu le sens des mots, puis le sens même de la vie.

On s'était inventé de belles histoires pour éviter l'Histoire.

Mais ce qui est clair aujourd'hui, c'est que l'économie de marché n'a pas plus de sens que l'avenir radieux. On n'y croit pas. Une seule idée : pas d'idées. Bouffer, faire son fric, trouver la combine, le système D, la démerde le plus vite possible. Finie l'euphorie du commencement. Est-ce qu'on a touché le fond ou pas encore ? C'est la seule question vraiment *politique*.

On vivait dans l'irréel. Un irréel mou, sale, doux mais pépère, irresponsable. On ne savait pas qu'on était aussi malheureux. Que faire ? Soudain, vous voilà jeté à bas de votre lit crasseux mais douillet.

Pas voulu cette « révolution ». Révolution imposée. Par qui ? Par quoi ? Et que faire alors qu'on ne sait pas qui on est ? Les Russes ont perdu jusqu'à la notion d'eux-mêmes. Pays du sommeil profond et des réveils brutaux. Une terre d'absence. Absence de passé. Plus d'image, plus de légende, et les démons se rapprochent. Et pourtant, et pourtant il y en a qui bougent. Deux miliciens, un éducateur, deux poètes, un écrivain, un politique. Au fond d'un Russe, il y a toujours, malgré tout, un rédempteur de l'humanité. L'idée que le peuple russe a pour mission de sauver le monde par sa souffrance. Ils ont l'air d'y croire. Ils ajoutent : « Vous savez, on a vu pire ! »

Et à Saint-Pétersbourg, on sait qu'ils ont raison.

23 février 1994

pendant le chaos, la vie continue

Quitter Saint-Pétersbourg. Avant de partir, on remet tout bien en place. On remet les clichés bien droits, la splendeur baroque, la misère classique, les cheminées de briques, les dorures, les cargos, les pastels, les casernes, les trams déglingués, la vodka du Diable, les ponts levés dans les nuits blanches. On remet tout bien à sa place pour les rêveurs qui viendront après nous. Pouchkine dans chaque atome d'air, Dostoïevski dans chaque grain de poussière et Lénine dans l'armoire à balais.

On n'a touché à rien. On va laisser ce lieu comme on a aimé le trouver en arrivant, imaginaire.

Imaginaire, chacun ici peut apporter le sien. Fantasmes impériaux, révolutionnaires, économiques, mystiques… De toute façon, un jour, tout disparaîtra. La Venise du Nord, comme l'autre, sombrera. Corps et âme. Âme slave et corps d'armée.

Corps désarmé en ce moment, en attendant la prochaine épopée. Pendant ce chaos, la vie continue. La vie s'agrippe, s'invente, désespère, souffre, *pantelante*, comme disait Dostoïevski.

Bien sûr, on aurait pu vous en présenter des plus saignantes, des vies. Des plus salauds, des plus bourreaux, des plus torturés, des plus ensanglantés.

La question, depuis quelques années, dans ce pays, est la suivante. On a cassé des œufs pour faire une omelette, mais avec cette omelette, comment faire des œufs ?

25 février 1994

14
SÍ CUBA

comment finit le film
quand on a oublié de mourir
en beauté ?

Elle danse.

Elle a seize ans.

Elle danse comme les Cubaines.

Sensuelle allégresse naufragée.

Elle danse, son touriste bien en face d'elle, bien accroché, comme un buffle, par le nez. Autour, La Havane, la nuit, pas un rat. Quelques rares bagnoles avec la plaque touristique. Pas un rat, mais des chiens. Beaucoup de chiens écrasés à Cuba. Son touriste ne comprend pas pourquoi. Est-ce qu'elle va lui dire ? Elle sent son regard vissé sur ses seins métissés qui se balancent en liberté. Est-ce qu'elle va lui dire que les chiens écrasés, c'est ceux qu'on n'a pas bouffés parce qu'ils étaient sous-alimentés, trop faibles ou malades ?

Ou pédés [1].

Humour noir, humour dur.

Elle rit, elle danse.

1. Allusion à la répression de l'homosexualité à Cuba.

Le touriste aussi. Éclaté, violet.

Un touriste, du porc.

Oui, un touriste, quelques dollars, et elle pourra acheter un bon morceau de porc pour la famille pour le réveillon. Un de ces porcs qu'on élève dans les appartements à La Havane. On leur coupe les cordes vocales pour ne pas les entendre hurler, pour ne pas être dénoncé.

Elle danse, La Havane autour, vide, noire, en panne, en palaces décatis. Ça plaît aux touristes cette *fascination, cette magie, ce temps arrêté quelque part. Et ces chouettes vieilles bagnoles !*

Ici, avec dix dollars, mon beauf se prend pour Hemingway.

Dix dollars, trois nénettes autour du cou. Elle danse.

C'est ça ou crever.

Pour quelques dollars ou une bonne bouffe, un flacon de shampooing, une brosse à cheveux. Les filles et les petites-filles de Castro sauvent le pays avec leur cul. Qui aurait cru que le beau héros barbu deviendrait ce vieux proxénète ? Interminable désillusion, interminable agonie, une des plus cruelles pour tout un peuple. Dégueulasse, le désespoir derrière la danse, derrière le rire noir, l'humiliation face au touriste qui se sent survalorisé. Pour pas cher, il s'empiffre de langoustes, de filles et de havanes.

Cuba, VVF du cul.

Trente-cinq ans de révolution, presque autant d'embargo. Domination espagnole, puis domination des États-Unis, puis domination soviétique et maintenant, enfin seule, Cuba, à plat sur le sable, ressemble à une ancienne beauté qui attendrait son prochain gigolo alors que plus personne ne veut lui payer un dentier. Les Cubains ont le sens de l'humour noir, c'est-à-dire le sens de l'Histoire, le non-sens cruel et barbare de l'Histoire.

Elle danse et son touriste trémousse sa cinquantaine, baba. Combien va-t-elle pouvoir en tirer ? Comment va-t-il pouvoir la tirer ?

Elle, sur son T-shirt, c'est écrit *Miami*. Miami, Florida, capitale des Cubains américains, son rêve à elle. Lui, le T-shirt qu'il s'est offert cet après-midi dans la vieille Havane, c'est le portrait du Che. Lui, le Che, c'est son passé. Elle, Miami, c'est son avenir. Chacun ses clichés, ses lendemains, ses rêves piégés. Tout à l'heure, les deux T-shirts vont se mélanger sur la moquette exténuée d'une piaule de l'hôtel *Havana Libre* ou sur la banquette arrière d'une Chevrolet de 1953. Ernesto Che Guevara, le mort en beauté, l'éternel, le beau rebelle mélangé à Miami, l'Amérique, l'impérialisme, l'ennemi, la CIA !

Minuscule Cuba. David moustique contre Goliath américain.

Entre les deux T-shirts, entre des fantasmes d'une Amérique imaginaire et d'une Cuba qui n'a jamais existé, on attend le dénouement. Comment finit le film quand on a oublié de mourir en beauté ? Jorge Dominguez a résumé d'un mot la situation : « Ça ne peut plus durer et la fin n'est pas pour demain. »

En attendant, les Cubains n'ont que trois problèmes : le petit déjeuner, le déjeuner et le dîner.

2 janvier 1995

tovaritch et youhesnévi

L'histoire finira ; elle finira un matin où un type nous réveillera en disant : « Good morning. » Les Cubains vous répondent ça quand vous leur demandez où ils en sont de leur Histoire. Ou plutôt elles. Deux filles au comptoir qui se marrent et qui sont, à elles deux, presque toute l'histoire : Youhesnévi et Tovaritch.

Tovaritch, c'est son prénom. Tovaritch, *camarade* en russe alors que plus personne n'ose s'appeler *compañero*, en espagnol, et qu'on dit *señor* maintenant. Pourtant, si on parle avec Tovaritch, la plus brune des deux, il semble qu'elle soit toujours fidèle à Fidel. Double morale, complexité… Et l'autre, la blonde ? Je n'ai pas compris son prénom. Youhesnévi ? C'est joli. C'est cubain ? U.S. N.A.V.Y ? Ah, U.S. Navy ! Tu t'appelles U.S. Navy ! La marine américaine ! C'est ton prénom ? !

On peut imaginer leur histoire, le rêve des parents : partir sur la mer, sur un radeau. Être récupéré par la Providence américaine, ou bien, autre issue de secours, un flirt avec un Soviétique cossu, partir là-bas, très loin.

Cuba, radeau de la méduse tropical. Naufrage au ralenti. Le rideau n'en finit pas de tomber, la page n'en finit pas de tourner. Cette nuit, il fait chaud dans le bar. Garderont-elles toujours leurs prénoms de guerre froide ?

3 janvier 1995

nous l'avons tant aimée…

Venez à Cuba et laissez exploser le baroudeur qui est en vous ! Le soleil, la mer, le rhum jusque-là ! Ici, en France, personne ne vous remarque. Là-bas, nabab, VIP, un vrai gagneur. Là-bas, on vous cire les pompes en vous souriant. Le triomphe du libéralisme et de la démocratie, c'est vous qui l'incarnez. Cuba, c'est le luxe pour tous.

Ou presque. Il y a les Cubains. Le luxe, pour eux, disons euh… pas encore. Encore un petit effort. Il faut lutter. *Luchar. La lucha.* Mais ils sont tellement accueillants ! Si chaleureux ! Et puis, ils s'évadent dans la musique, dans la danse ! Gardez-leur quand même les restes au lieu de jeter. Demandez qu'on vous mette ça dans un petit sac, un petit doggy-bag. Ils seront très contents.

Et puis, sacrés tombeurs ! Un peu de bouffe, un peu de riz, une patte de poulet, à vous les petites Cubaines ! Pour les dames aussi, gigolos à la pelle ! Visitez Cuba. Mais vite. Les Cubains s'en vont. Dépêchez-vous avant qu'il n'y ait plus personne. Sauf, bien sûr, Fidel. Jusqu'au bout il restera sur son île désertée à parler seul, des heures, devant des micros débranchés.

Nous l'avons tant aimé, ce combat de Cuba.

Cuba sí, Yanquis no !

Vous m'auriez vu dans les cannes à sucre avec mon béret étoilé. Nous l'avons tant aimée, Cuba, notre jeunesse ! Romantisme révolutionnaire, flambeau du tiers-mondisme. Pas seulement pour les guérilleros du quartier Latin. Espoir pour les damnés de la terre, pour les paysans sans terre et les affamés des favelas. De Mexico à La Paz jusqu'à Soweto, partout, c'était Cuba.

Le vent a tourné. Drapeau dans la poche, mouchoir par-dessus et, là-bas, Cuba pourrit et attend le dénouement dans le dénuement. Cuba est une cocotte-minute prête à péter, une bombe humaine avec onze millions de petits bonshommes à l'intérieur. Et, de tout son poids assis sur le couvercle, Fidel. De temps en temps, il y a une fuite, les rats font un trou dans la marmite et se débinent. Alors, vite, vite, Fidel et ses fidèles ennemis de Washington rebouchent le trou. Au trou, les rats !

Mais là, cet été, il les a laissés partir. Une fuite, une salve, plus de 30 000 ont fui sur les flots terribles, sur des radeaux, sur des embarcations de fortune, dans l'espoir d'être récupérés par les gardes-côtes américains. Sommet de cynisme. Le message de Fidel est clair : « Si vous ne me lâchez pas les baskets, je vous les envoie tous ! »

La fuite ou la fin ?

Pour vos prochaines vacances, pour votre prochaine « escapade cubaine », quand même, c'est important qu'il reste quelques Cubains à Cuba. Pour replier les parasols et pour servir les langoustes. Et puis, hé, hé, les petites Cubaines, hein ? Et on leur doit bien ça, ils nous ont tellement fait rêver ! Ah, Cuba !

4 janvier 1995

fidel, moribond récalcitrant

Les cercueils, les fleurs, les couronnes, tout est prêt depuis longtemps. Les nécros pour les journaux, les gros titres ronflants, tout est prévu depuis des années, mais il s'accroche, têtu, obtus, barbu. Le dernier souffle ne vient pas. Fatigués d'attendre, laissons tomber, Cuba lasse. Un jour ou l'autre, de toute façon… En attendant, Cuba défie les pronostics depuis combien d'années. Si bien que les inconditionnels de Cuba, les cocus de Cuba, les *cocubas*, se reprennent désespérément à espérer. Ils ne savent pas quoi. N'importe, du moment que le rêve de la jeunesse ne s'écroule pas. Ce rêve s'appelle encore Cuba. C'est que Cuba a frôlé l'utopie égalitaire. Ce vieux, vieux rêve des hommes auquel certains n'ont pas renoncé, auquel jamais, sans doute, ils ne pourront renoncer, et moi non plus.

Cuba est encore une histoire de cœur. Un ultime avatar tropical des Lumières. Mais aussi le dépit amoureux des amants trompés, des militants déçus. Tant de sacrifices pour en arriver là !

Après tout ce qu'on a fait pour toi, tu te tires ! C'est ce qu'on a entendu au mois d'août, sur la plage de Cojimar, la plage d'où est parti *Le Vieil Homme et la mer* d'Hemingway et où, hier, un jeune garçon, le jeune homme et la mer, nous a raconté son odyssée. Comment il a pris la mer avec sa famille sur un rafiot désespéré. Comment la tempête les a ramenés sur les récifs de la côte cubaine. À quel prix ils ont fini par s'en tirer.

D'ambassade en ministère, de rédaction en séminaire, on spécule sur la fin de Cuba. Quelle alternative ? Quelle succession ? Coup d'État militaire ? Virage à la vietnamienne ? Avec Fidel ? Sans Fidel ? Mais le mystère, c'est toujours ces onze millions de Cubains. On en a rencontré quelques-uns dans la vie quotidienne, dans la démerde, dans la petite magouille. L'après-castrisme a déjà commencé. Non pas avec Fidel Castro, mais sous Fidel Castro, sous la statue du *líder máximo*.

Une vie souterraine, un gai désespoir, une effervescence noire, dans les décombres, dans les débris. Quand même…

5 janvier 1995

le mur c'est la mer

« Étant donné un mur, que se passe-t-il derrière ? » Le poète Jean Tardieu posait cette question.

Depuis toujours, les hommes ont imaginé ce qu'il y a derrière les murs. Citadelles, fortifications, ligne d'horizon, Grande Muraille, Rideau de Fer, on a beaucoup dressé d'infranchissables. L'homme serait-il d'abord de la clôture ? Et on a beaucoup imaginé l'autre côté. Enfer ou paradis ? Suis-je dedans ou dehors ? N'est-ce pas moi qui suis enfermé ?

« À l'intérieur de la révolution, tout. À l'extérieur, rien. » Fidel Castro avait annoncé la couleur. « Nous contrôlerons tout et nous fabriquerons un homme nouveau. » Et après ? Et après le mur ? Quand le mur s'écroule ? Étant donné un mur, que se passe-t-il après ?

Mais d'abord, le mur n'est pas tombé dans toutes les têtes. On pense toujours « blocs ». Les visions, les perceptions du monde, longtemps seront encore celles-là.

Si je dis : « Castro, c'est trop », on me dit : « Pas d'erreur, tu es un impérialiste yanqui, tu crucifies les nègres et tu napalmes le Vietnam. »

Si je dis : « À Cuba, le ciel est bleu, la mer est verte », je suis un rouge, un homme de fer debout sur les cadavres du goulag.

Caricature ? À peine. D'un côté du mur, allez à Miami, à Little Havana, chez les Cubano-Américains ou chez les faucons du Parti républicain, ou même dans le courrier de *Là-bas si j'y suis*. Et voyez l'autre côté, à La Havane, où les derniers mentons barbus affirment que le capitalisme ne passera pas.

Il ne passera pas parce qu'il est déjà passé. Cuba est une révolution à l'envers. En attendant, on attend. Désespoir nonchalant, double morale, double comportement de chaque côté du mur.

Sauf qu'ici le mur, c'est la mer, et la mer ne s'écroule pas.

6 janvier 1995

Qu'est-ce qui mesure deux cent cinquante kilomètres de long, de trente et un à cent quatre-vingt-onze kilomètres de large et qui se trouve à cent quarante-quatre kilomètres des États-Unis ?

Le désespoir.

Cent onze mille kilomètres carrés de désespoir.

Ce soir, Evaristo a un petit coup dans le nez. C'est l'émotion et la fatigue et les dollars d'un pigeon, c'est-à-dire moi. Cigare. Il est bon, ce havane ! Tu te rends compte, j'habite La Havane et je peux pas me payer un havane ! Cinq pesos, cinquante centimes, une journée de salaire. Cohiba, hé ! Si tu as du nez, dans la fumée, tu dois sentir les poils des cuisses de la *mulata* qui a roulé ce cohiba.

La moitié de la production de cigares est volée et vendue aux touristes pour quelques dollars. Tout pour le dollar, tout pour le touriste. Des plages, des hôtels, des magasins interdits aux Cubains, sauf aux putes et aux touristes.

Tu sais quoi ? Ma mère a réussi à garder un chat. Elle en a six qui ont disparu.

Rare comme un chat à La Havane.

Des histoires comme ça, mon pote, tu vas en trouver. Tu vas même trouver que ça.

Les putes les plus diplômées du monde, la famine qui rôde, les milliers de naufragés qui quittent le pays sur des chambres à air, sur la mer déchaînée, les gosses qui s'inoculent volontairement le virus du sida pour être admis dans les sidatoriums où on bouffe et où il y a la télé en couleurs, le néant quotidien, Cuba fait dans le malheur haut en couleur. Photogénique, le naufrage ! Et le monde se régale de nos malheurs en frissonnant au coin du feu. C'est pas de la canne à sucre qu'on a à exporter, ni des havanes, ni de la révolution, c'est de l'amertume. Notre amertume réconforte le monde aujourd'hui, comme hier notre révolution le faisait rêver.

Je dis ça, mais je sais bien que, Cuba, le monde s'en fout. Je sais. Est-ce qu'on a fait la révolution pour ça ? Trente-cinq ans qu'on se pose la question. Trente-cinq ans à se taper cette putain de révolution ! Cette sainte putain de révolution ! Et tous les crimes, et toutes les saloperies commis en son nom, comme toutes les autres révolutions ! Et tous les sacrifices ! Et toutes les humiliations ! Le pire, tu vois, je crois que c'était « l'homme nouveau ». L'homme nouveau ! Ça me fait marrer maintenant, mais on y croyait. Ce surhomme, cette modification, on y croyait. Ça allait être un Cubain, tu te rends compte ? Et vos intellos français apportaient leur caution. Un homme plus fort, un homme plus beau, un homme nouveau ! Che Guevara était le plus acharné dans cette idée. Et lui, ce salaud, il est mort en beauté, en héros, en surhomme, comme dans son rêve inhabitable. C'était lui, l'homme nouveau.

Tu sais, c'était insultant, à la fin, ce truc de dépassement. Ça revenait à dire que, tel qu'on est, comme ça, toi et moi, deux cons, on n'était pas… on n'avait pas d'avenir.

J'aimerais pas vivre trop longtemps. J'aimerais pas savoir ce que l'Histoire retiendra de ces années, ces trente-cinq années de révolution. Elle sera pas tendre, l'Histoire, parce qu'elle n'est jamais écrite par les perdants. Tu as vu les procès qu'on nous fait ? Tu as remarqué ? C'est toujours sur les cadavres des perdants qu'on vient donner des leçons d'anatomie.

Trente-cinq années de gâchis, d'utopie massacrées. Pour mille raisons. L'adversité, les réalités, le pouvoir trop centralisé. T'inquiète pas, ouvre ton micro, je vais tout déballer puisque le monde entier nous le demande.

Ceux qui s'intéressent encore à nous, c'est pour les putes et pour ça : l'agonie du socialisme tropical. Voilà ce qu'on attend de Cuba. Je vais te le dire aussi, à toi, mais je vais te dire d'abord : je ne regrette rien. Parce que regretter, ce serait regretter ma vie et personne ne peut faire une chose pareille. Qui peut dire : « J'ai gâché trente-cinq ans de ma vie » ? On y accorde beaucoup plus de prix qu'on ne le dit aujourd'hui et, à l'époque, c'était peut-être l'inverse : on y croyait moins qu'on ne le disait. Personne ne peut dire : « Ma vie entière a été une merde. » Voilà pourquoi nous sommes toujours derrière Fidel. Puisqu'il n'y a personne d'autre. Et il a tout fait, y compris le pire, pour qu'il n'y ait personne d'autre.

Et ne me demande pas comment tout ça va finir. Dans le sang, en mettant les choses au pire, c'est-à-dire à leur place. Mais là, peut-être bien que je rêve encore. L'Histoire ne nous fera pas le cadeau d'une fin héroïque. Ce sera pire. Dans cinq ans, ma petite-fille me demandera cinq dollars pour s'acheter un hamburger au McDonald au coin du *malecón* et Cuba sera redevenue un simple appendice commercial pour les États-Unis et le marché mondial et nous serons dans le cadre de l'Alena avec l'appui du FMI et de la Banque mondiale. Et toi, tu reviendras – ou bien tes enfants – faire un sujet sur la mémoire de Cuba, les années héroïques, les années romantiques. Et je ferai mon numéro. Je te ferai la nostalgie, comme les compagnons de route de Zapata ou les compagnons du général de Gaulle. Oui, on me trouvera ici, au coin de ce bar, à l'endroit même où se tenait Ernest Hemingway. C'est ici, sur ce tabouret, qu'il venait se saouler doucement pendant des heures. Exactement. À quoi il rêvait ? À des poissons exorbitants, à des femmes impossibles, à ce trop de choses qu'il avait vues, à ce trop de choses qu'il avait crues. Est-ce qu'il pensait à son suicide ? Reviens dans dix ans. Je serai là et je ferai mon numéro. Pour les touristes américains. Ce sera Disney World et moi, je serai le vieux héros pittoresque de la révolution compris dans le forfait. Personne ne comprendra plus rien à toute cette histoire. La plus belle révolution du monde. Le pire, c'est que bientôt nous n'aurons plus d'ennemi, plus d'adversaire. Et Cuba, c'était notre patrie, notre rêve. Cuba devient simplement une part de marché. Pas d'états d'âme.

Et nous, nous sommes encore ça : un état d'âme.

7 janvier 1995

en avoir ou pas

La vraie question, c'est : en avoir ou pas. C'est la seule question qui se pose à Cuba : en avoir ou pas.

Avoir quoi ? N'avoir pas quoi ? Si vous vous posez la question, c'est que vous êtes un touriste à Cuba. Du Mexique, de l'Allemagne, d'Espagne, du Canada, on vient ici, par exemple à la *Bodeguita del medio*, dans la vieille Havane, un des ghettos à touristes, touristes tout à fait imperméables, tout à fait étanches à la misère autour d'eux.

Pourtant, dans tous les reportages touristiques, on précise qu'il faut apporter des médicaments, du café, des vêtements, des crayons, des Tampax.

Ils viennent là pour le cul le moins cher du monde. Et on l'a déjà dit, il y a aussi, chères mamies, des gigolos tout à fait charmants à Cuba qui ne sont pas regardants. Pas besoin de régime, venez comme vous êtes, il y en a pour tout le monde à Cuba, c'est le Tati du cul.

C'est triste ? C'est moche ? Pour les Cubains, le seul problème, c'est : en avoir ou pas.

Dollar, dollar, dollar. Dollar partout. Ici, le dollar, c'est comme ce qu'on racontait autrefois sur le Coca-Cola. Vous mettez un bout de ferraille dans le coca et, au bout d'une heure, le coca l'a dissous. Le bout de fer, c'est le castrisme qui est en train de se faire ronger et dissoudre dans le dollar.

Trente-cinq ans de révolution s'en vont dans le vert des billets. Autrefois, il y a peu de temps, c'était interdit à Cuba. La détention de dollars était un délit. Aujourd'hui, le dollar déchire la société cubaine et fabrique à nouveau du haut et du bas. Ceux qui en ont, ceux qui n'en ont pas. Mutation, transition. Constat amer, cruelle désillusion ? Comme vous voudrez. Mais j'ai une bonne nouvelle quand même : Fidel va construire le socialisme avec l'argent du capitalisme.

Bienvenue à Cuba !

9 janvier 1995

elle s'appelle cuba

Allongée d'asthme et de chaleur, derrière des volets délattés, devant un frigo soviétique en panne depuis le 24 mars 1983, elle attend. Lascive agonie, sensuelle et décrépie et des gestes d'enfant.

Elle s'appelle Cuba.

Cuba alanguie attend, ralentie, dans des colonnes en ruine, jaune, en loques, en rouille, en poussière bleue écaillée d'Orient perdu. Ça pue les égouts, le silence des escales, les fumées des torchères et le mur de la mer qui éclate en écume sur une vieille Chevrolet tremblante de 1958, du temps des nuits de Batista.

Est-ce qu'il y aura de l'électricité ce soir à l'heure du feuilleton ? Personne ne répond. Est-ce que vous croyez qu'on pourra voir la télé ? Personne dans la maison.

Ses enfants sont barrés en Amérique et elle n'a plus que du rhum. Pas d'eau parce que l'eau, c'est comme le frigo : il n'y en a plus depuis belle lurette. Plus de corde. La corde pour le seau qu'elle hisse par la terrasse. En bas, il y a toujours un gamin qu'elle siffle et qui remplit le seau dans un trou de canalisation défoncée. Mais voilà, on lui a volé la corde. C'est comme ça maintenant, depuis le dollar, chacun chez soi. Et où trouver une corde maintenant ? Y a-t-il une corde dans ce pays ? Même pour se pendre, il faut attendre.

Et Cuba attend. Entre deux eaux, deux histoires, deux épisodes de son feuilleton. Qui ? Un nouveau maquereau ou un nouvel amant ? Question.

Oui, elle est seule ces temps-ci, enfin seule.

Elle la voulait, cette indépendance. Mais pas comme ça.

Seule, Cuba, pour la première fois de son histoire, dans sa prison caraïbe, dans son splendide isolement, la perle à part est sur le dos, comme toujours, incapable de se relever, de se débrouiller toute seule, elle attend.

Si elle y pense, le plus souvent, c'est plutôt des maquereaux que des amants qu'elle a eus. Pourquoi ne pas le reconnaître ? Sans amertume mais avec un total désespoir. Cuba charme, danse comme Dieu lui-même, fête, prie. Magie, ferveur, mais attention : sur fond noir, très noir, la mémoire, le sang de la mémoire de Cuba.

Des protecteurs, des bienfaiteurs, des missionnaires, des apporteurs de Lumières, de Bible ou de pétrole. Espagnols, Américains, Soviétiques. Avec des crucifix tranchants. Avec des dollars narcotiques. Avec des têtes de fusées nucléaires. Pas toujours très caressants, les occupants.

C'est la géographie qui dicte l'Histoire et de l'électricité dépend le feuilleton. Si elle y pense, pour ainsi dire, pour le meilleur et pour le pire, elle n'a eu qu'un seul amant à qui elle s'est donnée vraiment.

Pourquoi trahir ? Pourquoi oublier ? Un grand fou barbu. Mais c'était il y a trente-cinq ans. Un beau jour, une fête, et puis le temps qui passe, et puis le vent qui tourne. Il parlait tellement, il ne faisait que parler.

Tu causes, tu causes, tu causes. Zéro, comme amant. C'est ce qu'on appelle le machisme-léninisme. Il cause toujours aujourd'hui, agrippé à ses micros. Il n'entend pas les ronflements des trois spectateurs dans la salle vide, ses trois gardes du corps. Il s'accroche, têtu. Toujours tout contrôler. Plus que des milices, plus que des menaces. Et les Russes, et les crimes, et les compromis, tout pour rester dans l'Histoire jusqu'au dernier pion du jeu d'échecs.

Est-elle fidèle, Cuba ? Fidèle, comme avec un grand-père qui perd la vue. Grand-père adultère et jaloux, il l'enferme, comme toujours, il l'empêche de sortir. « Pas question, tu ne reviendrais plus ! » Bien sûr il ne peut plus la satisfaire, même plus avec les mots. Mais, surtout, il ne veut pas qu'elle cède à l'autre, en face, de l'autre côté de la mer, de l'autre côté du mur. « Pas le Yanqui, Cuba, s'il te plaît, pas ça ! » Il est pathétique. « D'accord, prends des amants. Je suis trop vieux. Des jeunes, des Espagnols, des Japonais, des Européens. Ils ont de l'argent, ils t'entretiendront, ils seront très bien, mais pas l'autre, en face, tu ne seras pas heureuse ! Souviens-toi comment il te traitait avant moi ! »

Elle se souvient, elle a encore les marques, mais elle n'a plus le choix. Elle entend le pas du Yanqui qui monte l'escalier. Il parle espagnol, le salaud, c'est un renégat, c'est un ver de terre, mais il a des dollars. Que faire ? Cacher le vieux barbu dans le placard ? Ou bien est-ce que le vieux se battra ? Qu'est-ce qui coulera sur Cuba : le sang ou le béton ?

Cuba attend.

La vie est un feuilleton.

10 janvier 1995

15

Un été Bolivie

à Miguel

Le désordre permissif est, pour les capitalistes d'aujourd'hui, plus rentable que l'ordre moral d'hier.

Raoul Vaneigem

Au cours de l'été 1997, trente ans après, nous traversons la Bolivie sur les pas du dernier combat de Che Guevara. À La Paz, on nous a conseillé d'emporter des morceaux de pain pour les enfants de l'Altiplano. Dans ces hautes solitudes, on meurt de faim. Les condors se disputent les corps recroquevillés par le froid.

À genoux au bord de la route, ils tendent les mains. Les cars de routards ne s'arrêtent pas. Aucun argument rassurant, aucun cynisme, aucun écran ne vous blinde plus. Épiloguer sur le Che empêche de voir que les raisons de se révolter sont toujours là, plus violentes encore.

Silencieusement, nous avons consenti.

Nous avons collaboré.

« Libérer les hommes, faire naître l'homme nouveau ! »

Vidées de sens, ces sornettes attendrissent les malins que nous sommes aujourd'hui. Ah, non, nous, on nous la fera plus ! Pour autant, faut-il voir le Che fini, à jamais comme un rebelle pour protège-cahier ? Nous aurions grand tort. C'est un formidable symbole pour aujourd'hui. Montrez-le surtout, montrez-le partout, Che Coca, Che MacDo, Che Disney. Faites parler les spécialistes, faites parler Régis Debray. Montrez l'impasse, montrez l'illusion lyrique, montrez l'adolescence. Montrez l'inanité de toute révolte puisque lui-même, le héros, a échoué. Montrez le Don Quichotte, mais aussi, le Pol Pot virtuel. N'a-t-il pas donné sa vie pour prouver que la démocratie libérale est la seule voie possible, débarrassée de toute idéologie, l'évidence à laquelle le monde doit s'adapter, le bon sens naturel de l'Histoire ? Grâce à lui, il n'y a plus à douter. La belle étoile rouge au front du *Comandante* aujourd'hui nous dit ceci : libérer l'homme, c'est libéraliser l'économie !

Août 1997

hôtel copacabana, la paz

Il y a les hommes qui voient le monde tel qu'il est et qui disent : « Pourquoi ? » Et il y a les hommes qui voient le monde tel qu'il pourrait être et qui disent : « Pourquoi pas ? » Est-ce qu'il s'est dit ça, ce Che Guevara, assis là où je suis, face au miroir de la chambre numéro 34 de l'hôtel Copacabana, à La Paz, Bolivie ?

C'est ici qu'il est arrivé le 3 novembre 1966. Il a trente-huit ans et une petite année à vivre. Dans la lumière de la Cordillère, la chambre, aujourd'hui, n'a pas changé. Style moderne, années cinquante. Il est assis. Il se regarde dans la glace. Il fait une photo. Il adore les photos. Sauf que là, ce n'est pas lui. Méconnaissable, sur cette photo-là, il est déguisé, déformé, faux papiers, maquillé par les services secrets cubains, chauve, grosses lunettes. Même ses chaussures ont été creusées pour le rapetisser.

L'histoire se fait comme une bande dessinée. Il est recherché par toute la planète, surtout par la CIA. Pour les uns, il est mort, Fidel Castro l'a liquidé. Pour d'autres, il est interné dans un hôpital psychiatrique soviétique. Pour le reste, il se cache, toujours vivant, éternellement vivant, quelque part *underground*. « He is underground, dit un type de la CIA, six feet underground » (six pieds sous terre).

L'ennemi numéro un de l'impérialisme regarde par la fenêtre au-dessus de La Paz la lumière la plus pure et la plus dure et la plus crue. La Paz, 4 000 mètres, la ville la plus haute du monde. Cordillère, monts enneigés, cristal. Est-ce qu'il regarde passer les *cholitas* cuivrées, les femmes aymaras et leurs longues nattes nouées, et leur petit chapeau melon, et leurs gros jupons tout ronds et leurs couvertures vives rayées sur l'épaule, lui, le gringo, lui l'Argentin intello ?

« Un, dos, tres Vietnam. » Voilà ce qu'il vient créer en Amérique latine : des foyers. Allumer des incendies, comme au Vietnam, pour provoquer l'impérialisme yanqui. Ni yanqui, ni soviétique, Che Guevara. Peut-elle se douter de ça, la *cholita* aymara qui fait le ménage dans la chambre du Che ? Ce type vient changer le monde. Ce type vient la libérer. Elle ne se doute de rien.

Libérer les hommes, faire naître l'homme nouveau, ces grands mots, pour nous, ne valent plus un clou. Pas même les clous de la croix de Che Guevara, le Christ guérillero. « Je suis tout le contraire d'un Christ, écrit-il à sa mère. Je me battrai avec toutes les armes à ma portée au lieu de me laisser clouer sur une croix. » Mais rien à faire. Nous avons cloué le Che dans un romantisme de porte-clés, indécrottables rêveurs, gros consommateurs d'illusions lyriques que nous sommes. Cloué le Che sur l'image pieuse bouffée aux mythes.

Un martyr comme nous les aimons. Pour nous, c'est toujours le perdant qui gagne. Un Che étouffé par l'asthme de la légende, à jamais inoffensif.

À la fin de l'histoire des hommes, il y aura une grande distribution de prix. Pour notre aujourd'hui, nous aurons le grand prix des Rongeurs d'os. Os à ronger du Che qu'on vient de retrouver au bout de la piste de l'aérodrome de Vallegrande, en attendant l'os de Lady Di ou de mère Teresa. Nous préférons la viande froide. La mort, pas la vie. Le verbe plutôt que la chair. Le sang nous fait pâlir. Temps sans sang, temps sans sens.

Dégustons amèrement cet héroïque bon vieux temps passé, noir et blanc et rouge. « Révolution » : *un mot qui commence comme rêve et qui finit par destruction.* Mais est-ce si sûr ? Soyons réalistes, demandons l'impossible. Et une bière d'abord.

La Paz, 17 août 1997

san ernesto de la higuera

> Insolent, moqueur, têtu, moralement têtu, inoubliable.
>
> Paco Ignacio Taibo II

Quelques maisons de terre pauvres, des montagnes mauves et âpres, des condors qui vous suivent. C'est ici, à quelques pas, dans la petite école, que fut abattu Ernesto Che Guevara. La petite dame de Bolivie qui nous accompagne parle à la statue du Che, elle lui parle comme, à l'église, on parle à un saint. Trente ans après, Che Guevara est devenu ce mythe si impossiblement pur, cet homme si inhumain. Mais ici, non. Ici, en Bolivie, c'est une petite statue naïve en ciment peint par les gens du village à La Higuera. Des yeux peints en bleu, le béret peint en noir et l'étoile peinte en rouge. Sauf qu'ici ce n'est pas un maquillage. Ici, Guevara n'est pas une impossible étoile ni un sublime échec ni le tube de l'été. Il n'est pas l'amour de la mort. Il n'est pas Rimbaud ni Kerouac ni Artaud ni James Dean. Il est un simple saint, san Ernesto de La Higuera. Ici, les mots « pain », « justice », « terre », « liberté » ont encore tout leur sens.

Il y a trente ans, ceux qu'il venait sauver n'ont pas compris et l'ont trahi comme, bien avant lui, un certain Jésus-Christ. Est-ce pour cela qu'il est tant aimé aujourd'hui ?

On invoque san Ernestito pour faire venir la pluie ou faire naître un veau ou faire venir beaucoup de bons journalistes qui arrivent de loin pour qu'on leur dise n'importe quoi et qui vous donnent des stylos et de l'argent pour vous prendre en photo.

La Higuera, 19 août 1997

coca sí, yanquis no !

« Vous reprendrez bien un peu de Che, une petite tranche, un petit coup pour la route ? » « Moi, je le préfère en papillotes. » « Moi, c'est plutôt à l'étouffée. »

Tous les Che sont dans la nature. On n'en finit pas, ces temps-ci, de bouffer du Che. De *Paris Match* à Jack Lang, de Balladur à Jacques Martin, chacun son Che.

Vampirisme romantique. Après l'avoir tué, on mange le cœur de son ennemi encore fumant. Le cœur ou le cerveau bien chaud, ou les entrailles. Afin de s'approprier sa force et sa vaillance. Et c'est ce que nous faisons ces jours-ci avec Che Guevara. Même si nous ne sommes plus que de petits gloutons optiques. En manque d'icônes et de figures identificatoires, on est allé chercher au grenier, sous la poussière, le poster préféré de grand-mère. Que restera-t-il de tout ça ?

On sait bien où tombent en ruines les merveilles de la cuisine.

Ici, en Bolivie, la figure du Che aujourd'hui s'éclaire tout autrement. À la petite lumière de l'espoir et de la lutte. Au-dessus d'une boîte de conserve, une petite icône de papier sur le mur d'une minuscule maison de terre. Tatoué sur le bras cuivré d'un *campesino*, un paysan du Chapare. La nuit, malgré un sévère contrôle militaire, il nous conduit dans un petit village où des *cocaleros* sont en lutte.

Le Che n'est pas là où on l'attend. Ses restes ne sont pas quelques ossements dans un mausolée ni des figures sur du papier glacé. Ils sont dans ces petites maisons que, il y a trente ans, un matin très tôt, dans une Jeep, déguisé, maquillé, le Che a longées. Quelques heures plus tard, il allait écrire dans son carnet : « Une nouvelle étape commence aujourd'hui. »

20 août 1997

depuis toujours, la lutte continue

Le vingt et unième siècle sera Che ou ne sera pas. Sa lumière nous éclaire, sa clarté venue d'un astre disparu !

Boursouflures qui resteront comme des vieux chewing-gums collés au plafond du supermarChe où chacun pousse son Caddie par ces temps qui ne courent plus sinon derrière de vieux croûtons en forme de

Papon. Ah, s'il n'avait pas eu cette gueule d'amour, la face du monde en eût été changée ! Ah, si ce fameux produit si efficace aujourd'hui contre l'asthme avait été inventé ! Chacun se fait son Che. Pour ceux qui tiennent aujourd'hui le haut du pavé du discours trotsko-balladurien ou mao-madeliniste, pour tous, au fond, tout comme leur jeunesse, le Che n'est plus rien.

21 août 1997

ramón garcía

Il me parlait à moi comme on parle tout seul.

Longtemps, sur le banc, au soleil d'une banlieue, j'ai écouté le vieux monsieur avec ses deux vieilles mains sur sa vieille canne. Ramón García, réfugié espagnol. Il racontait sa vie. Petit paysan, petit ouvrier en Catalogne, la CNT, le grand syndicat anarchiste, une vie de lutte, une vie de guerre civile, une vie de résistance. Des combats, des blessures. Et puis la France, les camps, la guerre et le maquis. MOI (main-d'œuvre immigrée) avec ceux aux noms difficiles à prononcer. Ainsi, au soleil d'une banlieue, on peut apprendre qu'il y a eu beaucoup d'autres Che dans ce siècle qui va fermer. Des rebelles, des révoltés, mais anonymes, tout aussi cabossés que les autres et qui se sont posé les mêmes questions. Voilà pourquoi en Bolivie, où le Che passa, nous nous arrêtons là où il ne s'est pas arrêté : cette nuit, chez des paysans qui cultivent la coca.

Avec Ramón García assis sous ce petit soleil de banlieue, avec les *cocaleros* du Chapare, avec Robertito le vieux clown nain du petit cirque de l'Altiplano, à petit feu, depuis toujours, la lutte continue.

22 août 1997

les raisons de se révolter sont toujours là

Les témoignages s'accordent sur l'heure de la mort d'Ernesto Che Guevara : 13 h 10 le dimanche 9 octobre 1967. Exactement il y a trente ans.

Che, dernier jour. Attention, demain c'est soldé. T-shirt, béret, *Hasta siempre*, fausse barbe. Demain s'éteindra enfin à tout jamais au front de Guevara l'étoile rouge au chapiteau du siècle. L'éditeur qui, la semaine dernière, m'a adressé le livre sur le Che m'envoie aujourd'hui un livre sur Maurice Papon. Au suivant, donc. Le petit cirque des médias déjà plante ailleurs ses crocs de vampire obèse. Papon, Yann Piat, Algérie. Et se tairont les quinquagénaires bedonnants et bidonnants – « J'ai eu vingt ans au bon vieux temps ! Il s'est planté, le Che. Son homme nouveau était une dangereuse foutaise. Un Pol Pot en puissance, un suicidaire fasciné par la mort. Tirons-lui dans le dos. Tuons l'utopiste et sa mortelle utopie, balançons le Che avec l'eau du bain de nos illusions perdues. »

Les tueurs d'utopies sont comme les démythificateurs. Ils viennent à l'heure remplacer un mythe par le leur. L'utopie, aujourd'hui, qui a triomphé de celle du Che, c'est l'utopie de l'actionnaire.

24 août 1997

l'homme qui se perd dans sa passion a moins perdu que celui qui a perdu sa passion

J'ai les posters, j'ai les T-shirts, j'ai les assiettes, j'ai les salières, j'ai le Zippo, j'ai les guirlandes d'étoiles rouges pour Noël, j'ai le béret, j'ai la fausse barbe…

j'ai les cigares, j'ai la crise d'asthme, j'ai le carnet pour écrire mon *Journal de Bolivie*, je l'ai en chocolat, je l'ai en crucifix, je l'ai en tutu. Je l'ai en canard gonflable pour les gosses… j'ai même appris à ne pas confondre Jean-Louis Debré et Régis Debray.

Trente ans après, deuxième mort du charismatique asthmatique guérillero héroïque Ernesto Guevara de la Serna, dit Che. Mais cette fois, une mort définitive. La leçon d'anatomie a enfin réussi jusqu'à l'os. Bien dépecé le Che, bien découpé. Chacun est reparti avec son petit bout de trophée. À toutes les sauces. Chacun accommodera son petit bout de Guevara mort et déterré corps et âme. Le corps la première fois, et l'âme pour ce coup-là.

Trente ans après, fini le Che, basta, vidé, bouffé, juste un os au bord de l'assiette. Un os à ronger pour un infidèle Castro.

Un petit rot, encore une fois, on sifflote *Hasta siempre, comandante Che Guevara*, et voilà, fini, mort et déterré, momifié, mausoléifié, aseptisé, eltonjohnifié, mcdonaldisé.

Franchement, on s'en serait un petit peu douté. Lorsque le Che a été abattu à La Higuera, à la même époque à peu près, d'autres décrivaient la société du spectacle. Le Che découpé selon les pointillés de nos actuels bouchers pour que le gros ogre capitaliste enfin puisse l'avaler. Somme toute, un produit décevant, le Che. Pas de solution. Pas de clés. Pas de salut. Je suis déçu. Jésus, fais un miracle ou je te fous mon pied au cul ! Jetons les rêveurs et ne rêvons plus. Jetons l'utopiste avec l'utopie et revenons à nos passions de paillassons.

L'homme qui se perd dans sa passion a moins perdu que celui qui a perdu sa passion.

Adieu, Che ! *Hasta luego, Ernesto* ! *Suerte* ! Adieu les rêveurs attardés, les pèlerins échoués, les trotskards bavards, les anars pétards, les marchands de bérets étoilés. Chacun repart avec son Che dans son petit panier. Son petit bout de bout de véritable vérité.

Eh, Che, je ne sais pas s'il faut te le dire mais t'as pas eu que des bonnes notes chez nous cette année ! Dans nos journaux, aux pages « Débats », nos éminents professeurs – juges, procureurs – émettent des sentences péremptoires à ton égard. En marge de tes carnets, on lit : « Pouvait mieux faire. » Et ça, c'est les plus gentils. Les autres, c'est : « Copie à revoir. » Pas assez humain, tu étais. Politiquement nul. Chef militaire, zéro. Lourde tendance bourreau. Il se pourrait bien, mon vieux Che, que tu ne sois pas admis à passer dans le millénaire supérieur.

L'auditrice, tout à l'heure, tu as entendu ce qu'elle disait ? Que le refus de l'oubli prenne un sens concret. Voilà. C'est tout ce que nous voulons.

Che, vivement maintenant !

25 août 1997

16

LIVERPOOL YOU'LL NEVER WALK ALONE

Immenses entrepôts éventrés, usines en friche, grues arrêtées depuis des années au-dessus des docks. Un chien, un loup, un pub qui braille une chanson d'amour. Plus loin, au bout de docks à jamais désertés, une pute fluo tremblant sur des mollets transpercés de seringues. Lady héroïne. Sainte Sébastienne des poubelles. Quand on prononce « héroïne », moi j'entends « Halloween », la fête des enfants où on se fait peur avec des squelettes dans le noir, des fantômes. Mais là, ça n'est pas la fête des enfants. *You'll never walk alone*. Tu n'iras jamais seul. C'est l'hymne de Liverpool, du FC Liverpool.

Liverpool, fucking cafard.

quand le riche maigrit, le pauvre meurt

Quand le riche maigrit, le pauvre meurt. Voilà l'idée de Mme Thatcher. Autrement dit, quand le riche mange, l'affamé sourit ; quand le riche s'empiffre, ça fait des miettes, il y a des restes, le pauvre est content, il finit les verres, il chante, il tape sur sa gamelle. Mais si, par malheur, le riche n'est plus riche, alors le pauvre montre sa vraie nature ingrate : un parasite stupide et paresseux.

Par pure perversité, il se met à faire le mendiant dans les rues de la City, ou comme en France, à La Rochelle par exemple, histoire de faire fuir le touriste. Voilà pourquoi il faut favoriser le riche. Cette idée n'est ni neuve ni britannique. Elle est partout. Aujourd'hui, chez nous, elle s'appelle le libéralisme. C'est un système simple qui fait des riches plus riches et des pauvres plus pauvres. C'est l'idéologie qui triomphe, et comme toute idéologie qui triomphe, elle se présente comme une évidence, comme l'ordre naturel [1].

Mais rien à voir avec la France. Oh, ça non ! Même si M. Charles Pasqua a pu se laisser aller à déclarer : « Il manque une Margaret Thatcher à la France. » Les choses en sont restées là entre Charles et Maggy. En

1. Quelques chiffres : les revenus des riches en Grande-Bretagne ont augmenté de 62 % en treize ans. Les revenus des pauvres ont baissé de 17 % dans le même temps. Quatorze millions de Britanniques vivent au-dessous du seuil de pauvreté, soit 25 % de la population, contre 5 millions (9 %) en 1979. Beaucoup d'enfants vivent dans le dénuement en Grande-Bretagne. 1 400 000 vivaient dans le dénuement en 1979, soit 10 %. Aujourd'hui, c'est 32 % d'enfants qui vivent dans la misère. 4,1 millions d'enfants en 1995. Le duc d'Édimbourg a déclaré en 1994 qu'il n'y avait plus de pauvres au Royaume-Uni. (Source : *Le Monde*.)

France, le néolibéralisme est arrivé déguisé en socialiste. La pilule est passée ainsi. Une révolution sur du velours.

Lorsque Maggy Thatcher a quitté le pouvoir après onze ans, en 1990, on a pu dire ceci : « Margaret Thatcher laisse un grand vide. » Et qui est le grand vide ? John Major, pardi ! Que dit-il en 1994, John Major ? (Le projet de John, rappelons-le, est de parvenir à une société sans classes.) Il affirme, le 1er décembre 1994 : « Les revenus nets ont augmenté à tous les niveaux. » Surprenant, non ?

Alors, allons vite voir ce pays que nous connaissons si mal.

Et commençons par Liverpool.

Pourquoi Liverpool ? Liverpool, phare de l'Empire britannique, a jadis préfiguré l'histoire de l'Europe tout entière. Et aujourd'hui ? Aujourd'hui, c'est foot, dope, rock, friche. Comment en est-on arrivé là ? Comment ces joyeux naufragés tiennent-ils à bord de ce rafiot explosé dans des remugles de shit et de bière ?

liverpool perdu de vie

Un gros ciel sale écrase les interminables maisons de banlieue chagrin, alignées, toutes identiques, à se flinguer un dimanche, à se shooter à longueur de veine.

Des chiffres qui ne font pas de cadeau. 30 % de chômeurs à Liverpool. Chiffres officiels. 35 % de sans-emploi parmi les dix-huit-vingt-quatre ans. 60 % à 70 % de sans-emploi parmi les jeunes des quartiers défavorisés. 70 % de la vie économique se passe au marché noir, comme dans les pays du tiers monde. Liverpool survit dans l'économie informelle, hors du contrôle de l'État. En quarante ans, 400 000 ont quitté la ville. En 1945, 50 000 dockers à Liverpool, aujourd'hui, il en reste à peine quatre cents. *On est un monde à part.* Les gens de Liverpool adorent vous dire ça. *Liverpool est un pays à part.*

De là ce vide, ce vague qui vous chope, comme dans certaines villes industrielles mortes de Pologne, de Sibérie, de Slovaquie, de Detroit à Longwy.

La baie, au bout d'une rue sale, un bras mort, un taxi noir de pluie éclairé de l'intérieur, mais vide. Et encore les milliers de petites maisons décervelées.

Un tiers monde ouvrier.

La ville était cernée par une ceinture de misère. Les pouvoirs publics ont crevé l'abcès. Les alentours de la ville ont été « assainis » (et même le centre), à coups de bulldozer. 300 000 personnes déplacées vers les banlieues lointaines. Finis les taudis trop visibles, mais fini le tissu social qui aurait pu résister à Thatcher.

Est-ce qu'il y a quelqu'un ici ? Comme réponse, la lueur d'une télé derrière un rideau. Des HLM en destruction, un *fish'n chips* encore ouvert. Dans le fond, une usine à gaz.

Et puis, glissant doucement comme un cobra, une Porsche mirobolante…

12 octobre 1995

when saturday comes

Dieu existe.

C'est un ballon de foot et il habite à Liverpool. Son bras séculier, c'est un pied. Sa mère, c'est le but, le filet, la cage. Ou sa femme, si vous préférez. Et sur cette planète ronde comme un ballon, à chaque instant, des millions de voyeurs de toutes les couleurs attendent, tendus, l'orgasme psychique quand le ballon glisse, shoote, rentre, gicle… buuut, gooooaaaal !

Coup de foudre, décharge miracle, le ciel se déchire, le soleil apparaît, il entre au paradis d'Allah. Halleluia !

Vision amoureuse, mais on aurait pu voir la version guerrière : une guerre qu'on évite de se faire. Liverpool *est* foot. Un journal, à Liverpool, s'appelle *When Saturday Comes*, « quand arrive samedi ». Et, quand arrive samedi, on sait ce qu'on fait, pas besoin de se poser la question.

Un autre journal de Liverpool, *Cob*. Le *Cob*, c'est la portion du stade, derrière les buts, à droite, où se trouve le noyau dur, le vrai peuple de cette ville, les *scouses* et les *scalies*, les bons à rien anars, instables, insolents, perdants et magnifiques.

Le foot, c'est hooligans, tricheries, insupportables supporters, hystérie de masse ou bien communion humaine. Tantôt la foule, tantôt le peuple. Victor Hugo disait : « Le peuple est en haut, mais la foule est en bas. »

On va au stade, on est samedi. Sur la main du chauffeur de bus, un tatouage : « Liverpool FC. » La vie d'une ville au rythme des matchs du samedi. Liturgie hebdomadaire, repère qui structure. Les pubs autour du stade sont pleins à craquer. Quelques pintes, histoire de se mettre en jambes, surtout en voix. On discute, on pronostique. On se retrouve en famille. Les femmes, les enfants aussi. Tout le monde au match.

Nous marchons vers le stade. Casquette, écharpe, T-shirt, bannière, les supporters du FC Liverpool arborent tous quelque chose de rouge. Marche silencieuse, d'attente, d'espoir. Le contraire d'une foule anonyme, chacun a un rôle, chacun à son poste. *You'll never walk alone*...

13 octobre 1995

si liverpool n'existait pas

Vent humide sur les briques noires de Liverpool. HATE. C'est tatoué sur son poing fermé. Sur chaque phalange. Hate. Haine. Sur l'autre poing, c'est tatoué LOVE. L'amour, la haine. Il fait nuit, il dérive, pété, vomi, sac en papier, docks pas éclairés, grues arrêtées, pubs aux carreaux cassés. Il se cogne les poings l'un contre l'autre de toutes ses forces. Il gueule, chien perdu, chien méchant, contre lui-même.

Sans-abri. *Homeless*. Chez nous, ça se dit SDF.

« Il n'est pas acceptable que des gens traînent dans les rues. Cela n'est pas justifiable de nos jours », déclare John Major.

« Mendier est une chose agressive et inutile. Je pense que les gens devraient être très sévères à cet égard », déclare John Major.

« Les mendiants sont particulièrement préjudiciables à l'image de la Grande-Bretagne », déclare John Major. John Major poursuit l'œuvre de Margaret Thatcher. Maggy la magicienne. Il rappelle que la loi prévoit des peines allant jusqu'à 1 000 livres (8 000 francs) et trois ans de prison à l'encontre des mendiants.

C'était en mai 1994, un an avant que des propos et des mesures analogues soient prises en France contre les mendiants « provocants ». Soyons modestes, *fucking froggies*, et reconnaissons que, bien souvent, nos voisins ont quelques longueurs d'avance. Pas seulement pour la musique. Liverpool fut la première dans la révolution industrielle, la première dans la révolution urbaine, dans le commerce mondial, dans le chemin de fer, dans le foot…

En mai dernier, la puissante organisation caritative Oxfam (aide au tiers monde) a, pour la première fois, lancé un programme de lutte contre la pauvreté au

Royaume-Uni. Pour justifier ce choix, son directeur a expliqué que le pays compte *quatorze millions de personnes disposant de moins de la moitié du revenu moyen*.

« Si Liverpool n'existait pas, il faudrait ne pas l'inventer. » Mais les habitants l'ignorent. Dans cette détresse, *scouses* et *scalies* préfèrent finalement leurs propres mensonges à ceux qu'on leur a si longtemps imposés.

Sont-ils en avance sur nous ? Cette espèce d'oiseau bizarre symbole de Liverpool, ce *Liverbird*, tient-il en son bec un miroir ? Quoi qu'il en soit, amis français, pour construire l'Europe des peuples, apprenons à connaître nos amis…

14 octobre 1995

demain est une sale blague

Port mort, docks vidés, hommes virés, épuisés de bouffer à la table qui recule. Théâtre vide, acteurs sans rôle, sans emploi, juste une aumône. Touche ton chomdu et tais-toi.

Tu ne gagneras plus ton pain à la sueur de ton front.

Los Angeles, Liverpool, Marseille, ça pète dans les quartiers et tant que ça pète, il y a de l'espoir. Mais après, plus loin, là où ça ne pète plus, là où la rage ne va même plus ?

Un dimanche à Liverpool. Un dimanche après-midi. *Family Life* avec ceux qui font avec, ou plutôt qui font sans.

Encore une fois, histoire de bien vérifier que tout est vu, que tout est vain, qu'il n'y a aucune autre solution, que tout est à jamais impossible, qu'apathie, renoncement, reniement, vieillissement ont définitivement triomphé, et que demain est une sale blague.

16 octobre 1995

bienvenue terry lee

Petite église dans l'automne autour de Liverpool, tout le monde s'est fait beau et rose, ému pour le baptême de Terry Lee. Une petite fille de rien du tout.

Bienvenue, Terry Lee, bienvenue dans ce monde-là. Tous les tiens sont autour de toi. Ta maman, Tracy. Ton papa, Alan, et ses onze frères et sœurs. C'est ta grand-mère, Mary, qui a brodé ta longue robe de baptême à l'ancienne, comme au bon vieux temps de la reine Victoria. Au temps de la splendeur de Liverpool, quand tous les bateaux du monde, ventre plein, flottaient sur la Mersey. Coton, sucre, arachides, or, argent et les bouts du monde et les harmonicas…

Aujourd'hui, rentré dans la gorge, tout ça. C'est tout au fond, étouffé. *Rough life*. Vie dure. *No hope*. *No future*.

Et pourtant te voilà. Les tiens se sont mis en quatre et sur leur trente et un. Autour, la campagne anglaise est très jolie. L'automne, les arbres. Un paysage peint par Gainsborough, un peintre anglais, oui.

Après, il faudra rentrer chacun dans la désolation des identiques petites maisons à se flinguer un après-midi d'un dimanche de télé. Au bout des docks abandonnés depuis des années, deux clodos sans public jouent *En attendant Godot*. L'un demande de temps à autre : est-ce que le marchand de glaces est passé ? Mais quand même encore un peu de vie qui s'agrippe, un peu de chiendent, comme toi, sans raison, sans explication.

Quel monde autour de Terry Lee ? Quel avenir pour Terry Lee ? Grosse gaffe de dire « avenir » ici.

Pourtant, un jour, quelqu'un te dira : le jour de ton baptême un journaliste français passait par là et il t'a dit : « Welcome Terry Lee. »

17 octobre 1995

au pays de galles, on emmerde la reine d'angleterre

Poireaux, rugby, moutons, châteaux et tas de charbon. Petit tour au pays de Galles.

On sort de Liverpool.

Parce qu'on a beau se la raconter, ça finit par vous miner l'énergie du désespoir, ça fait des beaux plans esthétiques, réalistes, c'est fort, c'est beau le temps d'une petite excursion exotique charitable, le temps d'un rock bien lourd, Liverpool, toujours un naufrage d'avance, Liverpool, laboratoire du déclin…

Un petit tour dans ce pays de Galles que j'aime sans même y être allé. Pas seulement à cause du rugby de Cardiff, ni des costards prince-de-galles, ni des Welsh rarebit, ni de Richard Llewellyn et de *Qu'elle était verte ma vallée*. Mais avant tout parce que, au pays de Galles, on emmerde la reine d'Angleterre.

« Les Gallois ne comprenaient pas l'anglais. » On a déjà entendu ça quelque part. C'est l'histoire des Flamands. En Belgique, les soldats flamands recevaient des ordres en français, mais ils ne comprenaient pas le français et certains, pour cette raison, furent tués. Les Gallois sont gallois et parlent la plus vieille langue d'Europe, le gallois, proche du gaélique des Irlandais, de l'écossais, du breton.

Dans le nord du pays de Galles, la partie la plus nationaliste, on n'aime guère la reine d'Angleterre, comme en Irlande du Nord, comme en Écosse. La Grande-Bretagne perd ses boulons. Le Royaume-Uni se désunit. Que restera-t-il ? Juste un moignon appelé Angleterre, avec une pauvre reine de rien du tout dans une pauvre Rolls de rien du tout avec une petite couronne toute cabossée de rien du tout ?

19 octobre 1995

dennis, le nègre blanc de liverpool

Le nègre blanc de Liverpool, c'est Dennis. Baskets, rapide, animal, flair, quarante-deux balais, vingt ans de drogue, d'alcool, de deals, d'arnaques foireuses, soixante-dix kilos de chômage pur. Un homme à la rue, à la ruse. Un pur produit d'aujourd'hui.

Il y a la détresse qui se voit, qui se gueule, qui se flingue, qui se cogne, qui fout le feu aux bagnoles. Et il y a le désarroi qui ne se voit pas, qui ne se voit plus, le ghetto intérieur. Quand on retourne la violence contre soi, contre les siens. Beaucoup de violence familiale à Liverpool. Contre soi-même. Alcool, dope. Comment on s'en sort ? Détruit à l'intérieur, détruit à l'extérieur, qu'est-ce qu'on fait avec les débris ? Qui, quoi pour les recoller ?

Fucking bastard. Dennis est arrivé ici avec son âme irlandaise pour bosser. Pas de boulot. Il n'a pas bossé. Il s'est drogué, il a picolé, il a fait des tas d'arnaques pendant des années et, un jour, il a trouvé.

Avec les dents, avec les poings, avec une seringue, avec une chanson d'amour, chacun creuse son issue de secours.

20 octobre 1995

james bulger

Liverpool, 12 février 1993. Un enfant de deux ans torturé et assassiné par deux gamins de dix et onze ans. Cette histoire a ébranlé le monde bien au-delà de la Grande-Bretagne. À Liverpool, presque deux années plus tard, la ville est encore traumatisée. Une onde de choc dont la portée est imprévisible, tourmente toujours les peurs, les cœurs, les rages et pourrit et nourrit la vie tout entière des habitants de Liverpool qui n'arrivent pas à en faire leur deuil.

James Bulger, le petit garçon de deux ans, a renforcé les *scouses* dans leur sentiment d'être à part, rejetés, *underclass* mais tous ensemble dans le même panier.

Les *scouses* sont des perdants tenaces, généreux, et fiers d'être des *working class*. Teigneux si on aborde des histoires de foot, ou alors de foot, mais, surtout, de foot… à moins qu'il y ait un match. Ombrageux s'il est question de leur ville. Liverpool est entièrement décati et ils le savent mieux que vous, mais ils se la racontent encore, la grandeur perdue, comme si les bateaux de toutes les mers du monde allaient revenir un soir chargés de blé, de coton, d'huile, d'or et de diamant dans la baie de Merseyside. Comme si les Quatre de Liverpool pouvaient repartir chanter *Strawberry fields forever* à la face du monde.

La vérité, c'est que Liverpool est un vieux pélican qui se prend pour un phénix. Un vieux pingouin tricard mais qui fait encore semblant de croire qu'il va se refaire dès que le casino va rouvrir, alors que le casino est depuis longtemps déserté, bombardé, ruiné par toutes sortes de guerres, de pestes, de dopes et de choléra. Alors que tout le monde est parti, Liverpool, en haillons, attend son carrosse. La roue de la loterie ne tourne plus. Liverpool veut encore jouer, encore tenter sa chance en se racontant des nuits d'outre-mer, des Rolls excentriques et des victoires en Coupe du monde qui seraient le plus beau jour de la vie pour mourir.

Et c'est les fils blancs dont sont cousues ces légendes qui finissent par vous attacher à votre tour, cette inconsolable gaieté. Sous la pluie de suie, sur le talus de la voie ferrée, les fleurs à la mémoire de James Bulger racontent quelque chose de Liverpool et, sans qu'on puisse l'expliquer, quelque chose de nous tous.

21 octobre 1995

17

LES ROSBIFS BOUGENT

> Manquer d'imagination, c'est ne pas imaginer le manque.
>
> Nanterre, graffiti, mars 1968

> La justice de l'État n'est que violence. La violence du peuple n'est que justice.
>
> Graffiti sur un mur à Paris, octobre 1999

Sombres images de Liverpool en octobre 1995. Juste avant le mouvement social de décembre en France. Quelque chose a alors basculé. L'opinion a commencé à prendre la dimension de l'*horreur économique*.

En janvier 1998, Tony Blair est au pouvoir. En Grande-Bretagne comme en France, les marchés financiers préfèrent la gestion de la gauche, plus efficace pour appliquer l'économie financiarisée et désamorcer les contre-feux qui s'allument çà et là.

Retour en Grande-Bretagne. Cette fois, nous nous intéressons aux formes de contestation. Les temps changent, les révoltes aussi. « Les Rosbifs bougent. »

les ecowarriors

Le printemps vient dans la forêt de Westwood et la guérilla est dans les arbres. La révolution joue à chat perché et les nouveaux terroristes s'enterrent au fond des terriers. Monôme de potaches, esbroufe pour médias, folklore pour le 20 heures, ça leur passera.

On les appelle les *ecowarriors*, les écolos guerriers. Dans le Kent, dans la forêt de Westwood, depuis des mois, pour défendre la forêt, ils s'opposent à une puissante société qui a pour projet d'implanter un parc de loisirs. Les médias britanniques et les Britanniques en général adorent ces *ecowarriors*. Ils sont très malins dans le genre attrape-médias. Qui sont-ils au juste ? Guérilleros pour du beurre entre Hyde Park et Mouna ? Robin des Bois attardés ? Don Quichotte de variétés ? Sont-ils aussi inoffensifs que ça ?

Que disent-ils sur la Grande-Bretagne de M. Blair qu'on nous montre en exemple comme le centre du dynamisme économique de l'Europe ?

Qu'en est-il du social au bout de dix-huit ans de thatchérisme ? 22 % des habitants vivent en dessous du seuil de pauvreté, pas de SMIC, pas de durée légale du travail, un code du travail inexistant et, amis entrepreneurs, des charges patronales qui n'excèdent pas 10 %. Quant au chômage (6 %), personne, en Grande-Bretagne, ne croit à ces statistiques dont le mode de calcul change tous les deux ans environ. Maggy Thatcher a bouleversé la géographie sociale de l'Angleterre. Mais il n'y a pas de société qui ne lutte pas. Comment lutte-t-on là-bas, de l'autre côté de la Manche ?

On roule dans un taxi noir. De grandes affiches disent : « Think different. »

9 février 1998

nimby

Elle a cinquante ans, elle a un marteau, elle n'est pas contente, elle détruit un bel avion de chasse tout neuf. Les British l'adorent.

Swampie – « marécageux » – s'enterre à six mètres sous terre attachée à un bloc de béton. La police met cent soixante heures pour la sortir de là et l'arrêter. Les British adulent Swampie.

Des milliers de cyclistes en peloton, poilants, envahissent la voie publique contre les bagnoles qui puent, *critical miles*, *bike rides*, les British apprécient. *Reclaim the street*, récupérer la rue. Des milliers de piétons bloquent les rues. Les British font ça.

En juillet 1996, dix mille dansent et chantent sur une rocade à la sortie de Londres. Libel, souvenez-vous de Libel qui lutte contre McDonald's. Pourquoi donc ? Pour, dit-il, *que les gens reprennent le contrôle du monde*.

Avec aussi les *ecowarriors*, ces écolos pendus à des arbres, partout, on se dit : les rebelles nouveaux sont arrivés. Nouveaux rebelles avec cause.

Les British ne ressemblent pas tous au dynamique et sympathique Tony Blair. Les British bougent dans des actions directes, actions d'éclat, drôles, théâtrales, inédites. Inédites mais pas sans mémoire. Pas sans histoire. Un papi qui a fait partie des Brigades internationales rencontre des jeunots à moitié punks, à moitié hippies qui bloquent les projets d'autoroute avec une pancarte sur laquelle il est écrit « NIMBY » (*not in my backyard*, « pas de ça chez moi »). Nouvel engagement citoyen en Grande-Bretagne aussi. On dit qu'ils sont dix mille, jeunes, vieux, conservateurs ou anars, engagés dans la contestation.

Et l'opinion publique suit. Pas seulement du comportement. Pas seulement de l'évitement, du *À quoi bon*. Pas seulement de la fuite en avant. Alors c'est quoi ? Retour au politique ? Mais alors politique hors piste. Émergence d'une nouvelle exigence citoyenne. Mais contre quoi braillent-ils ?

Contre la société de compétition qui élimine, qui exclut, contre le tout-béton, contre le tout-bagnole, contre les exportations d'armes, contre les multinationales. Mais aussi contre des petites causes de coin de rue, des histoires d'animaux maltraités ou de squatters virés.

Portable, Internet sont les nouveaux pavés de ces nouvelles barricades. Mais ce n'est pas *single issue politics*. Pas sur une seule chose, pas sur une seule cause. Lutte polymorphe, proche des gens. Et, selon une récente enquête de Gallup, 68 % des Britanniques estiment que, dans certains cas, *les manifestants sont fondés à enfreindre la loi*.

Loin de nous l'intention, évidemment, de vous parler de tout ça pour vous donner des idées et troubler l'ordre public de notre douce France. Pas du tout. Simplement, Europe oblige, mieux vaut savoir avec quelle bande de délinquants nous sommes en train de nous allier.

N'est-il pas temps de mettre un frein à l'immobilité ?

10 février 1998

tower collery : je suis un gallois très émotif

« Couilles congelées », « Odeur de Viking » ou « Trépied », voilà les noms qu'ils se donnent. Pourtant, ils sont les *last working class heroes*, les derniers poètes de la classe ouvrière. Oui, je traduis « heroes » par poètes parce qu'il est question d'utopie.

Pas utopie pour faire joli. Non, un projet, une foi, un défi. Un défi contre le soi-disant *réalisme* et contre la résignation. Souvenez-vous, *Le Crime de M. Lange*, les ouvriers qui licencient le patron, qui foutent le taulier au chômage. Ah, se gouverner soi-même [1], un pouvoir ouvrier qui s'organise, qui partage les bénefs, qui redistribue, qui réinvestit !

On sourit à ces vieilles lunes. Et pourtant…

Et pourtant, dans un tout petit carré, un tout petit espace du pays de Galles, à Tower Collery, les mineurs, il y a quelques années, ont racheté leur mine. Elle était vendue, et, avec leurs indemnités de licenciement, ils l'ont rachetée.

---

1. Il y a la merveilleuse phrase d'Aristote répondant à la question : « Qui est citoyen ? » « Est citoyen quelqu'un qui est capable de gouverner et d'être gouverné. » Cité par Cornelius Castoriadis dans : Cornelius CASTORIADIS, Daniel MERMET, *Post-scriptum à l'insignifiance*, Éditions de l'Aube, Paris, 1998.

Quatre ans que ça dure et quatre ans que ça marche. Une réussite.

Balade, rencontre avec, par exemple, Tyron O'Sullivan, le directeur, qui dit : « Je suis un Gallois très émotif » et qui se souvient du jour où, pour les deux cent cinquante mineurs de Tower Collery, la mine est devenue leur propriété collective. « Quand j'ai appris ça, il était tard, j'ai repris ma voiture et je suis rentré chez moi en conduisant tout doucement et en écoutant une cassette des Platters. Ça a été les trois heures les plus heureuses de ma vie. »

11 février 1998

« je vais envelopper mes deux chemises... »

« Pas de foi sans loi, pas de loi sans foi », disait M. Chaudron en poussant son vélo avenue Victor-Hugo. « Tu sais, les lois ont été apportées par la foi. Moïse était un homme de foi, de très grande foi », disait M. Chaudron en poussant son vélo avenue Victor-Hugo. « Il faut la foi pour établir les lois, pour accepter les lois, pour appliquer la loi. Et, dans la foi, il faut des lois. Dans la foi amoureuse, dans la foi religieuse, dans l'enfant qui naîtra, il faut des lois, des règles, des rituels. Tu comprends ce que je dis là ? », disait M. Chaudron en poussant son vélo.

C'était un philosophe récalcitrant. Il avait été mon instituteur au cours moyen. Avenue Victor-Hugo, je le suivais. Il disait : « Tu sais ce qu'il disait, Victor Hugo ? Il disait : "Ceux qui vivent, ce sont ceux qui luttent." »

Je n'ai pas oublié.

Sauf qu'il n'avait rien inventé, le Victor, il n'était pas le premier à le dire et il n'était pas le dernier non plus. Quant à la foi, quant à la loi, on peut la retrouver avec les mineurs de Tower Collery. C'est la seule mine d'Europe qui soit une propriété de ses employés. Et cette mine marche et fait des profits.

Une résistance désespérée ? Un modèle à suivre ? Une pièce de musée de la classe ouvrière promise, un jour ou l'autre, à la disparition ? Devront-ils quitter la vallée comme dans le livre que M. Chaudron m'avait conseillé de lire à la bibliothèque municipale de Pavillons-sous-Bois et dont je connais encore les premiers mots par cœur :

« Je vais envelopper mes deux chemises avec mes chaussettes et mon meilleur complet dans le bout d'étoffe bleue que ma mère avait coutume de nouer autour de ses cheveux quand elle faisait le ménage et je quitterai la vallée [1]. »

12 février 1998

1. Richard LLEWELLYN, *Qu'elle était verte ma vallée !*, Gallimard Jeunesse, « 1 000 Soleils », Paris, 1981.

18

PEUR DES EXCLUS
PEUR D'ÊTRE EXCLU

> Cet ordre à vous, de banques, d'intérêts, qui devait soi-disant faire progresser le monde d'un millénaire, est baigné de sang à ses fondements tout comme l'ordre barbare d'antan, comme l'ordre esclavagiste, comme l'ordre actuel des princes et des seigneurs, à cette différence près que ce sang coule dans des comptes, dans des chiffres. Tu m'entends, dans des chiffres ! Vos comptes sont des plaies terribles en regard desquelles les entailles causées par les lances et les haches font figure d'écorchures d'enfants. Malheureux est le monde qui vous a engendrés !
>
> Ismaïl Kadaré

décidons la dissidence !

Eh oui, c'est encore moi.

Eh non, je ne suis pas viré !

Ça m'inquiète. Pourtant, je suis communiste, je suis musulman, je suis pédé. Pourtant, le 14 avril 1974 j'ai fumé un pétard !

Animateur de radio c'est du kleenex, c'est du citron : on presse, on jette. On coupe une main, on coupe une tête selon l'humeur du calife. Alors, pourquoi on me jette pas ? J'angoisse… Pourtant dans cette radio tellement rajeunie, j'ai beau mettre ma visière à l'envers, parler de « rave » et d'ecstasy, me teindre les cheveux. Rien à faire. Ça se voit : je suis vieux… Alors, pourquoi est-ce qu'on me garde ?

Pourtant je suis un collabo, je devrais être tondu, j'ai des relations avec ceux qui occupent la France… Je connais des Africains. Ici même, en pleine Maison de la radio, sans me cacher, je connais un balayeur malien… et je lui serre la main. *Sans même me demander s'il a des papiers !*

Alors, pourquoi on me laisse encore un micro ?

Mais il y a pire… Un taxi. On parle et soudain le type déclare qu'il vote FN. Ce taxi vote FN ! « Arrêtez-moi ! Je descends ici ! » Non, au lieu de ça, on a causé. On a même pris une bière à la gare de Lyon. Eh oui : j'ai bu une bière avec Hitler ! Et malgré ça, on ne me met pas à la porte…

Pourtant, j'ai du talent, non ? Prenez Gérard Lefort, Marie Colmant, Philippe Val, Jean-Christophe Averty : virés, déplacés, grillés… Ils ont du talent, beaucoup. Qu'est-ce que je dois en conclure ?

Je sais ce que vous pensez : quelles concessions il a dû faire ! Avec la femme de quel ministre ?… ou même quel ministre !

Avaler sa veste en retournant sa couleuvre. C'est notre devise à nous les médias. Alors ?

Alors recommençons puisqu'il faut recommencer… Mais sur quel sujet ? Un sujet qui soit susceptible de donner du sens tout en renouant le lien social… avec de la chanson française et de l'impertinence… Après mûres réflexions, conseils, audits, consultations, notre sujet c'est : *la rentrée !*

Comment vois-je cette rentrée, vous voulez le savoir ?

Deux catégories : les sans-boulot et les futurs sans-boulot. Notre monde est un sablier. Vous êtes des grains de sable *déjà* tombés au fond, ou bien *vous allez* tomber au fond.

Sans-abri, sans-emploi, sans-papiers, sans-homme… Le monde n'a plus besoin de nous. Nous vivons la troisième guerre mondiale. La guerre économique. La guerre des riches contre les pauvres. Nous crevons de cet intégrisme-là. La bourse ou la vie ? On a choisi la Bourse. Le vrai terrorisme, il est là. Guerre des marchés financiers contre l'humanité. Contre les États, contre la mémoire, contre l'Esprit, contre TOUTE l'humanité !

« Jamais le désespoir d'avoir à survivre au lieu de vivre n'a atteint […] une tension aussi extrême. Jamais n'a été pressentie aussi universellement l'exigence de privilégier le vivant sur le totalitarisme de l'argent et de la bureaucratie financière. […] un état de corruption […] a gangrené en quelques années ce qui se dit, se pense, et s'entreprend[1]. »

Alors, que faire ?

« Mourir de la rage résignée d'une société qui s'enlise dans l'ennui et l'inhumanité, ou prendre le plaisir de vivre et saisir à la gorge quiconque se met, au nom de l'économie, en travers de notre chemin […] guidé par la seule constance d'être humain et la conscience de ne l'être jamais assez[2] *» ?*

Bien sûr on se dit : comment se défendre, comment aimer, comment lutter, comment être au monde si je suis obnubilé par ma survie… ?

Vous voudriez qu'ils fussent moroses les veaux, mais non. Les enfants de l'apathie sont allumés. Ça fermente,

1. Raoul VANEIGEM, *op. cit.*
2. *Ibid.*

ça gangrène, ça ras-le-bol, ça bouge, ça rage. Alors, puisqu'ils ne m'ont pas viré, décidons la dissidence !

Rentrée 1996, 2 septembre 1996

étrangers, ne nous laissez pas seuls avec les français !

« Oui, je crois à l'inégalité des races, bien sûr, c'est évident. Toute l'histoire le prouve, c'est une banalité. »

15 % des électeurs français votent pour un parti dont le leader dit ça. Et le répète. 28 % des électeurs français [1] approuvent les idées avancées par ce même parti. Parmi les électeurs de la droite traditionnelle, 46 % affirment être en accord avec les idées de Le Pen.

Le même sondage indique que 71 % des personnes interrogées estiment que l'extrême droite représente un danger pour la démocratie.

Quelle est cette France ? Difficile à comprendre. Les statistiques ont-elles un sens ? Qui sont ces Français, que disent-ils, que vivent-ils ?

« Regarder la France comme si on n'en était pas », disait Péguy. C'est comme descendre de son vélo pour se regarder pédaler. Difficile en ces temps difficiles.

« Vieux pays de mémoire où le pluriel garde ses droits. » On aimerait croire Fernand Braudel parlant de

---

1. Selon un sondage SOFRES/RTL/*Le Monde* publié le 3 avril 1995.

cette France dans « son énorme et lente marche ». Mais nos vies sont lentes, nos espérances sont violentes.

« La vraie France, la France en réserve restait derrière nous. Elle survivait, elle a survécu. Et si les hommes n'usent pas demain de leur force diabolique de destruction, elle survivra à nos inquiétudes, à nos existences, à une histoire dramatique saturée par l'événementiel, une histoire dangereuse dansant chaque jour devant nos yeux comme le feu, clinquante, angoissante, mais qui passe. Je n'ai cessé de penser à une France en profondeur, comme enfouie en elle-même, condamnée à se continuer vaille que vaille… »

Réserve, profondeur, enfoui. Cet arrière au bout de l'exode, ces zones libres existent-elles encore ? Dans le vieux pays de mémoire, le pluriel perd ses droits.

10 septembre 1996

« une révolution est un retour du factice au réel[1] »

Abattus, les exclus ? Apathiques, les déchus ? Moroses, les veaux ? Et indifférents. Et coupables. Et ringards. Et trop vieux. Et trop jeunes. Eh t'es trop, toi ! Tous de trop. Voilà ce que nous devenons. De trop. Kleenex. Poubelle vidée.

Vides comme des flacons vides.

---

1. Victor HUGO.

Flacons vides, justement. Des petits, des grands. C'est à Chevigny-Saint-Sauveur, banlieue de Dijon. C'est la BAP : Bourgogne Application Plastique. Depuis le 10 juin, c'est-à-dire depuis quatre-vingt-quatorze jours aujourd'hui, cent trente employés sur cent soixante-quinze de cette entreprise sont en grève. Grève avec occupation de l'usine. On croyait ce genre d'action abolie. On pense aux occupations de 1936. On pense à Lip. On pense que tout ça appartient au musée des luttes ouvrières. Eh bien pas du tout. Grève avec fête, avec carnaval, avec rigolade, avec guillotine, avec carmagnole, avec tambours, tambours de la colère !

On peut toujours essayer d'être drôle, même si c'est pas gai[1].

les ouvriers n'auront que ce qu'ils prendront

Sous une grande banderole, ils ont passé l'été, tout leur été ensemble, dans leur usine occupée. Ils appellent ça une « guérilla tranquille ». Ils ont bricolé plein de choses. Une bouteille géante de 6,82 mètres de haut, des cartes postales vendues pour la caisse de solidarité. Ils ont fabriqué un parfum. *Parfum de solidarité*. Et c'est à ce parfum qu'on va vous mettre. Le parfum, les mots, les voix. Quelques-unes parmi les 60 000 dans notre bel Hexagone dont l'emploi est menacé ces temps-ci.

Si dans le poste on entend parfois ces « gens-là », c'est toujours en train de brailler dans une manif, ça dure quelques secondes, ou bien c'est le délégué syndical qui cause, maladroit, sous l'œil narquois du journaliste, mais surtout, on parle en leur nom, accapareurs, commentateurs de toutes espèces. Alors, pour une fois, c'est à eux la parole, c'est-à-dire à nous, à

1. Antoine BLONDIN.

notre inquiétude qui paralyse, à cette maladie honteuse qui est en train de se changer en colère.

11 septembre 1996

le rmi, voilà l'ennemi !

Un jour c'est le FN, c'est « vive l'inégalité raciale », le lendemain, c'est « vive l'inégalité sociale ». Un jour, on jette le Juif, le bougnoule et le nègre du Mali, le lendemain, on tire sur le RMI.

Le RMI, voilà l'ennemi !

Le Monde, 14 juin 1996 : le président de la Lyonnaise des Eaux gagne quatre millions et demi de francs lourds de salaire, 500 000 francs de jetons de présence et dispose d'un plan de 35 000 stock options.

En France, 908 000 personnes perçoivent au titre de revenu minimum d'insertion, chaque mois, 2 374,50 francs.

Inégalité sociale, inégalité raciale, même combat. Combat pour la domination d'une race, combat pour la domination d'une classe en utilisant la même vieille ficelle : la guerre des pauvres contre les pauvres. Que le petit Blanc chômeur dégomme le balayeur malien, *Untermensch* contre *Untermensch*…

Bien sûr que Le Pen ne va pas s'attaquer à la « culture RMI », le désarroi des petits Blancs constitue une partie importante de son fonds de commerce. C'est sur cette douleur qu'il s'engraisse.

Faut-il interdire Le Pen ? Faut-il appliquer les lois que nous avons votées contre l'incitation à la haine raciale ?

Mais contre la haine sociale, avons-nous des lois ? Contre ceux dont le rôle est de réduire les inégalités et qui ne s'attaquent pas à la pauvreté, mais au pauvre, au pauvre lui-même.

Pour l'étranger, il y a le charter, généralement vers l'Afrique. Mais le pauvre, comment s'en débarrasser ? Le déguiser ? Le reléguer ? De l'exploitation à l'exclusion, de l'exclusion à l'élimination. Comment le faire disparaître ? Le plus cynique, c'est d'en faire un fraudeur. Exclu, parce qu'il le veut bien. Pauvre, donc malhonnête. Les RMistes roulent en BMW. Donnez-leur du pain, ils voleront la brioche ! Criminaliser la misère. Vieille recette.

Les fraudeurs du RMI seraient de 1,5 %, tout au plus. 10 % seraient versés « indûment ». N'y a-t-il pas d'autres détournements plus scandaleux dans notre République ?

Heureusement, le pape arrive la semaine prochaine avec ses messages de fraternité, d'amour, de justice et de compassion. Il était temps !

Mais tiendrons-nous jusque-là ?

12 septembre 1996

Il va le dire le pape, il va le dire sans détour, il va se prononcer contre l'apologie du racisme par le Front national. Il va faire écho à la déclaration de l'épiscopat français au sujet de Le Pen : « Quand un homme public ose affirmer comme une vérité l'inégalité des races, il y a danger pour l'ensemble de la société. »

Non, JPII n'est pas la marionnette moribonde de l'Opus Dei et de l'Ordre moral. Non, il ne vient pas changer les capotes en calottes. Non. Il vient en ami au chevet de notre France rongée par ce cancer. Nous sommes les plus atteints de toutes les démocraties. Ce n'est plus sous le manteau, dans les marges, c'est dans la rue, partout, au cœur même du pays.

Plus d'un Français sur trois approuve les idées du Front national. Charles Pasqua dit partager les idées du Front national.

C'est la faute à l'exclusion, aux inégalités croissantes, c'est la faute au chômage et à la menace de chômage. On le sait, c'est la faute aux affaires, à la corruption, aux impunités qui sont le fumier dont l'extrême droite se délecte toujours. C'est la faute à la droite gaulliste, qui n'a pas su rester populaire. La faute à la gauche qui s'est convertie au réalisme économique. Livres, études, reportages, analyses. Incroyable la quantité de matière grise mobilisée depuis des années…

Alors que dire de plus ? Se taire ? Interdire ? Ou débattre, espérant que le fascisme est soluble dans la démocratie ? Des Allemands devaient y croire, aussi, au début des années trente.

Qu'ajouter ? Qu'on est contre ? S'héroïser, faire l'indigné… Faire dans l'antiracisme tout aussi glapissant, le micro à la main, croiser le fer avec la bête et faire péter l'audimat ! Organiser un grand concert avec des chouettes briquets d'amour…

Le Front national, c'est nous. Nous tous, qu'on le veuille ou non. « C'est l'expression la plus nue, la plus crue de l'ensemble de nos choix, de notre présent », écrivait Anne Tristan en 1988. Cette journaliste s'était infiltrée pendant six mois à Marseille dans une section du FN pour raconter la France gangrenée par le Front national.

Qui sont ces Français qui se ruent dans les bras du leader qui avive leurs blessures avant de leur offrir la haine pour salut ? Des salauds ? Des fachos ? Des beaufs ? Des skins ? C'est ce qu'on a voulu voir et c'est dans la rue que nous allons, dans cet *immonde remous*. Vous allez dire : « Écouter, c'est se salir. » Peut-être… Mais « 15 % de Français votent pour le FN et je ne crois pas qu'il y ait 15 % de pourriture en France ». C'est ce que dit le père de Nicolas, Michel Bourgat.

Toute la France connaît le nom de cet homme. Toute la France sait ce qui s'est passé le 9 septembre à Marseille. Au coin de la rue des Abeilles, Nicolas Bourgat, quatorze ans, a été tué de deux coups de couteau par un jeune garçon de quinze ans, Kthab, Français dont les parents sont d'origine marocaine.

Marseille en état de choc. Ville de mélange depuis toujours. « Les Marseillais sont de braves gens qui s'aiment de détester ensemble », disait Albert Cohen, Juif et Marseillais d'adoption.

Le père du jeune Nicolas, Michel Bourgat, médecin, a multiplié les déclarations afin d'éviter toute récupération politique, tout amalgame raciste. Malgré tout, le Front national a décidé d'organiser une marche contre l'immigration. Ne pas manquer l'occasion de s'emparer de l'émotion suscitée pour la détourner au profit de la haine. Ne pas manquer l'occasion de venir s'engraisser sur le chagrin, sur les blessures. C'est le procédé classique de la dévoration des victimes…

Le Pen, virtuose de la répulsion. Mais les gens qui le suivent, qui écoutent, qui partagent ses idées, qui sont-ils ? Que disent-ils ?

Les manifestants du FN sont regroupés au coin du Vieux-Port. La foule s'épaissit. Ils sont 1 000, 2 000. L'ambiance est lourde, sous un ciel bleu. Beaucoup ont été conduits en car depuis Toulon, Vitrolles, Marignane, Orange… Certains exhibent leurs convictions. On voit des badges FN au revers des vestons, des banderoles : « Immigration = insécurité », « Non au racisme anti-Français », des drapeaux avec fleur de lys, des drapeaux tricolores en berne avec crêpe noir.

Certains sortent tout droit d'un dessin de Cabu : crânes rasés, rombières prêtes à glapir… quelques treillis çà et là… Une grande majorité d'hommes. Moyenne d'âge quarante-cinq-cinquante ans. Mais, pour la plupart, ce sont des gens « bien ordinaires » sur lesquels on ne peut coller aucune « étiquette sociale ».

Il est exactement 11 heures.

Comme l'aileron d'un requin, la voiture de Jean-Marie Le Pen fend la foule et s'arrête.

19 septembre 1996

le pen ! le pen !
le pen ! le pen !

Quel est le plus important, le nom de cet homme ou bien ceux qui hurlent le nom de cet homme ?

Son discours n'avait pas varié depuis des décennies, mais ça n'intéressait guère. Un petit commerce de la haine, pour quelques abonnés. Au tournant des années quatre-vingt, des milliers, des millions se sont tournés vers lui. Soudain, une frange de France a réinventé Le Pen, une frange de France qui va en augmentant, en s'organisant, en s'enracinant.

On l'a dit et redit, Le Pen lui-même n'est que le symptôme. On peut casser le thermomètre, ça n'empêche pas la maladie.

Le Pen, c'est lui, mais c'est aussi ceux qui crient. Des affreux, des salauds, des beaufs, des skins, des collabos, des vieilles ganaches, des fachos, des rombières hystéros, des prolos anciens cocos, des p'tits Blancs méchants ? Une sorte de famille Adams grimaçante et glapissante… Le Grand-Guignol qui fait péter l'audimat à tous les coups…

Ce serait eux, et puis il y aurait nous. Entre eux et nous, il n'y aurait rien à voir. « On ne discute pas avec le racisme, on le combat ! » Pas d'analyse, on condamne. Pas de pourquoi, pas de comment, on interdit, c'est tout.

Face au retour de l'innommable, la peur nous rend aveugle et muet. Moins on en parle, mieux ça va. « Ne faites pas leur lit ! Ne faites pas leur jeu ! » Ça fait peur, ça fait froid dans le dos…

La peur comme réponse, la peur comme futur. La peur des uns contre la haine des autres, le front de la peur contre le front de la haine. Voilà la stratégie du Front national. Voilà dans quoi le Front national veut et parvient à nous faire tomber. Dresser les uns contre les autres, les « eux » et les « nous ».

Qui sont ces « eux », ces F-haineux ? Comment faire la différence entre le ras-le-bol et le ra-cisme ? Entre le coup de gueule et le pas de l'oie ? Peut-on franchir cette frontière entre les « nôtres » et les « autres », entre la peur et la haine ?

30 septembre 1996

monsieur debré, écoutez-moi...

La loi qui porte votre nom, serait-il possible de l'appliquer pour moi ? Je vous explique, M. Debré : il y a un clandestin chez moi. Non, pas seulement chez moi, mais « en moi ».

Sans papiers, sans frapper, je ne sais depuis quand il est là. Ma mère aurait-elle fauté ? Je n'ose pas lui demander. À quoi ressemble mon clandestin ? Impossible à dire, il n'a pas de papiers, pas de photo d'identité, peut-être même n'a-t-il pas forme humaine. Certes, il est noir, sale, hirsute, menaçant, puisqu'il est fait de toutes mes peurs. Il prend toute la place dans le lit. Je ne suis plus chez moi ; je veux dormir, lui, pas le moins du monde ; je lis un ouvrage anodin, il me fait faire des rêves répugnants. Si, au contraire, je danse avec Hortense, c'est l'inverse, il fait ramadan. Oui, il est musulman, ou juif peut-être. Pédé en tout cas. *Un pédé clandestin en vous*, vous voyez ça M. Debré ? Alors, faites quelque chose pour moi ! En plus, il est polygame, il est excisé, il a dix gosses, il vole l'argent des allocations familiales, il ne veut pas parler français comme tout le monde, c'est-à-dire comme moi. En un mot : il ne veut pas m'intégrer. Alors, une frontière, vite ! une clôture, un mur, une prison, une préférence nationale ! Mais pas l'autre EN moi !

Jadis, j'étais comme tout le monde, c'est-à-dire que je ne voulais pas être comme tout le monde. « Qui suis-je ? », me demandais-je. « Je suis ce que je ne suis pas », me répondais-je. « Qu'est-ce que je ne suis pas ? », m'interrogeais-je. Et je me répondais : l'AUTRE !

Voilà la distinction : il y a moi et il y a l'autre. Pour exister il faut de la différence. Pour faire de la différence il faut fabriquer de l'AUTRE. La différence ?

Facile : ethnique, sociale, de génération, sexuelle. Chacun à sa place. Mais justement, voilà : j'ai perdu ma place.

Grande peur et grande misère d'aujourd'hui, chacun redoute de perdre sa place. Moi, jusqu'alors, je n'avais pas besoin de cette haine identitaire pour me sentir exister. Mais j'ai découvert ce bonheur moche, cette dégueulasse consolation : *ce plaisir de haïr ensemble.* J'ai suivi cette manifestation du Front national. J'étais là par hasard. J'ai suivi jusqu'à la statue dorée de Jeanne d'Arc, rue de Rivoli. J'ai été saisi par cette drôle de joie, cette émotion qu'ils partageaient entre eux, entre eux seulement, pas les autres. Oui, j'ai vu qu'ils s'aimaient de haïr ensemble. Je les ai rejoints. Là, j'étais quelqu'un, j'avais ma place.

Jusqu'à ma glace.

Un matin.

La glace de ma salle de bain où j'ai vu dans mes yeux les yeux du clandestin.

Dans mes propres yeux, dans ma propre salle de bain.

Monsieur Debré, je vous en supplie, aidez-moi !

2 mai 1997

sauvons une espèce menacée : le pauvre !

Au seuil de l'hiver rigoureux, une menace pèse : aurons-nous encore assez de pauvres pour toutes nos bonnes œuvres ? Guerre à la pauvreté, déclarations gouvernementales, croisades charitables. Le pauvre est traqué, la pauvre va disparaître. Imaginons un monde sans pauvres : plus de petits ventres vides, chez nous, plus de RMistes, plus de sans-logis, c'est l'abbé Pierre sans béret, les médias sans sujet, les Restos du cœur avec un pacemaker. Plus de pauvres, comment soulager ma conscience, comment apprécier mon confort, comment me donner à moi-même l'image d'une petite Mère Teresa ?

Imaginez le pauvre qui refuse ma petite pièce, disant : « Non merci, vous m'avez déjà donné. »

Plus de pauvre, ça signifie plus d'épouvantail, plus de repoussoir, plus de défouloir. Qui mépriser ? Quelle pédagogie pour mes enfants ? On connaît toutes les fortes vertus, tous les grands principes que le pauvre suscite.

Échapper à la pauvreté, voilà le seul vrai sens de la vie.

S'il n'y a plus de pauvres, il n'y a plus de riches, et s'il n'y a plus de riches, on ne peut plus devenir riche et alors tout fout le camp, notre rêve est rendu impossible : nous enrichir ! Du pognon, du pognon, du pognon. *Gold is God.* Tout ce que nous adorons, de Tapie à la reine d'Angleterre, c'est des riches… Or s'il n'y a plus de riches on ne peut plus espérer devenir riche, et c'est cet espoir-là qui nous fait vivre, qui fait qu'on encaisse, qui fait qu'on fait marcher la machine sans moufter, qu'on se fait jeter en silence. Le pauvre c'est l'ordre du monde. Le pauvre c'est la paix du monde.

« Vive le pauvre ! » C'est le vrai progrès, l'authentique modernité, il y a toujours eu des pauvres, la pauvreté fonde l'histoire du monde, le pauvre c'est l'avenir de l'homme. Il nous faut des pauvres. Combien ? Une société prospère compte beaucoup de pauvres. Qu'on ne le voie pas trop, certes, mais ici et là pour orner la sortie d'une messe, pour pimenter un reportage de télé un soir de Noël, monsieur le Pauvre en noir et blanc avec un accordéon famélique. Et puis, il sera content le pauvre, un sourire éclairera son visage douloureux, montrant ses trois vieilles dents aux caméras, quelle plus belle récompense ? Oh, certes, le pauvre est un souci, c'est une nuisance parmi d'autres. Il faut le surveiller, le repousser quand il incommode la vue ou l'odorat, quand il compromet l'atmosphère d'une rue commerçante, quand il fait ses besoins à votre porte, mais il faut surmonter votre dégoût, le mieux est d'avoir vos pauvres, quelques-uns dans le voisinage, ou même quelque part dans le vaste monde. La mondialisation du pauvre est vieille comme le monde. Il faut certes le nourrir, mais pas trop, il faut que les côtes restent saillantes, que le ventre de l'enfant reste ballonné, et avant tout, mettez des gants, il arrive que le pauvre morde la main qui le nourrit. Cela indique qu'il a assez de force pour vous mordre : il aura trop mangé. Il convient alors de prendre les mesures. Mais c'est rare qu'on y soit contraint. Le pauvre ne se révolte pas. Il ne perturbe pas l'ordre social. La pauvreté rend imbécile [1].

Et puis, sans le pauvre, comment sentir le passage des saisons ? Tout comme le beaujolais ou les collections d'hiver, il y a la mort du pauvre sous son tas de carton à cause de la froidure et de l'indifférence de la société sans cœur, la méchante… Cette saynète est un rituel saisonnier comme les santons pour la crèche, une purge avant la dinde. Chacun fait son indigné, l'œil humide, le consensus vertueux, on prend des mesures, des mesures de quoi ? Les mesures du cercueil peut-être…

D'ailleurs, je m'adresse à toi ami pauvre, toi à qui une bonne âme discrète vient d'offrir un petit transistor que tu écoutes collé à ton oreille. Au nom de tous, je te dis

1. On peut le déplorer.

merci pour le rôle indispensable que tu tiens depuis toujours.

Sans toi, la vie n'aurait plus de sel, plus de sens.

Supprimer la pauvreté c'est comme supprimer la mort.

Et quel goût aurait mon caviar si toi, le pauvre, tu pouvais en manger ?

18 novembre 1991

journée spéciale abbé pierre

Jour de bonne conscience.

Jour de fausse colère.

Quand la charité revient, c'est que la justice sociale est mal en point.

C'est que la politique fait l'impuissante.

Calcul, cynisme, mépris ?

La charité OU la justice. Il faut choisir.

La France a choisi. Elle vote pour les riches et pleure sur les pauvres.

« Consommez, consommez, soyez gentils, achetez-moi une voiture », nous dit M. Balladur.

Alors que marche à fond la machine à exclure.

La Bourse augmente, le chômage aussi.

Il faut que le chômage augmente pour que la Bourse augmente.

C'est ainsi.

Jour de charité aujourd'hui.

Charité audimat, charité-produit. Merci l'abbé !

Quand même, étonnant, de Coluche à Kouchner on n'a pas réussi à le faire taire ce curé ! Comment s'en débarrasser ? Faites-lui sa fête. Organisons la nuit des bérets d'or, ouvrons le parc Abbé-Pierre-land, qu'on y mette ces salauds de pauvres, ces sans-logis, ces RMistes, ces Maliens de Vincennes, ces Tsiganes de Nanterre, ces bougnoules de partout, et ces vieux de Sarajevo, et ces mômes de Mogadiscio, et ces Indiens du Mexique, et ces putes de Bangkok, et ces paysans sans terre, et ces gosses qu'il faut bien abattre…

Mais…

Mais le parc existe déjà !

C'est les trois quarts de la planète !!!

Les trois quarts qu'on ne veut pas voir mais qui nous regardent.

Et qui vont sortir du placard si vous faites pas gaffe !

Alors bouclez-la, bouclez-les, enfermez, endormez, promettez !

(Ah coco, fais-moi un plan serré, là, regarde ce plan, non mais regarde quelle provoc : les croquenots de l'abbé sous les lustres de l'Élysée !)

L'abbé Pierre remplacera-t-il un jour Lénine dans son moche mausolée ?

2 février 1994

joyeux noël !

« Nous voulons être utiles. »

C'est écrit en lettres rouges sur une banderole accrochée aux fenêtres sans lumière d'un dessin de Tardi. Un soir de suie, rue Denis-Papin, à Saint-Étienne. « Nous voulons être utiles. » Ça s'adresse à qui ? Éclairage cru dans la rue vide à cette heure-là. « Nous voulons être utiles. » Qui a écrit ça ? Des élus corrompus soudain repentis ? Des notables nantis trouvant pour Noël un chemin de Damas ? Intellos, journaleux, collabos lassés d'astiquer l'ordre des choses dans le sens du poil de chameau ? « Nous voulons être utiles. » Dans cette ville de la poisse tenace, qui a commis ces mots ?

Des sous-hommes. Des intouchables. Des SDF. Un collectif de SDF qui se prend en main. Des « sans domicile fixe », sans crèche comme l'étaient la maman et le papa du petit Jésus il y a bien longtemps, exactement à l'heure qu'il est.

De toutes les petites et grandes abjections qui se font dans mon média de métier, il y a chaque année, un peu avant Noël ou au moment des grands froids, la « spéciale SDF ». La caméra braquée sur sa gueule de vomi, chaque hiver le revoilà, SDF superstar, le figurant le plus familier des intermittents de la société du spectacle que nous nous offrons pour les fêtes.

Le SDF est un très bon produit média de fin d'année. Comment ne pas voir là ce qui n'est rien d'autre qu'une escroquerie morale ? SDF business, la concurrence des bienfaiteurs qui viennent dire devant les caméras et les micros : « Je fais le bien et je veux que ça se sache. » Le chanteur de variétés indigné devant la méchanceté pas gentille de ce monde sans cœur et toute la ronde des vertueuses incantations.

Ainsi, chaque Noël, en cette froide nuit, on le sort de son carton et on exhibe à la fenêtre de nos télés ce Frankenstein social. Il ne suffit pas d'être heureux, encore faut-il que les autres morflent. Histoire de donner un peu plus de moelleux à la dinde, un peu plus de parfum à la truffe sur fond de neuvième symphonie et de Tino Rossi. Partout la même vertueuse gonflette avant les fêtes, nous voilà tout ruisselants de bons sentiments, bonnes âmes, bonnes sœurs, braves gens. On ressort le même reportage que le Noël d'avant, les mêmes spécialistes, les mêmes témoignages, les mêmes indignations de réveillon.

C'est le comique de répétition. Sans feu ni lieu, ni foi ni loi, innommable, sauf par ces trois lettres : SDF, ils sont les guignols visibles d'un gigantesque cancer social qu'on ne peut pas indéfiniment maquiller.

Comment se débarrasser de ces hommes en trop ?

Il ne leur manque que la parole. Leur parole est confisquée par tous ceux qui parlent en leur nom, qui les observent, qui les regardent. Sociologues, journalistes, chefs d'entreprise humanitaire. Mais ceux de Saint-Étienne disent : « Nous ne voulons plus d'humanitaire, nous voulons de l'humanité. »

Voilà que soudain nos victimes ne veulent plus jouer le jeu de la victime. C'est leur rôle, pourtant ! Être les relégués, être les assignés. Victimes, non pas acteurs. De la souffrance. De l'injustice. L'aliment de ma compassion, ce que je peux dévorer, ma victime, mon objet, mon autre, mon pauvre.

Qu'est-ce qu'un pauvre ? C'est quelqu'un comme nous, disait Coluche, sauf qu'il n'a pas d'argent. Et voilà qu'à Saint-Étienne ceux du dix-septième dessous de tout se prennent par la main. Ils appellent leur association *Main dans la Main* et ils occupent une maison appartenant à la Ville de Saint-Étienne. Ils ont un projet, des lits de repos, des cars pour visiter les squats, ils ont des idées. C'est un événement considérable. Toutes les caméras devraient être là, à Saint-Étienne, capitale de la dèche industrielle, de tous les « dégraissages » ! Si j'étais le maire de Saint-Étienne, je serais très fier d'annoncer ça à la planète, ici, pour la première fois, des SDF eux-mêmes disent : « Ce n'est pas de l'assistanat que nous voulons, c'est qu'on aide nos initiatives et nos projets. »

SDF, hommes réduits à trois lettres, qui parviennent à se rebiffer contre cette violence qu'ils avaient jusque-là retournée contre eux-mêmes. Des hommes qui disent ce que cette société ne voudrait surtout pas être alors qu'ils incarnent ce qui nous ronge.

Peur des exclus, peur d'être exclus.

Il y a dix ans, nous avions fait un reportage avec Denise Brigou, officière de l'Armée du salut, dans les soupes de nuit à Paris. Ceux qui sont auprès des SDF se posent tôt ou tard la question de leur action : « Est-ce que je ne suis pas en train d'anesthésier, de banaliser, de permettre à l'injustice de se faire accepter ? », et mesurent leur inutilité. La compassion ne peut pas servir de politique. On ne peut pas confondre la charité et la justice.

Un vieux Tampax dans la bûche, deux panaris dans la dinde ou trois asticots dans le chapon fermier du Gers, voilà à quoi ressemble notre petit conte d'aujourd'hui.

Joyeux Noël les amis !

Saint-Étienne, 24 décembre 1997

la gueule de l'emploi, manif des chômeurs

P*as représentatifs, manipulés, minoritaires*, selon le gouvernement. Le gouvernement a bien raison. Les chômeurs doivent se taire. Mais comment les faire taire ? Combien ça coûte pour qu'ils la bouclent ? Quelles lunes leur promettre ? Quelle carotte ? Quel bâton et combien de CRS ?

Revoilà la chanson du dédain gestionnaire, de gauche cette fois, la chanson du mépris et le chœur du soupçon. Fainéants, perdants, pas adaptables, trop vieux, trop jeunes, trop lents, trop lourds, trop chers, trop.

Jusqu'où le cynisme ? Depuis des années, on diagnostique une société d'inquiétude, sauf qu'il y a beaucoup plus d'inquiétude que de société et, bien sûr, tensions, amertume, ressentiments se répercutent dans la vie privée. L'exclusion se reproduit dans la cuisine, dans la chambre à coucher et la France devient Prozacland.

Tapez « chômage » et vous aurez un tas d'ouvrages, d'études, de recherches et de documents. Mais tapez « chômeur » et alors là… Le chômeur, c'est qui ? Sous les chiffres et les analyses, on oublie que c'est quelqu'un comme vous et moi.

C'est pas d'hier que les chômeurs et les précaires, en France, essayent de s'organiser, de marcher, d'exister. Mais c'est lent, c'est long parce qu'il faut trouver un rapport de forces pour se faire entendre.

Voilà que les « en trop », les jetables et les jetés, chômeurs et précaires en colère, ont enfin soulevé le couvercle, brisé le silence, la honte de soi-même, la solitude, l'humiliation. Plus rien à perdre. Au bout d'années et d'années de mépris, ils disent la souffrance d'une sous-France. Reprendre pied, oser lutter, s'organiser. Ça crie, ça craque, ça bouillonne et l'écho est solidaire. Mobiliser les émotions ne suffit pas. Ce n'est qu'un début…

7 janvier 1998

pour en finir avec le chômage

Pour en finir avec cette histoire de chômage, il suffit de pousser jusqu'au bout la logique des trente-cinq heures.

Si personne ne travaille, il n'y a plus aucun chômeur. Nouveau slogan : « Plus de boulot, plus de "chomdu". »

Voici la solution : il y a, disons, quatre millions de sans-emploi. Si on passe aux trente-cinq heures, la moyenne de réduction du nombre de chômeurs annoncée est d'environ 500 000. Avec les trente-cinq heures, on passe ainsi de quatre millions à trois millions et demi de chômeurs.

Continuons le raisonnement : si on passe de trente-cinq heures à trente heures, ça fait trois millions. Il n'y a plus que trois millions de sans-emploi. On continue ainsi : on réduit à vingt-cinq heures, on arrive à deux millions et demi de sans-emploi ; puis à vingt heures, il en reste deux millions ; à quinze heures, il reste un million et demi ; à dix heures, il reste un million ; lorsqu'on ne travaille plus que cinq heures par semaine, il reste 500 000 chômeurs. Et lorsqu'on arrive à zéro heure par semaine, il y a zéro chômeur.

Ah, bien sûr, c'est une action de longue haleine, mais on ne peut pas toujours se laisser tyranniser par l'immédiat ! Refusons l'urgence ! Il nous faut seulement un petit millénaire pour réaliser ce plan d'envergure. Et, d'ici là, que ceux qui n'ont rien n'en demandent pas plus.

28 janvier 1998

que sont les chômeurs devenus depuis qu'ils sont sortis de ma télé ?

La manif, vous avez pas vu la manif ? On nous a dit qu'il y avait une manif de chômeurs. Ah bon, c'est fini ?

Fini, gommé, évanoui à la télé, journaux, radio. Pradel, reviens, les chômeurs sont perdus de vue !

Sortis de la piste du petit cirque de l'info. L'info, c'est la conso, c'est le McDo. Tout le monde sait ça. Il faut varier la variété. Ils ont été, d'ailleurs, excellents ! Six semaines ils ont tenu !

Mais quand ils sortent de ma télé, est-ce qu'ils font comme le PPD, est-ce qu'ils vont se démaquiller ? Est-ce qu'ils vont enlever leur fond de teint gris, leur gueule qui vous plombe le moral, leurs propos pas positifs, leur regard qui voit tout en noir ?

Il nous reste l'énergie du désespoir. Comme dit François Brune : « Source d'énergie indispensable à l'économie planétaire. L'énergie du désespoir étant inépuisable, les classes possédantes la prodiguent sans compter aux masses démunies [1]. »

29 janvier 1998

1. François BRUNE, *Médiatiquement correct*, Paris-Méditerranée, « Les pieds dans le plat », Paris, 1998.

la belgique, un modèle de désarroi

350 000 Belges accrochés à des ballons blancs. Colère blanche, révolution des larmes, larmes de fond, communion émotionnelle. Le 20 octobre 1996, les Belges, les dérisoires Belges, en blanc, avec des formules simples, des mots à eux, tentaient de reboiser l'âme humaine.

Atmosphère saturée, obsédée, overdose. La risible Belgique patauge dans la psychose, cause et cause et cause et répète. L'horreur, la honte, la rage, le besoin de justice, la révolte depuis des années accumulée en silence. On cause, on cause, on cause encore et encore. C'est une foire à la parole qui ne veut pas s'arrêter. La Belgique n'est plus un État, c'est un état de choc.

Des photos d'enfants morts partout. Enfants torturés, violés, vendus. Enfant. Un produit comme un autre puisqu'on a payé. On l'a vu en Thaïlande, à Manille, au Bangladesh, sauf que là, c'est ici. C'est arrivé près de chez nous. Nous avons perdu conscience. Nous avons perdu connaissance. Tout se vaut, tout n'est que produit. Un enfant est un produit. On peut le vendre à des fins de torture. *Chacun est libre, puisqu'il paie.*

Entre la pub et le reportage, c'est le même tonneau, le même feuilleton. Les droits de l'homme, la démocratie, les valeurs morales circulent comme n'importe quel produit. Aujourd'hui, les mêmes caméras qui attendaient Dutroux ou Julie et Melissa guettent les cadavres du Kivu. Demain, elles filmeront les saucissons Justin Bridoux.

Monstrueux fait divers, l'affaire Dutroux, un réseau de pédophiles psychopathes, la découverte de corps de petites filles torturées, assassinées. Et aujourd'hui, contre qui cette calme et immense colère des Belges ? Contre eux-mêmes d'abord, et contre les institutions politiques, judiciaires, contre la police, contre le dysfonctionnement complet de l'État. Plus d'État, plus de justice, une république bananière sans bananes.

Des crimes contre les enfants, rien de nouveau. Pourquoi maintenant ? Parce que, face aux fractures, on se replie sur l'ultime refuge qu'est la famille, l'enfant y est d'autant plus sacré.

Mais aussi parce que, s'il n'y a plus de balises, plus de barrières, un vertige vous prend : si je ne suis pas protégé, *qui pour m'arrêter moi-même*, quel garde-fou ? Ce fou en moi qui me menace, cette folie en moi : *Retiens-moi, je vais faire un malheur*. Si personne ne vous entend quand vous dites ça, s'il n'y a plus personne, la peur des pulsions qui sont en nous, ce monstre qui en chacun sommeille, s'agrandit.

Cette crise constitue le laboratoire d'une décomposition prémonitoire de l'Europe. Décomposition, ça ne veut pas dire déclin, ça veut dire mutation, recomposition. La Belgique est devenue une plaque sensible qui révèle ; un miroir où se donnent à voir toutes les dérives de l'Europe de l'horreur économique. Un ventre lourd de fractures à venir.

Mais Marc Dutroux et la « marche blanche », c'est aussi la revanche du fait divers sur ceux qui méprisent ce *genre-là* et ces *gens-là*, même si c'est tout un peuple qui s'est retrouvé pour un jour, pour un blanc dimanche, dans la même communion émotionnelle. Les malmenés, les refoulés, les exclus, les « en trop » dont la profonde indignation, la colère blanche, ébranle le monde. Les petits – comme des petits enfants – font trembler les colonnes du palais de justice de Bruxelles, au-dessus des Marolles. Révolte morale ou ordre moral ? Au pied du palais, des vagues de colère viennent s'échouer. À travers les parents des victimes, seuls porte-parole écoutés devenus leaders, maîtres à penser, voici qu'un instant, l'élite politique, la magistrature, le gratin du mépris institutionnel, intellectuels, éditorialistes, jusqu'au roi lui-même, doivent se plier à la révolte des spaghetti et des ballons blancs.

Dérisoire ? Oui, dérisoire. Ce dimanche-là, le peuple s'est lavé plus blanc, s'est donné l'image d'une grande famille réunie autour des tombes des petits enfants morts. Flamands, Wallons, Bruxellois, immigrés italiens, marocains, laïcs, chrétiens, juifs, musulmans, tous communient. Un curé demande : « Dieu est-il sourd ? » et on l'écoute.

Candide ? Oui. Candide, ça vient d'un mot qui veut dire « blanc ». Attention à notre mépris pour ces candides-là. Les Belges habitent un pays dérisoire et ils ont le sens de la dérision. Bien sûr, on peut se demander s'il s'agit de populisme ou d'un mouvement populaire. Beaucoup prédisent la récupération et le naufrage de ce mouvement.

Lorsque le bloc de mal se détache du plafond, chaque fois, nous nous faisons croire que nous nous empressons d'en extraire la substance des songes, la moelle des mythologies, les symboles, les enseignements, les mémoires, les morales, les lois, les lumières. Mais bien sûr que non. Après en avoir goulûment aspiré toute la forte émotion, fiel et crème, bien à fond, nous jetons. Nous planquons, nous refoulons. Comme s'il s'agissait d'assurer le pourrissement et d'entretenir les germes jusqu'à la prochaine délectation.

Cette fois, non. Il a cassé la baraque à frites de cette dérisoire Belgique. Une affaire d'État, une affaire d'Europe. Sortez de vos abris, sortez de vos télés, cassez les chaînes, crevez l'écran, vous n'êtes plus dans le feuilleton, amis belges, vous êtes dans la rue, vous êtes dans la vie !

5 novembre 1996

vittorio, charly, bobby, fifi...

Eh, toi, comment peux-tu me parler de la vie alors que tu ne veux rien savoir de la mort ?

Vittorio... Lisa... tu dors... t'es mort ?
Pas encore
Dis, c'est quoi au juste ton nom
Crevette, Crevure, Lisa, Vittorio ?
Eh, raconte ta vie, vite
une tranche
entre la peau et les eaux usées
les égouts et les douleurs
fais-nous la fleur du boxon
fais-nous la pépite dans le tas de charbon
fais-nous le soleil sur le charnier

le temps presse le temps est compté
tu es chacun de nous
mais toi tu sais ce qui te consume
et même tu aimes ça
Vittorio-Lisa

Ça se passe entre Mons et Charleroi
un camping caravaning un dimanche d'octobre
un ciel si nord
cicatrice
Tu vis là
On sait de quoi tu meurs, mais de quoi tu vis ?
Dans ta robe de marié linceul
tu tailles des pipes sur le parking de nuit
des routiers te parlent de leur mère
des pères de famille chialent dans tes bras
des vieux des malmenés qui rêvent
des beaux quelquefois des curés sympas
Ta robe blanche relevée tu te fais immaculer
vierge folle fleur d'oranger
grâce impure pure enfance
ô blasphème les tabous pètent
la Sainte Vierge en chie de plaisir
et nul n'est plus pur que toi et ton boyau culier

Je pense à tous tes petits matins cendriers

les seringues sur le parking
les mégots les capotes
et toi la gueule grise comme ton père gueule noire
mineur rital ton père italien immigré
au temps de la prospère et coloniale Belgique
Même combat lui et toi
Silicose hier sida aujourd'hui
Prolétaire de tous pays, une plume dans le cul
démerdez-vous !

Vittorio-Lisa sais-tu où sont passés Genet, Pasolini…
Ils t'auraient bercé, petit
Tu ne comprends pas ce que je dis
Vittorio, Lisa, crevette crevure
tu incarnes à toi tout seul ce monde
un bout d'ici-bas aujourd'hui
Mort pour la fange
Est-ce qu'on écrira ça un jour sur la tombe du SIDA inconnu ?
Sur quel monument majestueux
quel arc de triomphe en forme de cul
quel phallique obélisque quelle capote de bronze
quelle fontaine de sang contaminé
offriront nos courageux politiques
aux enfants de l'apathie reconnaissante ?
Aux héros des temps qui gourent.

En attendant ce jour, en attendant
il faut qu'on finisse le chalet
Voilà pour l'immédiat le souci de Vittorio et de Charly
(et de Bobby le chien et de l'oiseau Fifi)
Finir le chalet
Arracher quelque chose à la mort
si pressée de séparer ta viande de tes os.
Finir le chalet
et tout ce qu'on n'aura pas dit
et l'accordéon de ton père et sa belle voix d'Italie
ô cette grâce un instant
ne pas décourager ceux qui viennent
ne pas faire de peine, mourir en beauté…
Cette féroce tendresse enfin, qui vient si tard, si rare
pour nous bercer d'être
en attendant le chalet
Cette grâce infinie de Vittorio et de Charly
(et de Bobby le chien et de l'oiseau Fifi…)

Confession d'un enfant fin de siècle
d'un *enfin*
fils de mineur, homo, chomdu, sida, junky
et de son amour et de son copain Charly
lui aussi atteint par amour

Mais n'en jetez plus n'en jetez plus

des Vittorio, des Charly, des Lisa, des…

tu dors ? T'es mort ?

Tu mords encore ?…

5 octobre 1994

la vie manque d'emploi

Pourquoi Henri s'est-il flingué ?

Henri Ruffaut, gardien d'immeuble rue Rébeval, à Belleville, à Paris, suicidé le 13 septembre 1995. Pourquoi ?

Suicidé. Mort volontaire. Meurtre contre soi-même. Un tabou. Une réprobation consternée. Pourquoi ? Des réponses, il y en a. Des milliers d'écrits. Mille explications. Mais le suicidé cache la forêt. Forêt dont l'homme est fait. Inextricable, inexplicable, même à lui-même. Le suicidé cache sa forêt enfouie dans sa cave à lui.

Cave. C'est là qu'on a retrouvé Henri, pendu, le 13 septembre 1995. Pourquoi ? On ne peut pas l'expliquer mais on ne peut s'empêcher de l'interpréter. Le suicidé est un miroir pour les vivants qui persistent, secoués, renvoyés, rappelés à l'évidente fragilité.

Autour de la mort d'Henri Ruffaut, gardien d'immeuble, quatre lettres : CSMH (Comité de soutien à la mémoire d'Henri). Qui a fondé ce comité ? Qui en fait partie ? Les habitants de cette cité dont Henri était le gardien. Un gardien qui avait fait d'une cité ordinaire un village convivial.

Aux yeux de ce comité, Henri Ruffaut a été victime d'un « harcèlement moral ». La cause de son geste serait le cynisme de la société anonyme qui gère cet ensemble immobilier. Une société anonyme contre un homme qui ne veut pas se résigner à être anonyme dans la société. Non pas comme un individu isolé, au contraire, puisqu'il passait sa vie à rendre service, rendre visite, rendre la vie présentable. Aujourd'hui, les habitants se sont réunis. Comment ne pas voir là la figure du réflexe de mort et d'autodestruction que propage notre société lucrative sans but ? Dans notre aujourd'hui, ici, à Belleville, à Paris, un mort rassemble. Des habitants, des locataires, des « usagers de l'ordinaire » font cercle autour d'un nouveau suicidé de la société. Henri.

28 mai 1996

un homme ferme une porte

C'est fini
C'est un homme qui ferme une porte
Il ferme la porte et il s'en va
Est-ce qu'il se retourne ?
Ça ne change rien, ça ne compte pas
Les hommes ne comptent pas. C'est la porte qui compte
Chaque jour, des portes s'ouvrent
Des portes se ferment
Celle-ci est un peu particulière
C'est une porte en pleine mer
C'est la porte d'une métaphore
Et la métaphore est un phare
C'est la porte d'un phare en pleine mer
Au bout de notre Finistère

Phare, sentinelle de la mer, proue de l'ancien monde, veilleur guetteur, gardien des lumières.

Finie l'épopée. L'homme referme la porte de son phare, de sa vie. Automatisé, le phare. Ordinateur. Et l'homme ? Basta. Dégraissé, recyclé, reclassé.

Sauf que, cette fois, la rengaine ne passe pas. De travers. Quelle importance, un gardien ou non dans le phare, qu'un phare soit ou non habité ? C'est une immense question. Quelle importance que la cloche du clocher soit ou non automatisée ? Quelle importance qu'il y ait un pilote dans l'avion ?

Quelle importance une planète chauve ?

Aujourd'hui, un homme ferme une porte.

12 septembre 1995

ne me dites pas non aujourd'hui

à Flo

Nous sommes les autres.
Henri Laborit

Au moment de passer la porte d'embarquement, je vois l'O de l'Origine du monde. Ne jamais l'oublier : nous sommes tous le fruit des Fendues.

Venu nu sans savoir, sans dent, sans boussole, sans carte bleue, voilà d'où je sors, de ce O.

Guibolles vacillantes sur le parquet houleux de la salle d'attente, j'erre depuis, faisant comme si, faisant comme ça. « *Dis bonjour.* » Je dis bonjour. « *Dis merci.* » Je dis merci. « *Pleure, ris, pète, dors, t'auras du nougat.* » Comme tout un chacun, pour me consoler, j'ai mes points de fuite. Mais il y a des matins, t'ouvres ta fenêtre, ça donne sur un mur. Un jour de manque d'azur. Les mots se sont décollés des choses. Les mots morts débordent du transistor. On se réveille avec une gueule de langue de bois. Hier soir, ce vieux Juif allemand nous racontait encore et encore l'Allemagne des années trente et la France de maintenant. Repli. Nombril. Odeur brune qui fermente. Les toilettes de la France se referment de l'intérieur.

Je suis rentré seul, à pied, fatigué d'exagérer la portée de mes gribouillis sonores. Et là, dans la glace de l'ascenseur, tu vois la date sur l'emballage. Sur ta vieille peau les rides qui ont écrit : « Au-delà de cette limite votre ticket n'est plus valable. » Alors tu as envie de te prendre dans tes bras sur le palier, de jeter ta clé dans un tonneau de goudron, de revenir à la cage départ, en pente douce, en coulée douce, à la maison. Entre divers désespoirs tu choisis de te laisser prendre par celui-ci, la source sûre, le petit con de paradis.

Je partirai au petit matin.

Je remonte mon réveil.

Il reste quelques niches sur la mappemonde lumineuse, quelques îles, quelques grâces, quelques jardins suspendus.

Non ?

Ne me dites pas non aujourd'hui.

22 octobre 1996

19

EN INDONÉSIE

à Giv

Le capitalisme ne peut s'effondrer, c'est l'état naturel de la société. La démocratie n'est pas l'état naturel de la société. Le marché, oui.

Alain Minc

Nul n'avait prévu le cataclysme économique qui a ravagé le Sud-Est asiatique en juillet 1997, dû à la folie spéculative mondiale, et dont les conséquences sont dramatiques pour des dizaines de millions d'êtres humains, notamment en Indonésie.

Les effets réels, bien réels, de cette crise sur des populations déjà pauvres venant s'ajouter à la destruction irréversible de l'environnement n'affectent en rien l'utopie néolibérale, la chari'a *du marché. De même que pour tout totalitarisme la réalité ne saurait remettre le dogme en cause.*

Orchestrée par le FMI, la guerre de tous contre tous est repartie de plus belle. Fin mars 1998, avec le pressentiment de la chute, nous avons présenté une première série de reportages sur l'Indonésie. Quelques semaines après notre retour éclataient des émeutes qui allaient entraîner la chute du pouvoir. Aussitôt, nous sommes retournés à Jakarta.

Cruelle ironie, en France, des anciens combattants de 68 se commémoraient avec complaisance. Au même instant, les étudiants indonésiens occupaient le Parlement, les habitants des quartiers pauvres se révoltaient et pillaient les magasins. Redistribution primitive des richesses. On mourait pour un ventilateur. Mille morts dans les incendies. Lâché par les États-Unis, Suharto, devenu encombrant, démissionnait après trente-deux années de despotisme, soutenu par la complaisance des grandes puissances et des marchés financiers. Au retour de

Jakarta, encore tout joyeux, avec Giv, je retombai sur ces vieux Droopy sentencieux : trotsko-balladuriens et mao-madelinistes. Je me consolai avec les Massilia : « Pas d'arrangement, il n'y a pas d'arrangement, ou tu fais le mort ou tu rejoins les vivants. »

nulnétunil

Îles.

13 677 îles constituent l'archipel de l'Indonésie, le plus vaste archipel du monde. Mais la première, c'est la plus belle.

Petit jour dans l'avion, petit déjeuner, odeur de café, le hublot à peine ouvert, l'océan Indien aussi. Ici commence la mer de Chine. Et là, une île, une toute petite île, toute fraîche, toute neuve, née pendant la nuit, née de la dernière pluie, encore tout humide d'étonnement, et je décide de ne jamais l'oublier. Comme un vœu, comme on aime.

Auparavant, il y a eu ce plaisir d'enfance pas blindée, pas blasée, de voir l'ombre du 747 sur cet océan bleu de Prusse, outremer, Delft, Orient, Véronèse et puis cet ourlet d'écume et puis le sable blanc et puis, minuscule ambassade du paradis promis : l'île.

Quel nom lui donner ? Il se pourrait fort qu'elle ait déjà un nom, car il faut avouer qu'on n'est pas les tout premiers à aborder ces parages aux charnières des voies maritimes et commerciales entre l'Inde et la Chine.

Bien des navires nous ont précédés, et quelques rêves et l'envie qui fait la vie, brahmanes descendant de l'Himalaya, marchands venant de Sri Lanka, Chinois attirés par les épices, l'or et le benjoin, échangeant là, avec les Arabes, les Perses, les Tamouls. Aujourd'hui, dans la crainte justifiée de la mondialisation, on confond deux choses. D'une part, les risques que l'économie financiarisée, c'est-à-dire les marchés financiers, font courir à la civilisation et, d'autre part, les échanges commerciaux qui furent le facteur essentiel de cette même civilisation.

Bouddha l'Éveillé arrive à Borobudur. Puis, c'est l'empire de Madjapahit. Puis l'islam dès le XIIe siècle selon Marco Polo. Aujourd'hui, toujours 90 % des Indonésiens sont musulmans. Et voici les hardis Portugais qui installent leurs comptoirs. Suivis par les Hollandais (1596). En ont-ils fait baver, ces Bataves ! Avides d'épices, le pétrole de l'époque. Girofles, muscade, poivre, Compagnie des Indes orientales, conquêtes coloniales, missionnaires à poigne, domination féroce, tout ça pour un reflet sur un turban chamarré dans une toile de Rembrandt !

Capitalisme et goupillon, avec les appétits des Anglais et même des Français qui montrent les dents.

Seconde Guerre mondiale. Voici les Japonais, les nazis nippons. Les têtes tombent à coups de sabre. Les Hollandais finiront par partir après une lourde et dure guerre d'indépendance. Sukarno, Bandung, puis 1965, Suharto, toujours au pouvoir aujourd'hui.

Sumatra, Bornéo, Célèbes, Moluques, Surabaya, Malaka, Bali, Flores, Java, des mots qui ont enfiévré des tas d'aventuriers, navigateurs, pasteurs, menteurs, explorateurs, chasseurs de têtes, de sac et de corde. Aujourd'hui, les grands groupes sont plus puissants que nombre d'États. En Indonésie, les Unilever, Total, Bouygues, Schlumberger sont là en amis…

Bon, cette île, alors, quel nom lui donner ?

Celle du début, l'île de l'exergue, l'île du préambule, l'île du minuscule préambule ?

Je suggère qu'on l'appelle « Nul n'est une île ». Même si elle a déjà un nom. C'est vrai, c'est agaçant à la fin de n'être jamais nulle part les premiers, jamais nulle part où la main de l'homme n'a jamais mis le pied. Ne nous reste alors qu'à trouver des « métaphores nouvelles pour des amours anciennes [1] ».

Nulnétunil.

28 mars 1998

naufrage de la SLSB (société lucrative sans but)

Banque Machin, banque Truc, banque Business, banque Fric, banque Nausée… Sur le chemin de l'aéroport, des pubs se succèdent. Il faut lancer des SOS partout sur la planète, partout où la vie et l'esprit des hommes, des femmes et des enfants se réduit, se replie, s'appauvrit à la seule dimension de l'intégrisme ultralibéral. Dictature insipide. Sauvez nos âmes. C'est la traduction de SOS : *Save our souls*.

---

1. Gaston BACHELARD, *L'Air et les Songes*, José Corti, Paris, 1943.

On se répète ça, soulagés de quitter Jakarta, entre pression et dépression. Banque, immobilier, spéculation, c'est ça qui vient de s'écrouler en Asie du Sud-Est. Naufrage de la société lucrative sans but. À Jakarta, les grues sont arrêtées, les banques sont fermées. Sous les ponts, la nuit, les chômeurs s'entassent autour d'un petit brasero, attendant depuis des jours, des semaines, du boulot. Dans le bâtiment, c'est 7 000 roupies par jour, soit 4,90 francs, plus un verre de lait. Sauf qu'il n'y a plus de boulot. Le prix du riz a doublé.

Facture pour la *communauté internationale* (c'est-à-dire nous autres), et rien que pour l'Indonésie pour l'instant : quarante-trois milliards de dollars.

Le général-président Suharto, l'une des plus grandes fortunes de la planète, fait distribuer des tickets repas et des bols de riz par des organisations charitables gouvernementales. Pourra-t-il encore une fois détourner la colère contre les Chinois, ses boucs émissaires favoris ?

La tension monte. On parie. Pétera, pétera pas ? Émeutes, pas émeutes ? Suharto fera-t-il à nouveau tirer dans le tas ? Les grands médias envoient des correspondants. Les étudiants manifestent, la tension monte, l'appui qu'ils rencontrent dans la population est de plus en plus large. *Il se pourrait bien que Mai 68 se passe très bientôt en Asie du Sud-Est* [1].

Mais nous aurons le dos tourné. Nous fermerons les yeux comme on le fait depuis plus de trente ans au sujet de l'Indonésie. Pourquoi ? Parce que 7 % de croissance, parce que miracle, parce que pays du dollar levant, parce que dragon, parce que marché émergent.

Mais la démocratie ? Mais les droits fondamentaux ? Mais les destructions de l'environnement ? Vos gueules les curetons, vos gueules les écolos, vos gueules les

1. Et c'est en effet ce qui s'est produit. On vous l'avait bien dit !

gauchistes avec vos utopies arriérées ! Retournez à vos goulags !

Mais, quand même, l'Indonésie représente 10 % de la forêt tropicale humide. *Or, en Indonésie, la forêt disparaît au rythme d'un million d'hectares par an.* L'été dernier, des photos satellitaires ont clairement désigné les incendiaires à Sumatra, en Irian Jaya ou à Kalimantan : les grandes sociétés qui les exploitent.

Mais toutes ces réalités n'affectent pas le dogme, comme au temps de l'URSS pour les staliniens, comme au temps de la Chine de Mao pour les maoïstes. La réalité n'affecte pas le dogme pour les néolibéraux.

On est heureux de quitter Jakarta pour Jogjakarta, au sud de Java. Jogja est la capitale culturelle, spirituelle et dissidente de Java. On va découvrir la musique (le *gamelan*), le *wayang kulit* (le théâtre d'ombres), le *Ramayana* et le *Mahabharata*. Et ce soir, c'est la nuit du Kliwond à Parang Kusuma…

30 mars 1998

nike : just fuck them !

Le *niacoué* [1] de Nike existe, on l'a rencontré en Indonésie, partout. Voilà un bel exemple de ce qu'est la mondialisation du Mondial, c'est-à-dire le lien qui peut exister entre ceux que Nike nique.

1. Du vietnamien *nha que*, qui signifie « campagne » et par extension « paysan ». Passé dans l'argot français, avec une connotation péjorative, lors de la présence française en Indochine, tombé en désuétude depuis et repris par les *Guignols de l'info*.

Un milliard de dollars chaque année (six milliards de francs), voilà le budget que Nike consacre à sa communication. Deux fois le coût du Stade de France.

En javanais, le mot qui se prononce « do it » signifie « argent ». Or, sur les murs de la ville, sur les panneaux lumineux qui ne s'éteignent jamais au milieu de Jakarta, notamment sur la place Indonesia, il y a sans cesse, jusqu'à la nausée, des pubs pour Nike qui défilent avec le slogan : « Just do it. » Pour les Javanais, ça se traduit par : « Juste le fric. »

On va aujourd'hui à Bogor, dans l'une des usines qui sous-traitent pour Nike. Par ses sous-traitants, Nike emploie 160 000 ouvriers à la fabrication des chaussures de sport. Mais ces temps-ci Nike licencie et demande aux ouvriers et aux employés de faire des sacrifices. Ils sont à trois francs par jour, avec un verre de lait dans le meilleur des cas, et on leur demande de faire des efforts pour réduire un peu leurs appétits, car sinon, on va fermer.

Ce que dit M. Sylvestre des *Guignols* est absolument vrai. En 1992, le rapport annuel de Nike indiquait que les treize membres du conseil d'administration recevaient chaque année 5,2 millions de dollars d'appointements, sans compter les actions et autres intérêts, c'est-à-dire *deux fois plus que les revenus cumulés des 6 600 employés de Tangran*, dans la banlieue de Jakarta.

Quels sont les moyens d'endiguer la folie globalitaire alors que les firmes deviennent de plus en plus puissantes à travers le monde et plus importantes que les États ? Le budget annuel de la General Motors est plus important que le PNB du Danemark, celui d'Exxon supérieur au PNB de la Norvège, celui de Toyota supérieur au PNB du Portugal. Il y a là quelque chose de symbolique surtout quand on se souvient que récemment, pour l'ouverture d'une boutique PSG-Nike aux Champs-Élysées, la Ville de Paris – dont le maire n'est autre que M. Tiberi – a autorisé que des bannières publicitaires soient disposées sur les Champs-Élysées en lieu et place où, d'ordinaire, on dresse les drapeaux pour les visites officielles des chefs d'État.

Attention où vous mettez les pieds, attention dans quoi vous marchez. But : *Just fuck them !*

« Honneur, courage, victoire, travail d'équipe. » Voilà les mots gravés en lettres d'or sur le fronton du building de Nike sur la 5e avenue à New York. C'est la devise de l'entreprise Nike dont le patron, Phil Knight, aime à répéter : « Il faut respecter la règle mais il faut être féroce. » Est-ce que Nike, dans le Sud-Est asiatique, et notamment en Indonésie, respecte la règle ?

C'est un peu douteux, même si, évidemment, tout ça passe par des sous-traitants qui font effet de sociétés écrans. Mais cela n'échappe pas, depuis longtemps, à nombre de syndicats américains, d'organisations de droits de l'homme à travers le monde, d'étudiants, d'organisations religieuses qui luttent contre la loi de la jungle.

Certes, Nike n'est pas la seule, mais ça ne change rien. Il faut savoir que lorsqu'un consommateur européen achète une paire de ces chaussures de sport, il peut se dire que moins de 0,2 % va dans la poche de l'ouvrier indonésien qui a découpé, cousu et ajusté les chaussures. Exemple : sur une paire vendue 400 francs en France, l'ouvrier, notre ami Ahan, a touché 70 centimes. Alors que – eh oui, comme c'est curieux ! – l'actionnaire de chez Nike a touché 2,70 francs, c'est-à-dire quatre fois plus.

Autrement dit, entre le travail et le capital, vous

l'aurez compris, mieux vaut être actionnaire que prolétaire.

31 mars 1998-10 juin 1998

le festin exécrable

« Nous les pouvons donc bien appeler barbares, eu égard aux règles de la raison, mais non pas eu égard à nous, qui les surpassons en toute sorte de barbarie. »

Ainsi Michel de Montaigne parle-t-il des cannibales dans un chapitre retentissant de ses *Essais*, quelque temps après que Christophe Colomb eut décrit les cannibales des Amériques.

De l'homme au menu de l'homme. Voilà bien LE tabou. Cannibale, anthropophage, mangeur de chair humaine. Voilà bien les replis les plus enfouis. Enfouis mais pas enfuis. Chassez le surnaturel, il revient au galop. À Bornéo, où nous sommes, il y a un peu plus d'un an, des hommes ont mangé d'autres hommes.

un dégoût intéressé

C'est dans la chair de la plus tendre enfance que l'Ogre plante ses crocs. Puis nous chantons (innocemment ?) : « *Il était un petit navire* », en nous délectant de la fin : « *Le sort tomba sur le plus jeune…* » Le petit mousse sera mangé. Plus tard, au Louvre, on tombe en arrêt devant *Le Radeau de la Méduse* où les naufragés s'entre-dévorent. Ensuite, les costauds rugbymen cannibales, échoués dans la cordillère des Andes à la suite d'un accident d'avion en 1972, mobilisent nos vertiges [1]. De Saint-Pétersbourg, nous avions rapporté le témoignage d'une femme qui avait assisté à des scènes de cannibalisme durant le siège de Leningrad. Sans être « Grand Reporter multipoches », chacun connaît de ces histoires. Manger son prochain est un vieux penchant, sans doute commun à tous les hommes, pas seulement aux indigènes dansant autour de la marmite où mijote le missionnaire, selon la vieille recette du jésuite en daube.

L'anthropophagie trouve des explications sous le regard savant du psychologue, de l'historien, du biosociologue, de l'anthropologue. Exigence d'un rituel, famine, respect, gourmandise, vengeance. Mais, ici, aujourd'hui, le péremptoire est dérisoire face à la résurgence, au pays des chasseurs de têtes, à Bornéo, d'un phénomène qu'on croyait aboli.

Pour les meilleurs anthropologues, le cannibalisme – ou l'anthropophagie –, même s'il est vraiment pratiqué, est toujours symbolique. Il serait donc toujours une métaphore et nous ramènerait à ce qu'une mère dit à son petit : « *Je te mangerai.* » Il nous renverrait au geste amoureux de mordre, de sucer, de téter et nos chorégraphies amoureuses seraient autant de métaphores cannibales. L'amour, ou le cannibalisme par d'autres moyens.

---

1. En 1972, un avion transportant trente-sept personnes vers le Chili (une équipe de rugby uruguayenne et les familles et amis des joueurs) s'écrase dans les Andes. Pendant soixante-dix jours, les seize survivants parviennent à prolonger leurs jours en mangeant les cadavres de leurs compagnons conservés dans la neige. Cette histoire a fait l'objet d'un film (*Alive* de Franck Marshall, en 1993) lui-même tiré du best-seller de Piers Paul Reads.

Mais une question vient aussitôt cependant : quel goût ça a ? Souvenez-vous de Sagawa, ce Japonais qui a dégusté sa fiancée par petites bouchées. Il est aujourd'hui dans le monde – pas seulement au Japon – bien plus populaire qu'un Dutroux.

Rejet absolu, dégoût unanime, aucun doute. Mais attendez. Devant nous, là, souriant, avec un blouson rouge sur lequel est écrit « Coca-Cola », son casque de moto sous le bras, voilà un cannibale.

C'est aujourd'hui, à Bornéo, ce n'est pas un récit ancien et faramineux, un délicieux frisson comme la peur de nos enfances quand nous frôle le loup déguisé en grand-mère. Non, c'est une histoire réelle, ici-bas.

logique cannibale

Ici, c'est Kalimantan, la partie indonésienne de Bornéo. L'ouest de Kalimantan. En février 1997, il y a à peine plus d'une année, un événement passé sous silence : des hommes, des Dayaks, ont massacré d'autres hommes, des Madurais.

En Indonésie, immense archipel, le gouvernement fait migrer des populations. Dans le but d'équilibrer la démographie, on « incite » les populations (parfois, non sans rudesse) à se déplacer.

En réalité, aujourd'hui, cette « transmigration » s'opère au profit (et à la demande) des multinationales friandes de main-d'œuvre bon marché. Forêts, plantations d'hévéa, caoutchouc, plantations de palmiers à huile. Une immigration intérieure forcée. C'est ainsi que des habitants d'une autre île, Madura, se retrouvent à Kalimantan, autour de Pontianak, en pays dayak. Et ça se passe très mal entre les migrants madurais et les Dayaks. Des accrochages parfois violents. Un mort ici, deux ou trois là, et cela depuis des années.

En février 1997, c'est le drame. Des Dayaks massacrent systématiquement des Madurais. 1 200 victimes.

Après les avoir tués, ils boivent leur sang, les dépècent et mangent leur foie, parfois leur cœur ou leur cerveau. Partageant avec les passants, invitant les uns et les autres à prendre part aux agapes, les y forçant parfois. Un rituel pour renforcer le lien identitaire ? Puis ils sont rentrés chez eux, ils ont repris le cours de leur vie et sont impunis. Une vague promesse d'enquête, sans suite. Il ne s'agit pas d'un acte de démence isolé. Si c'est un acte de démence, alors c'est une démence ritualisée, organisée, préparée.

On ne peut se retenir de demander au cannibale : « Quel goût ça a ? » Il fait un petit sourire : « Cru, c'est pas bon.

— Alors vous faites cuire ?

— Oui, on fait cuire. Avec des oignons et des épices, ça passe mieux. »

Pourquoi si peu de retentissement ?

L'Indonésie est entre les mains d'une kleptocratie qui ne veut pas de vagues. Enquêter sur cette affaire amènerait à en découvrir beaucoup d'autres. En outre, l'unité de l'archipel est menacée. Toute revendication communautaire pose un problème politique grave auquel Jakarta ne pourra pas toujours répondre par la répression. Une autre raison : le tourisme. Pas très engageant d'aller se faire déguster à Bornéo. Il y a aussi le silence de l'Église catholique. Les Dayaks sont catholiques. Depuis des décennies, les missionnaires ont apporté la foi et la civilisation à ces bons sauvages et voilà que tout s'écroule. Échec complet. Dans un registre voisin, il y a la gêne des anthropologues qui travaillent depuis longtemps « sur », comme ils disent, les Dayaks qui sont devenus leurs protégés, chacun ses bons sauvages. Mais on peut deviner des raisons plus profondes.

Depuis que l'homme est apparu, il y a eu du cannibalisme. Les paléontologues montrent des crânes qui présentent des griffures dues à des outils et en concluent qu'il s'agit de crânes dont la peau a été enlevée pour être mangée. On rencontre des ossements humains qui ont été cassés pour en extraire la substantifique moelle.

Vertige.

Vertige essentiel dont chacun porte la trace. Il suffit un instant d'entrer dans la logique du cannibale. Et ce n'est pas impossible. Pas plus impossible, en tout cas, que de rentrer dans la logique de ceux qui ont utilisé des corps pour en faire du savon. Dans l'échelle de la barbarie, il n'y a pas les sauvages d'un côté et nous, les Occidentaux, de l'autre.

« *Le cannibalisme n'est pas un comportement naturel de l'homme primitif mais un comportement culturel fondé sur une vision religieuse de la vie* », selon Mircea Eliade. Pourquoi nos Dayaks ne seraient-ils pas là pour nous troubler, pour nous surprendre et, tout d'un coup, nous faire perdre pied et revenir à la phrase de Montaigne ?

Au mois d'août 1992, à Pale, nous parlions avec des combattants serbes. Au loin, en contrebas, dans le soleil, entre les sapins, on apercevait Sarajevo. Beaucoup parmi les combattants tout neufs qui étaient là venaient de Sarajevo la multiple, la cosmopolite. Dans une même carte postale, on pouvait réunir une mosquée, une église orthodoxe, une synagogue, une église catholique, bref, la tolérance, l'« intégration ». Sarajevo fut le symbole tragique de la fragmentation, du repli du monde en autant de communautés rivales et fermées, imaginairement idéales et pures, selon des critères ethniques, religieux, « victimaires », sexuels, de classe ou de caste, conduisant à la guerre de tous contre tous.

Beaucoup de combattants serbes, *purement* serbes, *ethniquement* serbes de Sarajevo, cohabitaient avec

Bosniaques, Croates et autres. Beaucoup venaient de familles mélangées depuis longtemps. Les brûlures de l'histoire n'avaient pas disparu. L'intégration n'était pas pavée des meilleures intentions, mais au moins semblait-elle en chemin.

En contrebas, sur le versant de la montagne, entre les hauts sapins, les pièces d'artillerie en batterie tiraient la nuit sur Sarajevo.

Un matin fiévreux, un de ces sous-officiers dans son uniforme trop neuf nous montrait la vue : « Quand il fait clair comme ce matin, je peux voir mon immeuble, là-bas, au bout de cette avenue, juste derrière cet immeuble qui brille. Oui, une bombe pourrait tout détruire. Ma maison et même ma voiture dans le garage. Je ne peux pas écarter ce risque, mais je l'accepte, bien sûr.

— Mais votre femme, votre famille ?

— Je ne veux pas en entendre parler. Ma femme est croate. Elle couche avec des bêtes, c'est une chienne. Ce sont des animaux, tous des animaux. »

Une seule chose semblait le préoccuper, sa voiture dans le garage. « They are animals. » C'est la seule phrase du combattant. L'ennemi est une bête. L'ennemi n'est plus un être humain. Il le faut pour pouvoir le tuer. Toute une soirée, un officier serbe et ses hommes n'avaient qu'une seule réponse, une seule explication à toutes nos questions : « They are animals. »

La logique du cannibale est la même, à l'exception près qu'elle va jusqu'au bout. La preuve que mon ennemi n'est rien d'autre qu'un animal, c'est que je le mange. Comme un gibier. Pas comme un être humain. Le combattant serbe ne va pas jusqu'au bout. C'est un cannibale contrarié.

Une histoire m'a beaucoup troublé, celle d'un chef dayak dont la fille bien-aimée vient à mourir. Par amour, le chef a mangé le doigt de sa petite fille. Quel est le plus épouvantable ? L'idée que ce corps finit en cendres ou dans la terre après un terrible pourrissement ? Ou bien cette idée d'ingérer par amour une partie de ce corps ?

Quand on dit que « l'homme est un loup pour l'homme », on se rassure. La plupart du temps, l'homme est un homme pour l'homme.

Pontianak, Kalimantan, 2 avril 1998

20

Mai 98 à Jakarta

Fin mars, nous sommes venus une première fois ici. Nous voulions raconter les effets de la crise monétaire, comment les Indonésiens la vivaient derrière les chiffres et les commentaires des thuriféraires du marché. Et puis les choses ont explosé, un dictateur est tombé, il y a eu des morts, six étudiants au moins ont été abattus, 1 000 morts carbonisés lors des pillages. Ce que nous avons vu, ce que n'importe qui voit à Jakarta est loin, très loin de ce que CNN montrait. Le journalisme de marché est venu faire son marché à Jakarta.

À quoi pouvait bien ressembler le monde avant CNN ? À du néant. Du rien. L'histoire a commencé lorsque l'œil de CNN t'a regardée, vieille planète. Alors seulement l'histoire surgit. The story is. *CNN fait l'événement.*

Gorgé de sang, de larmes, de fièvre, le spectacle commence. Une excitation s'empare de nous corps et âme, nous éblouit, nous aveugle, nous transporte hors du temps, hors de notre temps. Hors du temps qu'il faut à un homme pour tout simplement s'informer, comprendre, sentir, méditer, débattre. Transportés hors du temps de l'homme, mais aussi hors de notre présent. Hors-sol.

Au prétexte du mythe intégriste de la vitesse et du raccourci, CNN bouche le paysage.

jakarta, dans le parlement occupé

Des drapeaux rouge et blanc, une foule d'étudiants qui chantent… Des broncas qui s'élèvent… Une gaieté, une énergie jusque sur les toits du Parlement… On scande : « *Reformacy, democracy* », et on demande le départ de Suharto… Cet après-midi du mercredi 20 mai 1998 à Jakarta, tout peut basculer. Les étudiants occupent le Parlement. Des véhicules militaires sont massés tout autour. Déchirements au sein du pouvoir… Rumeurs de coup d'État militaire… que veulent les Américains… que dit CNN… ?

Nous vivions dans une prison mentale. Andy ose parler. Trente-deux ans d'« ordre nouveau », une acculturation politique totale. Une pluie diluvienne... Les étudiants manifestent toujours. Ils courent les uns vers les autres en levant les bras, en levant les poings, par grappes qui se mêlent, de couleur différente, bleu, jaune, gris, selon leur collège. Aux balcons, des banderoles... Des vagues de tension parcourent la foule. Les militaires vont-ils les laisser sortir ? Sous la pluie tiède et violente, les étudiants dansent, chantent, se jettent dans les bassins, entonnent des slogans... Une fête, une ivresse... l'armée pourrait à nouveau tirer... tout est possible... tout peut basculer... la pluie redouble... Mai 68, c'est ici.

Nous arrivons ce mercredi 20 mai à Jakarta pour une manifestation prévue d'un million de personnes mais qui a été, à la dernière minute, annulée. Une ville immobile, vide, entièrement aux mains de l'armée. Des rumeurs flottent dans l'air, de bouche à oreille, d'un portable à l'autre. En mai 98, le portable aura été à Jakarta ce que le transistor fut en mai 68 à Paris. Des chars dans les rues, des chevaux de frise. Seul lieu de vie, le Parlement occupé par les étudiants. Étudiants enfants de la *middle class* hurlant, criant un seul mot : « *Reformacy* ».

20 mai 1998

évacuation du parlement

Après la chute de Suharto, ce soir, les forces de l'ordre évacuent le parlement de Jakarta occupé par les étudiants...

Des slogans, des cris, des chants. La victoire, la liberté, l'espoir... Ce soir, avec Giv et Patrick, nous sommes au Parlement. Il doit être évacué cette nuit. Ballet de caméras en train de se filmer entre elles... Là, on s'écarte avec le cercle des militaires et des journalistes... la même mêlée... la même histoire. On aperçoit les deux dômes... une banderole noire en travers, comme un brassard de deuil. De toute l'Indonésie, ils sont venus... Bain de sang ou pas bain de sang ? C'est la nuit des bras levés... c'est à pleurer. Regardez, des ombres chinoises sur la vitre arrière du bus : un garçon et une fille enlacés. Les photographes sont tous en train de louper cette photo... Nous voilà renvoyés aux liesses de Paris, au printemps des possibles... Un autre bus arrive... des poings levés partout, des bras levés... « *On se battra jusqu'au bout* », « *Ce n'est qu'un début* », pas la peine de parler indonésien ce soir, nous vivons un instant universel... On se fout de ce qui se passera demain. Ils sont montés sur la scène, ils sont acteurs de l'histoire, ils sont acteurs de leur vie. Suharto s'en va. Suharto est parti. C'est le soir du jour où Suharto a démissionné... Combien d'étudiants abattus par les forces de l'ordre ? Combien de victimes lors des incendies, des émeutes, pour que, le 21 mai 1998, le général-président Suharto, le « père du développement », démissionne... NKK. Népotisme, collusion, corruption. Au bout de trente-deux années de poigne de fer sur l'Indonésie, il part, il est parti, l'Indonésie est retombée à la case tiers monde. « Tyran », « dictateur », dans les grands médias, ces qualificatifs sont très récents. Il y a encore peu, c'était « notre ami Suharto », le fidèle ami des États-Unis comme de l'Occident. Avec sa croissance de 7 % à 8 %, on lui passait tout. Il a fait gagner beaucoup d'argent. Il en a gagné beaucoup, il en a volé énormément. Sa prise de pouvoir, en 1965, fut accompagnée de massacres terrifiants :

500 000 personnes soupçonnées de communisme furent massacrées, torturées, des centaines de milliers furent déportées.

Après Mobutu, Marcos ou Noriega, aujourd'hui, le nouvel ordre mondial n'a plus besoin de l'encombrant Suharto. C'est vrai qu'il aurait pu rester encore un peu mais il y a eu, l'été dernier, la crise financière qui a éclaté en Asie du Sud-Est provoquant le chaos.

Étonnante image que celle de Suharto ce jeudi 21 mai au matin annonçant sa démission. Des images qui frappent toute l'Indonésie, répétées par les télés toute la journée.

En Indonésie, comme partout, un tyran peut en cacher un autre. Yusuf Habibie, qui prend le pouvoir, est le bras droit de Suharto. Le changement dans la continuité. Ici, tout repose sur le théâtre d'ombres javanais et on sait bien qui, désormais, est le *dalang*, celui qui manipule les marionnettes. Nul n'est dupe.

« Un bain de sang ne le ferait pas reculer. » C'est l'avis général. Au sein de l'armée, une faction œuvre pour le bain de sang et pour le coup d'État militaire. C'est bien plus qu'une mauvaise passe économique. En Indonésie, la World Company s'est pris les pieds dans le tapis, l'économie financiarisée a montré là son vrai visage, le visage d'une machine célibataire, d'un marteau sans maître. Notre planète est une société lucrative sans but, sans pilote dans l'avion. Un avion qui s'écrase et qui s'appelle Indonésie. Et qui s'écrase sur qui ? Sur les Indonésiens eux-mêmes. La ruine s'installe, le chômage massif s'étend, disette, famine, conflits intercommunautaires.

Nul, parmi les grands phares de la pensée économique de cette planète, n'avait prévu cet effondrement foudroyant. Qui peut donc aujourd'hui honnêtement prévoir les conséquences de cette crise ?

Nuit du 21 au 22 mai 1998

l'éveil d'une conscience

Sur l'empire CNN le soleil ne se couche jamais. Rien n'échappe à l'œil de Big Brother America. Sauf, peut-être, derrière un tout petit pli, ceci : à Jakarta, ce 23 mai 1998, au feu rouge, dans les embouteillages, parmi les petits marchands qui font la manche entre les voitures, un petit type vend une feuille de papier. Une simple feuille photocopiée où l'on peut lire la liste interminable des sociétés, des banques contrôlées par Suharto et sa famille. Un état de la fortune de Suharto et de ses quarante milliards de dollars.

L'Indonésie s'effondre. Les spéculateurs sont partis spéculer ailleurs. Osera-t-on arrêter Suharto afin qu'il rende l'argent volé aux Indonésiens qui commencent à crever de faim ?

Bouleversant, ce geste au feu rouge, oser vendre cette feuille de papier. Il y a un mois, c'était la prison.

Trente-deux ans de dictature, de lois anti-subversion, de peur, intégrés, incorporés. Plus besoin de flics. Plus besoin d'indics. Juste un petit coup de terreur arbitraire de temps en temps et les têtes rentrent dans les épaules. Le flic est à l'intérieur de chacun.

Durant des années, les spéculateurs se sont fait du beurre, beaucoup. Soudain, ils se sont retirés, ils ont enlevé leurs billes et ont lâché leur ami Suharto et sa petite famille, en mettant à la place son bras droit, M. Habibie, la même chose mais en plus soumis aux lois de la World Company.

Bien au-delà de l'archipel indonésien, on scrute et on regarde le visage de cet homme. Il annonce un certain nombre de réformes mais, pendant ce temps-là, les étudiants qui depuis des semaines occupent le Parlement attendent et espèrent plus, beaucoup plus que ça. Qu'espéraient-ils ? Que Suharto parte. Suharto parti, que veulent-ils ?

23 mai 1998

godzilla piétinant un kiosque

Fini. Le match est fini. Le spectacle est terminé. Le chapiteau est reparti. Les clowns sont démaquillés. Le sang est essuyé. Les chars sont repliés. La morgue de Jakarta a retrouvé sa petite vie de morgue tranquille. L'Histoire a tourné la page et voilà.

Les supporters-reporters sont repartis voir le match suivant. Inde contre Pakistan. Milosevic contre Kosovo. Tabarly contre Océan. Guinée contre Bissau. Supporters, spectateurs, l'important c'est de participer.

Le spectacle est donc terminé à Jakarta. Un spectacle comme on aimerait en voir plus souvent. Un affreux dictateur chassé par de vaillants étudiants, ça n'est pas si fréquent. Et puis, c'est pas souvent leur tour, là-bas, eux, en Indonésie. Ah, évidemment, il y a les grincheux qui voient là un séisme monétaire, un effondrement, un Tchernobyl économique. Mais pourquoi s'inquiéter ? Ce sera comme le nuage irradié de Tchernobyl. Il s'arrêtera pile poil à nos frontières. On ne risque rien. CNN veille et notre ami Jean-Pierre Gaillard nous le dira.

La roupie est encore descendue, les émeutes gagnent un peu partout. En Indonésie, ceux qui gouvernent, ceux qui nous gouvernent se sont très lourdement plantés. Banque mondiale, observateurs et conseillers économiques, personne n'avait su prévoir ce séisme. Sauf, peut-être, un certain Marx Karl.

On célèbre ces jours-ci le cent cinquantième anniversaire du *Manifeste du Parti communiste*. « Marx avait pensé la mondialisation. Il avait pensé que l'accumulation entraînait ces concentrations urbaines, ces tensions sociales et ces paupérisations violentes. » Qui dit ça ? Un gauchiste britannique aigri ? Non, c'est *Le Nouvel Économiste*. Le 25 mai dans *Newsweek* : « Quel est le problème ? Un malaise certain quant au véritable rythme des mouvements de capitaux, surtout quand le résultat final est celui de l'horreur indonésienne. Aujourd'hui, 2,5 trillions de dollars, soit un million de un million de un million, sont échangés quotidiennement dans les transactions mondiales. *Plus que deux fois le PIB de tout le tiers monde.* Pour n'importe quel petit pays, peu importe la santé de son économie, un retournement négatif des marchés est devenu une bataille absolument inégale, comme Godzilla piétinant un kiosque. »

C'est ce qui est arrivé en Indonésie.

Aujourd'hui, à Jakarta, l'opinion place ses espoirs dans la création d'un tribunal pénal international. Qu'une commission enquête sur la fortune de Suharto, estimée à quatorze milliards de dollars pour ce qui le concerne et à quelque quarante milliards de dollars pour l'ensemble de sa petite famille. *Cette fortune amassée par le clan Suharto au cours de ces trente-deux années de règne équivaut à la dette de l'Indonésie.* Ces jours derniers, dans une province indonésienne, on a décidé de vendre aux enchères les voitures des députés.

L'argent recueilli servira à acheter des denrées de base, du riz, du sucre, de la farine.

Il y a un an, pour les ayatollahs du marché, l'Indonésie était encore le paradis de l'actionnaire…

27 mai 1998

« j'ai mangé tous les animaux à quatre pattes, sauf les tables »

Sigit a passé quatorze ans à Buru, l'île de Buru, le goulag indonésien. Sigit, c'est un pseudonyme. Rescapé du goulag de Suharto où il fut interné pour subversion communiste, il est toujours sur ses gardes. La chasse aux sorcières durant le règne de Suharto fut des plus féroces. Il a fallu que l'on se débarrasse du dictateur devenu encombrant pour que notre planète découvre, avec une indignation aussi soudaine qu'éphémère, l'infamie de Suharto, père du développement. Business ou tourisme, on faisait mine d'ignorer et ça arrangeait tout le monde ou presque.

Indignation planétaire sur toutes les chaînes.

Un bain de sang. Un petit bain, d'après les sondeurs de bains de sang. À peine 1 200 victimes pour l'instant. Suharto est tombé sans gloire. L'agitation ne cesse pas. L'Indonésie n'a pas touché le fond. Un petit bain de sang qui fait oublier le grand, celui de 1965. En 1965, 500 000 personnes furent massacrées sur les ordres de M. le général-président père du développement Suharto. Un rapport de la CIA de 1968 soulignait qu'il s'agit là d'un des événements les plus tragiques de ce siècle et le plus ignoré. La chute de Suharto n'a pas fait céder cette chape de plomb.

À l'époque, ces massacres ont suscité en Occident, aux États-Unis notamment, une orgie d'euphorie. Pour décrire ce massacre de masse, le *New York Times* parle d'une « coulée de lumière en Asie », le *Time* salue « la détermination tranquille du général et ses procédures scrupuleusement constitutionnelles fondées sur le droit et pas seulement sur la force ». Et, jusqu'à une période très récente, l'Indonésie était « le paradis des investisseurs » pour *The Economist*. Ce journal disait aussi que le général-président père du développement Suharto était « un modéré qui, au fond, est un homme bienveillant ».

À notre arrivée ici, un conseiller culturel français nous avait brossé un portrait des Indonésiens qui peut se résumer à trois A : Apathie, Atavisme, Asiatique. Une raison de rencontrer Sigit, déporté politique qui a passé quatorze ans dans les camps et qui a vécu les massacres de 1965.

En hommage à sa mère qui ne l'a pas serré dans ses bras.

« C'est une question stupide, mais le moment le plus heureux, ça a été lequel ? Évidemment, vous allez me dire que c'est le jour de la libération.

— Je crois que le moment le plus heureux de toute cette période, c'est lorsque ma mère, qui était également prisonnière politique mais qui avait été libérée avant moi, m'a retrouvé au poste de police de Jakarta après ma libération. Elle m'a serré la main et m'a dit en français : “C'est la vie.” Elle ne m'a pas serré dans ses bras comme une mère qui retrouve son enfant après quatorze ans. Elle m'a juste serré la main et elle m'a dit : “C'est la vie.”

— Et pourquoi serré la main seulement ?

— Je pense que ma mère ne me considérait plus comme un enfant mais comme un adulte qui avait participé à la même lutte pour un avenir meilleur. »

28 mai 1998

bienvenue au pays du dollar levant !

À *notre retour d'Indonésie, j'ai tenté de résumer, provisoirement.*

Sur le carrelage d'une morgue de Jakarta, des dizaines de sacs-poubelle noirs. La puanteur, les cris déchirants. Dans les sacs, difficiles à identifier, les restes carbonisés des centaines de victimes des émeutes de la semaine. En sandwich entre l'écran de pub, la météo, le soleil sur la Croisette, la voix de Sinatra et la composition de l'équipe de France, ces sacs-poubelle contiennent les dépouilles des derniers morts de la guerre économique. La folie néolibérale conduit à cette guerre qui risque de s'étendre, au Timor d'abord puis à toute l'Asie du Sud-Est.

Ces sacs-poubelle contiennent les nouvelles victimes de la World Company.

Toute guerre a un caractère économique. Mais cette fois, pas d'alibi. C'est pas pour le drapeau, pour la cause, pour le sol ou le sang. Pas de chichi. En Indonésie, on meurt pour des actionnaires, on meurt pour des marchands d'argent. En Indonésie, on meurt pour un radio-cassette, un récepteur télé ou une paire de Nike. Toutes les télés du monde ont montré ces hordes de pauvres venus des bidonvilles et des banlieues perdues, cassant et pillant magasins rutilants et discothèques et s'emparant d'objets que certains d'entre eux fabriquent pour un dollar par jour et qu'ils sont incapables de s'offrir. Il faut cinq mois de salaire à une ouvrière pour se payer une des paires de baskets qu'elle fabrique toute la journée. Plus précisément, qu'elle *fabriquait* puisque les entreprises ferment par dizaines et licencient massivement. Évidemment sans aucune indemnité. Pas la moindre couverture sociale. La perte d'un emploi c'est un rejet immédiat à la rue ou un retour difficile à la campagne, dans la famille d'origine [1].

tyrannie des actionnaires

Ces pillages ont eu lieu sous les regards de l'armée qui n'est pas intervenue. Une sorte de redistribution primitive et sauvage des richesses. Et qui aurait tout à fait pu être encouragée par le pouvoir, expert en manipulations et provocations de toutes sortes au cours de plus de trente-deux années de règne, de poigne de fer et de police secrète. À la suite des précédents pogroms contre la minorité des « Chinois », les enquêtes de journalistes indépendants ont clairement montré que ces émeutes anti-Chinois étaient provoquées par des commandos de militaires en civil. Le pouvoir a toujours su détourner la colère populaire sur les Chinois. Partout et toujours les démagogues utilisent ces vieilles ficelles.

---

1. Avant ces récents événements, M. Pasaribu, président du syndicat indonésien FSPSI évaluait à quarante millions le nombre des chômeurs en Indonésie soit 44 % des actifs. Le nombre de personnes vivant au-dessous du seuil de pauvreté serait, selon la Banque mondiale, passé à dix millions.

On détourne de l'enjeu politique, on discrédite les revendications qu'on amalgame à ces pillages (chez nous, c'est le coup des « casseurs ») et l'on a un prétexte tout trouvé pour renforcer la répression au nom de la « sécurité ».

Mais en Indonésie on crève aussi pour des spéculateurs. Et on le sait. La guerre économique c'est la guerre des riches contre les pauvres. Cette fois, panique dans les quartiers chic, les pauvres s'en sont pris aux beaux quartiers. Depuis quelque temps déjà, les riches avaient caché leurs belles voitures dans les garages. La vente de 4 × 4 de style plus familial avait très sensiblement augmenté. Le lundi 11 mai, parmi les produits de base, c'est l'augmentation de l'électricité et de l'essence (une hausse de 70 % !) qui a été le détonateur.

Les succursales de la Bank Central Asia, entre autres, ont été pillées puis incendiées lors des émeutes du jeudi 14 mai. Cette banque est contrôlée par Liem Sioe Liong, *alias* Salim Sudono, milliardaire, intime du président Suharto. La revue américaine *Fortune* le fait figurer dans la liste des cinquante personnes les plus riches du monde. Non loin du président Suharto lui-même dont la fortune personnelle est estimée selon Forbes à seize milliards de dollars. Pas égoïste et bon père de famille, le roi de l'Indonésie et ses six enfants totalisent une petite cagnotte de quelque quarante milliards de dollars, soit l'équivalent du montant de l'aide que le FMI pourrait consentir – sous certaines réserves – pour (peut-être ?) remettre la machine en route [1].

---

1. Est-il trop déplacé de rappeler que les fonds du FMI sont constitués par les États membres et donc par nos impôts ? Et que par conséquent la crise indonésienne serait un genre de Crédit Lyonnais planétaire. Non ?

l'argent par les fenêtres

Avec sa moto et son portable mon ami Piete court sur tous les fronts, jour et nuit. Un des meilleurs journalistes de Jakarta. Pour un article mettant en cause la famille du président, il y a quelques années, il fut condamné à trente mois de prison ferme pour subversion.

Il me raconte cette scène : jeudi 14 mai dans l'ouest de la ville, les employés de la banque Bali lançaient des liasses de billets de 10 000, 20 000 et 50 000 roupies à des manifestants pour les dissuader de prendre la banque d'assaut ! Scène emblématique de cette guerre économique. L'argent est littéralement jeté par les fenêtres. De même que jadis, du haut des murailles, on jetait de l'huile bouillante, ici, l'argent arrête l'assaillant.

Et pendant ce temps-là, sur l'autoroute juste derrière en direction de l'aéroport, les riches et les étrangers s'enfuient. Dans la nuit, les personnels du Fonds monétaire international, dont le plan d'austérité imposé au pays a provoqué la colère de la population, sont évacués à bord d'un avion spécialement affrété. Les grandes sociétés américaines ou japonaises organisent l'évacuation de leurs employés. Exode et panique aussi pour les collaborateurs de Alsthom, Total, Lyonnaise des Eaux, Nike. Les privilégiés du régime, quant à eux, se sont enfuis par l'aéroport militaire de Halim, dans l'est de Jakarta à bord de leurs jets privés. En fuite aussi les « Chinois » – en fait, des Indonésiens d'origine chinoise. Cette communauté représente 5 % des 210 millions d'Indonésiens, mais elle contrôle 80 % de l'économie.

crucifiez suharto

« Pendez Suharto ! Crucifiez Suharto ! » Finalement, la colère l'a emporté sur la peur. Un peuple écrasé, bâillonné par trente-deux années d'Ordre nouveau. Autocratie, népotisme, kleptocratie, on veut en finir avec la dictature née dans le sang des massacrés de 1965. Appuyé par la CIA, celui qui était alors le général Suharto a mis progressivement à l'écart le président Sukarno, le père de l'indépendance, tout en orchestrant la répression contre les communistes accusés de tentatives de coup d'État. Entre 500 000 et un million d'Indonésiens sont morts dans ces massacres féroces. Des dizaines de milliers furent internés et déportés. Notamment sur l'île de Buru, le goulag indonésien. Aujourd'hui, étudiants et intellectuels – mais pas seulement – veulent juger Suharto et sa famille pour vol, corruption, violation des droits de l'homme. Sans même parler des victimes au Timor et en Irian Jaya. Mais d'abord, les Indonésiens réclament sa démission.

Partira, partira pas ? Et s'il partait quelle alternative ? Les réponses sont confuses et multiples. On spécule sur le rôle de l'armée. Des figures de l'opposition se dessinent. La traduction politique de la révolte est en cours et nul ne sait quelle figure elle prendra.

En attendant c'est haro sur Suharto.

Ce rejet est récent. Il a grandi avec la « kris mon' », la crise monétaire qui a éclaté au cours de l'année 1997, à la suite d'une chute de la monnaie thaïlandaise, et qui a entraîné le retrait massif des capitaux dans la région jugée soudain trop risquée. La grande illusion indonésienne s'est brusquement écroulée. Derrière la façade mirobolante on découvre qu'il n'y avait jamais rien eu. Jusque-là, l'opposition au tyran était limitée. À l'intérieur du pays comme à l'extérieur. Pour le reste du monde le général-président était reçu avec tapis rouge.

Au pire, on le voyait comme un despote éclairé. En fait, la fameuse croissance, une croissance à deux chiffres, faisait taire toute critique. L'Indonésie était à l'intérieur du miracle asiatique le partenaire rêvé, un modèle pour le monde, indépassable horizon. Les grandes multinationales, y compris les plus grands groupes français, ont accepté les « conditions de la maison, 20 % ». En clair, c'est la commission exigée par le président et les siens, assortie de prises de participations dans les entreprises. Ces choses-là demandent de la discrétion et un pouvoir fort. De la « sécurité » pour gagner la confiance. Suharto, c'était tout cela. Dictature et capitalisme ont toujours fait bon ménage. Soutenu par la plupart des États, encensé par toute la presse libérale jusqu'à ces derniers mois, toute critique était broutille ou aigreur « droit-de-l'hommiste » des donneurs de leçon, face à ce véritable lendemain chantant du libéralisme. En fait, voilà la preuve par la tragédie que l'augmentation de la croissance ne signifie nullement que la souffrance des hommes diminue, que la pauvreté recule, que les conditions de vie s'améliorent, que les droits humains et la démocratie progressent. Ces prodigieux enrichissements sont confisqués par quelques-uns qui parviennent à faire croire que tout cela est naturel, que rien n'y peut changer, que les faillites tragiques de tout autre système récemment dans ce siècle discréditent à jamais toute contestation, toute réflexion, toute autre utopie.

Utopie. Tandis que les papys de 68 se repassent leur vieux film, les étudiants se battent à Jakarta et tâchent de faire la liaison avec les ouvriers des usines. Mai 68, cette année, se passe à Jakarta.

On finit par oser poser une question toute simple. Pourquoi refuser toute redistribution ? Pourquoi une exploitation aussi destructrice au niveau des ressources et au niveau de la main-d'œuvre ?

Les ouvrières des ateliers fournissant Nike gagnent moins d'un dollar par jour. 4,50 francs et un verre de lait. On demande au personnel d'accepter les réductions de salaire pour limiter les licenciements. En 1994, sous la pression de l'opinion, le gouvernement avait fixé à deux dollars par jour le salaire minimum dans ces entreprises. L'entreprise fournissant Nike n'a pas appliqué cette mesure. Une grande confédération de syndicats américains, après une étude, a fourni un rapport sur ce refus d'augmentation. Nike consacre chaque année un budget de 1 milliard de dollars à la communication. L'augmentation aurait coûté 160 millions de dollars. Alors pourquoi ce refus ? Parce qu'il faut maintenir la compétitivité. C'est-à-dire maintenir la main-d'œuvre dans un état de pauvreté et de sujétion qui la rende docile, flexible, soumise. L'idéologie, l'utopie libérale est tout entière dans cette politique-là. C'est aussi clair et énorme que ça. Les choses nous apparaissent chez nous beaucoup moins crues, mieux enveloppées. Mais le fond idéologique est le même.

Derrière nos écrans, entre la pub et la météo, les sacs-poubelle noirs de la morgue de Jakarta nous demandent ce qui nous oblige à vivre dans le monde où nous vivons…

29 mai 1998

21

CHAIR PAYS

vive la france !

Oui, vous avez bien entendu et je le répète, vive la France !
On devrait le dire et le répéter. Vive la France !

Ne pas laisser ces mots aux accrocheurs de médailles, aux industriels du tourisme ni aux cinglés du nucléaire.

Vive la France ! Ne pas laisser ça au tortionnaire Le Pen, ni au marchand de drapeaux, ni aux divers supporters.

Causses de Rodez, Montée du département, Lozère, Aveyron, Espeyrac, Sainte-Eulalie, Saint-Côme, Espalion…

Regardez le paysage de France, le plus modeste.
Qui est-ce qui a fait tout ça ? « Le bon Dieu. »
D'accord, maman, d'accord. Mais après ? Eh oui, c'est les hommes. C'est les paysans qui ont fait le paysage.
Pierre par pierre, talus par talus. À la main, à la sueur, au sang, à la chanson, à la vie, à la mort.

Mais là, plus personne.
La friche.

La France s'en va en friche et les Français s'en fichent[1].

Le paysage est une langue morte. Nous ne savons plus lire les paysages. Ils ne parlent plus des hommes aux hommes. Pas de pays sans paysan, pas de paysage non plus. L'industrialistaion agroalimentaire d'un côté ; de l'autre, la grande distribution ont dépossédé le paysan de son pays. C'est-à-dire du nôtre. Est-ce poujadiste de parler ainsi, est-ce vichyste ? De nitrate en vache folle, d'algue verte en McDo, de nos rivières à nos assiettes, la course démente au toujours-plus-de-profit a fait de nous tous des poubelles, des vide-ordures.
Pourtant, si on creuse dans un Français, si on creuse par l'intérieur jusqu'au fond de ses semelles, on trouve de la terre. Nous sommes ces culs-terreux et cette terre n'est plus qu'une friche. Nos lieux communs sont devenus des non-lieux. Un non-dit, un mal-dit.
Attention, c'est une affaire de sentiment, une affaire de sentiment national blessé – sans le savoir – et qui ne trouvera pour le dire – sans le savoir – que la voie du Front national.

Nous étions partis l'humeur vagabonde. Profitons de juin, des chemins fleuris, des départementales.
Un pastis sous les platanes.
On ferme les yeux : « On doit bien vivre ici. »

Mais personne, les gens sont partis.

20 juin 1995

1. Éric FOTTORINO, *La France en friche*, Éd. Lieu Commun, Paris, 1989.

nos lieux communs sont des non-lieux

J'écris « pays » au pluriel.

Inouï la quantité de pays qu'on *a*, la quantité de pays qu'on *est*.

Pas seulement les fromages qui disent la diversité et l'ingouvernabilité, pas seulement les vins qui disent les mille savoirs et les mille saveurs.

Si je dis « pays », on voit un certain territoire défini par son histoire, par sa mémoire, sa « culture », comportant une ou plusieurs ethnies. Mais jadis, il y a peu, un pays, c'était un homme. Mon père disait : « On est pays Lucien et moi. » Lucien était un pays. Papa était un pays. C'était le samedi. Il ouvrait une bouteille de blanc de Chignin, il disait : « On boit du pays. »

Il en a fallu des siècles et des vies et des hasards, du feu et des larmes et aussi une longue volonté aux hommes d'ici pour que leur patrie dépasse la semelle de leur soulier, pour que leur territoire ne s'arrête pas à la colline, à la rivière, à tout bout de champ.

Il en a fallu pour attacher tout ça, relier, coudre, fondre, souvent dans le sang, le sang des noces et des combats.

La France est le pays de tous ces pays. Mais dans ces pays, plus d'hommes et dans ces hommes, plus de pays.

Faut-il le regretter ?

J'ai beau me dire que je manque de savoir-voir – rien ne voit plus, faites vos yeux ! – j'ai bien du mal à ne pas voir une friche. J'ai beau me persuader que ça bouge encore, mais vite, l'ébriété touristique retombe. Un silo à l'abandon, un bureau de poste fermé à jamais, une école morte, une résidence secondaire blindée, des terres et des terres et des pylônes et des pylônes et le ciel nacre à pleurer.

Avec qui boire, parler, apprendre, déconner ?

28 septembre 1995

une journée rêvée pour se perdre en amazonie

à Odile

L'Amazonie, c'est tout droit après Niort en allant vers la mer. Si vous demandez le chemin, on vous dira que c'est le Marais poitevin. On vous fera croire que le fleuve Amazone s'appelle la Sèvre niortaise.

Ne soyez pas dupe, apprenez à communiquer avec ces Indiens déguisés en anodins, faites tinter quelque monnaie, faites miroiter la puce de votre Carte bleue, dansez la danse de la pluie et alors, peut-être, si cela et si ceci et si et si et encore… il se peut, mais rien n'est moins sûr… il peut arriver que, miracle… *vous soyez perdu !*

Chose impensable, ici, de nos jours, nos pauvres jours fléchés, dirigés, prédigérés, prêt-à-penser, prêt-à-rêver. Se perdre est un exploit. Ah, si seulement vous étiez venu naguère, un dimanche, au marais. On était immédiatement paumé dans cette jungle bocagère. Personne. La barque noire glissait, on pénétrait dans la verte chimère. Ralentissement, envahissement, abysse aquatique, cœur battant, tunnel dans les cheveux des arbres, peupliers des rumeurs, médisances des frênes… le temps était vert, le glauque vous pénétrait jusqu'au sang… dans le labyrinthe sans lumière, une vaste vache blanche en méditation glissait sur des étoles de lentilles vertes sans autre intention que faire du lait et pisser dans l'eau au long des potirons orange. Orange, pour s'accorder à l'émeraude des choux en septembre et aux dahlias, modestes et géniaux pompons des féeries potagères… une cabane, une maison, Dédale et Minotaure en maillot de corps, une clôture… dans le brouillard, une barque, une plate avec, debout, quatre hommes sans chapeau, en habit de dimanche, qui portaient un cercueil avec du violet. C'était la mise en terre d'un du peuple de l'eau, le peuple du vert… Un glas gras sonnait dans les frênes. Les grenouilles naïves saluaient, les culs-bénits se signaient, les crocodiles pleuraient des larmes d'angélique, les canards déconnaient (mais c'était l'émotion, la veuve leur pardonnait : les canards ont des magrets).

On était ainsi en Amazonie.

Vous étiez perdu, vous perdiez pied, mais pas seulement. Vous perdiez aussi la cheville, le mollet, la cuisse et l'aile. Même un rêveur amateur, un débutant, un assureur était hanté, possédé par les chimères des infernaux paluds. Et alors, et alors… dans cette cathédrale de verdure, comme disent les dépliants, bien après l'heure du goûter, quand la nuit marécage avançait, quand le rameur s'était noyé, bouffé par les loutres et les répugnants ragondins, alors, alors… et c'était un dimanche, et vous aviez des devoirs à faire, et le bon Dieu s'en foutait, il regardait Anne Sinclair, alors, alors… c'était le cauchemar du marais.

Le cauchemarais.

Vous n'arriviez plus à sortir du labyrinthe. Noyés, les petits cailloux que vous aviez semés. Inutile de gesticuler. Vous ramez désespérément, vous agitez votre pigouille, vous tournez en rond. Un rond dans l'eau, vous êtes… les yeux rouges des ragondins approchent… leurs dents… la brume blanche, c'est une dame… la dame Bigourne, la créature des mojettes[1], c'est elle… bonsoir, les enfants… bonsoir, madame… la sueur, le brouillard glacé, c'est la fin des haricots… et alors, pour chasser les visions, pour éloigner les esprits et les ragondins qui bouffent le bateau, vous allumez votre briquet. Erreur ! Vous foutez le feu ! Les flammes sortent de l'eau, des langues de feu, des monstres du marais ! Les anguilles se tordent de rire, les grenouilles se tapent sur leurs cuisses de grenouilles, les crocodiles préparent les brochettes, chacun sort sa serviette de table…

Et ne comptez pas sur un réveil qui sonne la fin du cauchemarais. Vous ne dormez pas. Je ne peux hélas rien pour vous. Je raconte seulement cette histoire aux gens d'aujourd'hui, aux survivants qui – comme moi – auraient le fâcheux penchant de trop regretter le passé.

29 septembre 1995

1. C'est-à-dire des haricots.

au minime homme

À perte de vue, c'est du novembre
À perte de vie, du plat pays
Une longue route droite pour aller à Luçon
Et revenir de Luçon
Et quoi foutre à Luçon
Tuer le temps tuer les ragondins
Il y en a plein d'écrasés sur la route par des bagnoles
Qui glissent dans la flotte molle d'un dimanche
d'essuie-glace
Rien à voir
Marais desséchés
Un corbeau vole sur le dos pour ne pas voir le paysage
Il préfère courir découvrir la Vendée touristique
Il va voir ce qu'on lui dit de voir
Un mouton ce corbeau
S'il regardait autrement de traviole
Il pourrait se faire un petit coup de lourd
De lent de vent
De gros rouge et de brioche
On peut s'en faire ici de la Camargue
Un scintillement du ciel certains après-midi
Voilà la spécialité du pays
Mais hélas amis de la poésie

Disparus les montreurs d'ours
Et d'ombres sur les murs
Finies les charrettes parti le beau monde
Partis les montreurs de vie
Personne
Sauf
Un
Il en reste un
Encore un sur la dernière planche
De la dernière solitude
Au centre même de la mer des sarcasmes
« Kektufoula, hein, dis ? »
J'ai survolé des cordillères et des déserts
Des lacs immenses et des tubes de Mont-Blanc
Et à tous les coups je l'ai vu
Le petit point minuscule sur la page blanche de la terre
Le petit homme seul
Seul tenant seul aboutissant dans le rond du hublot
Et à tous les coups j'ai voulu descendre
« Salut, kektufou ici ? »
Cet homme je l'appelle le minime homme
L'homme qui est là alors qu'aucune raison d'être là il a
Mais les avions ne freinent pas
Pas plus que les corbeaux du dimanche
Pas plus que les bagnoles qui foncent vers Luçon

Pas plus que les ragondins

Pourquoi y a-t-il un homme plutôt qu'aucun ?

4 octobre 1995

enfants de sigale

à Thomas Merton, moine cistercien

Il y a des enfants, il y a des femmes, il y a des hommes
Qu'on ne voit jamais à la télévision
Qui n'écrivent pas de livres
Qui ne sont pas champions du monde
Et qui pourtant sont comme des arbres.

Ils fabriquent de l'oxygène
ils font que l'air est moins irrespirable.

C'est dans ces arbres-là qu'on va aujourd'hui
car on vient de scier une branche aux enfants de Sigale.

Une branche où ils étaient assis. Avec leurs tabliers
noirs, leurs encriers de porcelaine, leurs feuilles de
platane, leur mémoire embellie.

La branche où ils jouaient à chat perché
où ils ont gravé leur cœur au canif
où ils accrochaient le bal du 14 Juillet.

La branche où on faisait la courte échelle aux filles qui disent : « Lève pas les yeux », pour qu'on lève les yeux.

On leur coupe une branche maîtresse.

L'école de Sigale ferme aujourd'hui.

Cent cinquante habitants dans l'arrière-pays niçois sur la vallée de l'Estéron.

Il n'y a plus que quatre enfants à la rentrée de cette année.
On ferme. On ferme un lieu de lien. On élimine un de ces nœuds de vie où la République voulut que s'élabore l'étoffe de la commune destinée.

Pour ce dernier jour les anciens sont venus, anciens élèves de tous les âges, s'asseoir à leur place une dernière fois dans la petite salle de classe. Maladroits, tout émus, on entend tourner une page de notre histoire dans le silence du désert qui avance.

C'est joli Sigale, joli décor de Provence de vacances. Joli.

Mais un cadre de vie c'est pas une vie.

Tantôt désert, tantôt décor, nos pays bientôt n'auront plus de corps.

Pays exsangues pleins de petits séparés dans les grands ensembles.

Ce matin, à la radio, un médecin de campagne disait : « Attention, on est comme les haies, nous autres, les médecins de campagne, les haies des bocages qu'on a arrachées et qu'il faut aujourd'hui replanter à grands frais, trop tard bien souvent. »

Attention aux haies et aux encriers
Attention aux femmes, aux hommes
Aux enfants de Sigale et aux autres sur cette planète
Qui ne sont pas champions du monde
Qui n'écrivent pas de livres
Qu'on ne voit jamais à la télé
Et qui pourtant sont comme des arbres.

27 septembre 1996

pas facile

aux Chanut

Terreur en Algérie passer à la laverie.

Explosion nucléaire écrire à mamie.

Tribunal pour le Rwanda téléphoner au restau deux couverts pour ce soir.

Chaque jour ce fatras ces couteaux sous la gorge
cette conscience en purée
et cette habitude imbécile de vivre.

Attentat à la bombe dans le métro
est-ce que Malou m'aime encore ?
Reprise des tirs sur la Bosnie louer une voiture pour vendredi.

Pas fastoche de ne pas déserter, de ne pas se coucher
ne pas courber l'échine entre les bourreurs de mou
les phares et les fards de la pensée.

Pas facile de bosser quand Malou chantonne en chemise.
À quel évangile s'accrocher dans cet irrémédiable ?
Pas passer à côté de Malou, pas oublier d'aimer

pas fastoche la résistance, la dissidence
pas fastoche le sauternes sur le foie gras sans penser au Guatemala.

À chaque instant, mille flèches invisibles nous indiquent le doux chemin de la collaboration.

On peut alors tenter la fuite en arrière
la porte dérobée qui ouvre sur la terre.

Revenons à nos moutons, à nos eaux et forêts, à notre terre patrie, à nos jachères, à nos amours naguère, au frémissement des peupliers, aux Dordogne qui filent comme larmes, aux latitudes, aux cadastres

à ces beautés dormantes

à des fragments de France

à la source.

Avec François Chanut

un verre de chablis un soir au bord du Serein

6 septembre 1995

22

QUELQUES INDES

J'ai découvert en moi un trésor de désirs insatisfaits.

Poète soufi anonyme (XVIIIe siècle)

Indes galantes, Inde galeusc, Inde galère.

Allons voir de quoi notre mépris nous prive.

Entre exaltation mystique et refus panique, l'Occident maintient l'Inde entre parenthèses. Qu'y a-t-il dans cette parenthèse ? Un milliard d'Indiens et autant d'images indémêlables entre extase et rejet.

Inde foule cloaque, une fleur de safran sur le front, pourrissement de mousson, de gaz d'échappement, d'inondation, de pisse et de jets de salive sanglants.

Inde radieuse et pure, Inde Himalaya.

Inde des miniatures où des princes baisent pensivement en attendant la prochaine réincarnation.

Inde des milliers de dieux bariolés comme des affiches de ciné.

Inde où le cinéma ne constitue qu'une annexe au grand spectacle immémorial des mythes et des divinités. Le *Mahabharata*, 120 000 versets foisonnants qui racontent l'histoire fondatrice de l'Inde. On y dit ceci qui est très important : « Tout ce qui est dans le Mahabharata, on le trouve ailleurs aussi. Et tout ce qui n'y est pas n'est nulle part ailleurs. »

N'est-ce pas là le message le plus universaliste qui soit ?

Inde profusion, foison, Inde prodigue.

ils devraient sourire davantage

Mother India. Incalculable le nombre de rêves et de cauchemars auxquels *Mother India* a donné le jour. Et aussi la nuit. Et qu'elle dévore de temps à autre, nonchalamment.

Cinquante bébés naissent à la minute en Inde. Dans une heure 3 000 bébés seront nés. 72 000 d'ici demain même heure. Vingt-six millions dans un an. Lors des élections de 1989, 304 126 604 électeurs se sont rendus aux urnes dans 593 000 bureaux de vote. Au Penjab, la firme Kirocycle produit plus de 4 millions de vélos chaque année. L'Indian Railways, la compagnie de chemins de fer nationale, emploie 1 624 121 salariés.

Inde des nababs et des maharajas, des palanquins de cristal en haut des éléphants, des trains en or massif et des tigres du Rajastan couverts de diamants.

Inde des Indiens (malheureusement) qui rotent et chient partout et mangent avec leurs doigts (selon les déçus de Nouvelles Frontières rencontrés à Delhi).

Inde des vaches sacrées qu'ils feraient mieux de bouffer (d'après des déçus de Nouvelles Frontières rencontrés à Bénarès).

Inde de Ghislaine (aujourd'hui mamie) avec son gilet fleuri petits miroirs, petits pétards, fromage de brebis, Ravi Shankar.

Inde parapsychologique des babas et des phénomènes paranormaux que la science n'explique pas.

Inde des *freaks* en route pour la good vibration. L'œil rouge décalqué dans une piaule sans fenêtre avec des cafards de vingt centimètres.

Trois siècles de colonisation britannique. *Red monkeys*. Et nous, et nos comptoirs, Chandernagor, Pondichéry. Et la chanson de Guy Béart : « Elle avait, elle avait le Pondichéry facile… »

Inde de Bhopal et de Mère Teresa. Lors d'une visite à Calcutta, le prince George demanda à Mère Teresa : « Comment des gens sans argent ni pouvoir pourraient-ils construire un monde meilleur ? » Mère Teresa répondit : « Ils devraient sourire davantage. »

Inde du Kamasoutra, du temple de Khajuraho et des *devadasis*, genre de geisha, en plus sexy. On les retrouve aujourd'hui, la nuit, misérables sur Faulkland Street à Bombay. Saris clinquants, sida rampant, blêmes, peintes, l'œil mort cerné de violet, derrière des barreaux, dans des cages.

Inde dont immanquablement quelqu'un vous dit : « Ah, mais attention. C'est un pays moderne. L'Inde dispose du nucléaire, ils construisent leurs propres avions. Sans parler de l'informatique, de la recherche et des hautes technologies. Pas arriérée du tout, l'Inde. » Et immanquablement, au bout de la table, quelqu'un réplique : « Oui, mais il y a le système des castes, des millions de parias intouchables, les mariages arrangés, les feux de saris, l'esclavage des enfants vendus, le trafic d'organes. Nous, on a préféré la Guadeloupe. »

Inde du *Livre de la jungle* et des feux de Bengale.

Inde où sans doute davantage qu'ailleurs on espère une réponse à notre très secret, très ancien, très enfantin besoin de croire qu'il y a encore au monde un sanctuaire pour la sagesse qui, un beau jour de rédemption – ou un grand soir de révolution –, viendra régner harmonieusement sur les âmes, les esprits et les cœurs enfin fraternels des hommes.

Inde où des hommes souffrent et le savent et cherchent les voies de la révolte, malgré peur, soumission, religion et autres industries de la consolation.

Inde fascinante. « Fascination » est le mot le plus employé au monde à propos de l'Inde.

Dans cette fascination, il y a une attirance pour le spectacle de cette souffrance, une délectation morbide qui nous rassure, qui nous dit que ceux qui ont imaginé un ordre de valeurs, des institutions et des cieux différents doivent le payer d'autant plus cher qu'ils ébranlent plus profondément nos certitudes.

Inde d'où nous espérons revenir avec plus de questions que nous n'en avons apporté.

13 mars 1995

un suisse vaut cent soixante indiens

à Debasis

Un grand jour dans la vie du repasseur. Repasseur de la caste des repasseurs. Toute une vie à préparer ce jour-là et le reste de la vie pour s'en souvenir.

Au bout du mur d'un musée moisi de mousson, sous une immense affiche de cinéma sanguinolente (gueules géantes d'un tueur et d'une blonde mamelue), là, une minuscule échoppe. Quatre planches clouées entre un étal de couronnes de fleurs de santal, une vache qui mange calmement des journaux, une vendeuse de thé au lait brûlant et un nettoyeur d'oreilles public. Jour et nuit, il repasse quand on passe. C'est là qu'il travaille et qu'il vit. c'est là qu'il crache, qu'il mâche, qu'il prie, qu'il dort quelques heures par terre, juste devant un building rutilant d'on ne sait quelle World Wide Company of High Technology, dans tout ce foutoir criard, coincé sous un banian de poussière couvert de corbeaux gris.

Fer à charbon de bois, jarre de terre vernie, il fait disparaître les plis des habits comme on rêve que les plis disparaissent de nos esprits. Que tout soit bien lisse, bien plat, bien propre. Il aurait repassé des âmes dans d'autres temps. Ici, repasseur, c'est sa caste et sa vie. Protégé par un petit autel : fleurs, offrandes fraîches, petites loupiotes rouge poussière pour Ganesh, le joyeux dieu à tête d'éléphant.

Tout le linge du quartier passe ici. Dotis, saris, pajamas et même les draps de l'hôtel *Le Zurich*, le *guest house* des hippies et des routards qui ne fument pas que des *beedies* et se font chourrer leur Kodak avec les photos de yogis.

Mais aujourd'hui, pas de repasseur, il faut repasser.

Non il n'est pas mort, je vous dis, il marie son fils.

Et quel mariage !

En fanfare de foire, chars de carnaval, chevaux chamarrés et cortège qui s'envole dans le ciel au-dessus de ce cloaque pollué qu'est Calcutta. Bien au-dessus, bien au-delà…

Cent soixante invités !

Cent soixante et *un*, pour être plus précis. Le *un*, c'est un routard suisse qui est à l'hôtel *Le Zurich*. Il a sympathisé avec le repasseur et le repasseur l'a invité. Très fier d'avoir un étranger. Et puis la Suisse et l'Inde se ressemblent. Pas par la taille ni par la démographie. 950 millions d'Indiens, six millions de Suisses. Mais par le PNB. Selon la Banque mondiale, en 1990, le produit national brut de l'Inde était le même que celui de la Confédération helvétique : six millions de Suisses valent 950 millions d'Indiens. D'après la façon dont la toute-puissante Banque mondiale évalue les hommes, nous arrivons au résultat suivant : l'invité suisse du repasseur pèse autant que les cent soixante invités au mariage. Un Suisse vaut cent soixante Indiens.

15 mars 1995

purs et impurs

Pour un malentendu, un rire au bord du Gange.

Du ciel, des buffles, des champs, des gens et un petit rire.

Un petit rire, ça rapproche.

C'est si loin, l'Inde, si grand, si méconnu, si exotique et si dédaigné. Alors un petit rire, ça rapproche, on se serre la main.

Ah, surtout pas ! Surtout pas la main ! Ne touchez pas ! Ils sont intouchables. Impurs. Exclus.

Cent soixante millions en Inde. Les intouchables.

Exclus, nous aussi, on connaît ce mot, exclus. Les élus et les exclus ici. Là-bas, c'est les purs et les impurs.

Voyager, c'est changer de souillure. Chacun sa merde, en somme. Chacun ses dégoûts, chacun ses péchés, chacun ses intouchés, chacun sa tasse de thé.

Tasse de thé. Délicieux, au coin des rues, à Delhi, à Calcutta, ici, à Bénarès, le thé. Un thé au lait qu'on vous sert selon un rituel savant. C'est délicieux. On le déguste dans des petites tasses de terre. Et le touriste se dit : « Mmm, j'aimerais bien emporter une petite tasse comme ça… » Non, on la casse. Oui, on jette, dans ce pays de l'économie, dans un pays où on fait gaffe à tout, on jette les petits pots de terre qui servent de tasses à thé. Pourquoi ? À cause de la pureté. Parce que quelqu'un d'une caste élevée ne doit pas boire dans une tasse comme celle-ci même si elle a été lavée.

On rame sur le Gange. En aval. Pas en amont, en aval. En aval, c'est-à-dire après Bénarès, parmi tout ce qui sort de Bénarès, qui nous semble absolument souillé, un monstrueux égout. Les cadavres noyés, les cendres des morts brûlés sur les espaces de crémation. Deux cents corps sont brûlés par jour et nuit au bord du Gange. Nous ramons avec notre ami le rameur sur ces eaux maléfiques, monstrueuses où se pose un énorme vautour à fleur d'eau. Sur quoi se pose-t-il, que picore-t-il et que déchire-t-il, ce vautour énorme ?

Un corps qui flotte.

Nous voguons sur le fleuve sacré.

16 mars 1995

calcutta, un monstre qui montre

C'était quoi ? Le foie gras ou le pavé aux morilles avec le petit chassagne-montrachet ? Je ne sais plus ce qu'on avait choisi à la Closerie avec cette journaliste de tourisme qui s'y connaît et qui disait : « À Calcutta, surtout, évite le misérabilisme. »

Pour « *éviter le misérabilisme* » de Calcutta, il suffit de ne pas respirer. L'air est pourri. Chaud, malade, sale. La pollution la plus dingue du monde. À dix heures du matin, on ne voit plus le soleil, juste un rond orange dans le smog. Brume, marécage, gaz d'échappement, un mélange qui vous tue. Gazée, Calcutta.

« L'air a été trop respiré à Calcutta. Par trop de poumons malades, par trop de moteurs qui chient des gaz trop noirs, par trop d'humidité putride, par trop de mousson fermentée, par trop de bouches à mourir [1]. » L'air de Calcutta a été pourri par trop de derniers soupirs sans personne autour sauf un chien qui attend de bouffer le cadavre. Ou bien ce sont des vautours ou des rats, comme j'en ai vu sur des mourants dans les couloirs d'un grand hôpital public.

Crevure, Calcutta. Comment éviter ça ? Ah, rester dans les salons climatisés de l'hôtel Oberoi Grand,

1. V.S. NAIPAUL, *L'Inde. Un million de révoltes*, Plon, Paris, 1992.

survoler les bidonvilles dans un hélicoptère comme le fit tout récemment notre président de la France. Help ! Aidez-nous ! Calcutta doit être sauvée.

J'ai bien noté ce que m'a dit Mihir Mukherji, journaliste au *Statesman*, à Calcutta, dans sa petite maison, la nuit, dans un faubourg : « Sauver Calcutta, c'est comme lutter contre un cancer. »

Douze millions d'habitants, la moitié dans les bidonvilles, 30 %, soit quatre millions, dans la grande pauvreté et trois millions dans des conditions infrahumaines.

Dix mille nouveaux arrivent chaque jour. Qui viennent d'où ? Depuis la grande famine organisée par les Britanniques contre l'avance des Japonais en 1943, ça n'a pas cessé. Il y a eu la sécession avec le Pakistan, il y a eu l'indépendance, il y a eu le Bangladesh en 1971. Aujourd'hui, ils viennent du Bihar ou de l'Uttar Pradesh. Pourquoi ? Parce que même avec trois roupies par jour, c'est-à-dire six centimes – pas soixante centimes, six centimes –, on peut manger à Calcutta.

Marmite sous pression mais aussi en ébullition. Des artistes en pagaille. Des écrivains, des intellos, des théâtreux. Calcutta, c'est le cinéaste Satyajit Ray, une lumière dans ce siècle. Au coffee-house de Calcutta, c'est la Coupole au temps de Modigliani et d'Hemingway quand Paris avait ses génies et ses bavards.

Calcutta, c'est la figure des tireurs de pousse-pousse courant à pied dans cette fange inhumaine. Le dimanche, très tôt, tout frais, habillés beaux, ils se retrouvent dans un parc pour déclamer toute la journée les milliers de vers du *Mahabharata*. Comme si nos chauffeurs de taxi parisiens se retrouvaient au bois de Vincennes pour réciter (par cœur), chaque dimanche, l'*Iliade* et l'*Odyssée*…

On a envie d'aimer Calcutta. Calcutta est un monstre qui montre. C'est la ville du poète Rabindranath Tagore qui a écrit : « C'est un péché que de perdre foi en l'homme. »

17 mars 1995

calcutta, mouroir-miroir

Calcutta, mouroir, Calcutta, miroir.

Qui pousse les gosses dans les égouts de Calcutta ? Moi ? Vous ? Les autres ? La vie ? Le destin ? Le climat ? Comment fermer les yeux ?

Calcutta déborde mais ne vous inquiétez pas, nous sommes là, les journalistes, entre vous et nous, il y a l'écran. Mais peut-on rester sans réponse à cette question : que puis-je comprendre, que puis-je raconter, moi, avec dans ma poche ce que gagne en un an le tireur de rickshaw ? À qui la faute ?

La mondialisation, le système politique indien, la religion, les traditions, ou bien les communistes au pouvoir qui défilent dans les rues de Calcutta, avec des portraits de Staline hauts comme ça. Malédiction de Calcutta. Miroir-mouroir. Ça ne date pas d'hier. Le 24 août 1690, un Anglais, Job Charnock, négociant, notait : « Nous trouvâmes les lieux dans un état déplorable. »

Et Charnock débarque. Et Charnock installe son négoce et Calcutta se développe. Le cancer se développe. La catastrophe urbaine, la malédiction, le record du monde de la misère. « La lie, le plus vil de tout l'univers », selon Robert Clive, l'un des fondateurs de l'empire britannique des Indes. Et Winston Churchill écrit à sa maman : « Je suis content d'avoir vu Calcutta. Comme ça, je n'aurai pas à y revenir. » Rudyard

Kipling : « La ville de l'épouvantable nuit. » Günter Grass : « Cette ville grouillante, croulante et purulente, cette ville qui mange ses propres excréments, cette ville qui veut sa misère. »

Nous y voilà. C'est de leur faute à eux, aux pauvres. Salauds de pauvres à bord d'un radeau pourri qui sombre dans les chiottes avec douze millions de rats à bord qui s'agrippent.

18 mars 1995

petite mouche rouge

Sur une décharge d'ordures, le long d'un canal vert, un cadavre gonflé s'est mis à péter quand, de son groin, un porc l'a déchiqueté. Et la petite mouche rouge s'est envolée.

Petite mouche rouge de Calcutta, où es-tu partie ? Sur d'autres viandes, dans la rumeur. Je dis « rumeur » mais j'écris « tumeur ».

Petite mouche rouge es-tu par là ?

Vers le Maidan, immense pelouse pelée. Au milieu, le Victoria's Memorial, colossale pâtisserie avec, dans un fauteuil de bronze, la reine Victoria. Et là, je t'ai vue, posée, petite mouche, sur le nez de la reine, insolente petite mouche rouge de Calcutta.

Oui, tout se passe comme si l'Inde payait toujours cet affront. Indépendante, la petite mouche rouge, morte la reine Victoria qui n'a pas pondu suffisamment de vers blancs pour prolonger sa présence autrement que par cette imposante statue de bronze.

19 mars 1995

vieille coutume

Quai numéro un, gare de Calcutta. Moins que rien. Pas même un suaire. Il faut enjamber, c'est tout.

Son mari lui a cassé la main droite, la main avec laquelle on mange, la main pure. Manger avec la main gauche, c'est l'impureté, c'est la souillure, elle s'est laissée mourir de faim.

À Calcutta, mourir est une vieille coutume.

20 mars 1995

cent mètres de trottoir un dimanche à calcutta

La vie pullule, dit notre ami Narayam, sur ce cadavre qu'est Calcutta.

Pas correcte, Calcutta, pas jolie, pas polie, le croupion du monde avec ses douze millions de vers qui grouillent et qui crèvent et qui prient et qui mordent et qui chient leurs poumons rouges dans les égouts noirs où flottent d'étranges étrons. Pas jolie, pas polie, la ville foule, malgré les effluves de santal et les cloches d'or des temples et les bouses séchées et les roses et le jasmin des prières du matin.

Pas correcte, Calcutta ressemble à un parent pauvre en haillons puants qui ferait irruption dans un dîner de famille et qui jetterait sa merde sur la table.

Un dimanche ralenti dans la ville foule. On se fait beau, on glande, on baguenaude, on fredonne, on vibre au cinéma, dans un bout de ruelle.

21 mars 1995

de calcutta à bénarès

Trois mollards sanglants, deux vaches, un sikh en turban rose, quelques sadous safran... un pneu de camion sur une tête, dix sacs de thé, des bataillons de porteurs en loques orange et turban, cinq valises sur la tête... des centaines de corps dans la gare de Calcutta, endormis par grappes serrées, dans des suaires de poussière... Je n'ai pas réussi à comprendre ce qui peut retenir un être humain à Calcutta. Tirez-vous ! Faites comme nous ! Prenez le train ! Non, au lieu de ça, ils arrivent de plus en plus nombreux. « Parce qu'ailleurs, c'est pire », me dit le sikh enturbanné. Je ne vous crois pas. Et vous me dites que ça va mieux depuis quelques années !

Calcutta. « Welcome to the investors. » Cette ville a de l'avenir. « Goodbye, have a good journey », disent des panneaux.

On va prendre le train. Prendre, littéralement, à l'assaut. On monte dedans, on monte dessus.

Cris, marchands ambulants, thé, café, eau, sodas, bonbons, glaces, cireurs, oreillers, journaux, bananes, jouets... Dix vendeurs pour chaque chose. Le bordel est beaucoup plus organisé qu'on ne le suppose. Hiérarchie oblige, ordre de l'univers. Si vous souffrez dans cette vie, tant mieux, la prochaine sera vachement mieux. Votre vie est un enfer ? La prochaine sera un petit paradis et celle d'après encore plus chouette. Peut-être. On ne peut pas vous dire : ça dépend de Dieu et de votre bonne conduite. Mais, encore un effort, encore quelques vies et puis, fini, fondu, heureux, bienheureux, *nirvâna* !

Le train suit une nuit de suie. Chaos industriel, usines, cheminées soviétiques, entrepôts géants... Géante, l'Inde. Ponts retentissants, gares qui grelottent et s'envolent : Calcutta, Chandernagor, Bodh-Gaya, Bénarès... Gares de nuit où l'on sert du thé au lait brûlant dans de petites tasses de terre. Puis l'aube sur des champs de lentilles et des arbres de papier tout droit, des villages et des gens qui, sans vergogne, accroupis, font leurs besoins, et d'autres qui, tout frais dans des habits bigarrés et sacrés, n'attendent plus rien de cette vie. Et nous arrivons dans la courbe que fait le fleuve sacré en forme du croissant de lune qui orne la chevelure de Shiva : Bénarès, Varanasi.

22 mars 1995

y a-t-il une vie avant la mort ?

On quitte l'Inde mais *Mother India* ne nous lâchera pas. Monstres et merveilles et ce qu'il y a entre les deux. Quelques heures. Quelques pas. Quelques Indes.

Et tant mieux si nous sommes passés à côté, allez-y, il en reste ! Pour consoler ceux qui n'iront pas, je dirai que l'Inde et l'Indre se ressemblent par bien des côtés. Il y a des jours, il y a des nuits, il y a des peurs, des pluies, des femmes aussi, même si, ici, sitar se dit accordéon. Il y a beaucoup moins de vaches en Indre qu'en Inde et elles n'ont pas le même genre de vie. Mais à part ça ? En Indre, les saris sont plus rares mais, en Inde, est-ce qu'ils connaissent le gratin dauphinois ? Et Dieu ? En Inde, 350 millions de divinités. En France, un seul. Et encore. D'après certains, il est mort.

Mais en Indre comme en Inde, les hommes se demandent : est-ce bien ça la vie ?

23 mars 1995

23

TCHÉTCHÉNIE. « ICI VIVENT DES GENS »

ЗДЕСЬ ЛЮДИ ЖИВУТ

Alors que la guerre a repris en Tchétchénie, au moment d'envoyer ces pages à l'impression, j'apprends que la cour a disparu. Lors de la bataille à Grozny, en août 1996, quelques heures avant le cessez-le-feu, une bombe a détruit la cour et la maison autour, à l'angle des rues Griboïedov et Rosa-Luxemburg. Il ne reste rien. Que sont devenus ceux qui vivaient là et dont nous avons partagé la vie quelques semaines auparavant ? J'espère les retrouver un jour. Je leur dédie ce récit en signe d'amitié.

Il faut arrêter cette guerre, elle ne fait plus vendre.

Extrait d'une conversation entre responsables de la communication d'une grande chaîne de télévision française, au sujet du Kosovo, en mai 1999.

En souvenir de M. Evgueni qui nous montrait les délicieuses fines herbes qu'il cultivait sur le balcon de son appartement. Sauf qu'il n'avait plus d'appartement. C'était un amas de décombres. Il a cependant tenu à nous conduire jusqu'à son immeuble bombardé. Dans les gravats, la puanteur et l'obscurité, il errait, trébuchant, un sourire flottant, un chapeau gris, un costume usé et correct. Sa femme était morte dans le bombardement un mois auparavant. Son fils avait été tué la veille par un sniper. Une autre personne habitait dans les ruines, à l'étage au-dessous, une voisine qu'il nous a cérémonieusement présentée. À la fin de l'après-midi, il lui rendait visite. Pour passer le temps, elle lui lisait Alexandre Dumas. Qui aurait pu imaginer, à ce moment-là, sur la terre, que quelque part dans Grozny sous les bombes deux personnes, dans la pénombre, se demandaient avec angoisse comment les trois mousquetaires allaient se tirer d'affaire ? Elle lisait jusqu'à ce qu'il fasse noir. Puis ils restaient là, dans l'obscurité, tous deux attendant.

LA COUR

Le centre du monde est ici.

Très précisément à l'endroit où Sacha vient de reposer la bouteille de vodka, au milieu d'une porte pourrie qui nous sert de table, exactement entre le sel, le pain, les oignons du jardin offerts par l'Oncle Vassia et les assiettes ébréchées par dix-huit mois de guerre.

La nuit descend sur Grozny, tiède et bleue.

On prend le frais sous le gros arbre avec ceux qui logent dans la cour où nous sommes hébergés. Sacha, l'ami traducteur, fait rigoler les voisins tchétchènes et russes qui vivent ici depuis toujours, ensemble, dans cette cour. Dix-huit mois de guerre. Nous parlons de la France, de Paris, de parfum. Aslan reste grave. Il serre son verre dans ses mains. « Ça va être encore l'enfer demain, peut-être cette nuit. »

Personne ne veut entendre ce qu'il raconte, même si c'est la vérité. La survie amène chacun à régler son thermostat affectif le plus bas possible.

Aslan est un costaud blond aux yeux clairs. L'air tout à fait russe alors qu'il est tout à fait tchétchène, d'un vieux clan des montagnes.

Encore un restant de soleil en biais dans les feuilles. Rouslan remplit les verres. C'est chez lui que nous logeons, dans la cour. Il héberge des journalistes depuis le début de la guerre. Des photographes de *Newsweek* lui ont laissé un polaroïd qui le représente tout souriant avec ses grosses lunettes devant sa maison bombardée, entouré des siens, sa femme, la belle Assia, et ses filles Lolita et Medina.

« Après ce que nous avons vu et vécu, rien ne peut plus nous détruire. Je lève mon verre à ceux qui sont ici dans cette cour. Ils vont vivre encore un siècle dans la paix, et ils iront visiter Paris. » On applaudit. Mais qui ira à Paris ? Tous ceux qui sont ici, russes ou tchétchènes, Allah ne fait pas la différence d'après Rouslan. Et donc il y aura Assia, Medina, Lolita, Tante Macha, Tante Liudia, Tante Natia, Nadiejda Fedorovna, Oncle Vassia, ceux qui sont ici présents et tous les autres qui vivent dans cette cour. Une cour insoupçonnée au 84, rue Griboïedov, au coin de la rue Rosa-Luxemburg, un jardin en fouillis, derrière un portail en fer où des gens ont écrit à la craie : « Ici vivent des gens. »

ЗДЕСЬ ЛЮДИ ЖИВУТ

« Ici vivent des gens. » C'est écrit à la craie à l'extérieur sur le portail de tôle criblé par des éclats de bombe. « Ici vivent des gens. » Un peu partout dans le pays, étrangement, on lit ces mots, là où il semble qu'il n'y ait plus âme qui vive, dans les parties les plus en ruine de la ville, ou bien dans des villages bombardés où des civils ont été massacrés et leurs corps brûlés. Ceux qui quand même sont restés, comptant sur on ne sait quelle improbable miséricorde, écrivent cette phrase sur un bout de porte arrachée, sur un pan de mur calciné, un morceau de carton.

Ici vivent ces gens, autour de cette cour dans six ou sept bicoques dépareillées, en bois, en brique, en tôle, rafistolées après chaque bombardement, bâchées de plastique comme la chambre des enfants où nous dormons, Sacha et moi, chacun dans un lit d'enfant. On a repoussé nounours, trousse d'école et cahiers. Mais il n'y a pas de mur côté rue. Ce bout de la maison s'est effondré dans un bombardement. La chambre est béante, séparée de la rue par une bâche en plastique transparente.

« Il faut des événements comme ça pour nous faire comprendre combien la vie est belle et combien nous sommes capables de nous aimer, dit Rouslan. Essayez de faire comprendre ça aux Français, faites-leur comprendre ça à votre retour, c'est la chose la plus précieuse que nous avons à dire. »

Des gens vivent, vont, viennent, se penchent sur une planche, rapportent un broc emprunté, passent la matinée à rafistoler une épingle à linge, attendent, espèrent, vacillent, gratouillent, restent assis la nuit dans le noir, les yeux ouverts, puis, au point du jour, se lèvent pour reprendre la partie d'échecs avec la mort, et à nouveau, encore un jour, ils rusent, vibrent, saluent, sourient au printemps sur leur tête dans la cour. Grands arbres poussiéreux (la ville n'est que cendre et poussière), sureaux en fleur, petits potagers, linge qui sèche, oiseaux sans importance.

Cette cour est une île.

La dernière île encore humaine et fraternelle au milieu de Grozny, immense champ de ruines. Dix-huit mois de guerre et de bombardements ont rapproché les habitants de la rue Griboïedov. Rien d'exemplaire, sauf cet exploit d'être encore vivant et d'y tenir et d'être ensemble solidaires.

J'ai tout de suite aimé cet endroit en arrivant. J'ai revu la banlieue de mon enfance après la guerre près de Paris, mon père sous le même cerisier, la même boîte de conserve comme pot de géranium et, çà et là, un précieux bordel de bricoles récupérées, cageots, tuiles encore bonnes, robinets, clous tordus, bouts de plastique, bouts de tôle, bouts de pneu, bouts de vie.

Sauf que moi, c'était après la guerre et qu'ici, c'est pendant. J'ai aussi tout de suite aimé Rouslan, notre hôte, et son penchant lyrique quand il enlève ses lunettes et se lève pour porter un toast. Sacha me traduit à l'oreille. « On nous a tués mais on renaîtra. On renaîtra à travers les pierres et les montagnes. Et qui renaîtra ?

Tous ceux de la cour, et tous les Russes et tous les Tchétchènes, cette guerre est une offense pour tous les humains. »

Rouslan regarde chacun dans les yeux. Et d'un seul coup il vide son verre à la renverse. Et le repose doucement, regard au loin, puis remet ses lunettes.

Nous sommes tout émus de partir demain. Une tendresse d'adieu flotte dans l'air. Il y a des grondements d'armes lourdes dans le ciel et des tirs de mortier vers les postes de contrôle du quartier. Personne n'y prête attention. Je promets à tous que nous reviendrons après la guerre et que nous apporterons du champagne de Paris. Personne n'en doute. Et nous buvons vite en silence, les larmes aux yeux, puis, pour un rien, on rit à nouveau.

notre ami eltsine

« Bienvenue dans le petit Vietnam de votre ami Eltsine ! »

Dès notre arrivée, en fonçant entre les trous de bombes à travers la ville en ruine, Islam nous a accueillis dans sa vieille Moskvitch bleu ciel, modèle 78.

Grozny en russe, ça veut dire « terrible ». La Terrible est ruinée, calcinée, écrasée, repue de morts, 25 000 [1] morts dans la ville depuis les grands bombardements de décembre 1994. Littéralement *dans* la ville, dans la chair de la ville. Les corps, pour la plupart, sont toujours dans les décombres, enfouis dans des montagnes de gravats. On en découvre lors des opérations de déblaiement. Des civils. En majorité des

1. Chiffre avancé en mai 1996.

Russes. Les Tchétchènes se sont réfugiés dans leurs villages dans les montagnes du Caucase où les bombardements les ont suivis.

Cette guerre comptera parmi les plus cyniques du siècle, sur les ordres d'un Tsar Ubu alcoolique, manœuvré par les factions rivales de son entourage. Entourage entièrement occupé à dilapider les ressources du pays et à détourner les aides colossales consenties par le Fonds monétaire international, sans que celui-ci ne trouve rien à redire. Le FMI aura financé cette guerre. Il n'y a plus d'État en Russie. Il n'y a plus de Russie en Russie. Faire la guerre est un joker classique en politique. Militaires et marchands d'armes sont contents. On renforce la cohésion nationale, on fait taire l'opposition, mécontentement et revendications sont discrédités. Le recours à un pouvoir fort est légitimé par l'urgence. Toutes les échéances sont repoussées. Tout devient secondaire et tout devient primaire.

Grozny, 20 mai 1996

l'aveugle et le sniper

Un ours ivre mort qui tente d'écraser un moustique avec un marteau. Et soutenu par l'Occident qui s'efforce de faire passer cette petite bavure sous silence auprès de l'opinion. Avec succès. L'opinion russe est défavorable à cette aventure. Sans pour autant soutenir la cause indépendantiste tchétchène. Le racisme vis-à-vis des « culs noirs » du Caucase est toujours virulent. Accusés de tous les maux. L'effondrement du communisme en Russie c'est aussi l'effondrement de l'Empire russe. Le racisme est à la mesure de ce profond déshonneur. Le naufrage économique et politique augmente encore ce ressentiment.

On pourrait croire que les habitants ont quitté la ville. Mais beaucoup sont restés ou revenus. Sur 400 000 habitants avant la guerre, il reste 300 000 survivants terrés dans cet immense champ de gravats, errant entre les avenues effondrées, les carcasses de chars, les immeubles calcinés, un sac en plastique à la main, hagards, l'air d'avoir oublié comment leur vie était avant et comment la vie est ailleurs.

Un cliquetis dans le silence de la perspective Lénine. C'est une canne. Un vieil aveugle qui marche au milieu de l'avenue qui est la ligne de feu. Sait-il que tous les snipers embusqués le tiennent en joue dans la lunette de leur flingue ? Par endroits, par moments, la vie semble normale.

10 mai 1996

on vit avant qu'on nous tue

Petit homme rond, sourire épuisé, le médecin de l'hôpital d'Ourous Martane cet après-midi, près du lit d'un gamin aux deux jambes arrachées.

Les yeux de la mère du garçon, en soulevant lentement le drap taché. Son désespoir que son môme ne puisse plus jamais devenir un combattant, un *boievik*, donner sa vie à la patrie, obtenir le bandeau vert des héros qu'on accroche sur des poteaux enfoncés près des tombes fraîches, comme on en a vu partout dans les petits cimetières tchétchènes.

Ourous Martane, 12 mai 1996

l'infirmière

Vieille infirmière immobile dans sa blouse défraîchie dans une lumière de fin du jour. Seule, des jours et des nuits, depuis dix-huit mois que dure cette guerre, dans une pièce qui résonne comme une boucherie vide, sous un vieux néon, elle attend. Un bombardement quelque part, des combats qui éclatent, et aussitôt elle sort un vieux registre recouvert de toile noire luisante de crasse avec le papier carbone bleu et le tampon encreur pour réceptionner des paquets humains de chairs pantelantes qui surgissent de la nuit en feu, portés par des grappes de familles hurlantes ou, au contraire, avec personne autour du blessé tout chaud de sang qui glisse lentement le long du carrelage, perdant sa vie, son arme à la main.

Une table, une chaise, elle est là, elle accueille, tout en sachant qu'il n'y a pratiquement rien pour soigner quiconque, dans ces couloirs qui puent le cadavre et la pisse.

Je me suis demandé souvent depuis à quoi peut bien penser, la nuit, cette femme qui attend. Elle avait une façon de croiser ses mains l'une sur l'autre sur le haut de sa poitrine, exactement comme ma tante.

14 mai 1996

je t'écris de la guerre

L'air est tendu, les yeux rouges de dope, aux postes de contrôle ou sur des blindés qui foncent dans la poussière, des grappes de jeunes mercenaires russes défoncés et hilares, cagoules et lunettes noires, hérissés de kalach' et lance-roquettes, terrorisent la ville... Dans les rues fébriles, dans les ministères, des types en armes, lunettes noires, s'agitent, sans qu'on puisse dire qui va tuer qui dans cette fournaise. Personne ne peut vous dire qui contrôle la situation.

L'enjeu essentiel de cette guerre, c'est le contrôle du transit du pétrole de Bakou par l'oléoduc qui vient de la Caspienne et traverse la petite république séparatiste. Mafia et nationalistes tchétchènes se battent pour prendre le contrôle de cette rente de situation. À Moscou, les mafias et le pouvoir ne l'entendent pas de cette oreille. Le général Doudaïev, leader indépendantiste tchétchène mystérieusement assassiné le 22 avril dernier, fait figure de héros.

Côté des forces russes, un arsenal colossal, 80 000 hommes qui n'en ont rien à foutre (sauf les *kontrakniki*, les mercenaires engagés sous contrat) face à des forces totalisant de 3 000 à 5 000 combattants soutenus par tout un peuple qui revendique son indépendance, et qui n'oublie ni la colonisation russe ni la déportation sous Staline [1].

---

1. Moscou, depuis cent cinquante ans, n'a jamais réussi à vaincre ce petit peuple de guerriers des montagnes. L'épisode le plus présent dans toutes les mémoires, c'est la déportation massive de 352 000 Tchétchènes fin février 1944, accusés par Staline de collaboration avec les nazis. Quatre autres peuples « punis » furent aussi brutalement déportés dans des territoires inhospitaliers d'Asie centrale. Le 16 juillet 1956, le Soviet suprême réhabilitait les Tchétchènes, les autorisant à revenir dans leur république. Douze ans de déportation. Qui pourrait oublier ?

néant grisant

La guerre ici – comme ailleurs, comme toujours – déploie son irréductible séduction. Un vertige qui vous prend. On ne parviendra jamais tout à fait à le raconter. C'est ce moment où tuer et mourir devient facile, sans la moindre importance, où toute conscience s'éclipse, la vie n'a plus aucun prix, et la mort non plus. Un néant grisant. On se demande bien pourquoi on en a fait un telle histoire jusque-là, c'est une excitation, une libération, une grande partouze complice, ne boudez pas votre pouvoir, profitez-en les gars, vous ne risquez plus rien, tout est permis, enfin libre, c'est la lutte finale pour de vrai, pillez, violez, tirez un coup, tirez-en deux, la chasse est ouverte, tabou, rempart, garde-fou, la mort vous sourit, regardez-la, elle tapine sans chichi, elle allume le moindre nerf, elle vous défie, tu vas pas te dégonfler, t'as des couilles ou pas ? Chacun peut se la faire, la prendre ou la donner, le monstre se montre, torture lente ou rapide, lente montée du plaisir ou éjaculation précoce, lâchez-vous, l'horreur est humaine, la ville est prête à sauter, prête à s'enfuir, prête à s'enfouir à nouveau, pleine de petites combines et de grandes escroqueries. Parcourue de rumeurs paniques, de délires instantanés, de rires d'ivrognes, Grozny est une ville ivre, ivre de vodka et d'un tas de drogues, à commencer par celle de la guerre elle-même.

Ah, la sainte et virile ébriété de la guerre !

En voici un exemple.

La guerre se passe toujours en noir et blanc, de préférence en hiver. Là non, c'est un printemps tout pimpant, des chants d'oiseaux dans un ciel bleu sur les villages en fleurs jusqu'aux hautes montagnes du Caucase enneigées à l'horizon vers le sud.

Sur la frontière avec l'Ingouchie, une route entre les immenses plaines vertes éclatantes criblées de coquelicots. Soudain, un hélicoptère de combat des forces fédérales. Ils surgissent n'importe quand, on ne les voit jamais arriver. C'est la terreur des Tchétchènes. L'appareil descend, surplombe la voiture, s'immobilise juste au-dessus, à un mètre, se balance sur place dans le vacarme de l'hélice, il faut alors s'arrêter au milieu de la longue route, au milieu du paysage désert, l'hélico se déplace un peu afin que le pilote puisse voir les occupants de la petite voiture, des gens du coin, des familles, des paysans qui vont au marché, il leur dit quelque chose, leur fait signe, les autres ne comprennent pas bien sûr, ils interrogent des yeux, ouvrent la bouche, questionnent, alors le pilote remonte un peu, se positionne et tire une roquette sur la voiture qui prend feu immédiatement, les passagers secoués sortent, titubent, hurlent, implorent. De dessus, calme, le pilote ajuste son fusil d'assaut et les abat un à un sans peine ; un vieux chef de village les bras en l'air avec sa toque d'astrakan, une vieille femme en turban à fleurs tombée à genoux, une femme plus jeune qui a eu le temps de courir plus loin, un panier à la main plein de noix fraîches. Deux corps dans l'herbe du talus, l'autre sous un bouquet de noisetier. Le pilote pose son appareil un peu plus loin dans le champ d'orge encore verte, descend, s'approche des corps, se penche, ouvre les bouches, quelques coups de crosse bien ajustés, et avec précision, dans le sang chaud, il arrache les dents en or, celles de devant, mais de préférence les molaires qui pèsent un peu plus lourd. Les dents en or sont une tradition dans le Caucase, surtout chez les Tchétchènes. Le pilote n'oublie pas la grosse montre avec chaîne sur le ventre du vieux. Il enveloppe les dents (sept au total) dans une feuille de papier journal qu'il glisse dans une poche de chemise. Il faudrait pas se les faire piquer. Il connaît un officier qui les achète. Mais on dit que c'est un voleur, le mieux c'est de les fondre soi-même. On verra bien. Il secoue la montre, mais rien à faire, elle est arrêtée, les aiguilles marquent sept heures dix minutes pour l'éternité. Il la jette au loin, mais ramasse quelques noix. Il vient de Novosibirsk en Sibérie. C'est même là qu'il est né, il y a vingt ans, exactement vingt ans et à Novosibirsk il n'y pas de noix, c'est un fruit exotique et ça lui rappelle avec émotion son enfance, les Noëls de son enfance.

Dans son hélico au-dessus de la Tchétchénie, en rentrant sur sa base de Grozny, il coupe un instant sa radio avec la voix du sous-off qui gueule parce qu'on le cherche partout, et il repense au parfum des noix quand il était petit et qu'il ouvrait le colis que son père envoyait pour Noël, avec le petit mot et la photo du papa devant le mausolée sur la place Rouge, dans son bel uniforme de soldat de la glorieuse Armée rouge.

15 mai 1996

« *affaire intérieure russe* »

Qui dans le monde pour s'intéresser encore à cette petite routine de l'horreur ?

Guerre en Tchétchénie. 40 000 victimes depuis le début de l'offensive en décembre 1994. Des civils à 90 %. Il faut ajouter 5 000 jeunes soldats appelés du contingent, tués sans même savoir où ils arrivaient. Sans oublier quelque 500 000 réfugiés. Les États-Unis ont décidé de regarder ailleurs, et *donc* le reste de l'Occident, et *donc* les Nations unies, et *donc* les grands médias, et *donc* c'est le monde entier qui regarde ailleurs. Même si depuis dix-huit mois une poignée de journalistes remarquables s'entêtent à croire que cette boucherie peut émouvoir quiconque.

On nous a prévenus à Paris :

« C'était bon au début, la Tchétchénie. Maintenant, tout le monde s'en fout. Pour penser aux autres, il faut pas avoir trop de soucis personnels. »

Et ici en Tchétchénie on nous répète :

« À quoi ça sert de vous raconter nos malheurs, ça ne changera rien, des dizaines de journalistes sont déjà venus, ça n'a rien changé, l'Occident soutient Eltsine, M. Chirac soutient Eltsine, le FMI et l'Europe ont augmenté les crédits pour Eltsine. L'Occident a classé cette guerre "affaire intérieure russe". »

Alors qu'est-ce qu'on fout là ? À enregistrer les détresses des réfugiés de Nazran ou des survivants de Sernovodsk, l'un des Oradour de M. Eltsine (« S'il vous plaît, dites au monde que nous existons ! »), les sanglots des vieillards russes qui n'ont plus rien à manger ni personne et qui errent à travers la ville en ruine, avec des crochets, fouillant dans les gravats et les ordures (« Excusez-moi, j'aurais tellement voulu être digne »), le rescapé des tortures d'un camp de filtration (un fil de cuivre autour du pouce, un autre autour de l'index, torture à l'électricité), la mère de ce soldat, un jeune appelé déboussolé qui a tué un de ses copains (« C'est la faute à cette guerre »), ce petit soldat, un appelé, Nikolaï, étudiant en psychologie à Irkoutsk. Il ressemble à l'un de mes fils, Colas (Tu as tué ?, lui ai-je demandé. — Oui.)

À quoi bon cavaler entre les bombes et les tombes pour rapporter tout ça ? À chaque tour de roue les vieilles questions reviennent. Mais ce soir, Rouslan fait des brochettes.

17 mai 1996

la cour (suite)

Medina et Lolita jouent à la marelle sous le grand tilleul. Leur mère, la belle Assia, dit de ne pas rire si fort un soir comme ça. Près du puits, derrière ses épaisses lunettes, Rouslan sifflote en se brûlant les doigts avec les brochettes. Fameuse hospitalité tchétchène. Puisque nous repartons demain pour Moscou, il a entrepris de nous faire déguster ses mémorables *chachliks* d'esturgeon.

Le chat, un gros chat gris, se sauve avec un bout de poisson.

« Ce chat devrait être cinglé après tout ce qu'il a vécu. C'est lui qu'il faudrait interviewer, c'est un héros, nous conseille Rouslan, ce chat est le meilleur témoin depuis les premiers grands bombardements de décembre 1994. Un tonnerre roulant, la terre tremblait jusqu'au fond des caves, au fond des ventres. » Rouslan fait le geste de se prendre les tripes en serrant les dents et ses grosses lunettes bougent sur son nez. Il ouvre une boîte de bière et remet des branches sous les brochettes.

Le 22 décembre, il a fait évacuer sa famille hors de la ville, sa femme et ses deux filles, vers les villages de montagne, comme la plupart des Tchétchènes de Grozny. Les Russes, eux, sont restés. Beaucoup de ces Russes sont là, depuis la colonisation du Caucase par les tsars au siècle dernier, un peu comme nos pieds-noirs au temps de nos belles colonies. Une partie de ces colons descend de familles de paysans pauvres de l'Empire, envoyés là contre leur gré pour peupler et « blanchir » ces pays, depuis toujours rebelles à la colonisation de Moscou. La plupart n'ont plus d'attaches en Russie, aucune solution de repli lorsque les bombardements ont commencé. Ils ont été cyniquement sacrifiés par Moscou, alors que les Tchétchènes, dont la société est très structurée (en familles, en clans, on parle de « démocratie patriarcale »), peuvent trouver refuge dans leurs villages de montagne, dont ils sont indélogeables. C'est ainsi que la famille de Rouslan a été évacuée par le voisin, Islam. C'est lui qui les a sortis de la ville sous les bombes, dans la vieille Moskvitch modèle 78, à travers les barrages qui se dressaient et les chars qui flambaient.

Ça sent bon le poisson grillé avec un délicieux parfum d'herbes. Aslan écoute avec ses grosses mains qui tiennent sa tête éclairée par le feu de bois.

« Eh, on parle des chars qui flambent mais vous qui voyagez partout, comment sont les femmes au Brésil ?

— Non, c'est au Mexique, dit Rouslan.

— Je connais le monde, continue Aslan, j'ai conduit des camions partout, d'Istanbul à Vladivostok, et je peux dire que nos femmes tchétchènes du Caucase sont les plus belles sur cette terre, mais, juste après, j'aimerais avoir une femme tropicale pour moi, au moins une fois, j'aimerais rencontrer la Tropikenka. C'est à cause de cette femme-là que, moi qui vous parle, j'ai fait sauter un char. Est-ce que vous êtes capable de comprendre une chose pareille ? Vous allez me demander pourquoi, eh bien à cause des batteries. Oui, plus d'électricité à Grozny, sous ces tonnes de bombes, alors on faisait sauter les chars pour récupérer les batteries. À l'arrière, vous en avez quatre, vous n'avez qu'à vous servir et avec des petits transformateurs on les adapte au récepteur de télé et chaque soir à huit heures on pouvait voir ce feuilleton qui s'appelle “La Tropikenka”. On dira qu'on s'est battu et qu'on est mort pour l'Indépendance et la terre de nos ancêtres et à cause de la déportation de notre peuple par Staline en

1944, et ce sera vrai, mais on oubliera cette femme du Brésil et je ne voudrais pas qu'on l'oublie.

— Du Mexique, dit Rouslan.

— On était dans cette cave, tous enfermés, Russes, Tchétchènes, ça bombardait, sans cesse, bombe au phosphore, bombe à fragmentation, bombe à forte pénétration, et nous, devant cette vieille télé, on chantait la musique du feuilleton tous en chœur et on pleurait pour les malheurs de cette femme tropicale au bord de sa piscine sous le soleil des tropiques. Est-ce que vous pouvez croire une chose pareille ? Eh bien moi, cette femme, j'aimerais la rencontrer. Après l'Indépendance, j'irai là-bas.

— Au Mexique, dit Rouslan.

— Et je lui dirai, à la Tropikenka, comment je la regardais, dans quelle situation j'étais, et ce que ça me faisait de la regarder, moi, un Tchétchène. Je lui dirai ça. »

Soudain, des tirs crépitent, tout près, derrière le mur. Rouslan, tout à ses brochettes, n'a pas levé la tête. Dans le bleu de la nuit, des traits roses de balles traçantes. Aslan recherche l'air du générique de « La femme tropicale ». Les tirs ? C'est un voisin aux nerfs un peu fragiles. Parfois, le soir, il vide quelques chargeurs histoire de passer le temps.

Une fois sa famille en sécurité, Rouslan est resté pour garder la maison contre les pillages et pour ne pas laisser toutes seules les vieilles grands-mères russes de la cour. Tante Macha, Tante Liudia, Tante Natia. Il a grandi parmi elles, lui le Tchétchène a été élevé par ces babouchkas.

Sous les bombardements, tout le monde s'est réfugié dans la cave avec le chat. Enterrés, coupés du monde. Qu'est-ce qu'on emporte avec soi dans sa tombe ?

Chacun a vécu ça ici, ceux qui restent vous diront la même chose. Rouslan ne sortait de là qu'en rampant pour chercher de l'eau, et pour évacuer leurs besoins que les gens faisaient dans des seaux. Le froid était terrible, les maisons autour flambaient.

« Les rues étaient vides, dit Rouslan, ce que j'ai vu de pire, c'est de la viande humaine dans les arbres. »

Les survivants de Grozny sont tous hantés par ces images. Elles sont dans toutes les agences de photos de presse du monde. Quelques-unes ont été publiées, mais plus personne n'en veut. Le monde en est gavé. Déjà vu. Déjà donné. Le monde est immunisé. L'horreur n'apprend rien. Candide incurable, le reporter de mon espèce croit sensibiliser, faire prendre conscience. Il ne fait que banaliser. Ou bien il se met en scène, il s'héroïse, ou bien il esthétise, bref, sans le vouloir, il rend l'horreur comestible, il insensibilise, il favorise ce qu'on pourrait appeler la « prise d'inconscience ». Panne de sens, panne de larme. Selon les doctes accapareurs des pages « Idées » ou « Rebonds » de nos meilleurs journaux, la société du spectacle aurait vidé le tube de l'émotion. Confusion, banalisation. On aurait dépassé les bornes du toujours plus. Que faire pour remettre des bulles d'air dans cet aquarium qui croupit ? On compte sur les grands hommes pour sauver les petits. Mais pourquoi pas sur les petits ? Au point où nous en sommes, pourquoi pas cette nuit-là, dans cette cour, à Grozny, en savourant des *chachliks* d'esturgeon tout en parlant de chair humaine accrochée dans les arbres ? Et du cul des Mexicaines ?

Les bombardiers passaient en vagues incessantes jour et nuit au-dessus de la cave. Quelques jours après, une bombe a soufflé une partie de la maison de Rouslan. C'est là que les trois vieilles tantes lui ont dit de partir.

Que sa place était là-bas, avec ses filles et sa femme plutôt que de rester dans cette tombe avec des vieilles bonnes femmes qui passaient leur temps à prier pour mourir le plus vite possible.

« Et tout ça, ce chat le sait mieux que personne. Regardez ces yeux. »

Rouslan a donc rejoint sa famille dans les montagnes tchétchènes, laissant les vieilles dames russes dans cette cave, sans rien, seules sous les bombes.

« Tu as une mère, tous les hommes ont une mère, et tu l'abandonnes à la mort, aux chiens. Moi, c'était comme trois mères. La guerre vous oblige à ça. C'est comme ça qu'elle vous attrape et qu'elle vous oblige à tuer. Tu vois ça dans les livres ou à la télé, et puis ça t'arrive, ça m'est arrivé. »

Rouslan raconte comme ça, maintenant, sans effet, comme tous les hommes racontent toutes les guerres depuis toujours. Il parle d'un ton fraternel, à voix basse. Il préfère que ses petites filles qui jouent dans les parages n'entendent pas. Medina et Lolita. Nous dormons dans leurs lits, Sacha et moi, je l'ai dit. Toute la famille dort dans une seule pièce pour laisser la chambre des enfants aux hôtes de passage comme nous.

Lors du cessez-le-feu de fin juin 1995, Rouslan et sa famille sont revenus dans leur maison bombardée. Avec quelques briques et quelques tuiles, ils ont fait un bricolage provisoire pour habiter là. Puis les combats ont repris.

La famille est toujours là, attendant.

« On mange tranquillement dans cette cour ce soir, et la guerre est tout autour de nous, dit Rouslan ouvrant une boîte de bière tiède. Il y a des combats cette nuit, un peu partout. Cette nuit, des hommes vont mourir. Par pure dérision. »

Souvent, des soldats russes se tirent dessus et se descendent entre eux d'un poste à l'autre. La nuit, un commando indépendantiste harcèle un poste russe, puis un autre, et, très vite, se retire, si bien que les Russes, terrifiés, se mettent à se tirer dessus entre eux sans rien voir. Il y a aussi, côté russe, des règlements de comptes pour des histoires de butin. Le partage de ce qui est pillé dans les maisons bombardées, un téléviseur, un tapis, un moulin à légumes. Beaucoup de soldats russes viennent de coins très pauvres. Il y a beaucoup d'histoires d'armes vendues aux indépendantistes (y compris des chars !) contre de l'argent ou des drogues diverses. Tous les trafics imaginables. Il y a aussi le racket. Les riches de la ville, mafieux ou pas, paient très cher l'état-major russe pour que leurs maisons soient préservées. On voit de belles villas miraculeusement intactes dans la ville. Avant de bombarder, des militaires russes sont venus ouvertement voir les riches propriétaires, proposant d'épargner leur maison contre quelques milliers de dollars. En échange d'un rond rouge au crayon sur la carte d'état-major. Sans autre garantie. Ils reviennent ensuite avant chaque bombardement, s'invitant à faire la fête. Si le racketté se montre récalcitrant, les militaires russes – ou les commandos – ont recours à des moyens plus convaincants. Tortures, viols, pillage, enlèvement…

Selon diverses sources, les *kontrakniki* (commandos spéciaux) ne sont pas payés ou le sont avec retard. Quand ils ne meurent pas dans des embuscades juste avant le jour de la paie. On soupçonne leurs officiers de les faire dégommer et de se partager l'argent des salaires. Il y a toutes sortes d'autres rackets, beaucoup d'argent circule et les règlements de comptes sont sanglants. Dans le quartier, il y avait un jeune mafieux de vingt-cinq ans, un jeune nouveau riche très riche. Pour être protégé, il a donné beaucoup d'argent aux officiers des forces spéciales russes du ministère de l'Intérieur, de sinistre réputation. Il les a invités à faire la fête dans sa grande maison. Ils sont revenus, exigeant toujours plus. Un jour, il a refusé. Ils ont torturé et violé sa mère et sa femme devant lui, ensuite, ils l'ont fait écraser sous les chenilles d'un char, juste ici au coin de la maison, à trois heures de l'après-midi. Le corps est resté plusieurs jours à gonfler à la chaleur, jusqu'à ce que les chiens le finissent. « Je me suis aperçu en passant que ça ne me faisait presque rien. Je l'ai dit à ma femme. Elle non plus, ça ne la touche plus. On s'est habitués à tout, on est devenu pires que des animaux. »

Sacha sert une nouvelle tournée de vodka dans le silence.

« Je suis content que le destin m'ait envoyé ici », dit Sacha. Il reste quelques flammes dans le feu, les braises des cigarettes dans la nuit. À l'autre bout de la cour à travers le feuillage, on aperçoit un peu de lumière dans la petite maison de Rouslan.

La chambre où nous dormons est séparée de la cuisine par une vieille couverture en guise de porte. Hier soir, en m'endormant, j'entendais parler à voix basse dans la cuisine, la voix d'une femme comme une litanie. J'ai écarté un peu la couverture. Dans le rond de lumière sur la table, Assia, la mère, faisait faire leurs devoirs d'école à ses deux filles. Je suis sûr que ces moments valent leur pesant de kilomètres. Trois voix douces au milieu de cet abîme de mort et de bêtise, cynisme, veulerie, loin des caméras du monde, loin des chancelleries, tandis que des tirs résonnaient au loin. Quels devoirs ? Quelle leçon ?

J'ai regretté de ne pas comprendre le russe.

Je me suis aperçu que dans le lit voisin, Sacha ne dormait pas. Lui aussi écoutait la leçon, la voix de la belle Assia et de ses deux filles, il souriait dans la pénombre, ému comme un Russe est ému. Quels devoirs ? Quelle leçon ? Je n'ai pas eu le temps de lui demander. Quelqu'un arrivant de la cour venait d'entrer dans la cuisine.

C'était la mort.

Assia et ses filles se sont redressées, pétrifiées.

C'était une vieille femme maigre, en noir, très blanche. Elle a dit une phrase très courte. Puis du silence. Aucune ne bougeait, les deux filles, la mère, sous la lampe, la vieille droite dans la pénombre.

C'était Nadiejda Fedorovna. Elle venait dire que sa sœur, la vieille Tante Natia, venait de mourir, à l'instant, dans son lit.

Et ce soir dans la cour, devant la petite maison, à droite, sous les glycines, là où Tante Natia est morte hier, veillée cette nuit par sa sœur et les voisines, on peut distinguer un rectangle clair, bleu clair. Pas tout à fait un rectangle puisque c'est un cercueil, posé sur deux tréteaux. Il est prêt pour l'enterrement qui aura lieu demain.

De quoi est morte Tante Natia ? L'âge, le temps, comme nous tous. Même si cette guerre l'a usée plus vite.

Nous sommes assis dans l'obscurité. Maintenant que nous avons dîné, Aslan a jeté de l'eau sur le feu. Inutile de se faire repérer dans la nuit, nous pourrions faire une bonne cible. Rouslan écrase sa cigarette dans son assiette. Il dit qu'il voudrait nous parler de Tante Natia, la babouchka. Même si ça n'a rien à voir avec cette guerre, même si ça ne peut pas nous faire un sujet de reportage, même si c'est seulement la vie d'une seule personne.

« Une femme très pauvre, pas seulement par manque d'argent mais parce que la vie ne l'a pas épargnée, elle aimait les enfants qui vivent dans cette cour, et tout venait de son cœur, dit Rouslan. Je n'oublierai jamais. Ma mère est restée longtemps alitée avant de mourir, Tante Natia passait tout son temps au chevet de ma mère, je ne peux pas oublier ça. Juste après l'enterrement de maman, Tante Natia, m'a dit : “Rouslan, j'ai vu comment tu as enterré ta mère, si un jour tu m'enterres fais en sorte de ne pas me mettre dans une caisse en bois, mais je te le demande, fais tout pour qu'on m'enterre dans un cercueil, un vrai cercueil comme celui de ta mère”, et moi – continue Rouslan – je lui ai répondu : “Ne vous inquiétez pas Tante Natia, tout ce que je pourrai faire, je le ferai.” Voilà ce que je lui ai répondu. Peut-être qu'elle était russe et que nous sommes tchétchènes, pour nous, elle est de notre famille, elle était ma deuxième mère, elle pouvait entrer chez moi sans prévenir, elle pouvait me gronder… et maintenant elle est morte, et nous allons tout faire pour l'enterrer comme elle l'avait demandé, comme il faut. »

Personne n'ajoute rien. Dans le noir, je devine Aslan penché, son crâne aux cheveux ras entre ses mains. Tantôt fanfaron, tantôt profond, j'aime Aslan.

« À Grozny, les chiens ont eu des indigestions à force de manger les cadavres, tellement il y en avait, partout, à l'abandon, dans les rues, dit-il à voix basse, et nous verrons ça à nouveau. Ces chiens deviennent fous comme nous tous qui avons une indigestion d'horreur, les chiens perdent le sens de l'orientation, ils n'ont plus aucun instinct, leurs repères sont brouillés, ils se laissent mourir, ils se laissent écraser n'importe comment, comme nous, mais voilà que cette petite vieille morte nous oblige à chercher un vrai cercueil dans cette ville, pour faire les choses comme il faut, cette petite vieille morte nous ramène à la vie. »

Alors que la mort est partout ici chez elle, les gens de la cour ont couru toute la journée à travers cette ville de tous les dangers, à travers les barrages russes, pour se procurer un cercueil. Mais jusqu'au soir ils n'ont rien trouvé. Plus aucun cercueil à Grozny. Dans la coutume musulmane, les corps sont enfouis à même la terre. Mais pour les autres, si on veut faire « comme il faut » ? Désolé, plus rien, ça n'existe plus. Alors, ils ont récupéré des planches, puis, dans un coin de la cour, avec scie et marteau, ils ont fabriqué ce cercueil. Ensuite, il a fallu trouver un tissu bleu pour tendre sur le bois, selon la tradition. Toute une affaire pour trouver un morceau de tissu de ce bleu-là, un bleu ciel. Il a fallu aller au grand bazar qui se trouve à deux rues de là, derrière, un des endroits les plus dangereux, surtout en fin d'après-midi, il y a souvent des accrochages, des tirs, des grenades, beaucoup de morts, hier, des blindés ont entouré la place et ils ont emmené une vingtaine d'hommes qui ne sont pas revenus.

« Et ensuite, une fois que ma femme a ramené le tissu bleu, il fallait encore du ruban noir pour dessiner la croix sur le couvercle, la croix des orthodoxes. On a fini par en trouver un morceau. J'ai demandé aux Russes de la cour qu'est-ce qu'il faut faire pour l'enterrement, il y a des différences entre eux et nous qui sommes musulmans. Eux, il y a le cercueil et après l'enterrement, on prépare à manger. Venez avec nous demain, on va faire ce repas pour Tante Natia, pour que la terre soit pour elle comme de la plume, comme des oreillers et qu'elle repose en paix. »

Matin léger, ciel bleu sur les arbres, il fait encore frais, un beau jour qui commence, sans mémoire, s'il n'y avait ces énormes colonnes de fumée noire. Deux centres de raffinage régulièrement bombardés sur les collines à la sortie de la ville et qui flambent jour et nuit, comme des veines ouvertes.

Sur le ciel au-dessus de moi se découpe une petite maison d'oiseau fixée au haut d'un mât dans la cour. Le soir, ou tôt le matin, au lever du jour, s'il n'y a pas trop de tirs dans le quartier, l'Oncle Vassia aime rester à contempler les oiseaux. Sans rien faire d'autre. Du seuil de sa maison à lui, une maison en planches, il les observe qui volettent autour de la délicate petite maison qu'il leur a bricolée pendant les semaines où il était enterré dans la cave avec sa femme. Il a même bricolé tout un système de poulies, de ficelles et de contrepoids qui permet de faire monter des graines pour les nourrir.

« C'est une guerre contre un peuple, c'est une guerre contre les gens. Tchétchènes, russes. Tous les gens, vous aussi. C'était juste la fête du nouvel an [1], les fédéraux ont commencé à tirer pour nous tuer. »

Oncle Vassia dit « les fédéraux » pour ne pas dire « les Russes », car il est russe aussi. Tout le petit monde de la cour adore l'Oncle Vassia. Longue barbe blanche, crâne d'œuf, l'œil encore plus bleu que le ciel de ce matin, des pommettes roses qui trahissent la moindre émotion. Il sort d'une nouvelle de Tchekhov ou d'un livre de contes pour les enfants russes.

Là encore, candeur incorrigible et pitié dangereuse. On a beau s'en défendre, on ne parvient pas toujours à ne pas angéliser les victimes. C'est la guerre qui a rapproché les uns et les autres dans cette cour. La cohabitation entre Russes et Tchétchènes, même si elle est ancienne, n'échappe pas l'intolérance et à une certaine ségrégation.

« À huit heures du soir, six obus sont tombés sur la maison, six. On était dans la cave, ma femme et moi.

1. 1er janvier 1995.

Quand les obus sont tombés et qu'ils ont explosé, on a été obligés de sortir de la cave par ici et on a couru de ce côté-là, là-bas, il y a une autre cave. C'est là qu'on s'est cachés, pendant un mois. Est-ce que vous pouvez me tenir ça ? »

Trois longs morceaux de bois qu'il est en train de scier et de clouer. C'est la croix qu'on plantera au cimetière tout à l'heure pour Tante Natia. Des bouts de bois et de planchettes récupérés, assemblés avec des clous rouillés, qu'il doit d'abord redresser. Il faut que ce soit « comme il faut ».

On est dans le fond du jardin, devant le minuscule cagibi de l'Oncle Vassia, rempli d'un bazar de bouts de ficelle, bout de chandelle, bout d'échelle, de bric et de broc, comme mon père en accumulait – « ça pourra servir on sait jamais » –, écrous, baguettes, ferrailles, charnières tordues, morceaux de vitre, médaille militaire, pièce de monnaie percée, robinet, clés rouillées, ressort, tout un trésor de miettes, exactement comme les brindilles, les brins de paille, bouts de feuille que les oiseaux de la cour accumulent pour faire leur nid dans leur petite maison juste à côté de celle de l'Oncle Vassia.

À l'autre bout de la cour, à l'ombre de la treille, des femmes sont assises sur des chaises vernies autour du cercueil bleu posé sur des tréteaux. Elles ont veillé le corps toute la nuit. Elles sont recueillies, elles parlent bas. Le couvercle du cercueil est posé contre le mur de briques grises. À travers les feuilles, le soleil frais caresse le visage calme et blanc de la vieille dame morte. D'un geste las et doux, l'une ou l'autre femme évente le corps de Tante Natia avec de grosses pivoines carmin. Des pétales s'en échappent et tombent sur la robe fleurie dont les femmes ont revêtu la défunte.

Sur le pas de sa porte Rouslan apparaît habillé beau pour la cérémonie.

Tout est prêt pour l'enterrement. Il y a de quoi manger, il y a de quoi boire. « J'ai fait exactement comme elles m'ont dit, dit Rouslan. Après l'enterrement, il faut manger. On prépare la table et on boit à la santé du mort pour que son âme monte au ciel et que la terre lui soit légère.

— Dis-moi, pendant toute cette guerre, depuis décembre 1994, tu as vécu tout ça, dis-moi, qu'est-ce que tu as appris ?

— Je n'ai absolument rien appris. »

Les fillettes jouent à la balle trop près du cercueil. Rouslan les appelle.

Il flotte dans l'air un genre de pollen d'arbre, de tilleul peut-être. Je m'aperçois que nous n'avons aucune information sur l'évolution de la situation. Où en est la guerre ? Y a-t-il eu des accrochages cette nuit ?

Derrière une petite camionnette vert olive, dont les portes arrière restent ouvertes, reliées par une ficelle à cause de la taille du cercueil bleu, nous faisons un cortège de deux voitures à travers Grozny pour aller jusqu'au cimetière. Les enfants et les femmes sont restés dans la cour, seuls les hommes sont venus. Il faut traverser des zones à risque. La ville est étendue, la situation est confuse, il y a pas mal de risques. Le chemin n'est pas sûr, le cimetière encore moins. Il y a trois jours, lors de l'enterrement d'un enfant, deux personnes ont sauté sur une mine.

Dans la voiture, je suis à côté de l'Oncle Vassia, tout droit, silencieux, dans un vieux costume noir qui fait ressortir sa barbe blanche.

« J'ai juré que je couperai ma barbe quand la guerre finira. Dès que la guerre est finie, d'abord, je me fais photographier avec ma barbe. Je laisse passer trois jours et ensuite, je la raserai, et là encore je me fais photographier. Et qu'est-ce que j'écris sur la première photo ? Je parlerai de l'emprisonnement, je parlerai de la cave, je parlerai de la vie sous terre.

— Et sur la deuxième photo, la photo sans barbe ? »

Oncle Vassia ne répond pas. Il regarde la route. Je pense qu'il n'a pas compris ma question, ou que Sacha n'a pas traduit. Mais non, c'est un grondement qui vient vers nous, un roulement d'acier et de grincement de chenilles, une colonne de blindés qui déboulent avec des bidasses russes cagoulés de noir, les yeux rouges éclatés, un grand crucifix au cou. La chiasse au ventre, fous de dope et de vodka, ils sont incontrôlables. Dans un nuage de poussière et de graviers, nous nous sommes arrêtés sur le bas-côté, blottis, le dos rond de peur. À travers le pare-brise fendu dans ce tonnerre de mort roulant, j'aperçois le fragile, minuscule, dérisoire petit cercueil bleu dans la camionnette arrêtée devant nous, les deux portières arrière maintenues par une ficelle.

Un hélicoptère de combat au-dessus du cimetière. Chacun fait comme si de rien n'était. Par dépit. Parce qu'il faut que « les choses se fassent ». À plusieurs reprises, des hélicoptères ont tiré sur des familles rassemblées. Pour quelle raison ? Pour tuer, pour se désennuyer.

Où sont enterrés les 25 000 morts de Grozny ?

Près du cimetière russe, un vaste terrain vague envahi d'herbes hautes en fleur où on peut lire des numéros sur des petits carrés de carton cloués sur des piquets alignés sur des centaines de tombes de terre fraîchement retournée.

Et les enfants ? Selon la Croix-Rouge, jusque-là, dans Grozny, 2 000 enfants ont été tués. Bien plus ont disparu.

« Mangez, dit Nadiejda Fedorovna, mangez s'il vous plaît, en mangeant, vous faites honneur à la mémoire de ma sœur. »

Retour dans la cour pour ce repas après l'enterrement de Tante Natia selon la tradition russe. Deux longues tables ont été dressées sous les arbres. La table de gauche, c'est celle des femmes, exclusivement. Des verres de vodka alignés, un morceau de pain posé dessus. Elles mangent entre elles et portent des toasts à la mémoire de la défunte. « Que Dieu fasse qu'il y ait beaucoup de femmes comme elle, le plus possible. Et surtout, chère Natia, ne t'offense pas depuis le Ciel si tu nous vois aussi peu nombreux. Ce sont des circonstances particulières, tu le sais. »

Les femmes nous rejoignent à la seconde table. Quelques voisins, tous ceux de la cour, et nous qui représentons le reste de l'humanité, nous portons des toasts à la mémoire de la morte.

On ne s'entend plus, des avions passent très bas au-dessus de la cour.

« Ils vont encore bombarder quelque part. Nous sommes fatigués de tout ça, dit Assia, fatigués. Depuis dix-huit mois ! Ce matin, deux femmes ont été tuées au marché central. Au début on ne comprenait rien. On ne réalisait pas. Quand les grands bombardements ont commencé nous avons fui avec les enfants. Nous sommes partis dans un village de montagne chez des parents. Mais le village a été bombardé et nous avons dû partir. Les bombes nous ont encore retrouvés et nous avons dû nous réfugier en Ingouchie. On est revenus parce qu'on a cru que la vie redevenait normale. Mais c'est une peur perpétuelle. Au marché, j'ai été prise sous des tirs. J'étais avec mes sacs à provisions. Des commandos russes avec des masques noirs. La mort est partout et malgré ça, nous restons amis avec nos voisins russes. Quand nous étions partis, c'est Tante Natia qui a sauvé notre maison. Elle vivait dans notre cave. Quand les soldats russes sont venus pour tout faire sauter, elle a dit, c'est ma maison, c'est mes enfants qui vivent ici. Alors que nous sommes tchétchènes ! Grâce à elle nous avons pu garder notre maison… et vous recevoir. »

Maintenant, tout le monde boit beaucoup. On parle, on mange. On dirait n'importe quel déjeuner de campagne jadis, à cause des chapeaux, des gilets, des bretelles et des robes de dimanche. Des voisins passent. Je ne sais plus comment un mouton entre dans la cour. Le mouton du voisin. On le rattrape. On plaisante. Tout le monde veut toucher le mouton. Tout est gai, léger. La guerre est loin. La guerre a disparu.

« Nous essaierons de nous souvenir de toi le plus souvent possible, dit Rouslan, son verre à la main, ses grosses lunettes dans l'autre, chère Tante Natia, même si c'est une minute par jour, même si c'est seulement de dire ton nom. »

Le voisin ramène son mouton chez lui. Sur la cour, sur ce minuscule îlot d'humanité au milieu de la mort, de la peur et des décombres, il referme la porte où, à la craie blanche, une main a écrit : « Ici vivent des gens. »

Grozny, 20 mai 1996

24

BALADE SUR LE GUIDON

entre deux semaines de plomb

Trois jonquilles sur le guidon entre deux semaines de plomb.

Contemplation des bourgeons, exégèse des giboulées, glanderie à la terrasse, marché aux fleurs qui marche, flagrant délibidineux, méditations soleilleuses, petite balade de printemps.

On s'ouvre les hublots de la tête, on prend l'air et sa fille, légère, une bulle au long des grillages et des jardins ouvriers fleuris au long des chemins de fer. Balade de repeinteurs de clôtures et regardeurs en l'air, des pousseuses de landau, des peintres des dimanches et des espoirs démesurés.

Des espoirs ou désespoir ? Comment on l'entend ? Comment on l'écrit ? On se le dirait pas aujourd'hui.

Balade du râteau sur les graviers alors que se prolonge indécemment la crapuleuse grasse matinée.

Pivoines charnues comme un jeudi, conversation sous un cerisier, grand débat sur les glycines et la taille des framboisiers.

C'est la balade des petits riens et des secondes d'éternité.

Quelle belle journée. Ah oui, ça, pour ça, on peut pas dire.

Et tout ce qu'on dit derrière, tout ce qui s'échappe, se tire.

Ça va pas durer. Il faut en profiter. Plus tard, il sera trop tard. Notre vie, c'est maintenant.

Un frisson sur la peau des choses. Un flottement entre deux garces, deux gares, deux guerres, c'est selon. L'évidence de Camille dessinant un mouton. Il en faut, de l'art, pour vivre. Par exemple, ça ne va pas de soi, le bas de soie. C'est une idée, une révolte, une conquête, le bas de soie. Aussi important que barricades, que pavés, que plages.

Il ne faut pas perdre le goût de ça. Je veux dire la nuque des nanas, je veux dire l'œuf à la coque dans le jardin le matin avec les mômes de Pierrot qui déconnent dans les branches. Je veux dire un vieil Art Blakey, la liste des courses pour le marché à Jouars.

Je veux même en dire encore moins. Taisons-nous, ça fera des vacances.

Entre la soie, la panique et l'amour, balade sur le guidon entre deux semaines de plomb.

13 mars 1997

Petit conte
Petit compliment
à ma compagne et concubine
à propos de comploteur
Ce con cerné de mille odeurs
qui chaque instant me turlupine.
Con si concis, si conciliant,
mon complément, mon contenant.
Un con pareil est comparable
aux nids des cailles au coin du sable
où convergent deux confluents.
Ma compagne éparse, mon compas comparse.
Ce con-craie qui crie sur le tableau noir.
Blanche autour, la nuit.
Petit concierge qui ruisselle
Surmonté du très rebelle et très complice confetti.
Point rose sur le i
du compromis.
Concluant
qui sue sous l'ongle
Le complot est à son comble.
Comble, comble, combustible.
Dans tes hanches qu'ont dansé
je coule. Dans ce compatible
tel un Concorde condamné.
Je me complais de ta complainte,
concerto que toi seule conduis,
plus fort que le sabre est l'étui.
Conclu à l'endroit, concombre à l'envers,
con fort comme la mort.
Petit Congo d'or, dors, petit con, dors.

Petit Congo d'or, dors, petit con, dors,
petit Congo d'or, dors, petit con,
dors, dors, dors…

la coulée douce, 1985

l'origine du monde

La figue, le triangle, le pertuis, le vallon, l'amoureux ruisseau, le doux passage, le petit jardin, le petit mont d'amour, la moule, la chagatte, la cramouille, la grotte à papa, le minet, le sadinet, la friandise, le feuilleté, le carquois, la chaufferette… mais on peut dire aussi la tirelire à moustaches, le plissé, le fripé, le millefeuille, le barbu, l'étui à clarinette, l'entrée du métro, la ligne Maginot, le péage, la framboise, la pistache, l'amande, la brèche, le semis de printemps, la conque du pèlerin…

En y collant l'oreille, se demandait Victor Hugo, entendrai-je la mer ?

On y met beaucoup d'autres choses. L'œil, le doigt, la langue, mais rarement l'oreille. Qui sait le bruit que ça fait exactement ce portefeuille, cette boîte à ouvrage, ce vide-poches, cet étui à cigares. Cette monette, cette craquette, ce beignet, cette fourrure, ce sillon, cette grande crevasse, cette lucarne, cette immaculée conception, ce buisson ardent.

Eh bien non, il n'a pas choisi dans ce riche vocabulaire. Il a appelé ça : « L'origine du monde ». *Ça*, c'est une toile de Gustave Courbet. Le prodigieux, le titanesque Courbet.

En 1866, Gustave peignit ce nu avec, entre les cuisses ouvertes, le sexe de cette femme apparaissant dans sa sublime crudité. *La femme au naturel, c'est-à-dire abominable*, comme disait Baudelaire. Gustave s'en foutait.

Sexe faible, beau sexe. Combien y a-t-il de sexes actuellement sur cette planète ? Combien y a-t-il de sexes de femme aujourd'hui dans notre pays ? Vingt-huit millions environ. Et il a suffi d'un seul. Un seul sexe a suffi pour faire scandale et pour attirer les foules.

Et ce malgré les censeurs, les puritains et les libérés. Puritains et libérés sont de la même eau. Les uns cachent, les autres exhibent. Mais pour les uns comme pour les autres, il s'agit de se débarrasser de *ça*. C'est le même blasphème éradicateur.

« Portrait de femme bien difficile à décrire », disait Maxime Du Camp, l'ami de Flaubert, devant cette toile de Courbet. Comment décrire ce « portrait » en effet ? « Comme un nez au milieu de la figure », dit un visiteur. Pour les uns, c'est l'apogée, ou le point G, ce qui est un peu la même chose. Pour d'autres, c'est un morceau de viande immonde.

La première représentation réaliste – au sens que ce mot avait à la fin du XIXe siècle – d'un sexe féminin. Parce que, jusque-là, le sexe féminin était représenté de manière stylisée, évoquée, outrée, lyrique, « magique », comme dit le visiteur, « symbolisée ». Mais, cette fois, c'est « le dernier mot du réalisme », pour citer à nouveau Maxime Du Camp. Courbet peint ce qu'il faut cacher. Courbet croit au rôle civilisateur de la liberté. Liberté du peintre. Liberté de la pensée. Ça lui coûtera très cher. Communard, il participera à la démolition de la colonne Vendôme et les Versaillais lui garderont un chien de leur chienne.

Et voilà que cette toile, depuis deux ans, est exposée au musée d'Orsay, à Paris. Pendant quasiment cent trente ans, elle a été cachée, dissimulée. Enfin offerte au grand public, cette peinture est en train de devenir une icône, une image pieuse, une seconde *Joconde*, un chef-d'œuvre.

Un chef-d'œuvre, c'est quoi ? Ça n'est rien du tout. C'est une surface blanche où tous les fantasmes, méditations, réflexions, abhorrations et adorations se projettent, se mêlent et partouzent ensemble. C'est aussi un miroir où nous pouvons nous voir, nous considérer, où nous pouvons nous voir voyeur, voyou et voyant.

Le sexe *sans tête*. C'est vrai que c'est le sexe d'une femme, le buste, le torse, et qu'on ne voit pas la tête. On pourrait répondre que c'est pour toutes les fois où on a présenté des têtes sans sexe. Pour une fois, le débordant Courbet s'attache à représenter les femmes de cette façon. On évoque les photos inconvenantes qui se répandent à l'époque.

Mais il reste que cette toile est beaucoup plus troublante que n'importe quelle photo, même aujourd'hui.

Pourquoi ? Parce qu'il y a le geste du peintre.

Le geste du peintre qui peint ce sexe de femme. Il y a la main du peintre. Il y a le corps du peintre. Sans le savoir nous le percevons, dans la touche, dans la pâte, dans la force, dans la caresse, dans mille traces laissées sur la toile comme sur un corps bien-aimé. Nous voyons le corps de cette femme *mis en évidence*, mais nous sentons le corps du peintre à l'œuvre, en mouvement, en lutte, en butte, en tension, en fusion avec les éléments, la lumière, la matière, les trois dimensions, tout ça pour *représenter*, c'est-à-dire être à l'origine d'un monde qui se trouve, ici, être l'*Origine du monde*.

Aujourd'hui, fragment d'adoration perpétuelle pour ce petit con de paradis.

15 septembre 1995

maison

Et puis… on aura une maison. Et des rideaux plein-jour. Et des volets avec des cœurs, une tondeuse, un saule, un réverbère, un barbecue, des nains…

Et des lits pleins d'odeurs légères, des divans profonds comme…

On fait tous le rêve de LA maison.

ET

dit :

Mai

son.

Domicile pas fixe qu'on poursuit toute la vie.

Chacun tire au bout d'une invisible laisse une invisible Cerisaie, une maison Phénix, un château fort intérieur, une niche à
chien, un palais de maharadjah, un F3 à Malakoff, une folie Louis XV, une garçonnière troglodyte au temps du néolithique.

L'enfant dessine d'abord une maison. Il y a des maisons hantées mais, d'abord, la maison nous hante. D'une cabane en branches à la dernière demeure, la petite musique de nos vies, c'est do-mi-si-la-do-ré. Nous sommes tous des squatters, inconsolables d'avoir été expulsés du premier domicile connu. Nus à la porte de la case départ, du terrier primordial, de la niche des nichons, la seule vraie maison : le ventre à maman.

Après ça, on erre, paumés, sans repère (ni mère). Grotte miraculeuse, palais idéal, chaumière, ruine à bâtir, gouffre à combler, coquille pour ma bosse, grillon du foyer, tanière, sanctuaire, citadelle, guitoune, blockhaus, péniche, igloo, station Mir…

Nous habitons une maison mais une maison nous habite que nous portons partout et vers laquelle sans le savoir nous allons.

30 novembre 1995

train 4424 montauban-paris

à Thierry

Montauban, Gourdon, Cahors, Souillac, Brives,
Limoges, Châteauroux, Vierzon, Les Aubrais.
Et le soleil se lèvera sur la gare d'Austerlitz.

Voyage en France, en train de nuit.

Pas de tambour aujourd'hui.

Pas de grande Cause toujours. Pas de moulin à vent. Seulement de la vie, de la petite monnaie. Une heure de temps vague, entre deux gares.
« Cahors est-il ? » demande la dame qui part au chevet de son papa, facteur d'orgues et mourant.

Confidences passagères d'un passager pas sage qu'on ne reverra plus.

Des amants d'un jour, dans la nuit.
L'électricien qui joue du hautbois, le polygame sans remords, le contrôleur qui contrôle.

Une société transitoire entre les enfants qui rêvent trop fort et le papi ronfleur qui mourra dans l'année.
Ça en fait des destinées !
Ça en transporte des destins, un train, l'air de rien, entre le bidasse éméché et la promise cuitée dans les bras du marié en train de la jouer aux dés.

Et les fantômes !
Dans les trains de nuit, il y a des fantômes,
surtout entre Montauban et Gourdon, ne le répétez pas, monsieur Charles !

La question qui se pose lorsqu'on pénètre dans un train de nuit, c'est de trouver sa place. Ai-je ma place ?
Dans la journée, se faire une place au soleil. Dans le train de nuit, une place au sommeil.

Une fois qu'on a trouvé sa place, reste à se méfier : un train de nuit peut en cacher un autre. Où se trouve celui qui est caché dans celui-ci ? Quand j'étais petit, Papa me faisait chercher le train caché. Cache-tampon. Ça durait des heures. Aujourd'hui je sais trouver le train caché mais c'est un secret.

Où allons-nous ? Moi, je vais à Valence où m'attend Hortense. Mais les autres ? Qu'est-ce qu'ils font dans les trains ? Où vont-ils ? D'où viennent-ils ? Qui sont-ils ?
C'est une question qu'on peut se poser dans les trains et, *surtout*, dans les trains de nuit. La nuit délie les langues.

On risque des instants tannés comme le cuir mais soudain coupés à vif.

Coup de canif.
Fente de lumière échangée.
Comme l'allumette qui éclaire un profil, un regard, un instant, puis la nuit.

Il y a le temps fort, le moment crucial, l'instant fatal et puis le reste du temps, entre les gares, entre les grands événements.
Apprenons à vivre le temps flottant. Temps perdu, temps vagabond, temps d'abandon, parenthèse, possibles rencontres.

Sans parler des adultères ferroviaires express qu'on espère secrètement, le regard en signal d'alarme sur l'échancrure d'une endormie.

« Les trépidations excitantes du train nous glissent des désirs dans la moelle des reins », écrivait Pierre Louÿs.

Attention au départ. Fermez les paupières.
On sait de quoi l'oisiveté est la mère !

Sur la vitre une goutte de pluie glisse
entre le Finistère et la nuit.

4 novembre 1998

pif, blair, blase, nase, truffe, tarin, tarbouif

à Sophie

Aquilin, épaté, cassé, en lame de couteau, en quart de brie, en trompette, en groin, en prise de courant, retroussé, qui-pleut-dedans, objet de la tirade la plus célèbre de notre culture, roc, pic, cap, péninsule, oblongue capsule, écritoire, boîte à ciseaux, perchoir, cheminée, porte-chapeaux.

Alors que la France n'en peut plus de ne plus se sentir, tandis que la moutarde nous monte au nez contre ceux qui nous gouvernent au pif, sortez vos mouchoirs pour la célébration d'une protubérance.

Hommage à cette turgescence, à cette sentinelle érectile, ce sexe au milieu de la figure, et pas seulement celui des messieurs, celui des dames est si troublant qu'on le voile en Orient.

Balade en équilibre sur la partie saillante, pyramidale et triangulaire qui participe à la physionomie du visage.

Jusqu'à se retrouver nez à nez avec le fin fond de l'humain.

Le nez, c'est le nœud. Le nez, c'est le nom. Blase, on dit. Blase, c'est comme blase. Blase, le nom. Et le blase, c'est le blair, le nez. Blase et blase. Blase, c'est blason. Le nez, c'est le nom et en parlant de son nez, on parle de son nom, on parle de soi.

Le nez trahit, le nez traduit, le nez sent et fait sentir beaucoup, presque tout sur chacun.

Dans notre monde où nous favorisons l'audio et le visuel, aurions-nous laissé tomber le nez ?

Le nez est creux et pour passer de l'un à l'autre, du creux au plein du nez, il y a les trous de nez. Et il n'est guère aisé d'évoquer ces jumeaux orifices. Quel poète galant saura chanter les trous de nez de sa bien-aimée avec ses petits poils et tout ce qu'il y a dedans ? Répugnant, le nez, vite répugnant. Et pourtant indispensable. Le nez permet d'éternuer. « À vos souhaits ! » N'importe qui se transforme en bonne fée à l'occasion d'un éternuement. N'oubliez pas d'avoir des souhaits à portée de nez !

Un nez peut-il dire un pays, être le symbole d'une nation ?

Pourrait-on imaginer un drapeau représentant un nez, un hymne national dont les paroles chanteraient la cloison nasale du nez de la patrie ? Peut-être qu'avec Pinocchio et son nez qui pousse, on trouve un trait du caractère italien. C'est quand il voit la fée que son nez pousse, le Pinocchio. Et la fée, on s'en apercevra, est sa maman. Mmm, il faut vite faire venir le père Freud pour nous sortir de là où nous avons fourré notre nez.

Peut-être que la belle Cléopâtre symbolise son peuple avec son nez qui, « s'il eût été différent, la face du monde s'en serait trouvée changée ».

Et Cyrano ? Un vieux type brillant, donneur de leçons, cultivé, magnifique et perdant. Voilà le plus français des héros. C'est dans cette pièce « que tout le monde déteste sauf le public », selon René Clair – qu'on doit sans doute trouver quelque chose de spécifiquement français. Cyrano, increvable chef-d'œuvre, est sans doute la seule pièce de théâtre qui repose entièrement sur un nez. Dans Cyrano, le nez, c'est le nœud. Nez phallique, bien sûr, qui dépasse, embarrassant, pas correct, débordant du cadre, laid comme le désir, hideux comme la vie, impérieux comme elle et toujours insuffisant et toujours en forme de secrète défaite. Et c'est aussi une arme. Cyrano le dit : « La pudeur vous défend de voir ma lame nue. »

pied de nez

C'est vrai que le pied et le nez ne sont pas si loin. Depuis toujours, partout, on trouve des symboles, des mythologies, des analogies avec le sexe. Mais attention, pas seulement le sexe du monsieur, long, large, cambré, épaté, embusqué (et, pour ce qui me concerne, qui, en tous lieux, d'un quart d'heure me précède). François-Bernard Michel, dans un ouvrage remarquable, *Du nez*, nous dit : « Le nez est le seul organe impair et médian à la fois saillant et creux, masculin et féminin, pourvu, comme le sexe, d'une muqueuse dotée d'érection. » Mais ça n'est pas tout. Car à partir d'un nez, en examinant un nez, on peut prédire l'avenir et, surtout, deviner, sans connaître la personne, son identité…

Dans la mythologie grecque le volume du nez est lié à la puissance virile. Un auteur raconte comment un prince, pour ses infâmes débauches, choisissait des jeunes gens « bien montés du nez ». Et, du côté des dames, le code pénal des pharaons condamnait les femmes adultères à l'amputation du nez. Et dans la Chine impériale tout comme, dit-on, dans la Perse, le mari trompé arrachait à coups de dents le nez de l'offenseur.

Peut-être est-ce là l'origine de l'expression « se bouffer le nez ».

Que serions-nous sans nez ? Ce nez qui fait sourire. Le nez, c'est le nez rouge, c'est le nez du clown, c'est ce tarbouif, ce tarin qui pendouille là, qui est là… On dit : « T'as de beaux yeux, tu sais », mais on ne dit pas : « T'as un beau blair, tu sais. »

Fête des Mères, fête de la Musique, fête de la Victoire, à quand la fête du Nez ? Après avoir modelé l'homme avec de la glaise, à son image, Yahvé lui insuffla aux narines le souffle de la vie, si bien que l'homme devint un être vivant. On le voit, le nez c'est l'homme, le nez c'est Dieu, le nez c'est la France, alors célébrons le nez !

4 décembre 1995

l'obscure pompe du désir

à Anne

On va pas s'écraser.

On n'est pas des carpettes.

On va pas se faire marcher dessus.

Eh ben lui, si. Lucien adore ça. Marchez sur moi, dansez sur moi, des fiançailles aux funérailles. Attendez qu'il se soit mis tout nu, allongé sur le carrelage, et, soyez gentils, piétinez-le, ça lui fera plaisir.

Rire gaulois autorisé, œil rond garanti.

Si vous avez des talons aiguilles, c'est encore mieux. Ne lui refusez pas cette gâterie, c'est un bon gars, Lulu. Lucien, ancien gorille chargé de la sécurité rapprochée de sommités de l'État.

Des hommes carpettes, il a dû en voir dans les couloirs et les escaliers du pouvoir. Est-ce que ça lui vient de là ?

Podosexualité. Podosexualité, ça s'appelle, son truc. Oui, son truc. J'ai pas dit maladie. J'ai pas dit déviation, j'ai même pas dit passion.

On va lâcher les pilleurs de Freud, ces approches scientifiques qui nous classent comme un zoo de pathologies pour réduire, détruire, conjurer, corriger.

Mamie Domina, *alias* Anne Riou, notre sexploratrice qui s'y entend pour débaucher les oreilles nous en a déjà fait voir, à la lisière de cette si mince muraille de papier qui sépare le normal du pas normal, la douleur du plaisir, l'excentricité de l'anomalie, le tout de la partie et la partie du tout.

C'est quoi ? C'est qui le petit bruit de scie sur les barreaux qu'on entend en nous ? C'est le cochon ? C'est la folie ? Quelle bête enfouie, quelle inavouable chimère ? Et qu'est-ce qu'on en fait ? Apprivoiser, sublimer, analyser, soigner, tolérer, refouler.

Le truc de notre ami Lucien, c'est le moment où ce qui le stimule remplace le partenaire, c'est le moment où la chaussure est plus importante que le pied. Qu'on pense aux pantoufles de verre ou à l'image du galant buvant du champagne dans les chaussures de la belle, c'est le moment où l'on risque de ne faire que boire le champagne dans la chaussure, de partir avec la mule de verre et que la belle princesse soit déjà loin.

C'est l'obscure pompe du désir.

18 décembre 1997

j'voudrais pas crever

Bienvenue, entrez.

Voici l'endroit où vous allez passer le reste de votre vie.

Ça s'appelle le futur. Fu-tur. *Votre* futur. Tout le monde en a un. Chacun. Moi aussi. On en a plus ou moins, on ne sait pas au juste combien.
Il y en a qui l'ont devant soi comme une petite paire de roberts tout neufs.
Et il y en a des vieux ramollis qui l'ont tout riquiqui.

On nous dit qu'on est zégaux mais c'est pas vrai pour le futur.

Il y en a qu'en ont des tas et il y en a qu'en ont même pas de quoi tenir jusqu'à la fin de cette heure sur France Inter…

Et le vôtre, combien il mesure, votre futur ?
Qu'est-ce qu'il sent ?
Il y a qui dedans ?
De quelle couleur, en quoi il est ?
En ciel bleu ? En galères ? En cul de poule ? En béton ? En carton ? En bateau ? En pétard ? En fauteuil roulant ? En Extrême-Orient ? En miettes ? En loques ? En gloire ? En panard ?

Et comment ça finit, le futur ?
Couic, Fernand ! Ça, c'est sûr. Couic !
On le sait mais on ne le croit pas.
On dirait que ça nous pense mais nous, on n'y pense pas.

On essaie de ne pas y penser. On n'en parle pas.
Comme si les choses sans mots pouvaient disparaître.

La vie, c'est comme quand vous arrivez sur la plage, il y en a toujours qui sont déjà bronzés, déjà musclés.

Et quand on sera mort y'en a qui le seront déjà, malins, au parfum, à raconter leur vie tout au long de leur mort.

Mais d'ici là, que faire de ce futur qu'on a ?

Puisque la vie est une maladie mortelle sexuellement transmissible, ce serait bête d'arriver au bout et d'avoir juste droit à exprimer une dernière volonté.

Mieux vaut commencer dès maintenant.

Boris Vian y avait songé :

> « Je voudrais pas crever [...]
> Sans avoir mis mon zobe
> Dans des coinstots bizarres [...]
> Je voudrais pas crever
> Avant d'avoir usé
> Sa bouche avec ma bouche
> Son corps avec mes mains [...]
> Je voudrais pas crever
> Avant d'avoir goûté
> La saveur de la mort [1]... »

Une fois dans ma vie, au moins une fois avant de mourir, j'aimerais... Vous aimeriez quoi ? Des coups, ça peut se dire mais, le plus souvent, ça se peut pas, c'est trop fort, c'est trop fou. Ça peut être banalement de se goinfrer Claudia Schiffer ou alors péter très fort à l'église pendant l'enterrement de votre directeur. Ou les deux en même temps.

---

1. Boris VIAN, *Je voudrais pas crever*, Jean-Jacques Pauvert, Paris, 1962.

Quelque chose qui fait qu'après vous puissiez dire, souriant : « Maintenant je peux mourir sur mes deux oreilles. » Ce qui sera un mensonge mais l'homme s'arrange souvent pour croire à ses propres mensonges. Ça peut être autre chose. Ça peut être mille choses. Tout le monde n'a pas la grinçante grâce de Vian Boris, le bison ravi.

11 janvier 1995

ceci est un espace de liberté

> Si ma liberté n'est que privée,
> je suis privé de liberté.

Je vais chercher le double décimètre dans le placard sous le lavabo de la salle de bain et je vais mesurer exactement les côtés de cette feuille de papier, la longueur et la largeur que je vais multiplier pour obtenir la surface de cet espace de liberté.

Mais je pourrais le mesurer autrement : avec mes pouces, avec mes pieds.

Je pourrais le mesurer avec un barreau de prison.

Je pourrais le mesurer avec un bâillon.

Je pourrais le mesurer avec un sabre ou un goupillon.

Je pourrais le mesurer avec la couille d'un eunuque.

Je pourrais le mesurer avec l'odeur de la rue quand on ressort vivant de l'hôpital un mardi ensoleillé d'automne.

Je pourrais le mesurer avec la pile Wonder de la lampe de poche la nuit sous les couvertures du dortoir où je lisais *Histoire d'O*.

Je pourrais le mesurer avec le cul d'Yvonne (et je découvrirais qu'on parle d'*espace* de liberté mais jamais de *volume* de liberté).

Je pourrais le mesurer avec un solo de Miles.

Je pourrais le mesurer avec la liberté, puisqu'on emploie cette expression : « Je prends la liberté de… » Je prends la liberté de prendre la mesure de cet espace de liberté.

Je pourrais le mesurer avec la question de la liberté, étouffante, oppressante liberté, tyrannique liberté, cette peur dont il faudrait nous guérir, qui fut l'horizon indépassable, l'émancipation de l'individu comme de l'espèce, la rédemption des masses qui méritait qu'on lui sacrifiât la vie et qui aujourd'hui est devenue la liberté du consommateur de choisir entre divers produits, entre le Big Mac et la pizza.

Ancien combattant, songeant à ceux qui versèrent pour cette Liberté chérie leur sang et leurs larmes, je pourrais le mesurer avec une phrase de jadis : « La liberté ne s'use que si l'on ne s'en sert pas », et pleurer sur tous les espaces de liberté inemployés et fustiger les fainéants que nous sommes en cette vallée fertile.

Je pourrais le mesurer avec toutes les libertés minuscules, pas la grande messianique inscrite au fronton du pouvoir mais les petites de chaque instant, effractions amoureuses, insoumissions aux idées insidieusement imposées, défis, contre-courant, dissidences.

Je pourrais enfin le mesurer avec un géomètre en présence d'un huissier afin de définir qui peut occuper cet espace, qui en est le propriétaire, qui peut y entrer, quelle carte il faut y présenter à l'entrée, quel squatter, quel sans logis pour ses idées, quel sans-papiers viendra occuper ce papier, par qui il faut le faire garder et comment le préserver : quels barreaux mettre aux fenêtres, à quelle hauteur les barbelés, dans quel tissu de soutane faut-il faire les bâillons, quel salaire pour l'eunuque, combien de caméras, combien de chars, combien d'avions de chasse, combien de divisions pour défendre MON espace de liberté ?

15 décembre 1996

25

ET LES MOTS SANS BRUIT

Ce qu'on aimerait c'est vivre jusque-là
Et que les enfants soient là
Voilà ce qu'on aimerait

Durer, se prolonger encore un peu, voir pousser les bouchons
Dur le désir. Vieille la tendresse. Encore un peu
On risque d'avoir la pluie. Qu'est-ce que vous prenez ?
Des mots tellement usés qu'ils deviennent transparents
Qu'ils laissent passer la lumière
Ni héros ni salaud, la plupart des vies s'accomplissent ainsi
Sous-entendues, inaperçues, entre les lignes
Les lignes de vie des autres, entre deux gares sans but.
J'appelle pas ça une vie. T'appelles ça une vie ?
Un match de foot un dimanche, un demi-panaché en été à Évry
Et qui pour célébrer ces éclats minuscules ?
Qui pour montrer ce qu'on voit ?
Sous-entendu, c'est-à-dire pas assez écouté
Inaperçu, c'est-à-dire pas assez considéré
Des cœurs ont battu, des corps combattus

On ne vit qu'une fois

Sans comprendre

Train-train, train de vie, s'accrochent sans bruit les wagons

Mais vorace si vorace la tendresse

Mais rapace si rapace le désir sous la glace à biseau du buffet

Entre le chalet suisse et les chiures du calendrier des pompiers,

Là où meurent les mots sans bruit.

7 janvier 1994

ITINÉRAIRE

Imprimé en France sur Presse Offset par

BRODARD & TAUPIN

GROUPE CPI

4193 – La Flèche (Sarthe), le 20-09-2000
Dépôt légal : septembre 2000

POCKET – 12, avenue d'Italie - 75627 Paris cedex 13
Tél. : 01.44.16.05.00